布老虎长篇小说

宽街

薛燕平/著

北方联合出版传媒（集团）股份有限公司

春风文艺出版社

·沈阳·

图书在版编目（CIP）数据

宽街/薛燕平著. —沈阳：春风文艺出版社，
2019.4（2022.2重印）
（布老虎长篇小说）
ISBN 978 - 7 - 5313 - 5558 - 8

Ⅰ.①宽… Ⅱ.①薛… Ⅲ.①长篇小说—中国—当代
Ⅳ.①I247.5

中国版本图书馆CIP数据核字（2018）第247897号

北方联合出版传媒（集团）股份有限公司
春风文艺出版社出版发行
http://www.chunfengwenyi.com
沈阳市和平区十一纬路25号　邮编：110003
永清县晔盛亚胶印有限公司印刷

责任编辑：张玉虹　刘　维		责任校对：于文慧	
封面设计：鼎籍文化创意		封面插画：崔　博	
幅面尺寸：155mm × 230mm		字　　数：287千字	
印　　张：20.75			
版　　次：2019年4月第1版		印　　次：2022年2月第2次	
书　　号：ISBN 978-7-5313-5558-8			
定　　价：68.00元			

目 录 | Contents

献给母亲
以慰藉她的生之苦难

第 一 章

　　今年的中秋节恰逢白露，天气一下子凉了，就像那些坏脾气的人，一夜之间翻了脸。黄土坑胡同里一片萧瑟，树叶子被风吹得这一堆，那一堆，没个章法。胡同北头的歪脖子大槐树下面，落叶堆了足有一尺厚，几个吃饱了的孩子在上面打滚儿翻跟头，树叶子沾在孩子们身上、头发上，灌进脖子里，接着，他们就开始互相把树叶往对方的脖子里、裤腿里、衣服兜里、裤子兜里乱塞，被塞的孩子躲着、叫着，尖厉的叫喊声让孩子们开始兴奋起来，他们像一头头机警的羚羊，更加灵敏地躲闪着对方的袭击，同时瞅准时机进攻，有的孩子败下阵来，有的却越战越勇。他们的身上沾满了树叶子，那些树叶就像用糨糊粘在他们身上一样，一块块的黄色、暗黄色、棕色，让孩子们与秋天有了一种默契，只是他们自己浑然不觉。孩子们的嬉笑声缓和了秋天的凄凉，盖过了胡同里相比之下显得凄凉的叫卖声。笑声裹着风、卷着树叶子，连同小商贩的叫卖声一起，直朝胡同外面窜过去。这时，太阳升起来，四周骤然明亮，好像一个魔力无边的人点亮了天庭之灯，明亮里面带着一种无可言说的神性。

　　黄土坑胡同七号院靠近胡同的中间，门的左边有一棵香椿树，右边有一个石鼓，两扇门，一副对子：忠厚传家久，诗书继世长。院子里住着两户人家，一户姓李，一户姓王。李家夫妇生了四个闺女，加上奶奶一共七口人住着三间北屋，搭一间厢房。王家夫妇生了四个儿子，六口人住三间东房，搭一间南厢房，院门开在西墙上。两户人家的当家人在同一个单位工作，李家当家的李国强是王家当家的王永平的上司，所以住北房还是东房，都是单位按照级别分配的，不能随便来。

中秋这天，院子里第一个醒来的人是李家的奶奶，胡同里的人习惯喊小菊奶奶。小菊是李家的二闺女，七岁，刚上学一个星期。至于为什么不用李家其他三个孩子的名，比如小莲奶奶、小萍奶奶或者小菱奶奶称呼，不得而知，而小菊出生之前街坊邻居怎么称呼小菊奶奶的，也没人知道，胡同里的事说不清楚。小菊奶奶今年七十三岁，俗话说的："七十三八十四，阎王爷不叫自己去。"这岁数的人活得心里头慌慌的，小菊奶奶也不例外，今年春天过七十三岁生日当天，小菊奶奶正在院子里收拾东西，突起一阵狂风，三月份的风力气大得能把房顶掀起来，狂风起得突兀，小菊奶奶是小脚儿，身子又瘦弱，一下子被风掀翻在地。儿媳妇素花赶紧把老太太搀起来扶到屋里，小菊奶奶喊屁股疼，拉到医院一检查，尾骨骨折，在家躺了一个月。出了这事，小菊奶奶满胡同对人说："老话不能不信，以后都要小心着。"

小菊奶奶起床头一件事就是梳头，用篦子把头发篦上三遍，这习惯是在西北老家养成的。农村人很少洗头，原因是缺水，从很远的井里拉回一缸水，吃都不够用，甭提洗头的事了。妇女们用篦子篦出头发里的头皮和虱子，讲究的抹点儿油，就等于洗了头。小菊奶奶离开农村多年，这习惯并没改变。城市里的生活与农村比方便了许多，拧开水龙头，水就哗哗流出来了，无穷无尽的。想什么时候洗头，在炉子上烧壶热水，用肥皂、用香皂还是用碱水洗，全凭喜好，洗完头发，用大齿儿的梳子把头发梳通了，头发一干，浑身轻松。小菊奶奶不喜欢洗头，洗了头总觉得身上有一股股的阴风，有一回还因为洗头发了烧，从那以后就只篦头发了。这工夫小菊奶奶用篦子把头发篦了三遍，头发掉了一桌子，她小心翼翼地把头发一根根地归拢到一起，攥在手里，像是攥着一绺白蒿，然后打扣襻似的，把那绺头发打个花结，端详了一会儿，顺手揣衣襟里了。接着，把头发结结实实缩个髻，用卡子固定在后脑勺上，再抹上头油，一天下来连一根乱发丝都难见到。头发打理好了，小菊奶奶一伸胳膊，罩上外边的大襟褂子，一看就是浆过的，板板正正，用手一摸，沙沙响。

　　胡同里的人像喊小菊奶奶一样，喊素花小菊妈。小菊妈睡得迷迷糊糊听见窗户外头沙沙的响声，知道婆婆已经起床了，尽管还困得睁不开眼，也赶紧翻身下地，闭着眼站在地上穿衣服。家庭妇女并不轻松，一天下来累得骨头疼。小菊妈把大襟褂子套在身上，心里不停抱怨老太太不该起这么早，一个礼拜好不容易有这么一天，不用早起做饭，还不让人多睡会儿……这时候院子里哐当一声响，听着像是锅砸到地上了，这下素花吓得一个激灵，全醒了。她把一只手伸到胳肢窝那儿扣衣服襻，一只手拎起那条宽松的裤子往脚上套。大襟衣裳一共七个扣襻，小菊妈也就系了四个，靠近脖子的两个和最下面的一个永远不系。丈夫李国强提醒她很多次，让她把扣襻系上，小菊妈根本不往心里去，一意孤行，图自在。最上面的扣襻不系，衣裳领子就歪向一边，人显得很邋遢，但是小菊妈不在乎。小菊妈穿好了衣裤，把衣襟摩挲了一下，衣襟上是一大片大小不一的油点子，远处看不见，走近了也要仔细看才看得清。小菊妈仅有的两件衣裳每件都有一大片油点子，衣裳洗完，油点子还在，用肥皂使劲儿搓也没用，日积月累的，衣襟上的油点子存留下来，一个大油点子上也许套着两三个甚至更多的小油点子，这也是丈夫李国强对小菊妈很看不上眼的原因之一，但李国强并不把这些不满说出来，而是闷在肚子里，久而久之，李国强对小菊妈的不屑就成了一种日常的状态。这时候小菊妈一边系裤腰带，一边趿拉着鞋往门口走，临出房门前用两只手随便朝头上挠了两下，然后把头发往耳朵后面一堆，就算梳过头了。小菊妈出门的时候不留心门，哐地响了一声，这声响并没惊醒小菊爸李国强，只是他的鼾声暂时停顿了一秒钟，而后又继续震天响，院子里发生什么对他都没意义，他只想睡觉；搭上知道今天过中秋，心里踏实，自然睡得比往日更香。

李国强原来叫李嘉轩，前几年随着解放军部队进入北京，在政府部门工作，从很遥远的西北来到首都北京，李嘉轩便想从里到外做个新人，为此改名李国强。他还找了个理发师，看着理发师把刀在一条宽皮带上蹭来蹭去，然后举着刀问小菊爸爸："你想好了，剃秃了？"李国强使劲儿点点头，原来的那头像高粱穗子的头发便随着剃头师傅刀起发落，不到半袋烟的工夫，脑袋便亮得像个灯泡了。在家里，小菊奶奶还是喊他嘉轩，看着儿子光溜溜的脑袋，小菊奶奶说："我总觉得家里有个和尚。"

李家好几世都是单传，到了李国强，第一胎是个女孩儿，小菊奶奶高兴极了，李家好不容易有了女孩儿，小菊奶奶说："哎呀，原来李家的女孩儿长这样啊。"李国强并不高兴，他想第一胎就是儿子，依照古训，不孝有三无后为大，如果早早生了儿子，不孝的隐患就能早点儿解除。第二个依然是个女孩儿，李国强看着襁褓里的小菊突然有了一种陌生的感觉，那张粉扑扑的小脸上那对小酒窝都显得异常刺眼，怀疑护士抱孩子的时候抱错了。为此，李国强还骑着自行车偷偷去了趟宽街妇产医院，非让当班护士查，结果人家告诉他，当天整个医院就没有产妇生男孩儿。李国强这才蔫头耷脑回来了。

李国强终于被老四小菱的哭喊声吵醒了。他微微睁开眼睛，辨别着这声音来自人间还是梦中，因为他刚做了一个梦，梦见他早逝的父亲冲他发脾气，拼了命说出一句话："你这不肖子孙！你妈生你就是让你混日子吗?"便扬长而去。李国强醒过来,好一会儿才明白这哭声来自小菱——自己的第四个女儿。他琢磨着梦里的情景,父亲的话更是高深莫测,怎么才不算是混日子呢?"我已经够努力了,上级透露很快要升处级,从一个满脑袋高粱花子的农民,一路走过来,祖坟真是冒了青烟……"又是一阵哭声传来,李国强没法让自己的思绪继续下去了。

小菱今年两岁半,晚上跟李国强和素花在一个屋里睡。此刻小菱就坐在自己靠窗户的小床上哼哼唧唧地哭喊着。对小菱的哭声,别说家里人、院里,就连胡同里的街坊四邻也都习以为常。小菱的哭一点儿来由都没有,绝不是因为饿、渴、痛、痒等不舒服的原因。以前小菱一哭,素花就怀疑孩子哪不舒服,带着去医院查了好几回,医生说这孩子很健康,什么病都没有,八成是想博得大人的关注吧,所以才动不动就哭。知道孩子没病没灾,素花就把一颗心放到肚子里,小菱再哭的时候素花就当没听见,或者干脆把小菱的哭声当成了收音机里的一种音乐来听,小菱一边哭,素花一边微笑看着她。久而久之,胡同里、院子里更没人把小菱的哭声当回事,她不哭的时候大家反倒不适应了。

今天李国强听到小菱的哭声反应非同一般,不知道哪里来的一团无名大火,那股火气一下子就蹿到了李国强的头顶上。他从床上探起半个身子头朝着窗户外头的素花喊道:"你聋啦!还不把她抱出去,一大早的号丧啊!"

小菱的哭声被李国强恶狠狠的声音打断了几秒钟,没等外面的素花走进来,小菱又继续哭起来,哭声由原来的断断续续、犹犹豫豫变得果断洪亮,好像一股洪水终于冲破了闸门,再不受任何阻拦了,自由畅快地一泻而下。这时候素花破门而入,一把抱起正坐在床上哭的小菱,一边往院子里走,一边回头朝丈夫喊了一声:"你吼什么,吓着孩子。"

素花把小菱抱出屋子,小菱的哭声就像一条声音的走廊,从屋里一直往院子里延伸，哭声到了院子里便像一张煎饼，朝着空旷的四周摊开去，遇到墙壁便往上走，更多的是顺着大门直接朝胡同里去了。李国强睡意全消，却不想立即起床，他有点儿后悔让素花把小菱抱出去，毕竟院子里还住着另一家人，而自己的家一大早便像刚开张的杂货铺一样热闹，周日加上中秋，这么重要的一天岂不毁了。好在邻居王永平没脾气，除了是李国强的下属，应该替上级担待着，还有一层王永平为人随和，不单对李国强一家，对胡同里的街坊也是一样，能帮上的绝不装聋。

王永平的四个儿子与李国强的四个女儿对应的年龄差不多，李国强家大女儿小莲和王永平家大儿子大壮年龄相差不到一岁，大壮的生日小，两人读同一年级。其余三对孩子年龄也是不相上下，只是李国强最小的女儿小菱比王永平家的小儿子大云小了两岁半。这四对孩子就像老天爷安排好的，在同一个地点出现，他们交相呼应，刚柔并济，在整条黄土坑胡同里都算得上奇观，引得街坊四邻万分羡慕，拍手称奇。胡同里有的人还幻想着这八个孩子长大以后，他们互相婚嫁，过着童话般的生活……

人就是贱，心里想要的都是自己生活中没有的，自己生活中有的一样都不想要。比如王永平有四个儿子，就想要闺女，而老婆惠芬自从生完四个儿子以后，肚子就彻底安静了，任凭王永平怎么捣鼓都没用，惠芬越是没动静，王永平的闺女梦做得越欢，等他看清楚形势，知道自己这辈子就这四个秃瓢了，便把李国强的闺女权且当作自己的，图个心理安慰，比如北屋一有点儿动静，就让惠芬去看看，能帮上的就搭把手，反倒是对自己四个儿子不太当回事。

饱汉子不知道饿汉子饥，邻居加上司李国强的儿子梦可不是一天两天了，在中国想闺女是个乐子，而想儿子可是个严肃的事，能跟孝与不孝连在一起。有一次王永平随口对李国强说："咱们可真是该着住一个院子，你四个女儿，我四个儿子，真是天作之合。"李国强的心病一下被王永平勾起来了，真是哪把壶不开专提哪把，李国强心里的不高兴，一下就写脸上了，斜瞪着眼睛问王永平道："谁告诉你以后我生不出儿子的？没准还能生个双胞胎呢，你这结论下得有点儿早啊。"王永平心里头先给了自己一个大嘴巴子，知道自己捅了人家的心窝子，便想往回找补，可想了半天也找不到一句合适的话来，干脆什么也别说了，琢磨着李国强一个男人也不会因为一句话就记着自己，这事也就没放在心上。李国强是个男人不假，可真男人也有软肋条啊，戳到软肋上，真男人就得打折扣，李国强真的没能忘了王永平的话，骂人不揭短，李国强总觉得王永平嘲笑自己生不出儿子，王永平早把这事忘了，可李国强没忘，相反，越记越结实。

　　小菱被素花抱到院子里，李国强并不想马上穿衣服起床，他要享受一下暖和的被窝，尤其是炉子还没着旺，屋里跟冰窖没什么两样，被窝里就越发显得舒服、惬意。他突然想起以前当兵的时候，那时候在太行山上打游击，几乎没睡过一天干松的被褥，经常是刚把被子展开想晒晒，连长就发命令让把背包打起来走。脚上的鞋也是湿的，冬天那种刻骨的冰冻感觉仿佛还在李国强的身体里残留着，永远都不会被剔除出去，那种感觉提醒着他眼前的一切来之不易。这会儿，他眼睛盯着天花板，目光粘在纸糊的天花板上。过了一个夏天，纸糊的顶棚已经出现了好多黄水印子，顶棚都是过春节的时候才糊一回，可房子太潮，有时候到不了春节墙角的顶棚就掉下来了，纸边泛着黄，毫无生气地耷拉着，露出黑洞洞的闷顶，李国强琢磨着闷顶里边都会藏着什么。

　　李国强的目光从顶棚上移开，落在西面的墙上，北京潮湿的七月早过去了，但墙壁上的暗黄色的湿印儿永久性地留在那里，李国强的目光顺着毫无规则的印迹移动着，思绪也随着扩展。他琢磨着梦里父亲的神态和穿着，父亲没有表情，像他整个的人生，并无可圈可点之处，不富不贫，不好不坏，平凡而无趣。父亲穿着一件半新的深蓝色长衫，露出一双沾满泥巴的布鞋。李国强不记得父亲生前穿过长衫，每天都要去田里劳作，无冬历夏，父亲都是一身短打扮，即便过年也是如此。李国强正纳闷，听见小菊站门口问："爸，今天能吃月饼吗？"

李国强把头转向门口，二女儿小菊瘦弱的身体像根小竹竿似的杵在那儿，头发乱糟糟的，消瘦的脸上一对大眼睛炯炯有神。李国强每次看到小菊心里都会涌起一阵怜爱，不知为什么李国强与小菊有一种天然的亲近感，他不由自主地多给了小菊很多关爱，他甚至觉得偏爱这种情感很微妙，一个人偏爱这世界上的一个物件或者一个人，偏爱带来诸多美好，比如游移其间的甜腻腻的空气，有时候都会拉黏儿呢。小菊又问了一句吃月饼的事，李国强赶紧停住胡思乱想，声调柔和地应道："怎么不能啊，中秋节不吃月饼什么时候吃啊。"小菊又问："那我能吃几块呢？我能吃两块吗？去年中秋节我妈就让我吃了一块，今年我上学了，能吃两块吧。"小菊的话音带着一股奶气，李国强的心开始融化了，他用一种比蜜糖还要甜腻的目光看着小菊，捕捉小菊的一举一动，随口抛出一句："你要多吃饭才能长个儿。"李国强索性起身披上衣服，两条腿还在被子里。他招手让小菊进来，小菊走进屋子，见爸满脸笑容看着自己，她已经习惯爸看自己的时候那种甜腻的目光，在小菊眼里爸永远都是温和的。小菊问道："您没生气？我听见您吼来着。"

李国强把衣服穿好了，又把被子往腿上裹得更严实，笑着摇头道："大人从来都不会真生气的，大人吵架也都是假的，你们小孩子要好好学习，将来做个有学问的人。"李国强停了停又对小菊说："我都忘了，你刚上学一个礼拜，班上有多少同学啊？都谁学得好啊？"不等小菊回应，李国强接着说："要跟学习好的同学交往，学习不好的就别理他们。"

小菊却说："我们老师说要互相帮助，学习好的要帮助学习差的，再说刚开学一个礼拜，还不知道谁学习好，谁学习差，以后我要是学习好就帮助学习差的，我要是学习差……"李国强打断小菊道："你这么聪明，学习一定好。"

这时候大女儿小莲突然出现了，她站在父亲的卧房门口，头发还没梳，脸也没洗，眼睛肿着，朝坐着的李国强抛过去一句："爸，我奶奶让你起床吃饭，今天过中秋节，家里还有好多活儿要干。"说完，小莲扭身出了家门。李国强朝着小菊做了个鬼脸说："你姐又生气了，快去看她干吗去了，爸要起床了。"李国强穿好了衣服，走到堂屋洗了脸刷了牙，又往嘴里含了一口盐水，咕噜着，走出屋子，站在台阶上，像个君临天下的皇帝似的朝院子里看着。

李国强看到素花抱着哭得哼哼唧唧的小菱站在院子的东墙下跟王永平的老婆惠芬闲聊。王永平家南山墙处是一棵枣树，枣树是从隔墙院子的枣树滋过来的，先是小树枝儿，几年后竟然长成了一棵大枣树，结的枣比隔壁院里那棵母树还要大还要甜。母树院子里的人有的气不忿儿了，隔着墙头嚷嚷道："论理枣也应该送一半过来吧，悄不声儿的，跟贼有什么两样儿。"惠芬听见了，嘴快回道："谁见过把东西手把手送到贼眼前的？怪你们不好生看着枣树，这叫有外心，活该！"李国强想起这事就觉得可笑。这时候听见惠芬悄悄对素花说："哎哟，你们当家的起来了，赶紧伺候去吧。"

素花扭头看见李国强站在台阶上朝自己这边看，当自己的目光与丈夫的目光碰到一起的瞬间，虽然隔着十几米，素花还是感觉到丈夫的目光像两条冰溜子一样，冷得让人胆寒。素花的心却不为所动，冰冷对于她来说无济于事，她整个人仿佛罩着一个厚实的罩子，用以抵抗丈夫那种与日俱增的冷漠不是什么难事，相反，她试着找到一个出口，在任何时候她必须给自己留一条活路，这是一种本能。这会儿，李国强两条冷漠的目光已经转移到惠芬的身上，也就是眨巴眼的工夫，李国强的目光由冷变暖，这更像是变戏法，站在惠芬的身旁，素花明显感觉到丈夫目光的热度。

李国强喜欢女人，除了素花外，任何一个女人他都能找出喜欢的理由。比如王永平的老婆惠芬，虽然也是四个孩子的母亲，比素花还要大几岁，但李国强觉得惠芬的眼睛很好看。惠芬喜欢笑，笑的时候长长的眼睛眯成两条细线，在李国强眼里，世界上每一个女人对他来说都可以称为一件高兴的事，惠芬是，就连自己的四个女儿李国强也是疼爱有加，虽然他觉得生不出儿子是对祖宗的亏欠，但自己心里是喜欢女孩儿的，从喜欢女孩儿到喜欢女人，李国强那颗男人的心是博大的，李国强的世界是柔软和温暖的。

其实此刻院子里还有其他人，王永平的四个儿子中的两个，老大王大壮和老三王大凌正在院子里干活儿。大壮用一个大齿儿长把儿的木锯正锯一根木桩子，锯来回来去地扯，发出一种酣畅的声响。王大凌在一旁削一块木头，削着玩儿。李国强只朝两个男孩儿那边睃了一下，便又把目光回到惠芬身上，然后操着一口南腔北调的口音对惠芬说："还是有儿子好啊，老大都能帮着锯木头，这是要打个门啊还是窗户啊？"

惠芬的眼睛眯起来，脸转向李国强说道："打个门，看看我家的门，门框都快散了，再不张罗冬天还不满屋子透风啊。"

李国强轻松地说："打个报告，让房管科派工人来修啊，跟你们家老王说，这事他还办不了啊。"

惠芬把眯起来的眼睛略微睁开一条缝，撇嘴道："还是拉倒吧，上次一扇窗户掉下来，打了报告，等了半拉月，人影都没见着一个，还不是我们大壮修的。"

李国强听惠芬唠叨了一大通，想回应点儿什么，却看见母亲从外面走进院子，手里还拿着一个破筐，李国强对母亲说道："您捡这么多破烂回家干吗啊，这破筐有什么用。"

惠芬笑道："老人就喜欢捡这些玩意儿，也说不定能用，家里那些穿烂的衣裳放里边正好。"

素花接道："穿烂了还不赶紧扔了，还留着干吗啊，等着沤虫子啊。"

听素花开口，李国强脸上的笑容一下没了，冷言冷语道："你就知道扔，好像你腰缠万贯似的。"

李国强母亲见儿子跟媳妇儿甩脸子，还当着惠芬的面，心里为媳妇儿抱屈，便对李国强说："人家素花娘家原本就是腰缠万贯，这你还别不服气，整个村子找不出一个比素花家地多的户来……"

李国强见母亲又把话扯远了，赶紧打断母亲，问惠芬："你家老王还没起床啊，屋里一点儿动静没有。"

惠芬笑道："早起来了，去什刹海捞鱼虫了。"

李国强接道："都什么节气了，人都快冻抽抽了，哪还有鱼虫。"正说着，王永平笑呵呵地进了院子，手里拎着一个玻璃丝编的网兜，里边是几个拳头大的蛤蜊。见大家都在院子里，王永平朝李国强高声道："鱼虫倒真没了，搂草打兔子，弄了几个这玩意儿回来，今天中秋可有下酒的菜了。"说着把网兜里的蛤蜊朝李国强晃了晃，又扭头问惠芬："昨儿的韭菜还有吧，晚上用韭菜把这玩意儿炒炒，让我跟李科长喝两盅。"惠芬撇嘴道："韭菜昨晚都炒了，再说这时候的韭菜能臭死谁，不如用葱花爆一下。"素花接道："原来在家里的时候，我们吃这个都是用芫荽凉拌，先把蛤蜊切成薄片，用开水焯一下，芫荽切碎，再放上香油、醋，吃起来有嚼劲儿。"素花说这些的时候，眉毛向上一挑一挑的，神态安然。这时候小菱突然在素花的肩头大哭起来，哭声尖厉，吓了大家伙一跳，大家稍一愣神，接着笑起来，李国强朝素花道："赶紧抱回家去，孩子们等着你弄饭呢。"

素花抱着小菱回到屋里，对坐着梳头的小莲说："帮妈看着小菱，妈去做早饭。"小莲说："我吃了半个馒头，不饿了。"小菊在一旁道："我也吃了半个馒头，不饿了。"老三小萍五岁，什么也没说，素花朝小萍点头说："我知道你什么都没吃，吃馒头吧，我就给你爸和奶奶熬粥，没你的份儿。"小萍听了，点点头，继续玩儿手里的一个布娃娃。

素花去外边房檐下的厨房里熬粥，又从咸菜缸里捞出一块腌的小萝卜，切成薄片，滴上香油和醋，强烈的味道让素花咽了一下口水，她忍不住用手指头拈了一片咸菜放到嘴里。瞬间，香油、醋的混合味道让素花陶醉了，她闭着嘴，生怕香味跑出去，又觉得这时候如果有一块馒头跟咸菜一起咀嚼一定美味到不行，于是素花从碗柜上取下放馒头的篮子，掀开上面那块蓝花布，里面是几个馒头，还有前几天蒸的窝头，没人吃，有点儿变质了。正当素花掰下一块馒头往嘴里放的时候，李国强在厨房外面喊："粥没溢出来吧，我怎么闻着焦味儿了。"素花没能把馒头吃到嘴里，而那块香油浸泡的咸菜也因为丈夫一声喊，顿时失去了滋味。素花赶紧往炉子上看，粥真的溢出来了，炉子边上都是粥汤，素花赶紧把粥锅端下来，放到案板上，她正要拿碗盛粥，从厨房的脏玻璃看到街道居委会杨主任走进院子，素花听见丈夫跟杨主任搭讪道："杨主任来了，有什么指示啊。"素花琢磨着要不要出去应酬，想起前几天丈夫有点儿不高兴自己参加街道上的活动，便迟疑着竖着两只耳朵听。

听见杨主任笑着对李国强说："找你家里的，你跟素花说一声得了，明天去居委会开会，她是街道积极分子，现在街道上正开展灭蚊蝇、灭鼠活动，让她积极配合。"素花听丈夫道："她现在没法积极了，拖着四个孩子，家里还有老人，家务事一大堆，不拖你们后腿就不错了。"杨主任是个四十多岁身材肥胖的女人，天生话音高，见李国强推三阻四的，几顶帽子先甩过来了，震得李国强一阵头疼："李科长，您这是阻碍妇女进步啊，毛主席早说过，新社会妇女能顶半边天，您的意思摆明了觉得妇女只能围着锅台转悠。再有啊，您应当比我清楚，运动马上就来了，到那时候您可别怪我没给您提醒儿，拖了运动的后腿，这名声不好吧。还有啊，老鼠不灭，这胡同里人就甭住了，让给老鼠得了，不信你们家没老鼠。"说着，杨主任探头探脑要进门看。李国强对杨主任说："说句玩笑话她大姐就认真了，你赶紧别处忙活去吧，我一会儿就跟她说。"

素花心里一边高兴明天能去居委会转悠一圈儿，见见胡同里的人，聊聊家长里短，一边又觉得杨主任的做派真是跋扈，好像这胡同是她家的，无论什么人，都得听她指挥，丈夫好歹也是国家干部，还得让她抢风头，一边替丈夫不平，又生气丈夫不把自己放在眼里，什么事他都要替自己做主，难道她不算人吗？素花想了一串不高兴的事，越想越气，心里有气，手上就重，碗碰着锅沿梆梆响。李国强在外面喊："你是不想过了吧。"

小莲在屋里把外面的一切都听得明明白白，听爸戗妈，便说道："谁让您跟杨主任瞎白话的，明明是我妈自己的事，您非得给人家做主。我们老师都说了，家庭妇女的地位不应该比参加社会工作的妇女低，男女也是平等的，新社会人人平等，工作没有高低贵贱之分，所以我妈跟您是平等关系，您一不能要大男子主义，二不能看不起家庭妇女，三别以为您挣钱养活我们就可以摆谱，总之您要注意您的言行。"小莲说完了，就拿了一本书看去了，剩下李国强自己琢磨："这孩子这张嘴随谁啊……"却听素花在厨房里朝小莲喊："长大就学坏了，跟你爸说话这么没规矩，回头找你们老师问问，是怎么教的。"小莲还没回嘴，老太太颤巍巍地问素花："粥熬好了没有啊，我肚子咕噜咕噜地叫，听你们吵架我就更饿了。"素花这才赶紧把粥、咸菜碟子、馒头、窝头摆在堂屋的八仙桌上，上桌的只有李国强、老太太、素花和小萍。

李国强和老太太一边吃饭，素花这边还敞开怀给小菱喂了一回奶，惹得李国强一阵奚落，都多大了，还吃奶。老太太不高兴地接道："三岁孩子吃口奶还算啥，原来村东头佳旺家老三，都上学了半截还要跑回家爬娘怀里吃顿奶再回去上学。"一旁听着的小莲笑着说："我真后悔当初上小学的时候，课间操应该跑回来吃我妈的奶，而且学校又近，奶奶您怎么不早说这事。"李国强一旁瞪了小莲一眼说："上高三的学生了，分不出好赖呢，赶紧做功课去。"小莲这才不吭声了。

中午过后，院子里安静下来，大部分人要午睡，小菱也安静下来，王永平的四个儿子只有老大和老三乖乖躺在床上，老二和老四悄悄跑出院子，去胡同里玩儿了。小莲和小菊眯着眼睛对面躺着，奶奶就是躺着，其实睡不着，老人觉少。李国强不睡午觉，他有个爱好，就是喜欢鼓捣着做点儿什么，比如用钢锉做一把钥匙，或者把竹子劈开，做个精巧的鸟笼子，要不就是把家里坏了的锅把儿修好，若不在政府部门工作，李国强一定是个鲁班似的能工巧匠。李国强做这些活儿的时候，素花喜欢在一旁看着，也只有这个时候，素花觉得眼前这个男人很陌生，好像根本不认识。大多数时间，素花看着看着就打起瞌睡，有时干脆起了鼾声。

今天李国强手里的活儿是一把粗具模样的木头手枪，枪曾经是他的老伙伴，那时候李国强吃饭、睡觉的时候怀里都搂着它，距今虽然时间久远，但它的形状深深印在他脑子里，呼之欲出。这个木头手枪是他答应小菊的，他问小菊上学想要什么礼物，小菊说出了她的心愿。一个女孩儿想要一把木头手枪，这让李国强有点儿诧异。李国强吃惊地问道："你一个女孩儿，玩儿什么枪啊，这是男孩儿干的事，你要点儿别的吧。"小菊噘嘴瞪着他，李国强只得答应了。这反倒让李国强心里有几分兴奋。

素花知道了小菊要木头手枪的事，对李国强说："你就惯着她吧，一个女孩子玩什么手枪，还想上房揭瓦啊，四个孩子你就偏着她，不怕小莲不高兴啊。"李国强说："你偏着小莲不就扯平了，这又不是在部队里的时候，要绝对公平，你养那几盆花，还不是更喜欢那盆指甲草。"素花不说话了，想了半天说："剩下小萍和小菱呢，没人疼没人管啊。"李国强说："你天天抱着小菱，还说没人疼。"

素花看着丈夫手里那把枪，实际上还是一块木头，只是上面用铅笔画了枪的样子，要把它变成真正枪的样子还要一番周折，她很纳闷丈夫怎么会有那么大耐心做这些，继而觉得男人和女人确实不同，不同在哪里呢？此刻素花隐隐感觉到男人身上的一种东西是女人没有的，那就是一种威慑力，这种力量让女人不得不跟从着男人，对他们唯命是从，尤其在几个男人一起聊天的时候，他们之间谈论的事情、议论的方式，都让素花感觉高深莫测，即便自己知道的事情，到了那些男人的嘴里也变得很陌生了，越发让素花觉得男人们高不可攀，即便女人有时候对男人们有些小小不言的反抗，比如自己以及院子里的惠芬，跟自己的丈夫闹些别扭，最后好像都要遵从丈夫的意志。至于自己与丈夫的关系，素花觉得就像一只蚂蚁与大地的关系，自己是那样的微不足道。有时候素花会想，这究竟是为什么呢？是谁定的这个规矩？她想不明白了。

素花想起当年丈夫跟着路过村子的八路军离家的场景，那时候小莲刚出生，小莲的爷爷过世不久，婆婆还没能从丧夫之痛中走出来，而丈夫就像吃了秤砣一样，顶着大不孝的罪名，铁着心要跟八路军走，说是去打小日本，为全中国劳苦大众打天下去。两个半女人的哀号没有打动当年那个李嘉轩，任由她们号哭，自己开始收拾行装。素花见婆婆收了声，自己便也安静下来，看着丈夫那张刚毅无情的脸，就像一块冰冷的铁板一样，甚至怀疑这就是跟自己一起吃饭睡觉的那个男人。婆婆抹了把脸，点着油灯，两人连夜赶制了两双鞋，李嘉轩穿了一双，另一双挎在肩头，随着队伍消失在黄色的山坳里。

李国强突然对素花说："别在这看着了，你去琢磨琢磨今晚的饭，王永平家有蛤蜊，说不定要端一盘子来，咱们有什么能送的？月饼不够再去小铺买几块，让孩子们多吃点儿。王家那几个秃瓢，月饼肯定不够吃，不如买几块送过去。"素花听罢，站起身，小菱又哭了，素花顺手把小菱抱起来，给她穿了件绒衣，娘儿俩走出院门，一阵冷风刮过来，素花不禁打了一个寒战。素花搂紧小菱，小菱停了哭声，素花看见小菱的脸蛋皱了，想着一会儿到了小铺里买盒蛤蜊油。

这会儿胡同里没人，只有风卷着干枯的树叶子往一个方向奔，树叶子被风裹挟着，形成了一个旋涡，色彩不一的树叶争先恐后地往那个旋涡里钻，越来越多的树叶聚集起来，由于拥堵，它们慢慢地静止下来，渐渐地变成了一座深黄浅黄、鲜艳枯干的树叶的山。素花看着堆积起来的树叶山想："闹了半天风是这么搬东西的啊。"她想起村里老人说过的话：旋涡是个不吉利的东西，要躲开，千万不能站在旋涡当中。素花便下意识地往一旁闪了闪身子，碰巧看到街道杨主任从三号院出来，杨主任的一条腿还留在门槛里边，话还没说完，半句话咽回肚子里，因为她看见了素花，杨主任朝素花高声道："见你还真不容易，刚才你们当家的说你拖着孩子，不能参加街道上的活动了，让我教育了他一顿，他一个国家干部，应该支持妇女工作，你有什么委屈尽管跟我说，我去找他领导。"杨主任说完这句话，才把门槛里的另一条腿拔出来。

素花心里明镜似的，自己一个大子儿不挣，四个孩子加上个老的，一共七张嘴，全靠丈夫一个人供养，就算丈夫有一千一万个不是，自己的心也得往丈夫那边靠。所以每次妇女们说起自己当家的不是，素花的嘴都像是上了封条，连大气都不出，听凭别人抱怨，只把苦处留给自己。她觉得人要有良心，拿了人家的就得念人家好，所以这会儿听见杨主任这么说，素花的脸上一直挂着笑，并不搭话，等杨主任说完了，素花指了指胡同当中那堆枯树叶子对杨主任说道："看这树叶子堆的，下场雨就得沤着，要是赶上雪下得早，路就没法走了。"杨主任好像意识到问题的严重，皱着眉头想了想道："明儿个一块说说这事。"素花边跟杨主任说这话，边朝胡同的北口走去，末了，杨主任说："明儿一定来啊，别太把你们当家的当回事，别惯他毛病。"素花点头道："明儿一定去，您甭操心了。"

出了胡同往左拐三个门是个小卖部，卖些油盐酱醋小吃食儿等生活必需品。小卖部的主人姓陆，因为晚上好用铜夜壶撒尿，胡同里的人给他起个外号"铜壶"。铜壶长了一张憨厚的脸，粗眉大眼，宽额头大腮帮子，只是不爱说话，有一半的意思都用脸上的笑代替了。长得宽厚，不等于为人厚道，比如铜壶，胡同里的人都知道他是个鸡贼的主儿，总是往酱油缸里、醋缸里兑水，酱油没色儿，醋没味儿，但街里街坊的谁都得有个活命的法子，大家伙都不在意，还都愿意往老陆的铺子里去，差几步路的公家的合作社倒显得生意清淡了。

小铺的门帘子想必有年头了，掂量掂量，光是上边的油垢就得几斤重，素花一只手抱着小菱，一只手掀门帘子，真有点儿吃力。这会儿，突然有人从后面帮了素花一把，素花不管是谁，先进了小铺，回头一看是王永平家大儿子大壮，大壮闷声喊"阿姨"。素花问大壮买什么，大壮说买酱油和醋。

这会儿老陆正跟几个喝酒的街坊闲聊，听见有人买酱油醋，赶紧过来招呼。老陆从酱油缸里提了一提子酱油，用漏斗倒进大壮的酱油瓶子里，又从醋缸里提出一提子醋，这会儿就听见从喝酒的人堆里有个醉声道："你瞧你那提子都歪哪去了，知道你这醋没兑够水，那也不能那么来啊。"老陆听言，也不搭话，并不把提子弄正当了，只是笑。别以为他笑是高兴，其实老陆脸上的笑容是胎里带的，别人看着是笑模样，在老陆只是个皱眉头的副本。大壮拿着俩瓶子并不走，站一边看，素花问老陆道："还有提浆月饼吗？来五块，再来五块自来红。"老陆没话，手上忙活着，草纸包了两包，上面还盖了一小块红纸，看着喜庆。还是那个醉声说道："到底是政府机关的，花钱就是方便，我要是能一口气买十块月饼，我出门见谁喊谁大爷。"这句话把一屋子人逗乐了。素花听到这话，赶紧让老陆给说话的人送一块提浆月饼，账算在一起。那个醉声听素花这么说，赶紧道："得，这谢过了，刚那些话您可别往心里去，我是猫尿灌多了，嘴上欠个把门的。"素花笑道："您太瞧不起我了，请您吃块月饼那不是应当的，我们住黄土坑七号院，来串门啊。"说完，素花拎着两包月饼，抱着小菱往门口走，大壮赶紧掀门帘子。出了小铺，素花问大壮买完东西干吗不紧着回去，大壮哼唧半天说："我妈让看看您是不是买月饼来了，您要是买，我们家就少买点儿。"素花笑了，说道："你妈心还真细，回去告诉她，我这就是给她买的。"

晚饭的时候，桌上摆了四个菜：肉片焖扁豆、素烧茄子、一盘大对虾、一盘红烧带鱼，对虾和带鱼是李国强从单位带回来的，科级以上的干部每人两斤对虾三斤带鱼，一般职员一斤带鱼一斤对虾。李国强家里都是女的，吃得不多，每次单位发的东西都能匀出点儿送给王永平家，惠芬因为这个平日没少讨好素花。这次中秋节打算给王家送月饼，就把带鱼和对虾留下了。李国强朝桌上看了一眼问："没给王家送条带鱼过去？"小菊奶奶接道："一会儿送几块月饼就行了，这几块带鱼咱们家一人一块都轮不上。"素花帮腔道："奶奶说得对，孩子们平时也吃不上这些，总不能亏着自己孩子吧。"素花又把大壮去小铺买酱油的事说了，小菊奶奶撇嘴道："惠芬心里的小九九多着呢，眼睛不大，看得清楚。"素花刚想帮婆婆再说点儿什么，只见丈夫把手里的饭碗突然往桌上重重一摔，李国强的动作太突然，碗落在桌上竟然没碎，却发出一声闷响，接着碗里的米饭洒出来。小菱先吓得哭出来，小菊和小萍愣愣地看着，素花心里咯噔一下，小莲一看就是久经风雨，见惯了，一双筷子根本没停，刚好把一整根带鱼骨头剔出来扔到桌上。

奶奶先是吓了一跳，愣了一会儿，很快伸出一只手，使劲儿朝李国强肩头乱拍，嘴里还不停唠叨："你这死人，吓着孩子了，你看看这米洒的，作孽吧……"奶奶说着赶紧用手里的筷子往自己的碗里扒拉桌上的米粒。李国强并不说话，扔了碗便站起身进了里屋。奶奶一边招呼孩子们吃饭，一边朝屋里恨声道："跟你爸一个德行，说翻脸就翻脸，从来不管孩子，看把娃们吓成啥了。我们娘儿们吃你口饭真难，行了，我也是活够了，不用你张狂，当个什么科长就忘了自己姓啥了，素花做得还差啊，一个人带孩子，你心里想要男娃，我们就不想？可那生娃是你能做主的事？"停了一会儿，对小菊说："给你爸把饭送进去，再拿个盘子装块月饼。"

素花一直盼着王家过来喊丈夫喝酒，可饭都吃完了，王家连个人影都没见着，这会儿小菊开始和小萍抢月饼吃，小莲在一旁问素花："我爸今晚上不出他屋门了吧？一会儿王家要是送东西他也别出来跟人家说话啊。"正说着，堂屋的门被拉开了，大壮端着一个盘子，后面站着笑眯眯的惠芬。从盘子那传过来一股浓郁的香味，小莲说："哎呀，惠芬阿姨送好吃的来了。"惠芬说："看这丫头的嘴，我们家哪有你们家那么多好吃的，这就是早晨你叔去什刹海捞的蛤蜊，我用葱炒了，说是让老李过去喝一盅的，可我们家老王害头疼，没准是早上在什刹海受了风寒，这会儿正躺床上发汗呢。我送过来让你们尝尝，老李呢，你家老李身子多壮，就没见他生过病。"素花接过大壮手里的盘子，放桌上，赶紧去拿那包没开包的提浆月饼，小菱却喊着要吃那包月饼，素花假装听不见小菱喊，一个劲儿对惠芬说："哎呀，正要让小菊给送过去，你们就过来了，这包月饼拿回去给孩子们吃吧。"惠芬也不客气，接过那包月饼让大壮拿着，对小菱的喊叫也假装听不见，又扭头对素花说："女孩儿多就是好，好东西都能吃着，不像我们家，一堆秃瓢，简直就是一窝狼崽子，多少都不够招呼的。我巴不得生的都是女孩儿，日子容易打发啊，哪像我，天天发愁的就是三顿饭。"

李国强从屋里走出来，脸上早换了颜色，招呼惠芬坐，惠芬摇头，说家里一摊子还没拾掇，赶紧拾掇完了还得做活儿。李国强倒也不留，等惠芬出了门，奶奶撇嘴道："她站着说话不腰疼，让她生四个闺女试试，看她家老王给她什么脸子。"小莲说："奶奶您什么意思啊，是嫌弃女孩儿啊，我们是男是女又不是我们自己选的，您这话千万别当着我们说。"奶奶在一旁被噎得没话说，李国强打断小莲，让她消停消停，看看书，明天一早不是还要上学吗。小莲不去，说是要吃月饼。素花只得把月饼都拿出来，今天买的五块自来红，加上前两天买的十块提浆月饼，一号院送过来的石榴，昨天在胡同里买的两串葡萄，满满摆了一桌子，几个孩子高兴得什么似的。小菱早停住了哭，两只眼睛不停地一会儿看看月饼一会儿看看石榴，张着手要吃葡萄。素花掰了一块月饼放到小菱手里，又扯了几粒葡萄塞到小菱的手里。小菊先拿了一整块提浆月饼放到自己跟前，又拿了一块自来红一口咬下去，里边的青红丝看得清清楚楚，奶奶道："瞧这月饼馅真不错。"又对李国强道："你也吃啊，站那愣什么。"李国强脸上刚才的暖和劲儿又没了，重新换上一张冰冷的脸，说了句："我不想吃，让孩子们吃吧。"说完又回里屋了。

奶奶的牙差不多掉光了，不想吃月饼，素花硬是把一块月饼塞到婆婆手里，老人小心地掰下一小块，往嘴里放了，然后用舌头慢慢抿碎，等着唾沫浸透了月饼，再一点点咽下去。素花不吃月饼，不是忌口，而是舍不得，换句话说就是孩子们用嘴吃月饼，而素花是用眼睛吃。素花一会儿看看小莲，一会儿又看一下小菊，怀里抱着的小菱正拿着那块自来红月饼啃，素花的左手放在小菱的嘴下边，接着从小菱嘴上不停掉下来的月饼渣子，时不时便把月饼渣子一扬脖放到自己的嘴里，又赶紧把手放回到原处，生怕有一块渣子掉地上。奶奶对素花说："你也吃一块吧，不是还有呢吗？"素花含混道："我不大喜欢吃甜的，你们吃吧。"小莲和奶奶都不信她的话，但都不揭穿素花，这时候小菱手里那块月饼掉下来一块，素花没接住，那块月饼直接掉到地上，沾了一下子土，一点儿没犹豫，素花捡起来，连土带月饼送到嘴里。小莲看着母亲，眼睛发直心里发酸，一句话都没说出来。奶奶喊了一句："你看你，也不讲个卫生。"李国强闻声从睡觉的屋里出来了，问谁不讲卫生，奶奶见儿子出来了，便拿了一块月饼递过去说："没谁不讲卫生，我们就那么一说，你来了就是说你了。"李国强被母亲的话揶揄得直想笑，接过月饼咬了一口说："您这是护着谁啊。"见小菊的眼睛像机关枪似的在桌上扫射，李国强从自己的月饼上掰了一块递给小菊，小萍眼巴巴地看着那块月饼，小莲懂得父亲的意思，把手里吃得还剩下两口的月饼递给小萍，说："那块太大，你吃不了，吃大姐这块吧。"小莲说完，朝爸瞟了个白眼，又小声嘟囔道："偏心眼儿。"素花和奶奶假装没听见，李国强是真的没听见，顾着跟小菊说话了。小菊拿了爸的那块月饼又吃起来，李国强问小菊："你吃得也不少，怎么就不长肉呢。"奶奶在一旁道："这种孩子啊就是没良心，吃多少都没用。"说完这句话，奶奶在一旁对小菊小声道："别吃撑着了，数数你吃几块了，撑坏了没人替你难受去。"又对李国强说："你不用省着不吃，这家里没谁的也得有你的，要是以后素花生了儿子，那时候你再往下排。"素花听了这话，心里头一阵发紧，接着心脏就像一块石头似的往下落……小莲在一旁哼了一声，站起来进了东边屋里。

晚饭后天黑得一团墨似的，王家的老二大志从屋里溜出来，站在院子当中往天上看。刚才爸说中秋节的月亮是最大最圆最亮的，可此刻天空一点儿光亮都没有，大志不禁觉得受骗了，心里窝着一股子怒气。王家最得宠的孩子是老三大凌，大凌生得乖巧白皙，看上去像个女孩儿，家里什么好吃的都紧着大凌，相比之下，其他的孩子都不像是亲生的。刚才大志只吃了半块月饼，妈就拦着说怕吃坏了肚子，不让再吃了，大凌却整整吃了一块月饼，大志心里不服气，干脆不在家里待，一抹脚出了门，一出门就让凉风噎了一下，心里说：大凌要是出来准不会被噎着，这么想着，心里头委屈，站在院子当中发呆。

大志跟小菊同岁，上学又是一个班，两人不由自主地上学下学的都同出同进，看上去像是很要好的样子。大志透过小菊家的窗户，看见小菊爸站着，背对着门，好像跟谁正在说话，接着看见小莲站起来往东边屋里去了。大志猜小莲跟她爸闹别扭，大志清楚，小菊是家里得宠的孩子，跟自己失宠的程度一个量级，凡是小菊家里的矛盾基本都跟这有关系。大志的母亲不以为然，她认为李家的事都跟素花阿姨生不出男孩儿有关系。大志心想：男孩儿总会出生的，看看胡同里哪有没男孩儿的家啊，所以大志觉得小菊迟早会有弟弟。而大志倒想看看热闹，看小菊有了弟弟以后，在家里还能不能保持得宠的位置。大志喊了声："小菊！"一会儿，小菊探出头来，借着屋里的光亮看清楚是大志，便问他干吗。大志说："出来玩儿会儿呗。"小菊犹豫了一下，回家拿了件外套出了门。

小菊跟着大志摸着黑走到大门洞的时候，小菊说："你别吓唬我，你要是吓唬我，我马上回家。"大志说："我不吓唬你，不信你看着。"两人走过了黑黑的门洞，这是小菊觉得这个世界上最可怕的地方，大志在前边走，小菊紧紧跟在大志身后。等两人走到胡同里，大志回头说："看，我没吓唬你吧。"小菊没理大志，她朝胡同两头看了看，一个人影都没有，心里发虚，问大志玩儿什么。大志也朝胡同两头看了看，见胡同里的三盏路灯两头的都坏了，只有中间一盏路灯亮着，因为刮起了风，风沙在灯的周围打转悠，灯本来就不亮，这会儿更暗淡，显得鬼里鬼气的。大志想了想说："咱们叫上脏猴一块跳房子吧。"脏猴是两人的同班同学，就住胡同北头的十一号院里。小菊说："你去喊脏猴，他妈要是让他出来咱们就玩儿，不然我就回家了。"大志二话不说就往胡同北头走，小菊赶忙在后头跟着他。大志进了十一号院，小菊一个人在胡同里等着，一阵风刮过来，小菊用手捂着脸，小菊害怕的时候都用手捂脸，她觉得只要看不见就安全了。

小菊这时候肚子里满得像粮仓似的，不留神就会溢出来，但她想起月饼嘴里还是会流哈喇子，奶奶说过：小菊是馋死鬼托生的。小菊对食物的渴望非常强烈，而且难以抑制，比如姐姐小莲，就可以控制对食物的想望，可以少吃，甚至不吃；小菊不然，见到食物，感觉身体里就仿佛生出了另一个自己，那个自己不管不顾，只为能吃到东西，它支使着小菊伸手拿食物，完全不考虑别人。闲的时候，就像现在不饿不饥，小菊心里想的也是一会儿能吃到什么。但现在恐惧占据了她的身体和脑袋，像一根竹竿似的，小菊在那盏昏暗的路灯下孤零零地杵着。

其实大志进到脏猴家院里不过一分钟，但小菊感觉这一分钟太长了，自己像一只可怜的蚂蚁，随时都会被一个强大的东西吃掉，她的两只手还牢牢地捂着眼睛，她不敢把手放下来，觉得只要手下来，鬼怪就会突然袭击她。她的耳朵是竖着的，好像一只警觉的猫，她总觉得有脚步声朝自己走过来，她的目光在手指缝中朝外看，没人。小菊浑身痒痒，觉得黑暗中有很多只眼睛盯着自己，这种恐惧的感觉让她几乎快要喊出来，但她最终没有出声，身体几乎一动不动，仿佛要与整条胡同融为一体了。当小菊觉得快要支撑不下去的时候，十一号院的门开了，大志和脏猴从里边跳出来，脏猴手里还攥着一块馒头。小菊见了两人，心里一下豁亮了，小菊把手放下来，笑道："你们俩怎么刚出来，我都快睡着了。"大志说："别骗人了，你没被吓死就是好事，还睡觉呢，不信我摸摸你心跳，肯定跟兔子似的。"说着，大志真的把手伸向小菊的胸前，小菊下意识躲了一下，刚好撞到一个人身上。那人轻声说了句："这么黑还在外边玩儿啊。"声音虽然不大，还是把三个孩子吓了一跳，脏猴最先反应过来，朝着那人影儿喊了声："三少爷，您回来了。"大志和小菊一同朝那人看去，还真是十号院的岳家三少爷岳家祥。小菊没好气道："走路没声儿，跟鬼似的，存心吓唬人啊。"大志捅了小菊一下对岳家祥说："您是刚下班吧，我们都吃完月饼了。"岳家祥说："我能像你们那么自在就好了，你们赶紧玩儿吧，别太晚了，大人该担心了。"岳家祥说完脚底生风，不一会儿就到了十号院跟前，那扇平日关得很严的大红门自动就开了。

三个孩子开始借着那盏路灯在地上画房子，小菊质问脏猴："你干吗管他叫少爷，你是他们家奴隶啊?"脏猴长得人高马大，可脑子里头是空的，刚上学一个星期，被老师请了两次家长，全班都知道脏猴不爱学习，上课大声说话。这时候听小菊这么问自己，脏猴想了想说："我妈就这么叫啊，不叫他三少爷叫什么啊。"小菊瞪了一眼脏猴，脏猴当然看不到小菊瞪自己，小菊是背着灯光的，小菊的脸只能看个轮廓。小菊说："那你们一家子都给他们岳家当奴隶吧，谁稀罕跟你玩儿。"说完就要往回走，大志在后头说："你敢走门洞吗？那可有鬼啊。"小菊立马停住脚步，大志哈哈笑起来。小菊往回走了几步，见房子还没画好，就说大志和脏猴笨，大志让小菊接着画，小菊说："你们画，我告诉你们一个秘密，你们谁都不能告诉。"大志和脏猴赶紧点头，小菊悄声道："我姐喜欢岳家祥，你们别跟旁人说啊，不然我姐非杀了我。"大志惊道："你姐喜欢他啊，他有什么好啊，不就是个少爷吗，在家里什么都不会干，就在医院动动刀子。"脏猴说："这叫什么秘密，我姐也喜欢三少爷。"大志说："得了，你姐就甭提了，一天到晚连鼻涕都擦不干净，还想着人家少爷，哈哈哈。"

第 二 章

　　小菊进了家门，见奶奶躺在堂屋墙角的一块铺板上。说是铺板，其实就是两条木头长凳撑着一块两米长、一米宽的木板子，人坐边上都颤巍巍的，可奶奶竟然能睡在上边，铺板上铺着一床薄薄的褥子，平时这地方不是睡觉的，白天奶奶累了可以躺这歇歇。这会儿奶奶侧躺着，身上什么都没盖，妈让小莲给奶奶拿点儿盖的，奶奶躺着说："不用，我躺会儿就起来。"这时候妈看见小菊，就说："看你野的，快洗脸洗脚去，明天上学别迟到。"小菊刚要去拿洗脸盆倒水，听见爸在西边的套间屋里喊自己，便朝爸那走过去。

　　小菊见爸手里忙着，再仔细看，爸手里拿着的正是自己要的木头手枪，小菊惊叫道："哎呀，做好了，给我看看。"爸躲着扑上来的小菊，笑着说："哎呀，还没做好呢，等做好了给你。"小菊听了，便乖乖地坐在爸旁边看着。李国强手里握着一把锉，噌噌地在那把木头手枪上蹭来蹭去，还不时把枪举起来眯缝着眼睛看，看完了木头，还朝小菊眨巴一下眼睛。小菊问爸是怎么知道枪什么样的，有人告诉没有。爸听小菊这么问，停下手里的活儿说："原来我打过仗啊，用过枪，我知道枪长什么样。"小菊说："可那是很久以前的事了啊，您还记得啊。"李国强说："记得清楚着呢，永远都忘不了。"停了停又说："你妈要是能生个弟弟，我会做更多的枪，女孩儿玩儿枪不好，看着不文明。"小菊问道："为什么女孩儿玩儿枪不文明啊？"爸想了想说："女孩儿就应该看看书啊，织织毛衣啊什么的，原来我们在部队上，女的就在卫生队照顾伤员，真正上前线杀敌人的都是男的啊。"小菊眨巴着眼想了半天，最后什么也没说出来，看着爸发呆。爸说："你睡觉去吧，明天还上学呢。"

素花抱着睡着的小菱进来了，看了看丈夫手里的木头枪，惊喜地说："这都快成了啊，上午还没形呢。"李国强就像没听见似的一个幼儿用锉蹭着。素花小心翼翼地把小菱放在靠窗户的小床上，把床的护栏拉上去，这样小菱就是翻身也不会掉地上。素花清楚地记得买这张床的情形。那时候刚进北京生下小菊半年，惠芬一家已经搬来院里，两人刚见面就熟络起来，素花抱着小菊找惠芬，说是要去东安市场。惠芬正给大志喂奶，惠芬身子弱，奶水不足，大志在惠芬怀里哭闹。素花见状，接过孩子，撩开衣襟奶大志，惠芬笑了。奶完孩子两人一起去东安市场，两人在里边东串西串的，怀里小菊和大志都睡得呼呼的。在一个不起眼的小铺子里，素花看到了一张儿童床，八成新，素花第一眼就喜欢上了，她站在床旁边转了两圈儿，嘴里啧啧赞叹道："我从没见过这么漂亮的床，人家这是怎么做的呢。"床的三面都是一根根木棍扎起来的围栏，剩下的一面也是木棍的，但可以上下移动，孩子在里面就像进了一个栅栏围起来的保险箱，整个小床都刷了棕红色的油漆，油漆过后又是一层清漆，通体透亮，在整个东安市场里，这张小床在素花眼里简直就是个宝贝。惠芬怂恿素花买下来，素花笑着，又围着小床看了几遍，对店铺老板说："我是诚心想要，您给个公平价吧。"店铺老板一望而知是个老实人，让素花先开个价，素花出门的时候兜里揣了十块钱，这是早上丈夫让她买菜用的。素花犹豫了一会儿说："您看七块钱行吗？"店铺老板二话没说点头道："得，您说七块就七块，我这就找人给您送家去。"素花记得小床运回来了，自己心里忐忑不安，这是她第一次自己做主买这么大件的东西，她怕丈夫回家对她发火。出乎意料，丈夫李国强回到家，看到小床，非但没发脾气，还围着小床转悠了两圈儿，嘴里赞叹着："瞧瞧人家这活儿做的，真讲究。"从此这张小床成了李家最耀眼的家具，小菊、小萍都睡过这张床，现在轮到小菱。

素花安顿好小菱，见丈夫没有睡的意思，便轻手轻脚脱了衣裤，脱了鞋上床拉上被子，头一沾到枕头，素花的呼噜便紧跟着响起来。李国强朝素花看了一眼，正好看到素花张大的嘴巴，李国强皱了皱眉头，把头扭向一边。李国强看着睡在栅栏床里的小菱，此刻小菱只是很小的一团，自从小菱来到这个世界上，李国强几乎没有仔细看过这个孩子。小菊出生后，李国强渴望儿子的心情越来越迫切，李家几世都是单传，偏偏到了李国强这辈不停地生女孩儿。小菊奶奶原先还很笃定，觉得李家命不该绝，生男孩儿是铁定的，但到了小菱，奶奶也含糊了，心里纳闷：莫非风水变了？想了很久想不明白，最后认定是因为离开老家，祖宗才变了章程，几次跟儿子说要回西北老家，被李国强一顿抢白，老太太嘴上安静了，心里头一直闹腾。最后老太太想清楚了，即便自己回去了，儿子媳妇也还得留在这儿，对传宗接代一点儿用处没有，老太太便开始想办法、寻偏方，为了让李家延续香火，老太太的心真是操碎了。

李国强还记得小菱出生那天的情形。李国强在产房外头听护士朝外喊："王素花家属，女孩儿啊，六斤二两。"李国强听到护士的喊叫以后，二话没说，扭头就去了单位，素花被护士从产房推出来，见只有老太太领着仨孩子站那，心里本来就因为又生了女孩儿内疚得半死不活，见丈夫根本没露面，想必他已经知道又是闺女，才不见自己的，眼泪便哗哗下来了。一旁护士说："哎呀，哭什么啊，大人孩子都好好的，四个孩儿妈了，还这么娇气。"小菊奶奶满脸堆笑把护士扯到一旁，小声道："大夫啊，问您个事啊，您说这四个都是女孩儿了，下一个一定就是男孩儿了吧……"护士觉得这话挺好笑，便笑道："哎哟，这事可不归我们管，我们就管接生孩子。"护士停了停反应过来，对哭着的素花说："甭哭了，哭也是女孩儿，你丈夫是国家干部，更不能有重男轻女的想法，再说，我告诉你啊，生男还是生女，跟女的没关系啊，都是男的决定的。"素花不信，一个劲儿摇头，护士说："你摇什么头啊，这是科学，回头让大夫跟你说说你就信了。"素花疑惑地停住哭泣，问道："你说的是真的?"护士说："我骗你干吗，让你男人买本医学书看看，上面都写着呢。"素花若有所思，被护士推走了，奶奶带着三个孩子跟在后面。

李国强不想看小菱长什么样，小菱对李国强来说好像不存在，而小菱没时没晌地号哭，就好像成心给父亲警示，告诉他自己的存在，就像上边的三个姐姐一样，应该得到父亲的关爱和注目。李国强才不会想这些，对小菱无休止的号哭只有厌恶，或者就是听而不闻，好像那哭声压根跟他没关系，小菱的哭声引不起李国强半点儿兴趣，他不会为此让素花带着她去医院检查一下身体，看看她到底哪里不舒服，小菱的哭声对于李国强的生活，就像院子里那棵香椿树，司空见惯，嫌弃有加。

素花心里一直记着护士的话，后来她好几次鼓起勇气把护士的话学给丈夫听，素花说第一次的时候，李国强心里虽然一动，但脸上却是一脸不屑，觉得素花完全是在给自己生不出儿子找借口、推卸责任。李国强用一种懒懒的声调说："她那是放屁，生孩子就是女人的事，她胡咧咧什么。"素花还想按照护士说的，建议丈夫去买一本医学书，里边都写着呢。素花见丈夫的神情，嘲弄蔑视都明明白白写在脸上，知道自己若说出来，肯定招来一通贬损，便把护士的话留着安慰自己使了。素花有时候很疑惑护士是出于对自己的同情，安慰自己才那么说的，她曾经试探着问街道上的杨主任，杨主任半天才弄清楚素花想知道什么，杨主任眨巴了一下眼睛，想了想说："生孩子是女人的事，生男生女八成也是女人的事吧，生不出男孩儿总不能怪人家男人啊。"杨主任在素花心里是无所不能的，在整个黄土坑胡同里，杨主任也是响当当的人物，在素花看来杨主任不比那些识文断字的男人差，每次看见杨主任头头是道地跟男人当面理论，一种钦佩之情便油然而生。杨主任都认为生男生女是女人的事，素花便把那护士的话像倒一簸箕垃圾似的倒掉了。

　　李国强见素花已经打鼾了，便将手里的木头手枪用一块布小心翼翼包好，放在抽屉里，然后回头又朝小菱的床望去，不知怎么，李国强今晚很想多看几眼小菱，这个被自己忽略了的孩子，平时都是怎样的？小菱的脸朝向窗户，在幽暗的灯光中，李国强只看到了小菱弱小的影子，院子里那棵巨大的香椿树只剩下一条条遒劲的枝条，在夜晚凄凉的空气中稳健地摇晃着，在窗户上投下划来划去的影子。李国强知道月亮已经出来了，刚才的阴云已经散尽，他想走出屋门去看看，刚站起身便听见母亲在堂屋里哼了一声，李国强一惊，母亲睡在堂屋了？李国强赶紧走到堂屋，看见母亲身上什么都没盖躺在铺板上，心里一股火噌地一下直蹿脑门子。李国强吼着："素花，你怎么搞的，妈睡在这你都不管？不知道帮她盖上点儿啊。"老太太先被吓醒了，素花闻声赶紧趿拉着鞋过来，把老太太从铺上搀起来，送到东边屋里，幸好孩子们睡得死，都没醒。素花回来见丈夫还坐在床沿上生气，也不搭理丈夫，直接上床接着睡。素花刚开始打鼾，觉得身上重重的像压了块石头，还以为是梦里呢，使劲儿揉了下眼睛，才看清楚那个重重的石头是丈夫李国强。素花白天忙活一天，这会儿只想睡，迷离马虎地顺势推了丈夫一把。李国强平时在家里是皇上的位置，恨不能每句话都能当圣旨，而素花的实际地位早就是打入了冷宫的妃子，对李国强来说素花要是能生个男孩儿，能从冷宫里爬出来也未可知，而素花刚才那个推挡的动作无疑犯上作乱，李国强不但没遵从素花的意愿把自己的身子从素花的身上挪下来，反而扯开了素花身上那件千疮百孔的背心，刺啦一声，背心的右肩膀被撕开了，素花的右胳膊彻底露出来，在如洗的月光中闪着莹白的光，一下激起了李国强的欲望，他接下来的动作越发粗鲁，他用脚踹素花的裤衩，但他没想到，素花不像往日那么顺从，竟然用力地搡了李国强一下。素花一开始推人还懵懂着，是下意识而为之，而此刻的搡却是完全清醒的。素花身体强壮，加上每日操劳东奔西跑，比起天天坐办公室的丈夫不弱，所以搡那一下子，足以把李国强半个身子掀翻到床铺上。床铺不宽，李国强落在床铺上，还差点儿掉到地上，这让他恼羞成怒。李国强像暗夜里的一头饥饿的狮子，从心里发出一声怪异的吼叫，当然，这叫声并没有实质的声音。突然，素花的脸上重重挨了一巴掌，素花完全被这一巴掌打愣了，足有一分钟，素花一动不动，仿佛一只受到惊吓的小猫，静静地蜷曲在床上，李国强趁势而入，素花偏向一边的头看见丈夫不停晃动的影子……"能得你……"李国强从素花的身上下来时，嘴里咕哝了一句，很快便睡去了。素花第一次感到月光真的是冷的，看着恍如白夜的窗户，素花甚至感觉到冰冻的寒气。

与素花有相同感觉的是在另一间屋子里的小莲，她是被父母那边传过来的撕扯声惊醒的。小莲睁开眼，看到了满屋冰冷的月光，看到睡在身旁的小萍，还有睡在靠东墙单人床上的小菊，接着是从父母屋里隐约传过来的撕扯的声音。小莲对这种声音不陌生，有时候起夜，小莲坐在尿盆上，就听见父母的屋里传过来撕扯声以及床铺的晃动声，这种混合的声音在宁静的夜晚显得意味深长、充满魔力，让小莲这位情窦初开的女孩儿脸热心跳，下意识感到这关乎男女之事，是男人和女人最隐秘的那部分。每当这时候，小莲都尽量控制着自己撒尿的声音，一泡尿恨不能尿上两分钟……有很多次，小莲并非因为起夜，纯粹是被那种声音惊醒的，往往这时候，声音里的魔力似乎消失了，小莲没有感到心脏加速地跳动，相反，心脏仿佛停止了，因为从那种撕扯声中透露出一种绞杀、一种不情愿，还有一种强势的征服，男人征服女人，狼征服羊，狮虎征服一切弱小的野兽……小莲感觉到母亲完全处在弱势（女人这时候都是这个地位?),而父亲仿佛高高在上的皇帝,统领着母亲。

小莲把目光投向天花板,纸糊的屋顶经过一个夏天,显现出云朵般的潮湿的印迹,即便暗夜也能看到那些云朵的线条。小莲琢磨着父母之间正在发生的事情,他们正在做什么,怎么做的……更让小莲好奇的是睡在父母屋里的小菱,平时无缘无故都能哭号半天,父母那么大动静,她竟然每次都睡得那么平稳,好像故意不去打扰大人的事情。小莲有时恶作剧地想:"小菱快点儿哭啊,让他们停下来。"小莲被自己这种古怪的想法吓一跳,但今晚她意识到那种声音里掺杂着某种不祥之感。渐渐地,声音弱下去,继而消失了,一切复归平静,又过了一会儿传来父亲的鼾声,似有似无,能感觉到父亲睡得很踏实。小莲却怎么也睡不着了,小莲琢磨着母亲这时的感受,母亲似乎一点儿动静都没有,甚至听不见母亲的喘息声,平时她的呼吸和呻吟都是毫无顾忌的,但今晚母亲好像消失了。小莲还是听不到母亲的声音,又过了一会儿,小莲便不再想父母的事,眼前竟然自然而然地浮现出岳家祥的脸。他面色白皙、目光清澈、满含笑意,见到胡同里的人总是温和地打招呼,若靠近他说话,能感到有一种树林里才会有的清新感,岳家祥让附近胡同里小莲这个年龄的女孩儿们心神不定,而小莲很自信地靠近岳家祥,她想捕获岳家祥身上的那种不确定性。小莲不知道岳家祥喜欢谁,更不确定他喜欢不喜欢自己,但小莲不去想这些,他喜欢不喜欢自己都不妨碍自己喜欢他,就像妈刚买的那盆倒挂金钟,爸不喜欢,连眼神都不往那边瞟,但妈喜欢,妈天天浇水施肥的,倒挂金钟喜欢不喜欢妈不重要了,重要的是妈喜欢它。

小莲看着窗户纸上的光亮已经开始变化了,由明亮的月光转化成晨曦,月光和晨曦相同的是都很冷,不同的是晨曦会变暖,月光不会。这会儿晨曦带着一股比月光更强烈、更蛮横无理的姿态渐渐地、强有力地把一片透明的白色泼洒进屋里来,小莲逼迫自己睡着,她担心第一堂的数学课,数学课老师的眼睛永远是闭着的,讲课讲到酣处也不会睁开……

　　小莲刚要迷糊，就听见一阵哼哧哼哧的声音，小莲又被惊醒，这次发出声音的是小菊。声音断断续续，不像梦吃，而是由于痛苦。小莲喊了几声小菊，小菊哭着说："我肚子疼……"小莲假装没听见。小莲对小菊有一种天生的抵触，这源自父亲对于小菊太过明显的偏爱，为什么几个孩子当中父亲只对小菊明显宠爱，对其他三个孩子几乎视若无睹，这让小莲不解。她已经无数次用各种方式表示不满和愤怒，比如成心摔碎一只碗，或者爸下班的时候见了他当没看见，再不就是当着爸的面给小菊脸色看。这些好像没什么效果，爸对于小菊的偏爱一如既往，这让小莲感到恼怒，但又无计可施。小菊明显感觉到姐姐对自己的恶感，她不知道姐姐为什么对自己这样，她太小，对世道、人心一无所知。相反，小菊甚至有一种错觉，认为爸喜欢自己，那家里的所有人甚至院子里的所有人都应该喜欢自己，小菊万万没想到父亲对自己的偏爱竟然能引起姐姐对自己的厌恶，她享受着父亲的疼爱，对姐姐不屑一顾，作为小莲这种恶感的回报，小菊从不当面喊小莲姐姐，都是直接"哎"一声，或者直呼其名，叫她李小莲。这让母亲素花很恼火，素花心里同情小莲，却又不能把小菊怎样，毕竟小菊是丈夫宠爱的孩子，对于丈夫喜欢的东西素花都表面认可，心里抵触，但小菊除了是丈夫疼爱的孩子，同时也是自己的孩子，素花便对小菊有了一种复杂的情感，素花对小菊的疼爱有了一种谨慎。

　　小莲认定小菊生病了，但她不想管小菊，有意识地不去理她，一方面小莲想抓紧时间再眯一会儿，不然脑子混乱，数学课又要挨老师呲儿，另一方面也是一种报复心理作祟，心说："你就疼会儿吧，看你还张狂。"小莲翻个身，脸朝向睡在里边的小萍。可小菊发出的声响越来越大，从时断时续直到不停地哼哧，连小萍都被惊醒了，小萍仰起头朝小菊这边看着，被小莲按住道："别看，赶紧睡觉。"小莲感觉到小菊处于一种难以忍受的痛苦中，呻吟声愈演愈烈，小莲想到自己每次来月经时都会因为疼痛下意识发出类似的声音。这让小莲感同身受，小莲又一次朝小菊看去，见小菊正左右翻滚着，小莲不能再装聋作哑了，她从床上跳到地上，又一步蹿到小菊的床旁边，大声问："小菊，你怎么了？"接着小莲扭头朝父母的方向喊："妈，您快过来，看小菊怎么了！"

素花一直迷迷糊糊的，并没有真正睡着，从小菊刚开始吭唧素花就听见了，以为孩子在做梦。直到小莲大喊，素花才意识到孩子病了。素花三步两步到了小菊床前，用手搭在小菊的额头上，火炭似的，素花惊道："哎呀，烫手了！这得赶紧去医院。"一旁小莲道："那赶紧穿衣服吧，我跟您一起去。"素花犹豫道："你还要上课呢……"小莲瞪着眼看着母亲道："那您让我爸跟您去？他什么时候带我们看过病？"素花二话不说回屋里穿衣服，小菱这时候哇哇地哭起来，素花对躺着纹丝不动的丈夫说："你照看下小菱，我带小菊去医院。"李国强眼睛都不睁嗯了一声。素花返回小菊床前，帮着小菊穿衣服，在整个穿衣服的过程中，小菊疼得直着嗓子喊，小萍吓得躲在床角缩成一团，奶奶来了，一声不吭站在门口发愣，等素花把小菊背在背上，小莲跟在母亲身后要出门的时候，奶奶朝着儿子喊了声："你是死人啊！"李国强回道："孩子发烧感冒，去医院打一针就好，今天科里有事，我起来就走。"

小菊疼得没法走路，素花只得背着她，七岁的孩子趴在母亲背上脚都快耷拉到地上了，素花让小菊尽量搂住自己的脖子，可小菊疼得没劲儿了，身子一个劲儿往下掉，小莲只得在后面不停地往上搊小菊。刚出了大门，迎面碰到刚买回豆浆的惠芬，惠芬一只手端了一只铝锅，另一只手托着十几个油饼，豆浆和油饼都冒着热气，素花不由得咽了口哈喇子。惠芬吃惊地问："这孩子怎么了？脸这么红，不是发烧了吧？"素花没停下步子，边走边对惠芬说："摸着挺烫，喊着肚子疼，我带她去钱粮胡同医院看看，帮着照看下小菱。"惠芬在后边喊："放心吧，我这就过去。"

素花背着小菊走过胡同，不停地跟街坊邻居打招呼，脚底下却一刻没停，素花感觉到风从自己的耳边呼呼刮过去，只有小菊呼在自己脖子上的气息像炭火一样灼热。小菊灼热的气息逐渐在素花的脖子上蔓延开，往衣服领子里边钻，没一会儿，素花就感到浑身燥热，等到了钱粮胡同的西口，素花已经大汗淋漓。小莲一开始还帮着母亲扶着小菊的腿，能让素花省点儿力气，看素花越走越急，小莲跟不上母亲，快到医院门口的时候，小莲已经被母亲落下好远，小莲不得不跑着赶过来，替母亲拉开医院的弹簧门。

　　进了医院门，过道里左右两边各有一只长凳，为候诊的人预备的，此刻空着。素花背着小菊直接往里走，再往里，是个天井，高高的天窗，透过天窗上的玻璃能看到树枝摆动。素花高声喊大夫，一位三十多岁的男医生应声而出。这医院附近居民经常来，虽然不知道大夫们姓名，可脸都熟悉。眼前这位大夫附近居民都喜欢，说起来就是："对对，就是那个大眼睛的男大夫……"终于有人探听出来大眼睛的男大夫姓侯。素花见出来的是侯大夫，松了口气，对大夫道："侯大夫啊，我孩子发烧，肚子疼，您赶紧给瞧瞧吧。"大眼睛侯大夫帮着素花把小菊扶到左侧的一间小诊室里，小莲站在天井里往诊室里看。小莲看见正中间的座钟，时针快到六了，心里一阵焦急，八点上课，还要回家拿书包……正想着，见母亲拿着化验单出来了，素花先回头看了一下那只座钟，对小莲说："刚才走得急，没顾上带钱，你回家跟你爸拿钱，多拿点儿，还不知道什么病，可大夫说不是感冒发烧那么简单。"素花停了停又说："你顺便拿着书包，把钱送来你就上学去吧，别耽误课。"小莲听母亲这么说，一颗心落了地。

　　小莲跑出医院的门，侯大夫对素花说："你先去化验吧，钱来了再补交费用，我看这孩子八成是阑尾炎，要真是阑尾炎，您还得赶紧带她去儿童医院，咱们这没有手术室。"素花听侯大夫这么说，大吃一惊："还要手术吗？这可怎么好……"素花急得眼泪都掉下来了，站在地上直跺脚。侯大夫安慰道："你别着急，病已经来了，着急也没用。你先去给孩子化验血和尿，结果出来再说。"素花按照侯大夫说的给小菊化验去了。

小莲一路跑回家连十分钟都不到，奶奶踮着小脚儿追着小莲问："到底什么病啊？要紧不要紧。"小莲顾不上跟奶奶搭话，直接跟爸要钱。李国强正坐在屋里喝粥，见了小莲便问小菊的病。小莲说："我也不知道什么病，我妈等钱给她化验呢，你赶紧给我钱，我还得上学呢。"李国强回到睡觉的屋拉开桌子中间那个抽屉，拿出一个牛皮纸信封打开，从里边拈出两张十元钱的票子递给小莲，想了想又拿出一张五元的，对小莲说："你赶紧给你妈送去，然后就上学去，别耽误了课。"小莲从没拿过这么多钱，她背上书包，想把钱放书包里，又怕丢了，干脆用手攥着。小莲跑出院子，刚好碰到去上班的岳家祥，小莲像着魔似的停下，看着岳家祥，不知道说什么，突然喊道："小菊生病了，在钱粮医院呢。"说完撒丫子跑了。后面岳家祥喊道："你也不说什么病，需要我帮忙就找我啊！"小莲也不回头，一个劲儿地跑，直到出了黄土坑胡同，往右转进了细管胡同，知道岳家祥再看不到她了才停下，弯着腰喘了几口大气，接着快步朝医院走去。

小莲推开医院的门，看见侯大夫正跟妈说话，侯大夫的表情很严肃，小莲悄悄走到两人旁边。听侯大夫对妈说："您就直接去吧，不能耽搁，要是肠穿孔那就麻烦了。"妈说："那就谢谢您，我这就带她去儿童医院。"素花见小莲来了，问小莲钱带来了吧，急着要给侯大夫钱，还侯大夫垫付的化验费。侯大夫说："街里街坊的，不在乎这一会儿工夫，您赶紧先带孩子瞧病吧。"素花这才背上小菊往外边走，小莲跟在后边问："到底什么病啊？看您急的，您倒是拿钱啊。"说着小莲把那个已经攥成一个卷的牛皮纸袋交给素花。素花停下来对小莲说："侯大夫说是盲肠炎，让我带小菊去儿童医院，弄不好就得做手术。"小莲吓得瞪着眼不知道说什么，只听母亲又说：

"你先上学去，课间的时候给奶奶打个电话，让传一下就行，就说小菊妈带着孩子去儿童医院了。我下午要是还不回来的话，你放了学就给你爸打电话，让他来儿童医院，听明白没有？"小莲点点头，妈背着小菊，往胡同西边走，她要穿过美术馆后街，去宽街乘13路公共汽车。小莲有一次高烧，怎么都不退，妈带小莲去过儿童医院。小莲在母亲身后看着母亲弓着腰，背着小菊吃力地走着，心里突然一阵难过。小莲想跑过去帮着妈，但她的腿上却像是灌了铅，她知道妈不会让自己跟着的，在妈眼里上学比什么都重要。小莲远远地看着母亲的背影，就像是胡同里一个移动的污点，小莲的心感到一阵痛，接着是一阵恶心，她张开嘴想吐，却又吐不出来。小莲转身朝相反方向走，她被那种恶心的感觉裹挟着，她讨厌那种感觉，她说不清为什么会产生那种恶心的感觉，快走到学校的时候，小莲终于想明白了，她厌恶妈和爸那种撕扯的关系，而她隐约感到自己跟这种撕扯也有关系。

素花背着小菊快步走着，她感觉到耳朵边上呼呼生风，风声跟自己心里的火气互相呼应着，素花的心脏在疯狂跳动，这让她想起小时候爸背着她在村里的坡地上狂跑的情形。那时候爸在村里是有名的长腿，能一口气跑上十里地不歇脚。村里有个红白事都喜欢招呼爸去帮忙，抬棺材抬轿子，从没撂过肩。

其实素花走得一点儿都不快，比走在胡同里的人都慢，走得快只是素花的一种愿望和假象，是心急。胡同里的人一个个从素花的背后赶上来，再超过她往前走，认识的人扭过头吃惊地问她背着孩子去哪儿。素花做一样的回答："孩子病了，去儿童医院看病。"有的停下脚步帮素花把小菊往上拥一下，让素花赶紧去吧；有的忙着自己的事，嘴上勤快："那别耽误了，赶紧的，有什么话帮你捎回去。"素花最终知道自己走得有多慢了，这使得素花心里越发着急，心里着急不管用，路还得一步一步走。已经看见中医院的大门了，过了那条假马路就到了宽街，坐上13路公共汽车就好了。素花这么想着，脚底下似乎有了劲儿。

眼前就是宽街了，十字路口当中站着一位穿蓝衣的交警指挥交通，车辆经过交警的时候要特意拐一下，其实马路上没什么车，加上马车也数得过来。这时候素花看见一辆马车正要走过十字路口，马车到了中间，那匹古铜色的大马突然停步了，它低下头，在地上找寻什么。交警示意看着那匹马，跟马车夫说着什么，马车夫一脸通红，拼命地挥着手里的鞭子，啪的一声，鞭花在空中炸响，惊得那匹马抬起头愣着。突然，那匹马嘶鸣着抬起两条前腿，把十字路口周边的人吓愣了，接着大家四散而去。交警好像一点儿不惊慌，他帮着车夫把马控制住，然后跟车夫说了几句话，便接着忙活指挥去了，车夫小心翼翼将马车赶到一边。

素花并没有被吓愣，她只感觉到背上的小菊烧得厉害，她的脖子简直要被小菊呼出来的热气灼伤了，素花心里只想赶快搭上13路汽车，赶快到儿童医院。她甚至想不明白那匹马怎么突然就乖乖的了，她听见周围的人议论着："那交警还真有两下子，那麻利劲儿真能当个英雄了。"

车站有两三个等车的人，素花倚在一棵树上，确切地说素花是将小菊的身子倚靠在那棵树上，这让素花感到轻松了许多。她用手抹了下额头上的汗，顺势擦在衣服襟上，眼睛却往东边望着。东边是剪子巷，穿过剪子巷就是黄土坑胡同，素花朝家的方向张望，她希望能看到熟悉的人的脸，哪怕胡同里随便一个街坊，就算那种平时不说一句话的，只要脸熟，她只是想找到一种安慰……这时素花听见小菊哼了几声，她慢慢将小菊放在地上，让她倚靠着树干。素花转过身，面对着小菊，小菊因为高烧面色通红，两只眼睛却紧闭着。素花心里一阵焦急，喊了声："小菊！"小菊迷迷糊糊答应了一声，素花看着孩子，再看看人来车往的宽街，心里一阵哀伤。她感到自己弱小得像只蚂蚁，不，比蚂蚁还无能，蚂蚁能叼着比自己的身体大好多倍的食物轻松飞快地爬，生活对它们似乎容易许多，而自己干什么都费劲儿。家里有很多人，那是一种假象，一旦遇到难处，就剩下自己一个人了。素花感觉到眼眶发热，眼泪马上要流出来，她对自己说："要忍住……"泪水很听话，真的没往外流，回到肚子里。她不知道泪水从哪里来的，反正在她使劲儿吞咽了以后，眼睛里便跟着干燥了。她听见小菊问："妈，我爸呢？"素花没来得及开口，听见旁边一个声音道："哎呀，姐，这孩子病得不轻啊。"

素花扭头一看，是个三十多岁的中年男人，一身毛蓝衣裤，干净利索。素花点头答道："大夫说八成是盲肠炎，我这不带她去儿童医院。看着孩子瘦，背起来真不轻，瞧我这身汗。"中年男人说："您家里的没跟着啊？一个人带孩子瞧病，怪辛苦的。"素花说："家里的要上班，平常也都是我一个人拉巴孩子，她奶奶小脚儿，跟着更麻烦，还得照应她。"中年男人叹道："您真不容易，我帮您抱孩子吧。"说着就要去抱小菊，被素花拦住了，说道："这孩子从小认生，不麻烦您了。"素花不让别人碰自己的孩子，素花对气味很敏感，自己的孩子就像私人用品一样，染上别人的气味就不好了。这个习惯让惠芬不理解，经常拿素花开玩笑，说她是狗鼻子。素花有自己的道理，孩子让陌生人抱，身上肯定沾上那人的气味，气味万一钻到孩子身体里，孩子就有了陌生的成分……惠芬越发觉得素花说得好笑。素花不管惠芬怎么嘲笑，这毛病改不了。那中年男人被拒绝后并不觉得尴尬，正好这时来车了，素花抱起小菊上车，中年男人也跟着上了车，还在旁边招呼着，等素花上了车，就张罗着给素花找座位，还很耐心地向坐着的乘客解释孩子病了，是去儿童医院看病的，马上有三位乘客同时站起来给素花让座。素花选了一个靠近车门的座位坐下来，嘴里连声道谢，那位中年男人就站在素花身旁跟她说着话。

两人聊了一会儿，素花才知道中年男人住得只跟黄土坑隔着两条胡同，素花说："协作胡同？"中年男人点头说："就是胡同中间高台阶那院子，院子门口有一棵歪脖子槐树。"素花恍然大悟："那个有好多金条的人就是你啊，你就是那个叫白皮儿的？"素花这句话让周围好几个人都扭头朝中年男人看，还有人说："这名可够嘎的。"中年男人笑道："都是瞎传的，哪有什么金条，两条金链子倒是有的。"坐在素花旁边一位五十多岁的妇女接道："哎呀，金链子也不得了啊，你赶紧藏结实了，不然贼惦记上了。"素花用手摸摸小菊的头，热度似乎退了些，这让素花感觉好点儿了。身旁的女人听这么说便也接了一句："哪有贼啊，我们院大门天天大敞着，也没见有什么贼来。"妇女打量了素花一会儿说道："凭你这身打扮就知道你们那院子里没什么富裕的家，贼哪会去，你问问这位兄弟，他家的大门是不是整天都关着，想往里头瞅一眼都难。"这句话没多少人呼应，只有中年男人打马虎眼："瞧您说的，现在家家都差不多，公私合营了以后，谁家里的东西都差不多了。"那位妇女说："那是啊！这位兄弟，还是那话，把你那两条金链子看好了，最好别让别人知道。"又对素花说："你俩是邻居？那你就嘴上多个把门的，让这事烂肚子里也别跟别人念叨，积点儿德有好处。"

素花懒得理那女的，对那些说话不中听的人，素花从来都是假装听不见。这会儿，素花把小菊往怀里揽了揽，把孩子的裤脚朝下边抽了抽，然后不停地用手摸小菊的头，摸的次数多了，素花有了一种错觉，小菊的体温好像不那么高了，随着车的颠簸、停停靠靠的，素花甚至觉得小菊的病并不像侯大夫说的那么严重，而只是个普通的发烧感冒。这时候坐在素花身后的人说道："我听刚才说话这位大姐是看不起我们劳动人民啊，毛主席说过了，劳动光荣，劳动人民就是穷，那是因为我们是被有钱人、被那些地主资本家剥削干净了，谁看不起劳动人民谁就是我们的敌人！"这几句话像是个静音器，让原本闹哄哄的公交车瞬间安静下来，但那种安静里透着不平静，有一种一触即发的危险。素花感到一缕不安，因为这场纠纷是因她而起的，她刚想说点儿什么以缓和气氛，却听旁边的女人回道："劳动光荣不假，你说的那些地主资本家都是拼命劳动以后从穷人变富的，所以这位兄弟你还别瞎咋呼，也别张罗着给我扣帽子……"这时候一旁的白皮儿赶紧打圆场道："几位说的都在理儿，大家伙都消停消停，这孩子病得厉害。"说着又朝前边的司机喊道："司机师傅，劳驾您开快点儿，孩子的病耽误不得。"只听前边的司机回道："得嘞，大家伙儿扶结实了。"公交车像头怪兽似的，突然加速。

　　车到站，素花抱着小菊下了车，素花左右看着，想找人帮个忙，把孩子扶到背上。白皮儿不知道从哪儿冒出来，对素花说："姐，我帮你吧。"说着把小菊的胳膊架起来往素花的背上送。素花来不及多想，背上小菊一边往医院走，一边问白皮儿："我没见你下车啊，你这是去哪儿啊？"白皮儿那张白净的脸上突然泛起一抹红晕，白皮儿想了想说："我本来要去我姑家，可我看你怪辛苦的，让我想起以前我姐就这样背着我上医院的，可惜我姐得胃病死了……所以我就想帮帮你，不由自主就跟着你下了车。"素花心里一阵热，嘴上说道："哎呀，大兄弟，你这么说让我没法承受，你就帮到这儿吧，赶紧看你姑去吧，我一个人能行。"素花说着加快了步子，朝医院疾步走去。

　　素花按照侯大夫嘱咐的，直接去了急诊室，一位跟自己年龄相仿的护士接诊，素花手里攥着钱粮胡同医院的化验单，她想把化验单交给那位护士，却被那位用手挡开了，说："一会儿您直接把它交给大夫吧。"护士接着给小菊开化验单，让素花交费去。素花想把孩子留在那儿自己去交费，护士说："您最好自己带着，没听说现在拍花子挺多，再说我这里这么乱，顾不上别的。"素花只得背着小菊去交费，绕了半天也没找到交费处，小菊不停地在背上哼哼，素花又累又急，心里直冒火，满脸通红，看着倒像是个高烧病人。素花看见一个穿白大褂的，赶紧上前抓住白大褂的胳膊问："同志，跟您打听一下交费处在哪儿啊，我绕了好几圈儿都没找着。"白大褂看了一眼素花，说："你跟我来。"素花背着小菊满脸大汗地跟在白大褂身后走着，走几步，白大褂就要停下脚步等等素花，素花很过意不去："哎呀，真是难为您了。"白大褂第三次停下来等素花的时候问："你男人没跟你来吗？一个人带孩子看病太难了。"素花连想都没想道："他忙，都是我一个人带孩子看病。"白大褂摇头，不再说话，只是放慢了脚步。终于到了收费处，白大褂对素花说："你去交费吧，我帮你看会儿孩子。"等素花交完费，白大褂帮着素花把小菊放到背上，素花没顾上说声谢，白大褂便匆匆走了。

化验完了，护士拿着化验单"哎呀"了一声，赶紧去叫大夫了。一会儿，大夫来了，素花一看，竟然是刚才带自己去收费处的那个，素花刚要说什么，大夫接过化验单看了看说："白细胞这么多。"又看了看另一张化验单说："看，尿里边也有红白细胞了。"又让小菊平躺在一张检查床上，按压小菊的腹部，小菊疼得喊了一声。大夫对素花说："孩子得了盲肠炎，我给你开住院单，你给孩子办住院手续吧，争取下午开刀。"素花一听真要开刀，脑子里便嗡嗡作响，好像要炸开来，大夫最后说什么完全没听见。

素花把小菊留在急诊室里去办住院手续，排队等着的时候，心里一直在想，不知道小莲给家里传话了没有。又算计着丈夫下午几点下班，几点能到家，几点能来医院……这时候素花觉得有人捅自己，扭头一看，竟然还是白皮儿。素花诧异道："你在这儿干吗？还没去姑家？"白皮儿的脸上又泛起一道红晕，他跟着素花往前挪着，悄悄说道："我突然想起你早上肯定还没吃饭，这马上中午了，又没人替你，还不饿个好歹。我正好路过一个烧羊肉的铺子，我买了两套烧饼夹羊肉，我吃了一套，给姐送来一套。"白皮儿说着从手里拎着的一个布包里掏出一个草纸包来，素花一下子被浓郁的肉香味攫住了，她狠狠吸了口气，肚子里头开始咕噜咕噜翻江倒海般喊起来，素花这才觉得饿，腿软、眼冒金星。白皮儿又说："我替你排着，你去那边趁热吃吧。"素花连个谢字都没来得及说，接过白皮儿手里的草纸包，走到一个角落里，打开纸包，照着那个肉烧饼狠狠咬了一口。第一口没怎么嚼就咽下去了，咬第二口的时候，素花抬头朝白皮儿看了一眼，见白皮儿正笑眯眯地朝自己这边望着。这张脸让素花觉得暖暖的，素花看着白皮儿，咬下第二口，她尽量让烧饼和羊肉充满口腔，这让她感到无比满足，这种满足感顺着口腔慢慢朝下走，她甚至感觉到心脏由此加快了速度，她觉得这种感觉很熟悉，在她以前的生活中曾经出现过。这么想着，一个片段闪过她的脑际，那是在西北老家，自己几岁大的时候，有一天出去玩儿，找不到回家的路，爸满山遍野地喊她的乳名：布妮儿。爸找到她的时候，她饿得只能靠在一丛酸枣棵了上待着，爸像变戏法似的从怀里掏出一块馍，素花几乎是从爸的手里抢过馍，狼一样地大口吞咽……爸的目光也是这样暖暖地看着自己，一瞬间，白皮儿身上的陌生感消失了，一股亲人的感觉弥漫着。生活已经大变，爸已经埋在西北的高坡上，再也无法递给她馍了；而眼前递给自己烧饼的人，是个陌生而熟悉的人。

　　烧饼吃了一半，素花看见白皮儿前面就剩下一个人了，便把剩下的烧饼重新包好，顺手揣到自己兜里，走到白皮儿跟前，让他靠边站。白皮儿没动地方，对素花说："你要是钱不够，我可以帮你交押金。"素花赶紧说："不用了，我有钱，你给我买的烧饼真好吃，我还没谢你呢。"白皮儿道："街里街坊的，有什么难事就吱一声。"正说着，到素花交费了，里边让素花交二十元押金，素花听了一愣，脸腾地红了，悄声对里边的人说："你看，我早上带孩子看病，出来匆忙，没带那么多钱，能不能先赊着，等我丈夫来了，一定还给医院。"里面的人为难地说："大嫂，我知道您是老实人，可医院有医院的规矩啊，要不您给家里打个电话，传个信，让他们送点儿钱来？"素花正为难，突然看见从自己的胳肢窝下边伸过来一只手，手里攥着一把十元钱的票子，素花顺着那只手看到了白皮儿那张白皙的脸。白皮儿轻声说："大姐，您先用吧，回头还给我就得。"素花想都没想，一把接过那沓票子，从小窗口递进去，听见里边嘀咕了一句："看着挺老实，有钱还藏着掖着……"

素花办好了住院手续，赶紧去急诊室接小菊，急诊室的护士告诉她，孩子已经被送到病房了。素花问："病房在哪儿？"护士指着一个过道说："您从那儿过去，看见一个大厅往西边的过道走，再穿过外科诊室，然后往左拐，走着您就能看见住院部了，都写着呢。"素花红着脸应着，心里早迷瞪了，嘴上却不敢再多问。素花有个最大的软肋，不识字。

白皮儿在一旁把这一切都看在眼里，等素花朝过道走的时候，赶上来悄声道："姐，您不用害怕，我认识字，我带您去住院部。"素花脸上的红晕退下去了，她看了一眼白皮儿，有点儿过意不去，想了想问道："你对谁都这么好吗？咱们非亲非故啊。"白皮儿笑道："今天我不是正好撞上吗？再说您长得跟我姐太像了，不但长得像，神态也像，越看越像，干脆我叫您姐得了。"素花刚想说什么，却听白皮儿说："八成您上辈子是我姐。"白皮儿说完，用一种调皮的神情看着素花。素花被他逗乐了，说道："你还信这个，我不迷信，人都是一辈子，别信那些鬼话。"

住院部护士站一位小护士领着素花和白皮儿来到三号病房，素花推开门，见小菊已经换上了蓝色条纹的病号服，乖乖地仰躺在病床上。素花见孩子孤零零躺着，眼泪一下流出来，赶紧走到小菊病床旁边，摸着小菊的头问肚子疼得厉害不。小菊摇头。除了小菊，屋里还有两个小病人，床边都坐着爸爸妈妈。这时候小菊喊了声："妈。"问她爸什么时候来看她。素花说："你爸下班就过来。"见孩子的嘴唇干裂，才想起孩子从早上到现在一口水都没喝，便低着头找暖壶，墙角有个竹皮暖壶。一床的爸爸对素花说："那个暖壶是坏的，您从我们这儿先倒点儿吧。"一床的爸爸不但递过来暖壶，还递过来一只搪瓷缸子。素花也不客气，给小菊凉了一缸子水。一床的妈妈这时候对素花说："我看孩子说话一点儿劲儿都没有，孩子要是饿，就先吃个苹果吧，洗干净的。"说着，递过来一个苹果，素花这才想起小菊跟自己一样，一大早到现在……不对，自己刚吃了白皮儿的烧饼夹羊肉。素花接过苹果，很感激地看了一床的妈妈一眼，说了声谢，便递给了小菊。这时一床的爸爸犹豫地说："刚才我好像听见护士说过，让这孩子别再吃东西了，备皮手术。"素花还没来得及说话，只听身后嘎巴一声，扭头看去，小菊的嘴里已经塞满了一大口苹果。一床的妈妈这会儿说："瞧把孩子饿的，先吃了再说吧。"一床爸爸朝白皮儿招呼道："这是孩子爸吧，我这手脏就不握手了。"白皮儿没说话，像根木头桩子似的杵着。素花赶紧说："这是我们邻居，孩子爸单位有事，晚上才能来。"一床妈妈说："哟，这邻居真不错，就这么忙前跑后的。"这时二床的妈妈接道："还是那话，远亲不如近邻。"一床妈妈点头，接着问二床妈妈："孩子今天吃了没有？大夫说让孩子尽量吃饭呢。"二床妈妈说："他就是不张嘴，你说愁人不。"小菊吃完了苹果，又对素花说要喝水，素花把凉的那一缸子热水端起来，用嘴试了试，护士推门进来了，刚想说什么，看见了小菊床头柜上的苹果核，大声喊道："三床家属，不是告诉你们别吃东西了吗？这马上要手术，这……这可怎么办……"素花吓傻了，不知道说什么，护士好像跳舞似的在屋里转了一圈儿，嘴里嘟囔着出去了。病房里没人出声，一床的爸爸和妈妈互相看了一眼，都低着头假装给孩子掖被子。二床的妈妈张了张嘴想说什么又闭上了。却听白皮儿轻声说："甭那么着急，大不了洗肠子……"素花抬头，疑惑地看着白皮儿，白皮儿的脸上荡漾着笑容，雪白的牙齿宛若一排香糯米，素花这才注意到白皮儿的头发是黄色的，很短，仿佛贴着头皮的一层黄色的气息。

果然像白皮儿说的，十几分钟以后，护士又推门进来了，她并没有一步跨进来，而是用手拉着门，站在门边等着。大夫走进来，他直接走到小菊的病床旁边，朝小菊笑笑，说道："你看，因为你馋嘴吃了个苹果，所以手术推后了。一会儿让护士带你去灌肠，就是把你刚刚吃进去的苹果用水冲出来。"小菊睁大眼睛问："为什么做手术不能吃东西啊?"大夫回答:"因为肠子里如果有很多食物,会影响医生看清楚你肚子里的情况。"停了停又说:"不赖你,都是护士阿姨没跟你讲清楚。"一旁护士撇了下嘴。

小菊去灌肠的时候,小莲来了。小莲像个贼似的鬼鬼祟祟地从走廊那头探头探脑往这边走,素花正跟白皮儿站在窗户旁边说话,看见小莲,冲她招手。小莲踮着脚跑过来,把手里的一个布包交给素花道:"这是奶奶烙的饼,怕您饿着。"素花问:"你怎么找到这里的,你爸呢? 他知道小菊住院了吗?"小莲说:"您不是说了,要是不回家就是住院了。我奶奶说他下午来过电话了,我奶奶肯定跟他说了。"素花点点头,又问小菱,小莲说:"小菱倒没怎么闹,就是把我奶奶急得够呛,还要来,让我拦下了。她那小脚儿,等到了这还不得明天啊。"素花拍了小莲一下说:"没规矩。"又指着白皮儿说:"这是协作胡同的……"白皮儿接过话说:"白俊明,就喊我俊明叔叔吧。"素花又把话头揽过去:"这次多亏了俊明叔叔,要不小菊的住院押金都没着落。"小莲还没来得及谢白皮儿,护士推着小菊灌肠回来了,小菊看见小莲,问道:"爸呢?"小莲说:"上班呢。"小菊点点头不再说什么,素花、白皮儿和小莲跟着小菊进了病房。护士把小菊抱到病床上,嘱咐道:"这次不能再嘴馋了,不然你这手术做不成了。"护士出门不久,门被推开了一条缝,一个人头探进来,竟然是惠芬。素花迎上去,说了几句客套话,惠芬递给素花一个纸卷,素花打开一看,是十块钱。素花赶紧把纸卷塞回到惠芬手里,惠芬死命不接,这时候另一位护士推门进来,她推着一辆平板车,朝小菊喊:"三床推手术室,家属都出去吧。屋里人太多了,影响病人休息。"小菊被两位护士架到那辆平板车上,小菊吓得大睁着两只眼朝素花望着,接着眼泪便吧嗒吧嗒往下落,嘴里喊着妈。这让素花心里一阵难过,上前拉着小菊的手,也是一个劲儿落眼泪。一旁护士说:"哎哟,不至于的,就是个小手术,一顿饭的工夫,别跟生离死别似的。"素花听护士这么说,赶紧对小菊说:"别害怕,乖，睡一觉就好了。"

素花、惠芬、小莲和白皮儿，四个人排成一排跟在小菊的平板车后走着，到了手术室门口，护士说："家属止步，就在这儿等吧。"说完打开门把小菊推进去，小菊探起头朝着素花可怜巴巴地挥手，素花感到心碎了，脚底下没劲儿，靠在墙上。惠芬又从提着的一个花布包里掏出一个馒头递给素花，素花顾不上看馒头，惠芬只得收回馒头说："咱们去那边坐吧。"惠芬扶着素花朝不远处的一条长凳走去。素花看着手术室上边三个红色的字，问小莲那是什么意思。小莲说是手术室。素花点点头，抹了把脸，几个人都沉默着。突然，素花问小莲："认字难不难?"小莲毫不犹豫道："不难，您花一个月时间就能读报纸。"这话题让气氛缓和了，白皮儿在一旁道："姐想认字啊，我可以教您。"惠芬这才看见白皮儿，仔细瞅了瞅白皮儿的脸问道："你是不是住协作胡同?"白皮儿点头。惠芬道："那个高台阶里的姓白的?"白皮儿又点头。惠芬不言语了，似乎肚子里有话就是不愿意当着白皮儿的面说。白皮儿突然觉得身上痒，便伸手抓痒，先是脖子后头，然后是袖管里，接着后背前胸，一通抓挠。小莲忍不住问："俊明叔叔，您有皮肤病吧?"白皮儿脸红得跟红旗似的，对素花和惠芬说："孩子进手术室就放心了，我先回去，有事回头再说。"素花站起来说："过两天把钱给你送去。"白皮儿头也不回地走了。

见白皮儿走远了，惠芬对素花道："这人是个精神病，你怎么招他啊，还跟他借钱，你胆子可真大。"素花不理惠芬，从惠芬的兜里拿出馒头，掰了一口放嘴里嚼着，口齿不清地说："周围一个人都没有，孩子住院等着交押金，不跟他借你借给我啊? 你在哪儿啊。"惠芬不出声了。

过了一会儿，惠芬又说："你没听人家说，协作胡同白家有地洞，藏着好多金银财宝。这个白皮儿不结婚，就是不想让那些金银财宝落在外姓人手里。"素花想了想说："他要是生个孩子不就姓白了吗？还是落在白姓人手里啊。"惠芬一时不知道说什么，愣了一会儿又说："他们家的大门就像哑巴的嘴，总是关得紧紧的，肯定有见不得人的事啊。"这回轮到素花沉默，惠芬见素花不说话，觉得自己占了上风，便仰了下头又说："今天街道杨主任一直找你，让你参加街道积极分子活动，没找见你还挺着急的。"素花这才想起昨天答应去居委会开会的事，刚想张嘴问惠芬，就见手术室的门打开了，素花赶紧站起来，以为小菊的手术做完了。护士喊："赵启明家属在吗？赵启明家属……"喊了半天没人应，护士嘟哝一句："这什么人啊。"又反身回了手术室。不到五分钟，手术室的门第二次打开，恰在这时，丈夫李国强从走廊另一头急匆匆走过来，与刚刚被推出手术室的小菊碰了面。惠芬感叹道："这爷俩心里真是通着的，这边做完手术出来，那边刚好来，看这缘分。"

小菊闭着眼睛，李国强喊了几声，护士说："麻药还没过去呢。"李国强问："什么时候能醒过来？"护士边推车边对李国强说："一两个小时吧。"另一个举着吊瓶的护士说："还得看她对麻药的反应，没准儿更长。"几个人跟着平板车往病房走，小莲没喊爸，跟在最后头走，素花比小莲靠前一点儿，最靠近平板车的是李国强，身旁是惠芬。李国强笑着对惠芬说："哎呀，你还过来了，你们家老王今天可给科里干了件好事，把科里的坏椅子都修好了。"惠芬个子矮，素花从后面看着他们，见惠芬侧仰着头，素花能看见惠芬笑得眯成一道缝的一只眼睛，惠芬说："还不是你这当科长的能调动人的积极性，要是我，我干得更欢。"后面素花听着惠芬跟丈夫聊天，心里头生起一种恨恨的感觉，好像自己根本不存在，看上去，丈夫跟惠芬更像是夫妻。

进到病房，小菊被护士抬到病床上，素花插不上手，站在墙边，偶然一回头，看见墙角洗手池上面的镜子里映着自己的身影，头发乱糟糟的，脸没洗，眵目糊在两个眼角上沾着，素花揉了揉眼角，把眵目糊弄掉，还有一些沾在眼睫毛上，素花便不去理睬了。

素花没有出门的体面行头，仅有的两件大襟衣裳都是屋里屋外地穿，做饭洗衣服买菜，除了夏天这两件衣裳能躺在箱子里歇歇，春秋冬都要当家。衣服襟子上满是洗不掉的油点子，怎么洗都洗不掉，用开水烫，肥皂搓，素花还用碱面洗过，还是无济于事。那些油点子像是一堆忠诚的仆人，它们愿意跟随着素花。其实素花不觉得怎样，倒是丈夫李国强看了那些油点子就皱眉头。今天身上这件是素花两件衣服里比较破旧的，领口处的扣襻已经磨破了，不能再使用，随意耷拉着。素花没想到带小菊看病，一路看到了儿童医院，一整天都在外边，也就来不及穿那件新一点儿的衣裳。镜子里的自己让素花都感到有些不堪入目，她习惯性地用手蘸了点儿唾沫，抹了抹鬓角，抻了抻衣襟。这时素花在镜子里看到了惠芬，刚才素花竟然没注意到，惠芬穿着一件黑底子碎白小花的大襟褂子，浑身上下一个补丁都没有，白色的花瓣很白，说明衣服至少有八成新。惠芬的头发一如既往的整洁，抹了头油，就连鬓角处都没有一丝乱发。惠芬有绞脸的习惯，有一次惠芬的手烫伤了，喊素花过去帮她绞脸，素花吃惊道："你还绞脸啊？我就过门的时候绞过一次，疼得我什么似的，你是一直绞脸？"惠芬点头道："绞绞利索。"素花拿过丝线，帮着惠芬绞脸，惠芬很享受地闭着眼。素花仔细琢磨过惠芬的脸，确实有些不同，总给人一种干净明亮的感觉，总好像涂了一层闪亮的油脂，而且靠近鬓角的地方，头发和皮肤的分界线也很分明，头脸整齐了，人看上去就干净许多。

这时候惠芬还继续跟李国强说着话，笑容还是那么饱满，像一只蒸得开了花的馒头。一旁的李国强更是眉飞色舞，他甚至把整个身子都朝向了惠芬，完全不看小菊。素花心里越发不高兴，甚至故意咳嗽了两声，她觉得已经用了很大劲儿，但惠芬和丈夫似乎根本没听见她咳嗽。等两位护士忙活完了，素花赶紧走到小菊床边，握着小菊的一只手，问护士："她醒了能喂她吃东西吗？一整天了，她就吃了一个苹果，还被洗出去了，孩子不会饿着吧。"其中一个护士笑道："您别担心，给她输着葡萄糖呢，饿不着她。"素花心里不明白，葡萄糖八成就是水吧，人不吃东西怎么行呢，她想问问护士，但两位护士忙活完了就都出去了，素花只得作罢。

素花打断惠芬和丈夫的谈话，对惠芬说："你赶紧回吧，告诉老王不用来医院，孩子恢复了就能出院了。"惠芬慢慢收了脸上的笑，朝李国强看了一眼，对素花说："那我先回。"又朝小莲看了看道："小莲跟我回去？明天不是还要上学吗。"素花点头对小莲说："你跟阿姨回吧，回家做作业，帮着奶奶照顾小菱。"小莲正待得心烦，听妈这么说赶紧点头。

病房里安静下来，一床的爸爸妈妈低声说着家里的事，素花听见一床的妈妈悄声说："你明天早上回去别忘了给花浇水……"素花又听见二床的爸爸悄声说自己饿了，二床的妈妈打开床头柜的抽屉，拿出一个纸包，打开，送到爸爸眼前让他自己拿。素花猜是一包点心一类的吃食，二床的爸爸眼睛不够使的，来回看了好几遍也拿不定主意吃哪块。这时素花听见丈夫李国强问："你吃了点儿东西没有？"素花反应过来李国强是对自己说的，下意识点了点头，想了想又摇了摇头。李国强瞪了一眼素花说："你是吃了还是没吃？这么大人了不知道自己吃没吃饭，白活了。"

素花有意识不看丈夫，也不应丈夫的话，她给小菊掖被子，又摸小菊的额头，其实素花做这些都是打掩护，素花是个要脸面的人，尤其看一床二床夫妇关系都那么亲切自然，更不想让别人看到自己和丈夫的嫌隙。她把惠芬打发走也是同样的缘由，素花担心惠芬再待下去，不但自己觉得尴尬，旁边的人也会感觉奇怪。李国强对素花的不屑已成常态，虽然他在外面很有外场，但他蔑视素花这件事谁都看得出来。他自己尊奉一种"亲极反疏"的家庭规矩，觉得反正一起过日子，哪里还在乎脸上的冷热。李国强见素花不搭理自己，心里有点儿恼火，但他看了看屋里，都是陌生的脸，想了想确实没法甩脸子，便朝病房的门走去，接着用力推门，然后赌气而走，给素花脸子看。没想到李国强用劲儿过猛，恰好外面有个人进来，只听外面的人"哎哟"了一声，李国强知道撞了人，便站着不动了。进来的是小菊的主治医生，医生是个鹰钩鼻，门一下子撞到他的鼻子上，却没耽误走路，一边往里走，一边揉着鼻子，嘴里说："这是谁啊？"李国强见是个穿白大褂的，赶紧道歉。主治医生揉着鼻子看了看李国强，问道："你是李小菊的爸爸？怎么这时候才来，她妈妈背着孩子在医院里转悠一天了，你这当爸的心够宽的。"不知道医生就这脾气，还是因为李国强撞了他，说话有点儿冲。李国强对外人从来都是客客气气，性子软得提溜不起来，见眼前这位大夫没好气的样子，笑道："是，我不称职，不是好父亲……"医生一时没话了。

主治医生直接走到小菊的病床前，对站在一旁的素花说："孩子还没醒过来，您别着急。"说着又听了听小菊的心跳，看了看药瓶里的药液，又把滴药的速度调得慢了些，便去询问一床和二床的小病人了。素花一直不搭理李国强，也不放话让他回家，她知道丈夫等着那句话，素花今天就是较着劲儿不松口。这时候李国强突然对素花说："我去给你买点儿吃的，买完给你送回来我就回家了，娘一个人弄好几个孩子呢。"素花听见这句话，尤其听见"孩子"俩字，心口窝一阵热，想起一整天都没见着小菱了，不知道哭成什么样。素花低着头不搭腔，其实是掩饰自己的红眼圈儿。李国强熟悉这女人，就像熟悉一件用惯了的器物，比如他的那把锉刀，还有一把双刃刀，这两件东西是李国强用着最顺手、跟自己厮磨时间最长久的。它们都是1946年前后得到的，是一位牺牲了的老班长的遗物，老班长早就说要把这两样东西送给李国强，老班长牺牲后李国强毫不犹豫地把两样东西收起来了。素花算是李国强的第三件器物，就像轻而易举掌控素花的身体一样，李国强掌控着素花的人生。那时的李嘉轩，只有十六岁，在乡里唯一的一所私塾念书，李嘉轩一眼看上了邻村十七岁的姑娘素花，让娘去说媒。李家当年也是村里的大户，十里八乡都有名望，李家过来说媒，这桩婚事哪有不成的。夜里的事素花自然任由丈夫摆弄，白天的事还是男人们说了算。用素花娘的话说就是："女人就跟母鸡一样，一辈子下几个蛋，号叫两声，日子就算过完了。"娘去世好多年了，素花一直琢磨娘的话究竟对不对。

李国强不用琢磨素花的想法，他甚至觉得素花根本就没有想法，本质跟一部机器没有两样，而李国强就是这台机器的主人。李国强说完话，根本不等素花应答，趁着大夫正跟一床的爸爸说话，飞快走出病房，朝医院外边走。李国强的工作单位离儿童医院不远，步行十来分钟，李国强的好多同事都住在附近的楼房里，李国强也喜欢住楼房，楼房多洋气啊，房产科问过李国强很多次，说楼房给留着呢，李国强含糊着，总说过一段时间就搬，可真正原因是母亲不喜欢住楼房，李国强只得遵照母亲的意愿住在四合院里。李国强刚出了医院没一会儿，就听见有个女声在后面喊："这不是李科长吗？"李国强回头一看，是单位办公室的秘书刘曼殊。刘曼殊说不上漂亮，但两条大辫子很扎眼，穿戴也整洁，一件列宁装十分合身，中间的腰带扎得紧紧的。李国强第一天见到刘曼殊就暗自感叹了一下她那杨柳细腰，有好几次因为看她的细腰出神，撞到了墙上。李国强看到偶遇的刘曼殊，心里真是乐开了花，他笑着停住脚步。

刘曼殊像只麻雀似的跳到李国强的身边道："哎呀，还真的是您！您怎么会在这儿啊？您家不是在东城吗？""孩子病了，在这儿住院呢。"李国强的声音都是软软的，这是他跟女人说话惯用的调子，不是装出来的，是一种本能。李国强眼睛里突突冒着火苗子，脸都烧红了，瞬间忘了出来干吗的。他靠近秘书刘曼殊问道："你家里人呢？怎么一个人在街上啊。"刘曼殊甩了一下两条大辫子答道："我父母都在上海啊，北京就我一个人。我经常一个人上街，咱们单位大多数都成家了，像我这样的单身的不多。"李国强道："你没听说过北京还有残留的国民党特务、'一贯道'？我可不是吓唬你，你这样的小姑娘一定注意啊。"刘曼殊没有马上回应，而是歪着头看着李国强，突然说："您平时在部里都是很严肃的，原来您也是很关心同事啊。"刘曼殊歪着头的样子让李国强心里一阵痒痒的，脑子热了一下，热气顺着脖子往下窜，一会儿就到了下边。李国强一个四十来岁的汉子，身强力壮的，原本就是个女人痴，多年不得子，从心里放纵着自己，一味地把自己放纵的本性怪在素花身上。李国强对母亲说过："您放心，我这辈子一定给您个孙子。"这句话里隐含着多少层意思，李国强保留着一种神秘的解释权利。前几天部里材料处王处长的事让整个楼里炸窝了。王处长是1938年参加革命的老干部，家属一直在陕北老家。王处长到北京后很快就与一位高中毕业的女学生陷入恋情，一来二去，女学生怀孕，挺着肚子找到部里，谁劝都不听，非要王处长离婚娶她，王处长焦头烂额，这几天一直躲在家里不敢露面。王处长的事让李国强心里一阵阵发紧，毕竟自己是党的干部，一切给党脸上抹黑的事都不应该干。

李国强能在紧要关头的时候想起那个王处长，让他有些澎湃的心情一下平复了不少。他看了看刘曼殊，甚至帮她摘下头发上的一根草，但李国强心情平静，一平静，就想起了医院里的女儿，也想起了自己出来的目的。李国强草草结束了跟刘曼殊的对话，更确切地说是草草收拾起自己心里的不安分，对她说："早点儿回宿舍吧，天黑不安全。"说完这句话，李国强扭身，连看都没看刘曼殊一眼就走了。剩下刘曼殊站在那儿，摸不着头脑，不知道自己说错了什么。

李国强转悠了半天，不知道买点儿什么给素花当晚饭。李国强平时就是个油瓶子倒了不知道扶的主，很少去商店买东西，酱油多少钱一提溜全然不知。正在李国强无可奈何站着的时候，传来一阵卖糖炒栗子的吆喝声，李国强灵机一动，不如买栗子，又解饿又解馋。李国强买了一斤栗子，用手捧着那个热乎乎的纸袋子往回走。上了楼，进了病房，见小菊已经醒来了，素花正在吃包子。李国强问："哪来的包子？"素花朝一床那边努了努嘴压低声音说："他们硬要给，推辞不过，我就接了。"李国强赶紧端着那包栗子走到一床父母身旁："你们吃栗子吧。"一床的妈妈说："你家里的饿着，你就给人家买几颗栗子吃啊。"一床的爸爸打断老婆说："你别一上来就指责人家，也许人家对这边不熟悉，没找着买东西的地方呢。"李国强赶紧就着台阶下，说："是啊，我们住东城，对这边不熟悉，天又黑了，我连东南西北都快分不清了。"一旁的素花忍不住说："你天天在这边上班，分不清东南西北？"素花话刚出口就后悔，李国强的脸色一下变了，能看得出李国强拼命忍着才没发火。

等李国强恢复了常态，他走到小菊跟前说："你醒了？梦见什么了，告诉爸爸。"小菊摇摇头，可怜巴巴地看着李国强，半天才说："我想回家……"李国强见小菊嘴唇干得开裂了，便瞪了一眼素花，口气生硬地说："也不知道给孩子润润嘴，你就是粗心。"算作对刚才素花那句话的报复。素花赶紧端着一个水缸子，让小菊润嘴。一位护士推门进来，看了看一床二床，点点头说："嗯，都恢复得不错。"然后走到小菊床边，看了看小菊，对素花说："不要给她吃东西，可以喝水。"护士转头看着李国强说："你这当爹的倒是大松心，一天都没见着你人影。妈妈一个人累个半死，你差不多也跟单位请一天假，陪陪孩子。"李国强嘴里答应着，等护士走了，对素花说了声："我先回去了，明早上我过来。"说完，扬长而去。

李国强刚走了一会儿，小菊就开始发烧，素花摸了摸，烫手，赶紧找护士。护士又把大夫找来，值班大夫是个二十多岁的男大夫，询问了一下，又让护士重新量了体温，三十八度五。年轻大夫对素花说："术后发烧是正常现象，您别着急。"又吩咐护士："再给病人补充两千毫升的液体，必要时可用退烧药。"大夫说完走了。素花扯着护士问："孩子不会把伤口烧坏吧？"护士笑道："您别操心了，不会的，咱们相信大夫吧。"护士出门去拿药，小菊烧得说胡话，嘴里一个劲儿喊爸，喊奶奶，又叫小莲拿书包要上学去。护士返回来，换下空了的液体瓶子，又将满满两瓶液体挂在一旁备用，然后扭身对素花说："你看着点儿，快没了就去护士站告诉护士。"折腾了一通，病房里安静下来，一床的爸爸让妈妈回家睡觉，第二天来换他；二床的妈妈让爸爸回家。只有素花孤单单一个人，心里有说不出的滋味，素花看着小菊烧得通红的小脸，心里一阵阵地害怕，她想起很多年以前死去的孩子，就是这么烧，最后死了，那个孩子叫小芙，比小莲小，比小菊大，如果活着应该十一岁了。此刻素花的脑海里晃动着小芙的影子，再看看躺着的小菊，一会儿，小菊变成了小芙，而素花脑海里却是小菊……

病房的顶灯被值班的护士进来关掉了，只有每个床旁如同鬼火似的壁灯亮着。素花看见壁灯把自己硕大的身影投在对面的墙上，像个大怪物，她试着动了动身体，墙上的大怪物便也动了动，素花觉得墙上的影子比自己本人更强大更有力量，影子似乎被赋予了一种奇特的能量，至少让素花对自己的影子肃然起敬。素花借着壁灯微弱的光线，盯着吊瓶里的药液，见还有大半瓶，便放心了，她把头倚在病床的栏杆上闭上眼睛想休息一会儿，没想到眼睛刚一闭上就打起了呼噜，惹得二床的妈妈有些不满，小声唠叨了一句。一床的爸爸悄声说："你就担待些，没见她累得什么似的，一个人干撑着，孩子爸爸简直就是个甩手掌柜，这女人生就劳累的命。"素花突然醒过来，拼命睁着眼睛，凑到吊瓶上看，见里边的药快完了，便站起来朝病房的门走去。

第 三 章

在小菊住院的一个星期里，李国强只去过三次医院，每次都是空着两只手去，跟小菊说一会儿话，嘱咐素花几句便离开了。惠芬一共来过两次，带了几个苹果，还有她自己包的白菜馅包子。惠芬让素花别担心家里，中饭她给小菊奶奶和小菱端过去，晚上小莲做饭。这些素花都知道，小莲每天晚上都来，把家里发生的事一五一十告诉素花，其实素花就是担心家里也没用，自己不是孙悟空，分不了身。她一整个星期都泡在医院里，换洗的衣服都是小莲送过来的。护士们对她都很照顾，对素花的要求通通满足。

白皮儿天天都来，他挑选中饭后午睡前的时间，这时候病房里乱哄哄的，进出的人泥鳅一样多，谁都不会注意到白皮儿。白皮儿来的时候总挎着一个小学生上学用的那种布书包，因为洗的次数太多，说不出颜色。在小菊好奇的目光下，白皮儿从那个书包里依次掏出馒头、咸菜、火烧（夹着肉的）、山里红、秋子梨，有时候还有从隆福寺买的驴打滚什么的。每次小菊都馋得流口水，但她只能吃一点儿，剩下的素花让小莲带回去给小萍和小菱吃。素花只留下馒头和咸菜，对白皮儿总说同样的话："不要再带东西了，我心里过意不去。"白皮儿总笑着说："姐，你别跟我客气，我愿意给你带。"

小菊出院的那天白皮儿没来，素花心里有点儿空落落的。小莲一大早赶到医院给小菊办了出院手续，小菊刀口疼没法走路，只能素花背着，小莲拿着两个包跟在后面。等车、上车、下车、往家走，费了好大的周折，素花身上的汗就没落下过。总算到了黄土坑胡同口，第一个遇见的人是王永平，王永平见素花背着小菊，赶紧上前接过小菊，一边抱着小菊往家走，一边说："李科长还没回来呢，今天部里有事，科级以上干部开会。"素花擦着额头上的汗说："他总是忙，没闲着的时候。"素花跟在王永平身后走着，觉得两条腿轻飘飘的，才想起早上一口饭都没吃。素花踩着棉花走进家门，看见婆婆坐在堂屋的椅子上发呆，素花喊了声"娘"，老人应了一声，站起来问："孩子好了没？"素花点头道："动了手术，孩子现在好了，您别担心了。"奶奶打量着素花说："看你瘦的，也真是难为你，一个人在医院照看着。"素花听见婆婆这么说，心里很感激，但忍不住对婆婆说："小菊爸统共来过三回医院，说起来小菊还是丈夫偏疼的孩子，如果是小菱病了，八成连看病的钱都没有。"老太太不吭声，知道儿子做得过分，也无意替他辩驳。素花突然想到白皮儿垫付的住院费，今天结了账，医院退回来三块钱，就是说住院总共花了十七元，要跟丈夫要十七元才能还上白皮儿的钱，她琢磨着什么时候跟丈夫把这账算一下。

　　李国强回到家已经八点多了。婆婆踮着小脚儿要去热饭，被李国强喊住了，素花心里明白，赶紧站起身去了厨房。等饭菜热好了，小菱又哭闹着要吃，素花赶紧把小菱抱着出了屋门，站在窗户外边，素花喊着让小莲照看着小菊，别光顾着做功课，小莲应了一声。素花抱着小菱，在院子里站了一会儿，天气冷，想了想，除了惠芬家没地方去，便抱着小菱推门进了惠芬的家。

　　惠芬正在灯底下纳鞋底儿，麻绳穿过，一阵刺啦声，让素花觉得挺痛快。素花问："这是给老王纳的？"惠芬见素花进来了，赶紧站起来招呼，又见素花怀里的小菱很乖，便夸道："小菱今天真乖。"没想到，惠芬这句话还没落地，小菱便哭号起来，王永平闻声从里边屋走出来，手里拿着一个拨浪鼓逗小菱："小闺女真乖，看这是什么？"小菱看见拨浪鼓，竟然不哭了，接过王永平递过来的拨浪鼓玩儿起来。素花笑道："跟你有缘分，不如你就认了干闺女。"王永平喜道："那敢情好了，回头喊我爹的时候，李科长心里别难受啊。"素花道："他才不，他最看不上的就是我们老四了，以为一定是个儿子，没想到又是个闺女，肚子里的气一半撒我这儿，一半就在小菱身上。"王永平没说话，抱起小菱进了里边屋。

惠芬索性把手里的活儿停了，麻绳在鞋底子上绕了好几圈儿，鞋锥子扎在鞋底子上，一起放进一个椭圆形的笸箩里。没有男人在场，惠芬的眼睛睁得挺大，素花能看清楚惠芬右边眼睛的眼白处有一团血丝，素花刚想问惠芬，听惠芬压低声音道："你不在这些天，街道那个杨主任没少去找你们家老李。她明知道你不在家，可她还跟苍蝇一样天天缠着，她就是打你们老李的主意啊。"素花心里一惊，但她知道丈夫不会买杨主任的账，她也知道惠芬这么说心里不过是一股子醋在作怪，有一点儿惊乍便倏然消失了。素花使劲儿咳嗽了一下嗓子，还是干干的，惠芬拿了一碗水放在素花面前："看你急的，我都想好不告诉你，可一看见你就忍不住了。就算咱们不是亲姐妹，可一个院子里住了这么多年，跟亲的一样，你放心吧，我替你照应着。"素花没说话，只接了惠芬的水喝了一口。

其实素花对惠芬跟自己丈夫之间的热络倒很是有几分不快，惠芬每次看到自己的丈夫话都多得不行，老李老李的，喊得旁人心里燥得慌。素花表面满不在乎，实则心细，凡事都捋清楚了放心里，只是揣着明白装糊涂。刚才听了惠芬的一番话，说不出来什么滋味，只觉得乱七八糟的，难以应付，真不如医院里利索，只有病人和大夫，说的都是生病的事，大家伙一个心眼儿对付病。惠芬见素花发呆，赶紧安慰道："哎呀，还不如不跟你说，就知道你要胡思乱想。再说，你们家老李哪能看得上她啊，那个杨主任壮得像个男的，你们家老李喜欢柔弱娇小的女人……"素花心里的糊涂还没散，听惠芬这么说，突然明白了，一句话刚到嘴边，又强忍着像咽一口糠窝窝似的咽进肚子里。素花没心思再在惠芬那儿待下去了，她站起身，喊着小菱，王永平抱着小菱过来了，素花看见小菱手里抱着不少玩具，有个木头的洋娃娃，身上穿着裙子，还有一个生了锈的八音盒，素花知道那可是王家的压箱底儿的物件，素花见了赶紧对小菱说："快把东西还给大爷。"小菱不给，抱着玩具往后躲。素花生气道："那我不要你了，你就在这儿待着别回家了。"小菱一听，哇的一声哭起来。王永平一边哄小菱，一边对素花说："你看你这人，让孩子拿着玩儿嘛。"素花坚持把那个八音盒从小菱的怀里拽出来，放在窗台上，又说了几句客套话，便抱着小菱出了王家的门。

素花出了王家门，正赶上一股狂风从西北边刮过来，借着星光，素花看见那股旋风在自己家屋顶打着旋，一路刮下来，素花赶紧捂着小菱的头，拼命往家跑，还是被刮了满嘴的沙子。素花进了家门，吐着嘴里的沙子，老太太见了说："谁天黑了往外跑啊，真是缺心眼儿。"赶紧接了小菱，放在地上，素花去看小菊，见丈夫李国强正跟小菊说话，小莲在旁边做作业，小萍站在小菊旁边。李国强正摸着小菊的头说："你明天想吃什么跟你妈说，让她给你做，上学不用着急，落下的功课让大志他们给你补补，小孩子恢复得快，过不了几天你就跟正常人一样了。"小菊将信将疑地看着父亲，小莲在一旁不耐烦道："您这一晚上就这几句车轱辘话……"李国强瞪着小莲，说道："你这孩子，上学上糊涂了，就这么跟大人说话吗？"这时候李国强见素花进了屋，冲着素花道："你就这么教育孩子的？大人说什么都顶嘴，我看这学别上了，去商店卖东西算了。"小莲并不示弱，听父亲这么讲，接道："我正不想上学呢，复习功课，没完没了的，我还乐意去卖东西呢，您最好明天就跟老师说……"小莲的话没说完，只听啪的一声巨响，李国强的一只手砸在桌子上。小莲吓得愣在那儿，小菊躺在床上像尊木乃伊，小菱吓傻了，忘了哭，傻傻站着，素花倒还镇静，毕竟了解丈夫的脾气，这种突然爆发的场面不止一次两次了。素花抱起小菱走到堂屋，奶奶躺在那块窄窄的铺板上不停地唠叨着："哎哟哟，吓着孩子啊。嘉轩，嘉轩啊，你要吓死我啊……"李国强过来了，走到母亲近旁："您歇着您的，我就是教育教育孩子，太没规矩了，都赖她妈。"

整个晚上小菱一直在哭闹，素花困得眼睛都睁不开了，却要抱着小菱在堂屋的板凳上坐着，奶奶早早地去自己的小屋睡下了，小莲、小菊和小萍也洗洗脸睡了，李国强在屋里接着磨小菊那把手枪，其实那把手枪已经好到不用再动任何地方的程度了，可李国强是那种对完美要求几近苛刻的人，别人看不出毛病的地方，他都能轻而易举找出毛病。李国强用锉刀，在那把线条优美的木头手枪上漫无目的地锉来锉去，在小菱号哭的间歇里，素花听到丈夫锉木头的声音，夹杂着小莲的鼾声，小菊和小萍不打呼噜，她们睡着的时候好像就不存在了。小菱终于停住哭号，趴在素花的肩膀上睡着了，素花这才抱着小菱进了睡觉的屋子，把小菱放在那张漂亮的栅栏床上，拉上栅栏。素花洗了脸和脚，躺在床上，却困意全消，心里琢磨着怎么跟丈夫开口说白皮儿的事。素花说不清楚自己怎么想的，每次伸手跟丈夫要钱心里都惴惴的，像是做了贼，不像惠芬那么理直气壮，好像女人跟丈夫要钱是天底下第一件合情合理的事。有一次素花猫着腰扫院子，到了惠芬家窗户底下，听见惠芬对王永平说："把工资都拿出来给我，以后甭我说，自己主动点儿。"王永平连声应着，惠芬简直就像皇帝。素花很羡慕惠芬跟丈夫的关系，看看自己，完全是另一番景象，每次丈夫发了工资只给素花十块钱，用来买菜买煤球给孩子交学费等家庭花销，不够了素花就要向丈夫伸手要。素花要钱的声音很低，像是一个小学生做错了题，随时接受老师的批评一样，低头敛气。丈夫李国强则像位国王君临天下，他并不急着去开抽屉给素花拿钱，而是像审贼似的问原来那些钱都干了什么，等素花一一报上用途，李国强才开抽屉拿钱。有时候素花会让婆婆跟丈夫要钱，那样会省去麻烦，李国强心里明白，却不会跟母亲计较，直接拿了钱塞进母亲的手里，笑着对母亲说："您花钱得跟素花学。"但这次白皮儿掺和进来，事情有些复杂，素花如果让婆婆去跟丈夫要钱还白皮儿，必定要先解释清楚事情的来龙去脉，事情虽然是真实的，但叙述起来太多巧合，让人觉得不真实，像是编的，素花觉得自己亲口跟丈夫说会省去更多麻烦。

终于，李国强将那把近乎完美的木头手枪放在抽屉里，关了那盏葱茏的绿色台灯准备上床睡觉了。素花仰躺着，眼睛望着房顶，纸糊的顶棚看上去已经陈旧了，离春节还有好几个月，就得想着请工人糊顶棚的事，去年请的工人糨糊打得不合适，婆婆那小屋的顶棚已经有两块掉下来了。素花琢磨着这次要请个好的，把顶棚糊得漂漂亮亮的。李国强躺下的时候，床剧烈地摇晃了一下，李国强骂了一句："这熊玩意儿，看我哪天不劈了它当柴火烧。"小菱哼唧了两声，素花探头朝小菱看，李国强道："还没睡着啊。"说着，李国强呼啦一下把素花的被子掀起来，用脚蹬掉素花的裤衩，轻车熟路进入到素花的身体里。李国强很兴奋，那种亢奋的情绪支撑着他，让他处于身体的高峰，嘴里碎话连篇："……再不生个儿子，你仔细身上的皮。"素花无法跟随丈夫亢奋的节奏，严格地说，这不是一对可以让人赞扬的舞者，他们没法起舞，差别太大，或者说两人对不上号，各人想各人的心思，谁都有个圆圈儿，谁也进不去对方的，可以说他们在一起只是个错误。其实素花从内心深处不想迎合丈夫，她那隐藏很深的自我意识是一棵幼小的绿树，她即便不指望它能长大，也不想它受到伤害。李国强那些亢奋状态下的胡言乱语，在素花看来像是一根根钢针一样，直接刺痛了她心里的那棵绿树，但她忍受着，不让心里那股翻涌着的气息从身体的任何一个孔洞冒出来。突然，素花冷静地说道："你还得给我二十块钱，小菊的住院费要还给人家。"说着，素花扒拉掉趴在自己身上的李国强，走到桌子跟前，拉开右侧那只抽屉，拿出医院的收据递给丈夫："这是收据，你看看吧，我明天要去还钱。"让素花没想到，李国强一句多余的话都没有，光着身子拉开中间抽屉，掏出一个小匣子，打开，拿出两张十元的票子，直接递给素花，然后回到床上躺下。不久，月亮升到了窗户上边的棱子处，李国强的鼾声潮水一样在屋子里漫延开。

第二天，素花把丈夫给的二十元用一个信封装好了。吃了早饭，小莲背着书包跑去上学，李国强夹着公文包去上班，小菊躺在床上，奶奶在一旁照看着，小萍跟王家老三大凌手拉手去胡同里的幼儿园。后脚儿，素花抱着小菱往外走，兜里揣着那二十块钱往胡同北口走去。她要去还白皮儿的钱。出了北口，穿过一条叫汪魏新巷的窄胡同，到了芝麻胡同，出芝麻胡同西口再往北走十几步，便到了协作胡同。协作胡同很普通，在周遭众多大有来头的胡同里显得很寂寞，没有史料证明这条胡同里有高官或大户人家住过，再后来也没有文人墨客隐居其中。从外观上看，协作胡同里的院子没有多少可圈可点的，最大的宅子就是白皮儿住的十七号院。据说最早这院子是个买卖人的私宅，里边住着偏房，偏房是个唱戏的，买卖人也不经常来，唱戏的熬不住，跟人跑了，买卖人觉得挺没面子，正巧另外一个做煤炭生意的找院子，买卖人一跺脚，柴火价卖给了做煤炭生意的，做煤炭生意的三捣鼓两捣鼓的，赚大发了，把院子又卖了，买主姓白，就是白皮儿家的祖上了。

素花抱着小菱走上白皮儿家的高台阶，叩了半天门环不见有人应，无意当中看见门的右侧有个电铃，便试探着按那个小红豆。素花按到第三下的时候，听见门里头有动静，便咽了口唾沫准备打招呼。门开了一条缝，露出半个脸，不是白皮儿，是个老太太。素花赶紧说道："俊明在家吗？我找他有事。"老太太脸绷得挺紧，话从嗓子里出来的时候又硬又直："你谁啊，找俊明干吗？"素花脸上堆着笑把还钱的事说了一遍。老太太脸上紧绷的皮松开了，把大门打开，素花抱着小菱走进院子。院子不大，就一进，但规规矩矩，北房高大，东西两面房子略矮，屋瓦整齐，窗户、门都漆得红绿分明，窗户纸虽然泛了黄，却都完整，没一处破洞。整个院子方砖铺地，中间有个假山池，池子里是干的。"想必夏天会养鱼。"素花心里琢磨着，这时老太太悄悄对素花说："我是俊明的姑妈，住西城，这几天俊明犯病了，过来照看照看。"

"哪不舒服啊？几天没见就病了。"素花道。白皮儿姑妈指了指脑子，这时候老太太的脸上完全放松下来，变得有点儿神气活现了，她朝素花走近了几步，素花能闻到老太太的头油味。白皮儿的姑妈把嘴对着素花的一只耳朵："白家的遗传病，我大哥，就是白皮儿爸爸，就是病得厉害，杀了白皮儿妈，家里只好把他送到精神病院，没出一个礼拜，他又把自己杀了，用一把水果刀。"说着，白皮儿姑妈做了一个拉脖子的动作。素花听白皮儿姑妈说完这番话，早吓得丢了魂，愣了半天，才想起自己是来还钱的，慌忙从兜里掏出钱，交给白皮儿姑妈："那劳您驾了，等白皮儿清醒的时候把钱交给他，就说小菊妈还他的。"素花说完就要走，没想到白皮儿姑妈一把拦住素花道："大妹子，别忙走啊，我还有话没说呢。"素花只得站住等着老太太的下文，却听见老太太急促地小声对素花说："别朝北屋看，他在里边正往咱这儿瞅呢。"素花听老太太这么说，憋着好奇心，不朝北屋那边看，却好奇地问："您怎么知道他看着咱们呢？"老太太挤咕一下眼："你没瞅见左边窗户纸下边有个洞，那是他刚弄破的。"素花刚要回头看，老太太嘴里"啧"了一声，素花赶紧摆正了姿势，假装跟老太太扯东扯西的，最后老太太小声说："他走了。"然后又把声音提高了八度说："说起还钱的事，我还真帮不了你。"看着素花惊讶的表情，老太太不紧不慢地说："我们白家有白家的规矩，钱的事自个儿管自个儿的，除非人没了，另说。"素花听明白了白皮儿姑妈的意思，觉得再没必要待在白家了，便告辞道："您忙着吧，回头等俊明好了我再来。"然后把钱揣兜里，抱着小菱出了白家的大门。

素花的钱装在大襟衣裳的兜里，二十块钱可不是个小数目，素花挨着钱的那块皮总觉得痒痒的。素花心里念叨的是赶紧回家，把钱放进抽屉锁起来，但脚却不听使唤，直接朝协作胡同的东口走去。好几天没去东四那边看看热闹了，素花忍不住往相反的方向走。小菱今天似乎异常的乖，不但一声没哭，还用手搂着素花的脖子，素花觉得抱着她一点儿都不费劲儿。素花问小菱："这几天想妈了没有？"小菱点头。素花又问："你哪想妈了？"小菱指指心口。素花笑道："小菱真乖，以后长大了就不哭了……"没想到素花还没说完，小菱突然就撇嘴哭起来，素花的兴致高，抱着小菱边朝胡同东口快步走着，边哄小菱："刚夸了你就哭，不是好孩子。"胡同两边的院门大部分都敞开着，要是夏天，家家门口都坐着老头儿老太太，扇着蒲扇聊天。现在天冷了，都猫家不出门，院门却是敞着的，至少有两个意思，一是不避讳人，谁来都欢迎；二是院子里没有富人，贼进来也白搭，没值钱东西可偷。素花快要走出协作胡同东口了，突然内急，想起来在白皮儿家院子里就想撒尿，白皮儿姑妈一个劲儿拉着说话，愣把尿憋回去了，现在突然急，而且急得不行，素花连看都没多看，抱着孩子进了右边的一个院子。

穿过过道，素花听门一响，接着有人问："您找谁啊？"素花扭头一看，竟然是幼儿园的一位老师，还带过小萍。素花一时忘了老师姓什么，道："哎呀老师，是您啊，我路过，想上茅房……"那位老师说："那您跟我来。"说着领着素花朝院子的西南角走去，然后对素花说："我给您抱着孩子，您进去方便吧。"

等素花从茅房里出来，见小菱正跟老师玩儿得高兴，素花突然想起老师姓何，赶紧说："哎呀，何老师，给您添麻烦了。"何老师道："我正想问您呢，这孩子该上幼儿园了，您怎么还自己看着呢。"素花道："您问得真是点子上，这孩子跟别的孩子不一样，爱哭，一天到晚没来由地哭，谁都哄不了，我怕把她放幼儿园让老师闹心。"何老师说："您的想法我能理解，可您怎么也得先试试，不然的话这么绑着您，您做什么都做不了。现在的家庭妇女大部分都解放了，专门在家看孩子做饭的不多，要不就在工厂找个工作，要不就识字看书参加社会活动，我觉得您也应该有自己的生活。"素花听了何老师的话有点儿沉默，何老师的大概意思素花明白，最后那句话让素花很感动，没有人这样替自己想过，家里人想得最多的就是让自己赶紧生个儿子，传宗接代。可什么是自己的生活呢？这句话让素花有点儿发蒙，自己天天都在过生活啊。见素花显露出不解的神情，何老师进一步解释："就是说你要从厨房里、家里走出来，除了安排好家里的事情，还要找到自己的事情做，体现自己的价值，正是毛主席说的，妇女能顶半边天，男人能干的事，咱们女人也能干。"素花道："您是想让我跟那些上班的妇女一样，把孩子都放幼儿园，自己收拾得利利索索去上班，这当然好啊，可我家的情况有点儿特殊……"素花把耷拉到眼前的一绺头发撩起来放到耳朵后头。何老师说："听说小萍爸爸是一位革命干部，想必他的觉悟比我们普通人要高，希望你能早日从厨房里走出来。"素花一边朝何老师道谢，一边抱着小菱往院子外边走，出了何老师的院子，往右边一拐，很快就走到东四北大街上，看着人来人往的街道，素花的心踏实了。

素花是个喜欢热闹的人，见了人多就没来由地高兴，只见这会儿的素花满脸都是笑，脚步也轻快了，东看看西瞅瞅，生怕落下什么热闹事。素花看着走着，不知不觉已经到了东四十字路口。素花想起刚进北京城的时候东四牌楼还在，直到前几年才拆了，记得惠芬从外边回来说："东四拆牌楼呢，暴土扬尘的。"这对素花的生活并没产生什么影响，她听到这话并没在意，有牌楼没牌楼对一位普通的家庭妇女来说就像炒菜的时候酱油多点儿少点儿一样，微不足道。后来她听见有人说过去的东西不能随便拆动，素花心里想：早干吗去了，拆的时候怎么没人说。这时素花看到路边有卖驴肉火烧的，想起家里午饭还没着落，便买了几个火烧，心里惦记着床上的小菊，赶紧抱着小菱往家走。回来的路上，少不了热闹事，马大人胡同里有个出殡的，一胡同的人，素花真想跟着去看看，脚却往家的方向迈过去。

刚进院子，就听见惠芬嚷嚷："你看这素花，一大早就跑出去了，这会儿都不见人影，小菊奶奶，您先别急啊，我出去望望。"跟刚进院子的素花撞了个头，惠芬笑道："小菊奶奶急得要上房。"素花随便接了一句："她怎么上房，小脚儿还不崴着。"恰巧让站在院子里的婆婆听见了，老太太平时不发脾气，素花刚出门，小菊就喊肚子疼，奶奶赶紧去厨房蒸了鸡蛋羹，出锅的时候特意多放了两滴香油，端到小菊面前，小菊竟连看都不看。奶奶见孩子连这么好吃的东西都不在意，急了，赶紧出屋喊素花。惠芬从屋里出来说："我看见素花一大早就抱着小菱出门了，您这么喊她能听见啊。"小菊奶奶恨道："这媳妇真要把我急死算拉倒。"惠芬进屋对小菊说："要不阿姨带你去医院？"小菊的头摇得拨浪鼓似的。

素花进屋，小菊看见妈就哭起来，素花把小菱放在地上，坐在床沿上摩挲着小菊的额头问她哪儿不舒服。小菊也不说话，就是一个劲儿哭。素花哄道："孩子乖啊，告诉妈哪儿不舒服，好带你去医院。"小菊听见去医院，赶紧止住哭道："肚子疼……"素花问她："里边疼还是肚皮疼啊，大夫说来着，要是肚皮疼那就是长伤口呢，就得忍着点儿。"小菊点点头，说要吃鸡蛋羹。小菱听见姐姐要吃鸡蛋羹，哇的一声哭出来，素花赶紧哄道："小菱也要吃鸡蛋羹，妈给你们一人蒸一碗。"鸡蛋羹刚出锅，小莲放学了，喊着饿，素花递给小莲一个驴肉火烧，另一个递给婆婆。老太太刚吃了那碗小菊不吃的鸡蛋羹，肚子不饿，看着火烧，心里琢磨着给李国强留着，那边素花张罗着给小菱、小菊喂鸡蛋羹，眼睛却瞟着婆婆，老太太的一举一动全在眼睛里。素花对婆婆喊道："您把那个烧饼用碗扣上留着给国强吧。"知道儿媳妇看出自己的心事，老太太脸上一热，问："那你吃什么啊。"素花没言语，心里说："我吃什么您还在意啊。"

吃完鸡蛋羹，小菊又喊肚子疼，素花无可奈何，准备带她去钱粮胡同医院找侯大夫。小莲在一旁道："您等等，我看见岳家祥下夜班刚回家，我去喊他过来看看。"小莲撒丫子朝外跑，素花在后边喊，让她别摔着。小莲跑出院门就停下脚，她慢慢往岳家祥家门口蹭着，心里琢磨着见了岳家祥用什么表情，刚才在胡同里看见岳家祥，成心不理他，因为好几天小莲都没看见岳家祥了，心里慢慢地生出几分闲气，再后来，小莲认定岳家祥成心躲避自己，不过这想法出现没几分钟就被小莲自己否定了，岳家祥不是那种人，小莲能想象出如果问他"你为什么成心不理我"这类拟想出来的问题，岳家祥总是那句话："我为什么要那么做?"这句话让小莲感到踏实，这比任何赌咒发誓更能让小莲信服。小莲放慢脚步主要是不想让心跳得太张狂，至少不要在嗓子眼儿跳，但小莲步子越慢，心跳得就越快，小莲索性又跑起来："你总不能跳出我的嗓子眼儿吧。"小莲对自己的心说。

心并没跳出小莲的嗓子眼儿，但小莲整个人都是颤抖的，以至于手指按不准岳家门铃的小红豆。最后终于按住了，半天，岳家的老管家福姨来开门，见是小莲，笑着问小莲有什么事。福姨是一位五十多岁的女人，在岳家待了半辈子，只是福姨不善言谈，所以胡同里的人没几个人跟她说过话，这就等于她情愿跟胡同里的人建立起一道屏障，加上岳家在胡同里不是普通人家，福姨在胡同人的眼里就如同陌生人。小莲对福姨道："岳家祥在家吧，小菊肚子疼，您能喊他一声过去看看吗?"福姨一句废话没有，转身往院子深处走了。一会儿，福姨从影壁后边转悠出来，小莲一眼就看到了福姨身后的岳家祥，走近了，小莲看见岳家祥的手里还提溜着那个皮子已经磨得露出毛碴的医用箱子。岳家祥笑着对小莲说："走吧。"

岳家祥跟着小莲走，这时候家家都在吃午饭，胡同里没人，小莲不想浪费这几分钟，原本小莲在岳家祥前头走，当福姨哐啷一声关严了门，小莲便突然回过头，用两只胳膊像一只桶箍似的，把岳家祥的脖子死死箍住了。嘴里不停地轻声道："我就是喜欢你，谁都别想抢走，你甩也甩不掉……"岳家祥一只手拎着药箱，另一只手竟像是残疾了，软塌塌吊在身体的一侧，竟然动都不能动，听凭小莲抱着自己说那些烫耳朵的话，不知道怎么回应。这时候只听吱呀的一声，不远处的十一号院门开了，那个老铜壶跟跟跄跄地走出来，小莲像触电了一样，胳膊骤然松开，接着腾的一下，脸红成了鸡冠子色儿。岳家祥见小莲如此反应，竟然笑起来。岳家祥并不说话，提着药箱飞快地朝小莲家走。小莲在后边小跑着，后面老铜壶喊："你俩别跑啊，我什么都看见了啊，我给你们保密不行啊……"

岳家祥看了看小菊的刀口，抬头对素花说："刀口挺好的，没发炎，疼是正常的，您想啊，谁身上拉这么大口子不疼啊？"回身笑着对小菊说："坚强点儿啊，不许撒娇，回头给你买糖吃。"说完，还对小菊做了个鬼脸。小菊刚才掀开衣服让岳家祥看伤口的时候，突然感到羞涩，尤其岳家祥用那双白净的手触碰小菊的皮肤的时候，小菊竟然把刚才的那种不愉快的疼痛感抛到了脑后，有一种全新的感觉在小菊的身体里蔓延开，就像一股温热的水流，慢慢淌过一片荒凉的杂草丛生地，水流流淌过后，是一种万物开始生长的躁动。小菊抬头痴呆地望着岳家祥，看着他那两排微露的整齐的牙齿，心想："怪不得小莲死缠着他。"

折腾了一通，小菊浑身感到轻松，肚子也不疼了。素花往外送岳家祥，小莲和小菊互相望着，心里都生出了些许异样。小莲听见岳家祥的脚步声慢慢远了，最后消失在大门外，但小莲能感觉到岳家祥走到了哪里，还有几步进自己的家门。小莲诡异地又看了一眼小菊，低声说："你再装疼看我不收拾你。"小菊琢磨着小莲的话，默不作声，她没法解释自己，其实她很想找回之前的疼痛感，让小莲不至于恨自己，却是惘然，便对小莲说："你赶紧上学去吧，别迟到了。"小莲没想到小菊会说这话，有些吃惊，这口气很像妈说的，她怀疑小菊是学妈说话。恰好妈进来了。素花刚进门，小菱就哇哇大哭起来，小莲恨道："哭死鬼，你要是真变成鬼也好，吓唬吓唬坏人。"说完，小莲砰的一声推开门，一下跳到院子里，然后喊了句："我上课去了。"小莲那双有力的腿便飞奔起来。

等一切复归平静的时候，素花的肚子咕咕叫起来，想起自己什么都没吃，在屋里转了一圈儿，总觉得有什么事，等看见了抽屉，素花才猛然想起兜里还揣着那二十块钱呢！这让素花一惊，手赶紧往大襟的兜里探，这一探不要紧，素花瞬间变成一尊石像，就是有人用斧头劈，她也不会动一下。原来素花衣服大襟那个兜早就有个洞（素花的衣服和裤子的兜都有洞，有的缝上了，有的没缝上），今天出门急，把钱揣在兜里就抱着小菱走了，想着快去快回，没承想与白皮儿姑妈一通聊，素花出门起了兴致逛街，一来二去，早把兜里的钱忘了。此刻伸进兜里的俩手指头穿过那个罪恶的洞，就像穿过了自己那颗恐惧的心，素花一身冷汗骤然而起，真是天塌地陷的感觉。素花两腿发软，只好坐在凳子上，偏偏老太太这时候喊素花，让她过去一趟，素花嘴上应了一声，身子还是动弹不得，老太太叫唤了好几声，素花这才缓缓神儿，软着两条腿朝老太太那边过去。

老太太在自己的小屋里坐着。老太太自己住的屋子并不是北屋的正房，从小莲小菊她们的屋子的东南角那个小门，下台阶，穿过一尺厚的门洞，有一间不到六平方米的小屋子，据说以前是房屋主人放粮食的小仓库，比正房矮，等于坐进地下半米，所有房子一年四季都潮湿，李国强不让母亲住这里，老太太不干，觉得这屋子清静。李国强没办法，让人糊了厚厚的牛皮纸，还是不管用，潮印像烟花似的在牛皮纸上绽放着。平时老太太都在堂屋里待着，只有睡觉才来这儿。素花站在小屋的门口，扶着门框，居高临下看着老太太，等她吩咐，可老太太竟然不哼不哈地端坐在那把摇摇晃晃的椅子上，讳莫如深。椅子似乎随时都有散架的可能性，那些接榫处有明显的大缝子，素花让丈夫喊人修，李国强应是应，就是不见动静。这时候椅子轻微地摇着，素花只得下了台阶，走到老太太的椅子旁问："您喊我干吗？"老太太用嘴朝那张单人床上努了努，素花疑惑地走到床边，见上面有一条老太太的裤衩，回头看老太太，老太太还是努嘴，素花拿起老太太的裤衩，抖开，竟然有一片暗紫色的血迹！素花不解地问道："您这是……"老太太说："谁知道呢，刚上了趟茅房，解完了手站起来提裤子，低头一看，底下就有几点子血……"素花刚被丢钱的事吓得魂都散了，这时候见婆婆下身出血，又是一阵恐慌，心里想："今儿什么日子啊，要把人吓死。"素花不知道说什么，想找点儿安慰的话，自己的魂还不知道在哪儿游荡，更别说安慰其他人。素花拿了裤衩准备去洗干净，她又觉得总该说点儿什么，便在跨上台阶的时候转回身对婆婆道："回头让小莲找岳家少爷问问……"

素花给婆婆洗裤衩的时候，惠芬推门进来了。惠芬的脸像是又刚绞过，光洁明亮，惠芬眯着眼睛问素花："你这一中午忙活得够呛吧，岳家人来了？小菊不要紧吧？刚才我们家大云的幼儿园老师来了，说大云尿裤子没得换，我刚回来没一会儿。"素花丢了钱，魂已经吓没了，婆婆又出了毛病，惠芬的话完全没往耳朵里走，素花"嗯"了两声。惠芬探头往里屋看了看，小菊喊了声："大姨。"惠芬进屋坐在床沿上跟小菊说话，小菱跑到奶奶屋里喊奶奶，素花支棱着耳朵听老太太应不应。老太太对小菱说："我娃乖呢，去找你妈吧，奶奶身上不好。"惠芬听见小菊奶奶的话，问素花："老太太病了？"素花冲惠芬使眼色，又指了指手上洗着的东西。惠芬不解，一个劲儿问。素花三下两下洗完了，端着盆去院子里泼水，惠芬跟着出了屋，小声问老太太得什么病。素花对着惠芬的耳朵说道："下边突然就见了红，七十多岁的人了，那个早停了啊，怎么又有了？"

惠芬睁大了眼睛道："哎哟，不是血崩吧？听人说过的，血崩没法治啊。"素花听惠芬这么说，吓得手直哆嗦。素花害怕是有缘由的。有一次老太太在胡同里站久了，戗了风，回家发烧三十九摄氏度，还死活不去医院，嘴里嚷嚷着要"找小菊爷爷去"。晚上李国强下班回家，骂了素花整整一顿饭的工夫，"我养你干吗？"李国强的口气里七分愤怒三分不屑，眼睛仿佛突突地冒火，像牛眼睛。素花心里紧绷绷的，她已经掉到了恐惧的深渊，两只脚还是够不着地面，李国强的话像是一阵阵裹着冰凌的冻雨，让素花不停地打寒战。"连老人都照看不好，你还能干什么！你不如回老家种地吧……"素花虽然害怕，但她并不懦弱，她心里有两头猛兽，一头是恐惧，一头就是愤怒，这两头猛兽经常交战，虽然恐惧总能得胜，但愤怒并没死亡。其实恐惧里面不乏自责，如果自己坚持不让老太太站在风里头那么久，哪怕是扯她也把她扯回屋里，老太太就不会生病了。面对丈夫的责骂，素花一声不吭，身体里那两头猛兽，哪一只跑出来都不妙。她抑制着恐惧，抚摸着恐惧，她在恐惧面前显得很温柔，但她拼命地殴打愤怒，她不想让它有片刻的喘息机会，她想置它于死地，她怕它会冲出自己的身体，毁灭掉眼前的生活。素花用所有的力气试图养大另一头猛兽，叫忍耐。接着，李国强把素花放在他面前的一碗饭掀翻到地上，这往往是战争结束的标志，小莲或者小菊赶紧去拿簸箕收拾，素花再从橱柜里拿一个碗，盛上饭，一切复归平静……

但今天老太太的病并非因为素花的过失所致，她是自己身体里的毛病。素花甚至想，老太太的下身根本就没有出血，而是不小心弄上了小莲的红墨水。这样想的时候，素花的神态就坦然了许多，她对惠芬说："你说老太太会不会弄上了红墨水，我知道小莲有一瓶，放在窗台上……"惠芬想了想说："老太太又没糊涂，从哪儿出来的能分不清？"素花也觉得自己想得太离奇，但素花是个心大的女人，那么大个活人，出一点儿血算什么呢。这时又听惠芬说："女人谁还不流点儿血啊……"最后，两个女人都觉得即便真的出血了，也不可能是要命的事，一个人身上有好多血，流那么一点儿算什么，最后惠芬笑着对素花道："我得回家做饭去了，上班的上学的快回来了。"素花点头应道："可不是嘛，晚饭还没着落呢。"

李国强下班回家，放下手里的皮包，摘下帽子，直接去了小菊屋里，见小菊还直溜溜地躺床上，笑道："哎呀，我的二小姐，冰棍都赶不上你直溜。我刚在胡同里碰上岳家祥了，人家说你得多下地活动，不然肠子粘在一起，还得进医院。"老太太从自己小屋里走来，她站在门口，扶着墙，嗔怪儿子吓唬小菊。李国强今天心情特别好，人事处下午找他谈话，告诉他部里新的人事安排，决定李国强晋升副处级。李国强还没出人事部的门，消息就在办公楼里传开了。等李国强回到自己的办公室，王永平第一个来敲门贺喜，王永平笑着喊了声："李处长。"李国强赶紧制止道："别这么喊，任命的文件还没下达，再说，是副处长，以后说话要注意。"王永平应道："您提醒得对，不过处长还不是早晚的事。"李国强听了王永平的话，心里美滋滋的。这时候老太太踮着小脚儿从门口走到儿子跟前说："我想回老家了。"李国强应了一声，突然意识到什么，问母亲道："您怎么想起回老家了？是不是素花让您生气了？"李国强不问青红皂白地直着脖子喊素花。

素花正在厨房里忙活，米饭马上熟了，白菜切了一大盆，肉、葱放在刀板上等着下锅，火炉子上的铁锅里的油开始冒青烟了，这时候素花听见丈夫在喊自己的名字，但锅里的油热了，素花便应着："我炒菜呢，你等等啊。"屋里李国强听素花这么说，便站起来要出去，让老太太一把薅住，床上躺着的小菊看着父亲，又看看奶奶，挣扎着要下地，李国强立马换了副脸，帮着小菊穿鞋。小菊穿好鞋，想站起来，却两条腿打晃，李国强干脆一把抱起小菊，往西边屋走去，奶奶在后边颤巍巍地跟着。

小萍和大凌手牵手从幼儿园回来了，门还没关严实，小莲一脚把门从外面钩住，屋子里顿时热闹起来。小菱站在屋子当中看看这个望望那个，小莲对小菱说："你今天哭几回啊，没哭够一会儿吃完饭接着哭啊。"素花端着一大盘炒白菜进了门，听见小莲的话，气道："你回来就逗她，有个当姐姐的样没有。"小莲接过素花手里的盘子，接着母亲的话说："我逗她干吗，她又不是蛐蛐儿。"小莲放下书包，开始摆桌子凳子，准备吃饭，问坐在堂屋铺板上的奶奶："我爸还没下班啊。"奶奶朝西边屋里努努嘴："跟小菊玩儿呢。"小莲跑到父母睡觉的屋门口，见小菊坐在爸通常坐的那把转椅上（那是家里最好的一把椅子，可以转来转去），爸正在推着小菊转圈儿玩儿。小莲看到爸在推椅子的时候很小心，不像她跟小菊玩儿的时候两人都拼命地转，谁后晕就算胜利，通常椅子被转得咯咯响。此刻小莲看见爸转那把椅子竟然转得满屋子的温馨，小菊坐在椅子上快活地笑着，仰脸看着爸，而李国强，这个四个女孩儿的父亲，平时的脸都铁板似的没一丝缝隙，这时候却满脸堆笑。这让小莲在发呆几秒钟过后，第一个动作就是摔门，砰的一声，有如李国强跟素花生气的时候惯常做的那样，只是小莲的力气没有父亲的大，声响弱了许多，但还是足以让李国强感到小莲的不快。素花让小莲喊爸和小菊吃饭，小莲不理素花，素花只得让小莲盛饭，自己拉开那扇刚被小莲狠狠关上的门，对李国强说："吃饭了。"李国强却说："我和小菊就在这屋吃，你给我们拨点儿菜过来。"素花去厨房拿碗的时候，老太太嘴里唠叨："真是的，家里本来就没几个人，还分着吃……"小莲知道奶奶的意思，便接茬道："您眼里头我们都不是人，等生了孙子才算人啊，可惜，您这辈子八成没孙子了。"素花正好拿碗进屋，听见小莲的话，二话没说，一巴掌打到小莲的头上，把小莲打得眼冒金星。小莲被母亲打愣了，坐在那儿不知道应该哭闹还是跑进屋里生气，这时候听奶奶说："你手那么重，再把她打坏了，你可真是的。"素花像没事人似的把盘子里的菜朝碗里拨了一半，还特意挑了好几块肉放上，端着菜给丈夫和小菊送进去，又转身出来盛了两碗米饭送进去，然后关上门，照顾着小菱和小萍吃饭。小莲的眼泪这时候才流下来，刚才还饿得前胸贴后背，这会儿竟然肚子里饱胀得要命，她想站起来，腿不听使唤，看着别人开始动筷子吃饭了，自己却像木乃伊一样一动不动。有人敲门，素花听了听，是王永平的声音，赶紧站起身开门，见王永平手上端着一个盘子，素花看得清楚，那是一盘拌着葱丝的猪头肉，王永平站在屋外，猪头肉的香气已经飘进屋里。素花客气道："这是干吗啊？不过年不过节的，还送东西。"王永平大声道："弟妹还不知道啊，李科长提升副处长了，天大的喜事啊，我弄个菜就算贺喜了。"素花接过盘子，让王永平进屋一块吃，王永平知道那就是个客气话，放下盘子又说了几句话就走了。

李国强对王永平说不上喜欢也说不上讨厌，在单位王永平谁都不得罪，领导让干的尽量干好，干不好不是他不上心，他确实没能力，领导知道他是个实诚人，有一分力就使一分力，不藏不掖，所以从来不在工作上为难他。其实王永平更喜欢做木匠活儿，在单位里，知道王永平这名字的人不多，若说王木匠便尽人皆知。王永平对李国强并不刻意地巴结，但作为邻居，王永平处处关照李国强家人，当然大多是委派老婆惠芬前往。王永平知道李国强对女人有种天生的好感，而惠芬又是根软面条，一般男人扛得住女人的美貌，但扛不住女人的柔软。这样王永平对李国强的心意全由惠芬代替表达了，李国强一个聪明人岂有不知情的。

李国强从心里有些看不起王永平，觉得他胸无大志，一天到晚心思全在鼓捣木头上。有个笑话，一天中午王永平趴在办公桌上睡着了，同事喊他，他抬起头叨咕了一句："榫坏了……"惹得周围人笑成一团。唯一让李国强嫉妒的便是王永平的四个儿子，多少次李国强心里琢磨着这件事，怎么都想不明白，他王永平凭什么一下生四个儿子，而自己哪儿不比他王永平强，凭什么一个接一个地生女儿，老天爷未免太不公平了。这是李国强永远的痛，但李国强在疼痛之余，只能把希望寄托在素花的肚子上。他甚至有时候会起个歪念头，找个别的什么女人为自己生个儿子，但这念头刚刚冒头，就被李国强按死了，再怎么说自己是堂堂国家干部，前途远大，岂能毁在这事上。老母亲没完没了地唠叨确实让李国强心烦，还是那句话：不孝有三，无后为大。李国强整个人生就卡在这儿了，就像一块完美无瑕的玉石，一个针尖大小的污点便毁了几百年的修炼。

此刻李国强闻声出屋，见王永平端着个猪头肉的盘子站在那儿，一脸谄笑地跟素花说话，便高声道："哦，是老王啊，还没吃饭吧？一块坐下吃吧。"李国强又朝王永平端着的那盘猪头肉看了一眼接着说："还有下酒菜，正好，我还有一瓶酒，咱们喝一杯。"素花一听俩男人要喝酒，赶紧放下小菱要去厨房再添个菜。这时候小菊在爸屋里喊："爸，你快来啊。"小莲在一旁幸灾乐祸："活该，你就自己一个人吃吧，小心有鬼。"

李国强、王永平俩人喝着酒，有一搭没一搭地聊着闲话，惠芬让大志来找王永平，说灯泡憋了。王永平放下酒杯，李国强心里一阵欢喜，在王永平来说，酒菜有滋味，可李国强没什么滋味，惠芬的招呼等于解救了他，王永平对李国强说："李处长，对不住了，我先回去看看，您接着喝。"王永平回到家里，见惠芬坐床沿上纳鞋底子，便问惠芬："哪个灯泡憋了？"惠芬不看王永平，用一种平淡的声音说道："哪个都没坏，就是不想让你在李家待了。"王永平心里哑然，嘴上却道："又动什么小心思啊，人家让坐下喝杯酒，我不能驳人家面子吧。"惠芬这次的声音里加了一分威严："人家让你喝酒你就坐下喝酒，人家让你死你死不死？"王永平的脸上永远挂着不咸不淡的笑，在这点上家里外边没分别，天性。王永平不紧不慢地说："哎，人家也不会让我去死啊，好歹做邻居这么些年……"惠芬"呸"一口啐在王永平脸上："你还好意思说是人家邻居，你把人家当邻居，人家认你这邻居吗？还邻居邻居的，他怎么不看在邻居的分儿上提拔提拔你啊，哪怕弄个副科长当当呢。"王永平听到现在才算明白惠芬这口恶气从哪儿来，王永平扑哧笑出声来，接着把声音压得很低说道："说你是老娘儿们见识呢，你以为当官有什么好啊，你还记得前几年枪毙的那俩大官吧，官那么大都吃枪子儿，咱们这些老百姓还是老老实实过咱的安稳日子吧。"停了停又对惠芬说："这些别对素花说，留神她吹枕头风。我虽不想当官，可也不想丢饭碗，不然咱们这一大家子的嚼裹儿没地方找去。"惠芬是个明白人，丈夫讲的话句句都听进心里了，也就平了气，不再嚷嚷，接着喊大壮："赶紧给你爸把面条汤热热，你爸还没吃饭呢。"惠芬低着头噌噌地纳着鞋底子，正想跟丈夫说李家老太太的事，听见院子里有人喊小莲。惠芬赶紧放下纳着半截的鞋底子，走到门口，推开一道门缝往院子里看。王永平在后边唠叨一声："我看你比部长还忙。"

小莲听见院子里有人喊自己，推门一看，原来是同学葛小茹。小莲跑出屋门，拉着葛小茹的手说："真没想到你来了，快进屋吧。"说着就扯着葛小茹进屋。葛小茹身子往后挪，不肯进屋。小莲诧异道："你怎么了？院子里站着多冷啊。"这时候小莲看到了葛小茹脸上的泪痕，惊道："你哭啦！你怎么了？谁欺负你了？你跟我说。"小莲没问的时候葛小茹还能控制着自己，小莲一问，葛小茹趴在小莲的肩上痛哭起来。屋里素花听见哭声赶紧出来，搂着葛小茹的肩膀走进屋里。李国强还没吃完饭，看见小莲引着哭泣的同学进门，赶忙放下筷子问怎么了。葛小茹一五一十地说了家里的事。原来葛小茹的父亲是大学教授，以前发表了很多观点尖锐的文章，对当时一些经济上的冒进做法提出了批评。葛小茹的母亲是一位数学教授，对丈夫的做法有异议，觉得葛小茹父亲的文章太过激烈，生怕有人找碴儿。葛小茹父亲却说党一向号召大家对国家对人民要知无不言，言无不尽，有想法不说出来，有违知识分子的良心。葛小茹一边抽搭着一边说。李国强在一旁道："你父亲说得没错啊，你哭什么呢？"没想到葛小茹说："刚才我爸被学校的人带走了，说我爸是'右派'，要去劳动改造了……"李国强心里咯噔一下，前些日子部里开会说要找出部里的"右派"，李国强还放出怪话说："部里有'右派'那就是扫厕所的王头儿，他总是从右边厕所开始清扫。"组织部的人立马找他谈话，让他注意，李国强赶紧承认错误。没想到女儿同学的父亲竟然被打成"右派"，"右派"离自己这么近啊。这时候葛小茹又是一阵大哭，李国强又想起前些日子听街道杨主任嚷嚷："大家伙别以为'右派'分子离我们很远，八成他们就在我们身边。"看来还真让她说着了，他不得不承认那个杨主任还有些政治觉悟。此刻看着哭成泪人的葛小茹，李国强安慰道："别哭啊，你吃饭了没有啊？"扭头盼咐素花给葛小茹去蒸鸡蛋羹，回头对小莲说："你同学要是不想回家今天就在咱们家住吧。"小莲高兴道："好啊!"对葛小茹说："我刚看了一半《少年维特之烦恼》，特别棒，你一定会喜欢。"李国强听到后说："你们年轻的女孩子，不好好上课学习，还什么烦恼，哪有那么多烦恼，还维特，维特是谁？"葛小茹破涕为笑，小莲阴阳怪气地答："维特就是一个国家干部……"葛小茹又是一阵笑，接着跟小莲进了里屋。

素花原本想吃过晚饭让小莲去找岳家祥问奶奶病的事，小莲同学一来就把这事岔过去了。李国强撂下碗回了屋，素花收拾利索了，回身抱起小菱，刚想坐凳子上歇会儿，见小菊猫着腰从里屋出来了。素花惊道："哎呀，你怎么下床了？留神伤口绷开。"小菊用手捂着肚子说："岳家祥不是说要尽快下地吗。"说完，蹭着往小莲那边过去了。奶奶一直躲在自己的屋里不露面，吃饭都是小莲端过去的，李国强的声音从里边飘出来："你惹老太太生气了？"素花急道："我没惹她啊，我没工夫惹她，我这一天忙的……"说到一天，素花突然想起丢的二十块钱，赶紧闭了嘴，抱着小菱在堂屋里转悠。李国强明显感到素花对自己的抱怨。素花任劳但不任怨，有时候对李国强并非言听计从，像所有女人一样，素花也使性子，较劲儿，想最大程度地让男人只属于自己。李国强白天在单位坐在办公桌前办公，有模有样有威风，秘书帮着倒茶扫地抹桌子；在家里看上去素花对他百依百顺，可心里跟他较劲儿。李国强有时候看着素花那张洗不干净的脸，鸟窝似的乱发，感觉眼前的女人似乎从未跟自己生活过，异常陌生，只从她身上的所有动作当中，李国强读出了这样的意思："反正我生不出儿子，你能把我怎么样！"而小莲，李国强想起她就脑袋疼，李国强暗地里想了很多回，小莲活脱脱一个自己小时候的脾气，怨谁呢？李国强就像忍耐素花生不出儿子一样忍耐小莲火一样的脾气，李国强又觉得忍耐小莲就等于代替母亲忍耐自己，也就更多体会到做父亲的难。

　　素花哄小菱睡下，把脸盆架上小莲用过的一盆洗脸水倒在院子里，从暖壶里倒了半暖壶水，剩下的半暖壶水留给丈夫。素花小心翼翼地用指尖蘸着热水洗脸，她不想兑凉水，是想一会儿接着洗脚的时候水不那么凉，脸几乎等于没洗，只把眼角处的脏物抠干净了，其余的地方好像湿都没湿。李国强知道她的毛病，早没心情指导素花怎么洗脸了，任由她去。素花洗脚的时候裤腿沾上水了，李国强刚好从里屋转悠到堂屋里，看到素花的裤腿浸到水里，便"嘿"了一声。素花累了一天，热水泡脚困劲儿上来了，正迷瞪着，听见响声脚下一使劲儿，盆里的水洒出一半，弄湿了地面。李国强一边摇头一边道："你这女人啊，谁娶你谁瞎眼了。"从李国强嘴里出来的话，素花从来是这耳朵进那耳朵出，大部分时间根本哪只耳朵都没进，等于白说。可今天李国强这话，让素花觉得格外中肯，就在刚才脚丫子泡在热水中迷糊的几分钟里，素花看见白皮儿张着手跟自己要钱，而且要四十块钱！素花想跟白皮儿申辩，说原本二十块钱，你干吗多要二十，可白皮儿一副无赖样儿，说谁让你不及时还的。素花心想，糟了，这人的病还没好……李国强看见素花一脸沮丧，便看了看一地水没再说什么。等素花钻到被窝里，冰凉的被子让素花难以入睡，她突然闻到一股刺鼻的煤烟味，赶紧披了衣服去堂屋看看炉子封好了没有。素花拎起炉子上的水壶，见封得好好的，把水壶又放到炉子上，却听见有个陌生的声音喊了声："爸爸！"素花这才想起小莲的同学葛小茹在家留宿，唠叨了一句："可怜的孩子。"

半夜时分，李家的门被敲得山响，素花听见敲门，以为还是在梦里，睁着眼睛待了一会儿，才确定真有人敲门。小菱哼哼唧唧地小声哭起来，素花披衣下床，去门口开门。王永平家的灯也亮了，素花听见惠芬大声问："这谁啊，半夜三更的。"素花打开门，见门口站着一个十来岁的男孩儿，没等素花开口，那男孩儿冲口道："阿姨，我找我姐。"素花犹豫着，不知道如何应答，这时候从身后传来一声："小弟，家里出什么事了？"素花才反应过来，这是小莲同学葛小茹的弟弟。葛小茹弟弟一见到姐姐便哭道："姐，咱妈喝了敌敌畏，在医院抢救呢！"葛小茹一听这话，急得大哭起来，原本寂静的寒夜顿时被一种悲伤塞得满满的。

惠芬打开门出来了，后面跟着王永平，李国强原本不想起来，听着外面乱成一团，只得穿了衣服站在素花身后一声不响。小莲劝葛小茹道："你傻哭什么啊，还不赶紧去医院。"一句话提醒了葛小茹，收了声，就要同弟弟走。小莲说："你等等，我跟你一起去。"素花犹豫了一会儿道："我跟你们一起去吧，没个大人怎么行。"惠芬道："说得是，把小菱给我吧，我替你照看。"

胡同里的路灯都坏了，素花领着三个孩子深一脚浅一脚地朝隆福医院走去。途经道弯胡同，道弯胡同有八个弯，太僻静，白天走的人都很少，甭提夜里。可这条路比另外一条要近便多了，素花仗着人多，直接进了道弯胡同，走过两道弯都没什么，到第三道弯的时候，素花突然觉得后脖子嗖嗖地蹿凉风，不禁抬头往上看了一眼，竟然有个人影儿在房顶上飞，吓得素花丢了魂似的，站在原地一动不动。小莲推素花，让她快走，素花像木头人似的让小莲推着往前走，出了道弯胡同素花才还魂。素花一边快走，一边悄声问小莲："刚才房顶上有个人影儿看见没有？"小莲不屑地答道："那是一只坏了的风筝，看您胆挺大的，原来是纸老虎。"

素花领着三个孩子进了隆福医院，直奔急诊室。一位大眼睛的护士问素花谁看急诊。旁边葛小茹弟弟小强抢着说道："我妈在里边抢救呢，喝敌敌畏的。"护士"哦"了一声对素花说："你们跟我来吧。"护士带着四人来到一个写着"治疗室"的房间门口，对素花说："病人正在里边洗胃呢，进去一个人，其余的在外面等。"说完，护士转身走了。小强对姐姐葛小茹说："姐，你进去吧。"葛小茹吓得直往后躲，还不停地流泪。小强见姐姐哭，也哭起来，姐弟两人哭作一团，小莲搂着葛小茹不知道说什么好。素花见三个孩子像麻花似的抱在一起，对小莲说："你照顾着小茹和弟弟，我进去看看吧。"说完，素花推门走进屋内。

素花进门的一刹那身体有点儿僵直，只见三个穿白大褂的人围着一张很窄的床忙活着，竟然没人跟自己打招呼。素花站在门口，看着忙成一片的大夫，感觉眼前的一切像在做梦。不久前素花做过一个白色的梦，但梦里的情景是在西北老家，满山遍野的大雪遮盖了一切，包括素花家那三孔破旧的土窑洞，她看到雪已经淹没了窗户，她想扒开大雪打开门，爹在里边……但素花没有力气，她扑倒在雪地里，身子沉得像一块石头一样往下坠，眼前是白得没有尽头的大雪，冷……素花还找人解过梦，解梦的人是个白胡子老头儿，走街串巷算命解梦。老头儿的那把雪白的胡子在素花面前飘啊飘的，这让素花仿佛又回到了梦里，老头儿的话竟然一句没听清楚，白白给了他五毛钱。

突然，素花听见躺在床上的小茹母亲大叫一声坐起来喊道："谁让你们救我的？啊！你们知道不知道违背一个人的意愿是不道德的!"三个白大褂都愣住了。

在葛小茹母亲坐起的一刹那，素花看清楚了小茹母亲的面庞，那是一张何等清秀聪慧的脸，素花只看了一眼，便感觉到自己与这张脸的主人有着天壤之别，素花认定自己的生活里没有这样的女人。素花见过的最高等的女人是丈夫工作单位的副部长的夫人，名叫李耘茗，高中毕业，穿着列宁装，一头齐耳短发，说话干脆利落，能读书读报写文章。这对素花来说是另一个世界的事，素花见到李耘茗的第一个念头不是想变成她那样的女人，她知道这不可能，她唯一想的是能够成为这样的人的姐妹或者邻居、朋友，如果天天能跟这样的人说话，也是前世修来的。

小茹母亲的脸却让素花心里大吃一惊，她琢磨着这世界上到底有多少事自己还没见过，有好一会儿的工夫素花不知道自己究竟在哪里，她往回看是西北老家模糊不清的黄土地，而往另一面（或者三面）看，是可见或不可见的未来，她正琢磨未来原来是这样的，只是一片白茫茫的什么都看不清楚。她试着动一动，素花发现那三个白大褂也开始动了，其中那个高大的男白大褂，轻轻地将小茹妈妈按回到枕头上，附在她的耳朵上说："白静同志，现在你要配合我们，你要活下去，只有活下去才能看到谁对谁错，再说你还有孩子，他们需要你啊……"素花觉得白大褂说得对啊，为孩子也要活下去，于是素花鼓起勇气走上前一步大声喊："是啊，你有孩子，他们在外边等着你呢。"让素花奇怪的是她喊完了，竟然没人理会她。他们该干什么还是继续干着，好像自己不存在一样。

实际上，素花说话的声音极其微弱，她自己觉得拼了全力在喊，其实声音十分微弱。素花不再作声，静静地看着。三个医生在移动小茹妈妈身体的时候，素花能看到有一根管子插在小茹妈妈的鼻子里，还有另一根管子是插在嘴里的，这让素花觉得很难受，好像管子是插在自己身上的，心便一个劲儿往下沉。这时素花听见小茹妈妈不停地发出一阵阵干呕的声音，小茹妈妈每一次干呕，对素花都是一种强烈的刺激，素花的喉咙也开始发痒，胃里好像也在翻滚，晚上吃的东西在肠子里打转……在干呕的间歇里，素花听见一种仿佛往自行车轮胎里打气的声音，素花茫然地寻找着声音的来源，终于看清楚了，其中一位大夫手里攥着一个红色橡皮球，与橡皮球连着的一根管子就是插在小茹妈妈鼻子里的，此刻攥着橡皮球的大夫正捏着橡皮球，扑哧扑哧的声音毫无顾忌地打破夜间的静谧。素花想象着一股股的气正进入小茹妈妈的身体，她担心小茹妈妈的身体将像一只气球一样……

终于，其中一位大夫看见了素花，问："您是白静的什么人？"素花说："我是白静孩子的同学的妈妈，孩子吓得够呛，我替他们看看……"大夫说："你最好让病人直系亲属进来，这样对病人有好处。"素花转身出门，对小茹和小强说："你们俩谁进去？妈妈想你们了。"小莲对小茹说："小茹你坚强点儿，你妈需要你啊，你不能只知道流眼泪，你爸不在，你就是家里的顶梁柱。"小茹从进了医院就一直哭，眼泪哗哗地流个不停，素花想："这孩子养得太娇气了。"看看一旁一身冲劲儿的小莲，心里不禁有了几分安慰。小莲把小茹劝得停住流泪，搂着小茹的肩膀走到治疗室的门口，小莲一直附在小茹的耳朵旁说着，最后小茹抹了下脸对小莲说："我进去了，你在门口等着我啊。"小莲点头。

素花觉得过了很久，好几次她都仿佛要睡着了，都被小莲推醒，小莲连着翻了好几个白眼，素花脸上露出歉意。这时，门开了，小茹搀扶着母亲走出治疗室。素花往小茹妈妈的脸上望去，比刚才躺着的时候更多了几分庄重。小茹妈妈的意识完全恢复了，那个绝望的灵魂很不情愿地重回凡间。她对素花道谢，声音里面有一种沉稳，素花一边笑一边说："您别这么客气，小茹和小莲是好朋友，帮忙是应该的。"小茹妈妈点点头，不再说什么，小茹和小莲搀扶着她往医院外边走，素花和小弟跟在后头。

素花走上前，掀开挂在医院门口那副又厚又重的帘子，没想到一道绯红色的美丽曙光正候在门外，让素花为之一振，素花忍不住叨唠了一句："哎呀，天都亮了。"小莲让小茹扶着母亲等着，没一会儿，一辆平板车停在医院门口，小茹惊讶地问："你怎么找到的？"小莲说："别管那么多了，赶紧扶着你妈上去。"小茹扶着母亲上了平板车，自己和弟弟坐在母亲左右。小莲和素花跟他们告别，清晨的寒冷让姐弟俩冷得直哆嗦。素花说："赶紧回吧，好好照顾你妈，有事就来家。"素花和小莲看着那辆平板车在晨曦中，像一艘小船晃晃悠悠地朝美术馆后街飘过去了，素花想着："一会儿就到宽街了，到了宽街离家就不远了……"

第 四 章

　　李国强升任副处长以后，调换了办公室，从原来办公楼最西边那间不足十平方米的房间，调换到东头一个将近二十平方米配有沙发的办公室。木质地板配上厚实宽大的办公桌，人坐在桌子后面办公，感觉自己很渺小。李国强的老部下都跑到他的新办公室参观，大家说笑着，李国强一个劲儿阻止他们大声喧哗。

　　秘书刘曼殊站在门口，笑着往里看。李国强招呼道："小刘，别站门口啊，像个门神似的，进来。"刘曼殊两条长辫今天梳得像往常一样的齐整，只是新铰了刘海儿，比以往更显得娇俏可爱。刘曼殊听李国强招呼，便走进办公室，见屋里的五六个人目光齐刷刷地看着自己，脸一下红了，两只手弄着自己的辫梢，不知如何是好。李国强很喜欢看女孩儿玩弄自己的发辫，便顺势从自己身边拽了把椅子推到刘曼殊身旁。刘曼殊一落座，大家伙却都哑巴了，恰好这时传达室的王师傅进来送报纸，李国强对屋里人说："都回去工作吧，休息的时候再过来聊天。"又对刘曼殊说："你留一会儿，我有工作吩咐你。"

　　办公室里只剩下李国强和秘书刘曼殊，李国强对刘曼殊说："以后你要比别人早半个小时到办公室，把王处长、林副处长的办公室收拾利索。"李国强看了看刘曼殊,补充一句:"当然还有我的,反正你一个单身,又没有家庭牵绊,早点儿到单位多干点儿,以后进步得快。"刘曼殊当然知道好歹,连忙点头。

自从那次在儿童医院门口碰上刘曼殊,李国强立马就对她产生了好感。其实李国强对女人大多有好感,而刘曼殊是秘书处的秘书,跟自己直接有往来,又在晚上巧遇,夜色朦胧,刘曼殊比平日看上去还要好看。那天晚上李国强回到家,躺在空荡荡的床上便想着刘曼殊。今天把她单独留在自己的办公室,身体又不自觉地有所反应了,但脸上还是平静的,说话的腔调也没变,但他心里波涛起伏,他知道这很危险,王处长还不是把那个高中生的肚子搞大以后调离降职了,李国强对王处长很同情,有血性的男人几个能控制得住自己?单位里发生的另一件事却让李国强心思越发活络起来。

部里的另一位处长孙得水,老家有个指腹为婚的原配夫人。孙得水在随部队打游击的时候认识了另一位女子,一下子便被迷住了,孙得水说一不二,带着女子随着部队转战南北,最后到了北京,家里的原配竟然还以为丈夫有一天会接她,苦等白头,终于托人打听出丈夫已经又娶佳人,便带着两个儿子来到京城。孙得水是部里着重提拔的干部,据说副部长的第一候选人便是他。孙得水原配闹到京城,硬是让部里压住,原配的条件是让大儿子留在北京工作,部里一口答应,又赔付一笔抚养费后,原配含泪带着小儿子回了老家。李国强慢慢读懂了这里的奥妙:只要你是一块香饽饽,不管多脏,掸掸上边的灰还会有人吃。那自己是不是一块香饽饽呢?李国强很自信。

自从上次在儿童医院附近巧遇李国强,刘曼殊回到宿舍一个人对着墙上的镜子发呆。刘曼殊是上海人,父母都是上海里弄里的百姓。刘曼殊天性高远,在学校里接受了一些革命道理,总想着能像保尔·柯察金那样做一名钢铁战士,绝不想像冬妮娅那样做一个只图享受的资产阶级小姐。刘曼殊钢铁战士的梦想并未实现,这时却发现有个机会等着她，首都北京需要有文化的有识之士去建设，刘曼殊一腔青春热血立即沸腾起来，终于在朋友的帮助下得以来到北京，进入机关单位工作，建设北京的梦想就这样开始实现了。

刘曼殊的上海洋派作风一开始在部里很遭诟病，尤其那些来自北方农村的妇女同志，她们甚至找到人事处要求刘曼殊像她们一样剪掉两条大辫子。她们七嘴八舌地向人事处长说她们看不惯刘曼殊的资产阶级生活习气，她要改掉那些坏习惯，比如换洗内衣，衬衫的领子太白，不像是一个革命工作者。人事处长笑容满面，既不偏袒刘曼殊，也不批评妇女同志们的言论。过了一些日子，妇女同志们发现刘曼殊还像以前一样，而且似乎比以前更加嚣张，她在楼道里故意甩辫子，有一次竟然抽到一位妇女同志的脸上。刘曼殊不但不道歉，还笑着说："哎呀，你也不看着点儿。"

除此之外，刘曼殊努力工作，对谁（包括那些对她有看法的妇女）都温和地微笑着，这是天性，正是这种天性让她用水一样的坚忍在波涛汹涌的社会生活中站稳了脚跟，顺便赢得了不少异性的赞赏。刘曼殊有一种高昂的奉献情怀，连她自己都搞不懂，自己的身体里好像有用不完的力气，总想把力气用在工作上，领导让干多久就干多久，不吃饭不睡觉都行。躺在床上刘曼殊总是想："我能生活在这样的年代可真是幸运啊，我要为共产主义努力奋斗，做一名真正的共产主义战士……"同事们慢慢地认可了她的情怀，相信她不是一个坏人，有的妇女同志甚至惋惜地说："小刘要是去掉爱臭美的毛病就完美了。"单位有个同事，他的父亲是开金银首饰行的，他很了解金银的价值和属性，他不同意这种说法，他说："你们都太片面了，金无足赤，人无完人，这是我爸说的。"

这时候刘曼殊望着新提拔的李国强李副处长，使劲儿点头道："李副处长，您提醒得对，我一定按照您说的，干好工作，靠拢组织，尽早解决组织问题。"李国强这才想到小刘还不是党员，便笑道："你看，我真是太主观了，忽视了你还不是党员的现实情况，这下也提醒了我，我要在政治上多关心你，让你尽早加入组织，更好地为党工作，做一名出色的党员干部。"刘曼殊听到领导这样表态，内心无比激动，觉得自己就像一幅画，每一个细节都应该属于收藏画的人，自己的任务就是要尽力毫无保留地展示画的细节，好把一切都献给党。小刘甩了一下辫子，问李国强："李副处长，您还有要吩咐的吗？"见李国强摇头，便说："那我去工作了。"说完，一个漂亮的转身，朝门口走去。

一天的工作顺利完成，李国强收拾了一下公文包，从抽屉里拿出一包团结牌香烟，抽出一支烟，想找火柴点烟，找了半天没有，李国强便站起来往办公室门外走，到了走廊里才意识到下班时间已经过了好一会儿，人基本走光了，只有零星几个办公室透出光亮，隔壁的秘书办公室的门大开着，里边传出轻轻的说笑声。李国强走到秘书办公室门口，探头往里看，见刘曼殊正跟两个年轻的秘书围在一起聊天。刘曼殊正说得起劲儿，见两位秘书都目光直直地看着自己的身后，一回头，看到了李副处长那张英俊和蔼的脸。刘曼殊噌地一下，以一位战士的速度和身姿起立，同时大声问："李副处长好，您有什么工作要吩咐吗？"李国强看着刘曼殊额头上一绺颤动着的刘海儿笑道："小刘，坐吧，别绷那么紧，再说现在是下班时间了，应该放松。"刘曼殊见李国强手里拿着一支没点着的香烟，便试探问道："您过来是找火柴？"李国强笑着点头，刘曼殊赶紧拉开抽屉，拿出一包火柴递给李国强。李国强一看火柴盒上的图画就笑了，说："牛郎织女，有意思，我还是头一回看到这种火柴。"一旁的两个秘书这时候开始收拾东西，看样子要下班走人，李国强也不问她俩，只对刘曼殊说："你怎么还不回家啊？"刘曼殊却说："我等着首长您走后再走。"李国强笑道："那就一起走吧，我也没什么事了。"刘曼殊说："您先抽完烟，不着急。"

刘曼殊提着自己的花布包在李国强的门口等着，刚好办公室的李主任上厕所，看见刘曼殊站在李国强的办公室门口，便问："李副处长下班了，你还在这儿待着干吗。"刘曼殊刚要开口，李国强推门出来反身锁门，见李主任招呼道："老李还没走啊。"李主任看了看刘曼殊，又看了看李国强，说："这就走。"

两人出了办公楼，边走边闲聊。李国强问："你自己一个人都吃什么啊？"刘曼殊说："我会做饭，跟我妈学的，上海菜，北方人可能吃不惯，偏甜。"李国强却说："也不一定，有时候人就是喜欢自己没有的东西，司空见惯的反倒厌了。"刘曼殊欣喜地说："回头我烧几道菜带到单位来，请李副处长品尝品尝上海本帮菜。"李国强应道："一言为定啊。"刘曼殊跟着李国强往13路公共汽车站走，李国强纳闷道："你不是住职工宿舍？离这应该很近啊。"刘曼殊说："是很近，我陪您走到汽车站再回来，反正我也没事。"李国强听了，心里好像塞了一团棉花，软乎乎暖融融的，整个人觉得轻快了许多。这种感觉一直到上了汽车都没消失，李国强看着车下边的刘曼殊慢慢地变小，最后变成一个很小的点儿，继而消失，但刘曼殊的笑脸却留在李国强的脑海里，怎么抹都抹不掉。

李国强下了车，穿过剪子巷，走进黄土坑胡同，这一路都像是喝了蜜，心里美滋滋的。这种感觉一直到他迈进院门，然后竟然被一种陌生的感觉代替了，这是一种轻松的陌生感，甚至可以说是一种幸福的陌生感，这种感觉源于刘曼殊的声音和动作，是刘曼殊让他对自己原有的生活重新审视，他觉得自己的生活相对刘曼殊来说，显得太无趣了，他很庆幸自己能遇到刘曼殊这样的女子，让他心里产生的那种感觉是从未有过的。李国强暗暗吃惊，他甚至自己也快不认识自己了，也好，那就重新活过吧。

第一个感觉到李国强不同往日的是惠芬。往常李国强进院门的一刹那，脸上都是拧巴着，好像一张揉皱的草纸，怎么用屁股压都压不平，而今天李国强的脸完全舒展开来，即便升为副处长的那天也没今天这么高兴。惠芬正在家门口码放大白菜，她很小心地把大白菜的叶子弄整齐，用麻绳捆结实，这样再搬动它们的时候白菜叶子不至于掉落。她把手里的一棵白菜轻轻放好，抬头，看着心情舒畅的李国强走进院子，便先把眼睛眯成两道缝，用一种轻飘飘的声音朝李国强说："哎呀，李处长，今天又得什么喜帖子了，看这脚步轻快的，赶紧说出来让我也高兴高兴。"李国强打马虎眼："哪有什么喜帖子，要真有的话你家老王早给你捎回来了。"李国强快步朝屋里走着，不像往常，如果在院子里碰上惠芬，怎么也要停下来扯几句闲篇，惠芬还没捞着说半句话，李国强前脚已经跨进门槛了。

这一切都被在厨房里做饭的素花看在眼里，素花虽然算不上个太精细的人，但对丈夫的一举一动一颦一笑还是颇为敏感的。素花把米饭锅从炉子上端下来，然后往炉子里添了几个煤球，炒菜的时候火势不至于太弱。素花想起在老家时的一段日子。

与李国强结婚第二年，素花刚生了小莲，李国强还在村里的学校当教书先生。往常李国强都是天擦黑进家门，可有一天天黑透了也不见丈夫的影子，素花让婆婆帮着照看小莲，自己深一脚浅一脚地往村子东头的学堂走。路过村子中间那棵硕大的皂角树的时候，素花隐约听到从树后边传来哼哧哼哧的声音，素花好奇，走到树背后一看，两个人影儿扭在一起，素花看不清两人是谁，心怦怦跳着想赶紧走，可这时听见一个男声说："你怕啥啊，老子都不怕。"素花这一惊，一屁股跌到地上，就这一下子素花的尾巴骨伤了，站不起来，坐在冰凉的土地上，没一会儿身子就凉透了。素花不甘心，她故意大声喊道："小莲爸，你快来扶我一下，我起不来了。"那边突然就静下来，然后女的像只兔子一样跑了，李国强，那时候还叫李嘉轩，像一只斗败了的芦花鸡，磨磨蹭蹭走到素花跟前。黑暗中，素花看到丈夫朝自己伸出了一只手，其实素花根本看不清楚丈夫的胳膊和手，凭感觉素花感到有一阵风朝自己涌来，风里面带着丈夫的体味，那是素花熟悉的。素花触碰到丈夫的胳膊的时候，明显感觉到丈夫李嘉轩微微颤动了一下。李嘉轩扶着素花往家走的时候只对素花说了一句话："你要是敢对娘说，我扒了你的皮。"素花没有对任何人提起这事，家丑不能外传，何况素花是个很顾脸面的人。

浑身清爽的李国强进了家门，放下手里的公文包先去母亲屋里打招呼，老太太懒懒地倚在床上，见儿子回来了，心里自然高兴。接着，李国强就跑到小菊身边问这问那，先是问小菊今天吃了什么，不等小菊回答又问出屋了没有，有没有同学来看她。这时老太太摸索着从屋里出来了，对儿子说："你得让她一个一个说啊，你今天吃了催生药了，急成这样。"

素花把一盆米饭端进来，放到堂屋的桌上，喊小莲摆碗筷。小萍哄着小菱玩儿折纸，刚折好一个气球，被小菱一巴掌拍扁了，小萍也不示弱，照着小菱的手背就是一下子，小菱扯开喉咙哇哇大哭起来，素花赶紧过去抱起小菱，让小莲盛饭。李国强突然想起来什么，问小莲："你那个同学叫什么来着，她爸打成'右派'那个，她母亲怎么样了？"其实小莲今天的心情不错，年级团支部书记找小莲谈话了，准备批准她加入共青团。父亲刚进门的时候，小莲就想告诉他，但父亲一个劲儿围着小菊转悠，小莲心里的火气上升，火气封嘴，恰好父亲问葛小茹家里的事，小莲便说："能怎么样，就那样。"李国强有点儿忄头小莲，心里想过好多次，觉得这孩子除了是个女儿身，怎么着都应该是个男孩儿，对小莲爱搭不理的样子只能忍受。李国强说："哦，有空多关心人家，都是同学，大人出了问题孩子不能受影响。"小莲说："怎么不能，我们老师说了，这场运动会影响很大，以后会怎样，都很难说呢。"

吃饭的时候，素花对李国强说："明天带老太太去协和看病……"素花的话说了一半便停下了，她看见丈夫停下筷子，诧异地看着母亲，问道："您哪儿不舒服？"老太太含含糊糊回答："我说没事嘛，素花就是多事……"李国强把脸转向素花，瞪着两只铜铃似的眼睛。这时小莲在一旁道："你瞪着我妈干吗，又不是我妈让我奶奶生病的。"刚才李国强问小莲同学家里的事已经吃了小莲的冷冰棍，这时候小莲又像一挺机关枪似的朝着自己开火，李国强本来就是火暴脾气，想忍也难，只觉得自己好歹一个处级干部，被自己孩子反复挪揄，真是没脸面，心里一股火气往上直蹿，想摔饭碗，没舍得，拍桌子，又怕吓着小菱，便站起身，进了睡觉的屋。进屋后用力摔门，但门是木头的，夏天因为潮湿，木门涨得很大，到了秋天干燥下来，门却回不去了，门框小了，门关不严实，摔在门框上只发出弱弱的一声，远远没能把心里的火气撒出来。李国强饿着肚子站在桌子旁边，正不知道干点儿什么，这时听见外边有人喊"素花"，李国强一听是街道杨主任，便朝素花吼道："你真是比我还忙，一个破街道一天到晚瞎嚷嚷！"

纸窗户隔不住音，站在门口的杨主任听个真真儿的。杨主任是谁啊，堂堂地方政府派出机关的领导，即便是区长来了，也还要拿出地主的架势，一个什么"捣蛋"工业的小头头（李国强所在的单位从事导弹核武器研究，杨主任一直没弄懂导弹是什么玩意儿，尽管有人给她解释过，她还是固执地认为就是"捣蛋"）竟然对自己如此不恭敬，杨主任心头一股酸劲儿泛上来，这股子酸到了嗓子眼儿就变成了一把尖利的小刀子，杨主任一张嘴，尖利的小刀子便嗖的一下直接飞出去了。杨主任清了清嗓子，语气是冲着素花，可话是甩给李国强的："哟，闹了半天你们当家的是中央委员啊！不对啊，中央委员人家都住大宅子，门口安着门铃，传达室住着警卫，出门有小轿车，轿车玻璃上还有窗户帘子，哪像你们家这样啊，一个院子两家住，厨房还是自己搭的，甭说警卫了，把自己媳妇儿都当老妈子使唤，也不看看整条胡同里头，哪家的女人不比你们家光鲜？甭别的，瞅瞅你们邻居，人家出门什么时候不是头光脸净的……"

李国强在屋里站着，杨主任的每一句话都清清楚楚地钻进耳朵。李国强有个特点，只要是外人，说什么他都不在意，他恪守一个原则：在外，人和万事兴。至于关起门的事，谁家不是一本糊涂账。李国强准备出去迎战杨主任，说是迎战，其实是出去妥协的，好男不跟女斗，何况还是个街道主任。李国强还没来得及迈步，却听见惠芬在外边接茬儿："杨主任今天这是从哪儿兜过来的气啊，往我们院里撒来了。我们这没有中央委员，可也不是白丁，都是正儿八经的国家干部，吃着皇粮，生病有人管，吃饭有人发饭碗的，您说话得注意着点儿……"李国强一听，心里乐了，没想到关键时刻惠芬的嘴这么厉害，平时性子绵软，李国强想起一句话，蔫人出豹子。

素花觉得尴尬，素花还没找着合适的词应付杨主任，这边惠芬的刀子捅过去了，杨主任要是接了招，嘴里不定又甩出什么难听的。素花不想得罪杨主任，心里对街道的事挺在意，人总得上进，一个家庭妇女只能在街道上表现表现，茫茫大海总得捞一根稻草当船浮着。素花正琢磨怎么能帮着杨主任下台阶，好在杨主任是个审时度势的人，见惠芬横着杀过来，后面又有李国强撑着，心里先让了三分。杨主任明白惠芬不像素花，惠芬心里对街道上的事没一点儿兴趣，用杨主任的话说就是，一点儿都不想进步。杨主任把自己那套咒语对着惠芬念了好几次，可惜惠芬不是孙悟空，头上没戴金箍，念也是瞎念，不但对街道的事不上心，还对街道积极分子放怪话，对杨主任更是不屑一顾。杨主任不接招，虽然惠芬的话音还在院子里飘着，杨主任假装她不是对自己说的，那双三角眼都没朝惠芬那边斜。惠芬倒觉得自己的话有点儿多余。

这时候素花迎出门外，大声道："哎呀，杨主任来啦，赶紧屋里坐。您有什么吩咐尽管说，只要我能办到的。"杨主任刚才吃了惠芬的窝心拳，还没彻底回过神来，见素花满脸笑容，便道："你一天到晚有什么可高兴的，屋里屋外地伺候老的小的，我要是你啊……"杨主任话还没说完，小莲在屋里接话："你有什么权力教训我妈？回家教育你们家孩子去，你们家小育把小林都开瓢了，你怎么不管，就假装打了小育一下，跟挠痒痒似的。"李国强听见小莲伶牙俐齿跟杨主任干上了，心里一阵痛快。却听见素花厉声对小莲呵斥："你这孩子这么没礼貌，回头我找你们老师问问，都怎么教的。"杨主任赶紧帮腔："你们家大丫头这张嘴在咱们胡同也是出了名的厉害，看你挺老实一个人，怎么养出这样的孩子。"杨主任不等素花回应，又对素花说："明天早上十点街道积极分子在居委会开会，商量'反右'的事，你有空就去，没空拉倒。"说完，杨主任撅着屁股走了。杨主任出院门的时候，听见惠芬在院子里说："嗬，你还'反右'啊，你知道哪边是左哪边是右啊？"

整个晚上，素花都觉得心里不痛快，杨主任撅屁股往院门外走的样子固执地印在素花的脑子里，怎么抖搂都抖搂不掉。素花带着杨主任的影子收拾完了厨房，接着又把老太太服侍妥当了，给她洗了脸和脚，让她在自己屋里躺下。看见小菊正做作业，每天晚上大志都把老师留的作业带回来跟小菊一起做，素花问小菊："今天大志怎么没跟你一起做作业？"小菊说："大志今天在学校就把作业做完了，他这会儿去胡同里踢球了。"素花说："没常性儿，刚陪了几天就不耐烦了。"小菊说："我才不想他坐这儿陪呢，跟傻子似的。"

素花对小莲说："去问问你爸还吃不吃，他刚才没吃几口。"小莲回答："他只吃几口说明他不饿，要不就是在外头吃了更好的饭，问也是白问。"素花打断小莲说："你这孩子越来越没规矩，你爸在外头去哪儿吃，谁给他做啊？"小莲不再吱声，素花自己跑到里屋门口问李国强还吃不吃。李国强只摇了摇头，素花便转身对小莲说："你看会儿小菱，我出去上个茅房。"

说是上茅房，那只是个借口，小莲也知道妈这习惯，自己想出去溜达一圈儿就说去上茅房，小莲也不在意。其实素花是想去杨主任家门口看看，最好能碰上杨主任，素花就可以用一种十分讨好的口气跟杨主任道歉，为小莲还有惠芬的那些不恭敬的话，包括丈夫的缄默。

素花在杨主任面前就像是一个谦恭的奴仆，杨主任于素花则扮演着一位盛气凌人的主人，有时候素花平心静气地想着杨主任这个

"物件"，素花把想不明白的人和事都称作"物件"，为什么自己要仰视她，而且从内心里只有一种愿望，就是服从她，杨主任甚至远远高于丈夫在素花心里的位置，对于丈夫，素花时常产生厌恶和反感，很多时候素花甚至跟丈夫甩脸子。而对于杨主任就只有讨好和服从。她觉得杨主任就是自己的一个债主，自己分明就是欠她的，虽然说不清楚究竟欠她什么。

杨主任家院子门口没人，一个人影都没有，连她那淘气的儿子小育都没见着。素花扒在杨主任家的大门上，侧着耳朵听了听，院子里也是静静的，素花猜测着整个院子里的人都看戏去了。吉祥剧院有一出好戏，杨主任整个院子的人都是京戏迷，素花不喜欢京戏，京戏的道白难懂，故事又深，素花更喜欢评戏，每句唱词都明明白白。丈夫李国强喜欢京戏，喜欢听，还喜欢哼几句，以前杨主任看戏的时候还喊李国强去，李国强才不跟她一起凑热闹，喊了几回也就作罢。素花离开杨主任家的院子往胡同的北口走，她想趁这工夫去协作胡同看看白皮儿，把自己丢钱的事告诉白皮儿，他要是能宽容一些日子，自己就慢慢攒钱还他。还钱的事已经成了素花的一块心病，素花琢磨着怎么也得把这事解决了，欠钱的事绝不能干，古来欠债还钱，可素花不敢把丢钱的事告诉李国强，她感觉到白皮儿对自己的善意，她直接求他，让自己缓缓，白皮儿不会不答应。

素花穿过剪子巷的时候，听见一户人家的门里边传出一声吼叫："老子今儿剁了你！"素花吓了一跳，猛然站住，那句话就没了下文，连余音都没有，素花甚至怀疑自己的耳朵出毛病了，幻听。

白皮儿病好了没有？素花心里头一直琢磨这事。有一个念头在素花脑子里突然掠过：如果白皮儿就这么一直病着，谁都认不出来，那就不用还他钱了。这念头像坟地里的鬼火一样，刚刚闪了一下，就被素花的良知的火焰扑灭了。素花的良知与生俱来，素花不用担心自己会走偏路，自然有个声音提醒自己。善良有时候是一种病，更是个麻烦，这个善良的女人这时候有点儿恨自己了，自己至少应该像惠芬那样，拿出几句有分量的话来，让别人看看自己的斤两，但她做不到，所以懊恼。她使劲儿跺了跺脚，像是想把什么不必要的东西从身上甩掉。剪子巷是一条极其狭窄的胡同，快出北口的时候两边都是一丈多的高墙，在这地方发出声音，声音会沿着高墙攀爬，当声音爬到房顶的时候，会突然坠落，形成回声。恰好素花跺脚的时候是在这段能够产生回声的地段，素花只轻轻跺了跺脚，几秒钟之后便收到洪量的回声，素花笑了，她听到了自己的声音，而且是那么强大的自己。等回声落干净了，素花对自己说："你怎么这么贱呢……"回声重复着素花的话，好像另一个素花正在责备自己。尽管如此，那个念头一旦产生，就像沾在皮糖上的灰尘，没法轻而易举地弄掉，这让素花的身体变得沉重了，她的步子慢下来，好像产生的不是一个念头，而是一个真实的里面满是零碎的包袱。

出了剪子巷，素花踽踽着往西走，出了芝麻胡同，然后朝北，快到协作胡同口的时候，素花突然站住了，路灯下一个背影吸引了素花的目光，是白皮儿！素花疑惑着，两只脚瞬间被钉在原地，素花动不了窝，只有目光能在那个背影上胡乱地扫来扫去。有一会儿她怀疑那不是白皮儿，因为白皮儿穿戴整洁干净，行动温和，而这个像白皮儿的人正在那个垃圾堆跟前起劲儿地扒拉着。收垃圾的马车已经好几天没来了，垃圾堆得很高，白皮儿起劲儿地在垃圾堆上翻腾着，跟旁边几个翻垃圾堆的人不同，白皮儿只为翻腾，毫无目的，一看就是个"疯子"。"白皮儿的病没好。"素花心里这么想着，很奇怪，当素花确认白皮儿依然病着，依然不明人事，沉重的身体竟然轻松起来，素花靠近白皮儿，喊了声："白皮儿……"白皮儿好像没听见，旁边有个捡破烂的一边把一堆烂纸往他的袋子里划拉，一边对素花说："您说老天爷怎么就这么爱开玩笑呢，"指了指白皮儿又说，"家里那么好的日子捞不着过，得上这么个病。"素花又喊了白皮儿一声，这次白皮儿抬起眼皮朝素花看了一眼，素花上下打量着白皮儿，那天在儿童医院里那个干净温和的白皮儿不见了，借着路灯光，素花看见的是一个脸上蒙着灰尘，头发脏乱的中年男人。素花心里一阵难过，扯了一把白皮儿的后衣襟："姐送你回家吧。"白皮儿把手里的一块砖头轻轻放在地上，好像怕吓着它似的。白皮儿并没有立马站起来，他猫着腰，歪过头来笑着对素花说："好啊，姐姐送我回家好，我怕过马路……"

路上素花问白皮儿："姑姑在家吗?"白皮儿摇头回答："不在，姑姑烦我了，她说她再也不来看我了，走了好几年了。"白皮儿家的大门附近没有路灯，素花先上了台阶，白皮儿却说："姐先进去吧，我在这儿待会儿。"素花拉着白皮儿的手说："天黑了，没人在外边待着。"门虚掩着，素花推门，白皮儿跟着素花往里走，感觉他很不情愿走进院子。素花看见正房的门大敞着，灯光像一个秋天的打麦场，从屋里向外伸展着，灯光照见的地方是一堆堆的树叶子，显见的，院子已经好几天没扫了。素花愣愣地站着，不知道该做什么，却见白皮儿突然跑进正房，霍地把门关了，扒着窗户往外看着，还朝素花招了招手。素花让他开门，白皮儿就是不开，嘴里唠叨着："看你能怎么样，就是不给你开门。"素花坐在院子当中的一块大石头上，石头很凉，素花朝屋门喊着："你再不开门，姐真的走了。"白皮儿说："你走啊，你不是我姐，我姐已经死了。"不知为什么，素花听见这句话很伤心，好像自己真的是白皮儿的姐，而且真的死了，素花为自己的死而伤心着。最后，素花叹气道："唉，你怎么走这条路呢。"

素花往回家走的时候，起风了，风在胡同里奔跑号叫着，扬沙飞尘，沙粒打在脸上生疼。素花加快脚步借着风势小跑着，快到自家院门口的时候，胡同里靠近家门口的那盏路灯灭了，素花感觉好像白皮儿跟在自己身后，甚至是他弄灭了路灯。素花三步并两步进了大门口，黑黢黢的门洞里突然冒出个人影，素花吓得几乎跪到地上，却听人影喊了一声"妈"，素花听出来是小莲，喘了几口大气说："干吗去啊，外边刮大风了。"小莲说："还怕刮风啊，北京天天都刮风，您还少在外边待着了是怎么着。"说完，小莲从素花身边轻轻掠过，比风还轻。素花突然回头朝小莲说："你问问三少爷奶奶的病……"门洞里太黑了，素花几乎看不到小莲，如果小莲站着不动，便是黑暗的一部分，是黑暗最渺小的一部分，素花甚至担心因为太黑，声音传不到小莲的耳朵里，因为素花明显觉出来黑暗带来的压迫感，就像一块大石头。小莲清晰的声音飘过来："您怎么知道我找他啊，真是的。"素花感觉到小莲说完这句话就消失了，素花听不见小莲走远的声音。

素花拉开屋门，并没像她想的那样，小菱号哭，奶奶唠叨，相反，一切都静悄悄的，半天，才听见小菊轻轻喊了声"妈"。堂屋的铺板上空空的，自从老太太身上不好以来，她更喜欢在自己小屋里待着，这让堂屋显得有些荒凉。素花侧着耳朵分辨来自丈夫的声音，却什么都没听到，她觉得是自己的心跳得太厉害了，心跳的声音盖过了丈夫的声音，她尽量让自己平静下来，心跳声变小，最后素花听不见它的跳动声了，丈夫那边还是悄无声息。这让她有些好奇，素花悄悄地走近里屋的门口，门留着一条缝，透过缝隙，素花看到小菱安然睡在那张栅栏床上，丈夫背对着门坐在桌前看着什么。素花想进去，想了想，转身往小菊姐妹的房间走去。

素花看见小菊半躺在床上仰头看着房顶发呆，小萍坐在桌子前折纸，小菊和小萍同时看见了母亲，同时喊了声"妈"。素花应了一声，坐在床沿上，问小菊："肚子还疼不疼了？"小菊摇头，素花接道："要不下周就去上学吧，功课落下太多，期末考试该不及格了。"小菊想了想说："你干吗催我上学啊，我爸就不这样。"素花听小菊这么说，便沉默不语。

素花对小菊总有些陌生的感觉，这种感觉大部分来自丈夫对小菊的偏疼，久而久之，素花越发觉得这孩子不像是自己生的，有时候看着小菊，素花心里甚至反复问自己："孩子是不是在医院抱错了？"小菊的言谈举止完全不同于她的姐妹，小莲说话虽然也很尖酸，可那种尖酸的背后有一种释然，而小菊的尖酸背后是一堵墙，厚实坚硬，没有回旋的余地。她安静的时候也与小萍不同，小萍的安静接下来就是无影无踪，就是说小萍的存在对这个世界不重要，这是小萍表现出来的；而小菊的安静过后，是要更加嚣张地表明自己的存在，表明自己在这个世界上的意义。不过，小菊那张酷似丈夫的脸每每能让素花回到现实中。每次素花怀疑小菊的时候，小菊与丈夫相似的地方就多了一处，比如那只挺直如悬胆的鼻子，还有那双牛铃一样的大眼睛。这时，素花听到小萍刺啦一声又从一个本子上撕下来一张纸，便喝道："别撕了，那是用钱买来写字的，不是让你撕着折纸用的，谁给你的啊！"小萍却生生看了一眼素花，又看了看小菊道："二姐给我的，她说没用了，让我折纸玩儿。"素花的火气有一半来自跟小菊的陌生感，分明是自己亲生亲养的，如今却像是煮夹生了的一锅米饭，但是小萍的话却把素花的火气压下去了。素花看了看半躺在床上的小菊，封条便封了嘴，看着小萍用刚撕下来的纸折着玩儿，听见老太太在她屋里喊："素花啊，素花，你过来，我跟你说句话。"

素花收起自己的恶声，走进老太太的屋子。老太太正面朝墙和衣躺着，素花赶紧上前抻了被子盖在老人身上。老太太扭着脖子说："我不冷。"说着，撩开被子，素花看清楚了老太太那双裹着白布袜子的小脚儿像是两朵莲花。素花曾经听婆婆用一种愉快的声音说起自己这双脚，这双从七岁就裹起来的脚，在村里甚至十里八乡得到的赞誉，那些怕疼而裹脚不成功的女人都会发出"啧啧"的赞叹，"瞧瞧人家李家娶的媳妇儿，那双小脚儿，真是秀气啊……"素花问过老太太自己心里怎么想，老太太琢磨了一会儿说："得劲儿啊，不过呢……"老太太停了停说："走路的时候费劲儿，站也站不住，走路更走不远，废人一个，不明白那时候我妈非让我缠这劳什子干吗。"素花的脚裹了半年，母亲受不了素花整日哭喊，随她去吧，便把裹脚布扔到猪圈里了。素花的脚虽然受到过束缚，但还算是天然脚，她体会不到婆婆的辛苦。

全家人谁都没亲眼见过老太太脚的真容，洗脚的时候，老太太用各种理由把家人支出去，家人知道老太太这个习惯，每次老太太洗脚的时候就都躲一边去了，老太太的脚是李家秘不可宣的一件事。这会儿老太太索性起身坐在床沿上，两朵莲花似的小脚儿吊在半空，在暗色的背景下，宛如一幅水墨丹青，素花有一刻竟然看呆了，直到老太太问："你盯着我脚看什么?"素花这才回过神来，问老太太想跟她说什么，老太太顺口答道："我想回老家去……"

老太太的话音不高，可对于素花来说无异于一声炸雷，在素花心里激起轩然大波。素花愣了半天，问老太太干吗要回去，不等婆婆回应，便接着说："您这一回不要紧，街坊邻居怎么议论我这个当儿媳妇的?"素花从没用这种埋怨的口气跟婆婆说话，她自己都感觉到声音很陌生，好像不是从自己嘴里冒出来的。素花出了一口大气，缓和了一下自己说："再说小菊爸也不会让您回啊……您先跟我说说在这儿怎么不合适，我怠慢您老人家了，还是街坊四邻说了什么不中听的话了，咱们找杨主任理论啊，您让我云里雾里的，真为难人了。"

老太太等素花抱怨完了，话音落得干干净净的，这才摩挲了一下鬓角说："你是个好儿媳妇，对嘉轩也是那话，你没做一件差事。我打算回去，是因为我不想死在这儿，不想被烧成灰，我烧成了灰，到了那边你公公认不出来我怎么办? 怎么也得囫囵个儿见他啊。"素花愣了，没想到婆婆竟然是因为这个，对于一个生命力正旺盛的人来说，死亡是一件不可思议的事，除了那些死亡临近的老人，谁会想它呢。过了一会儿，素花低声道："您这是哪儿跟哪儿啊，还没怎么着，您就想到死了，好日子还在后头呢。"

老太太叹口气说："我当家的死得早，守着嘉轩一个人过日子，他不安分，心性野，能娶上你这么实在的媳妇儿也算是李家积了德。"老太太把声音压得更低，素花只得探过身子，把耳朵对着老太太的嘴。老太太的声音里有一种酸楚，这种无形的酸楚，与老太太身体的酸味搅和在一起，素花回忆起了爹临死时的气味，也是一种难以掩饰的酸味。素花悄悄地问一个堂兄，为什么人老了是酸的，堂兄眨巴下眼道："我怎么闻不出来。"

这时老太太看了看素花，眼神里混杂着一种说不清的意思，欲言又止。素花说："您心里想什么就跟我说出来，我办不到的，还有嘉轩，他现在升了官，办事更容易了。"老太太听素花这么说，轻轻笑道："官大官小的吧，到了那边都一样。"素花知道老太太说的那边是哪儿，便不作声了。过了一会儿，老太太突然站起来，那两朵莲花似的小脚儿便结结实实地落在地面上，但她无法固定站立在一个地方，左右移动着身体，那两朵莲花便在暗地里喧闹起来。老太太上前抓住素花的手，素花没防备，两人顺势歪在了床上，老太太却没因为自己歪着身子而停了嘴，尽管声音有点儿变形，素花能从老太太的口气里听出那是发自内心的一种愿望："你要是能给李家生个儿子就好了，我就能踏踏实实闭上眼，就算我求你，这辈子我只求你这一件事……"素花把老太太扶端正了，重新坐在床沿上。

素花用一种近乎哀求的目光看着老太太，心里好像有很多话，但不知道拣哪一句说出来。素花迟疑着，眼睛里充满了泪水，但她不想让泪水流下来，尽量让泪水含在眼眶里，她知道眼泪一流出来就无法控制，但却是枉然，泪水决了堤，在素花的面颊上打开了两条通道，泪水像两条小溪，奔腾而下。素花哭的时候说不出话，当年素花母亲死的时候，素花的几个姐妹都是一边哭一边诉说，把心里的各种苦楚倒得干干净净。可素花不行，她只能做其中的一样，泪水阻止了她说话，哭泣的时候，她变成了哑巴，听着别人的哭诉，心里一边难过一边羡慕。

素花想停止哭泣，因为她要跟婆婆说点儿什么，至少把心里的一小部分话说出来。素花知道，婆婆、丈夫还有自己，三个人心里只有一个梗，就像一块永远都无法痊愈的伤，婆婆和丈夫都认为是素花的过错，女人生不出孩子，或者生不出男孩儿，就是世界上最蠢的女人，这样的女人便在世界上丧失了作为女人的权利，或者说她们会受人轻视，女人的存在都是由丈夫和孩子显示出来的，女人自己是什么呢？是一种假象吗？生存的假象。反过来，如果一个女人没有孩子，或者没有丈夫，那她们是什么呢？素花想过这件事，她试着想四个孩子都不存在，李国强也跟其他女人走了，老太太回老家了，自己怎么活下去呢？用什么方法活下去？能不能活下去？素花很惶惑，想了很久："活不下去，那样我是没法活下去的，就算能活下去也没意思。"素花心里暗暗肯定自己的结论。

　　素花听说了生男生女不是女人的问题，她在小菊住院的时候又偷偷问过好几次大夫（其实只是个护士），大夫说着同样的道理，生男孩儿还是生女孩儿不是女人能决定的，是男人的事。素花不信，明明孩子是从女人的肚子里出来的，怎么能怪在男人的身上。素花还是不信，问到第三次的时候，那位大夫（护士）用一种古怪的眼神看着素花，足有一分钟的工夫，什么话都没说，但素花从大夫已经软化的目光中读出了一种安慰，大夫不再说什么，她示意素花随自己来。素花跟着她走进一间办公室，吸引素花眼睛的是墙上那些图片，素花不认字，看图片都是些婴儿的，有一张婴儿的是头朝下，好像还在妈妈的肚子里。大夫指着那些图片对素花说："你自己看吧，这都是科学，这些医学知识不是我编出来的。"素花的脸腾的一下红了，嗫嚅道："我不认字……"大夫听素花这么说，赶紧道歉："哦，是这样啊，那就难怪你不懂这些了，我可以读给你听。"说着大夫把那些图片上写的话一句一句读给素花听，素花大部分不懂，但有一条她深信不疑，生男孩儿生女孩儿不是女人的责任，是一种什么"染色体"在作怪。素花知道了这个"秘密"，兴奋了好几天，有一种翻身得解放的轻松感觉。又过了一段时间，素花自己琢磨，觉得大夫说的虽然是真的，可素花身边的人并不知道，即便素花告诉身边的人，他们恐怕也不会相信，别说别人，惠芬也不会相信自己的，退一步说，就算惠芬相信了这些，自己能让丈夫、婆婆，还有胡同里的人、老家村里人相信自己的话吗？这么想着，素花沮丧起来，大夫的说法虽然正确，可没人相信没人承认就等于废话。

素花朝婆婆的脸上望去，老太太的脸上愁容密布，显而易见的，忧虑从老太太微微皱起的眉间溢出来。屋里的灯光原本就暗，老人的愁容、黑色的衣裤，让屋子显得越发暗淡无光，充满着一种绝望的气息。小菱突然大哭起来，素花站起来对婆婆说："您别瞎想了，这事要跟小菊爸商量，我答应您也是白答应。"说完便转身出了婆婆的屋门。

素花看见小菱站在自己的小床上，扶着床栏杆大哭，鼻涕眼泪混合在脸上，顺着下巴往下流，而丈夫李国强却像一座山一样安然坐在桌子前，摆弄他手里的营生，耳朵似乎被棉花塞住了。素花嘴上不敢嗔怪丈夫，但她怒火中烧，素花在心里反复念叨着："你是死人吗？你是死人吗……"素花把火气撒到小菱身上，看见小菱的两只小手朝自己伸过来，素花啪的一声把小菱的一只手打下去了，接着便用另一只手朝小菱的脸上胡乱一抹，往自己的衣襟上一蹭道："你一天到晚哭丧啊！我还没死呢！"然后抱起小菱，走出卧室，砰的一声关了门。这是素花对丈夫最大的反抗力度了。李国强依然坐在桌子前一动不动，他甚至都没有像以往那样责怪素花，而是沐浴着那绿色葱茏的台灯的灯光，李国强心思飘得很远，远到能把身处的现实忽略不计。

素花抱着小菱坐在堂屋的一把椅子上，她又变回到母亲了，刚才那种猛兽一样的举动消失得无影无踪，她甚至有些自责，不该对孩子发狠，都是大人的错啊。素花把复杂的情感统统化作雨点似的亲吻，亲着小菱的脸，撩起衣襟仔细擦着小菱脸上的污秽，蘸着唾沫擦掉小菱脸上的污垢，嘴里低声说道："别哭啊，妈就跟奶奶说会儿话，这不是回来了，睡啊，不哭我娃……"小菱很快停止住哭闹，接着又睡去了。素花抱着小菱，下意识摇晃着，嘴里轻轻地哼着歌谣："小羊乖乖，把门开开，妈妈回来，带回羊奶……"小菱紧紧地贴着素花的胸脯，素花感觉到小菱似乎已经融入自己的身体，只是小菱的身体那样的柔软，散发着一种甜腻的气息。

歌谣唱到第三遍的时候，小莲回来了，进门喊了声"妈"，接着就往里屋走，素花拦着她问："你没问你奶奶的病？"小莲停住脚说："哦，问过了，岳家祥让明天带奶奶去找他，还说老年人有这种症状要小心，叮嘱明天一定去医院。"素花"哦"了一声，心里七上八下的。小莲进到屋里，就听见小菊叽叽喳喳跟小莲说起来。素花心里琢磨着明天带老太太去医院的事，临睡前，素花对丈夫说了，李国强有点儿吃惊："出那么点儿血就要去医院啊。"素花说："岳家祥说让去，咱就去吧，没事不就放心了。"李国强不再说话。

素花躺在床上等着丈夫，困得没魂了，她告诉自己不能睡，她感觉到老太太说话的分量，她必须等着丈夫，确切地说是等着儿子！素花隐约感觉到丈夫的些微变化，她感觉到丈夫不像以前那样黑灯以后就急着占领自己了，他变得不紧不慢，甚至没兴趣干那事了。女人的敏感让她有了一种紧迫感，惠芬说过，男人就是野驴，要找根结实的绳子拴好他们，不然他们就会到处尥蹶子。丈夫尥蹶子了？素花有时候很佩服惠芬，跟自己一样，惠芬也是大字不识一箩筐，但她对付男人好像总是胸有成竹，好像有个无所不能的人时时刻刻都会给她通风报信，告诉她男人的肚子里装着什么样的花花肠子，怎么让男人对她俯首帖耳，怎样让男人慢慢地变成她的奴隶。素花想，要是自己也能像惠芬那样就好了，但这个念头马上被素花打消了，"我永远都不可能跟惠芬一样，我是个不争气的女人……"每当素花这么想的时候，惠芬的四个儿子就一个个冒出来，活生生地出现在素花的眼前，伸手可触，这让素花甚至无法喘气。

不知道过了多久，素花迷迷糊糊听见丈夫上了床，素花已经做梦做了半截，梦见院子里的香椿树发芽了，孩子们围着香椿树叽叽喳喳说笑着，有的要吃香椿芽炒鸡蛋，有的说不喜欢吃，有味……素花清醒过来，想：这是个好兆头，发芽总是好事。等丈夫身子刚一沾床铺，素花竟然主动把一只胳膊搭在丈夫的肚子上，这是素花平生第一次主动！李国强没想到素花还有这一手，一时身子僵住了，有点儿晕头转向，紧接着身体里那种熟悉的、难以克制的欲望借着黑暗的力量像暴风雨般袭来，对于李国强而言，素花便不再是素花，她只是一个符号，一个异性的存在，一种专门满足男人欲望的存在。像以前的无数次一样，这时李国强只有一个念头：让自己完全地、毫无保留地、尽可能深地进入女人的身体，待在里面，在里面寻求温柔、温暖和自信。素花经受到一阵暴风骤雨的袭击，身上有一只野兽，那只野兽正肆无忌惮地侵犯着自己的身体，她甚至根本无法配合身上这个男人的粗暴，她的身体就像一个纸灯笼，刚还完好无损，顷刻间便千疮百孔……这时她的身体里有一阵撕裂般的疼痛，好像一根钢钉在她的身体里搅动着，同时素花听见丈夫狠狠地道："我要儿子！"接着，素花的身体便迎来一阵剧烈的抖动，像地震一样。当丈夫像一只面口袋一样卸到一边，并立即鼾声震天时，素花哭了，眼泪顺着眼角流向枕头，她抹了下泪水想：这次一定得是个儿子。

第二天一早素花拿着锅，去胡同口的小吃部买豆浆油饼，到了小吃部，有几个人等着，刚炸好的那锅油饼卖光了，油锅里正油浪翻滚，素花数了数油锅里的油饼有没有自己的份儿，这时候突然听见前面一个人说道："好好的日子不得好过……"素花猛一抬头，一眼看到了白皮儿。

白皮儿穿了一身掉了色儿的中山装，左肩膀上打了补丁，站在离小吃部十来米的地方朝这边张望，他的手搭在眼眶上，不是为了遮挡阳光，这时太阳还没出来，没人知道他想遮挡什么，也没人在意他遮挡不遮挡。白皮儿看了一会儿，便朝小吃部走过来。素花的心跳起来，她担心白皮儿当着人会问她欠钱不还的事，素花想干脆走掉，抬腿腿却沉得抬不动了，像是两根扎在地里的木头桩子。这时候油饼出锅了，炸油饼的刘麻子喊着："该谁了，您要几个？得嘞，俩油饼一碗豆浆，您拿好啊。"还剩下一个油饼了，刘麻子问素花道："小菊妈，就一个了，您是等下一锅还是怎么着？"这时白皮儿凑上来道："油饼，香。"素花赶紧对刘麻子说："我再等等，您把这个给白皮儿，我给他付钱。"说着从兜里掏出一毛钱递给刘麻子。刘麻子一边用一张草纸捏着油饼往白皮儿手里头塞，一边啧啧道："您可真是个大善人，好人好报。"白皮儿接过油饼大口小口吃起来，素花心里不是滋味，总觉得白皮儿这样跟自己有着某种牵连。白皮儿吃到一半，突然支棱着耳朵听着什么，素花也支棱着耳朵听，除了邻近的院子传出来几声让孩子起床声，就是油锅里的油饼发出的吱吱声，但白皮儿突然把吃到一半的油饼拼命往地上一摔，撒丫子朝胡同南边跑去，一边跑还一边喊着："就是他，抓住他！抓住他！"素花惊讶地看着白皮儿的身影，刘麻子说："瞅瞅，白疼他了，真是人事不知啊。"

素花端着一锅豆浆往回走，心里不是滋味，进院子的时候刚好碰上出门的丈夫，素花有点儿急了："今天要去医院给老太太看病啊……"李国强脚步没停，顺口说了一句："钱放在抽屉里了，一个牛皮纸信封装着，让惠芬帮看着小菱吧，单位里有事。"说完皮鞋嘎嘎地响着出了院门。素花闻到丈夫头发上的头油味，丈夫从来不抹头油，素花感到诧异，一种很古怪的感觉搅得素花心里有点儿乱。

素花把豆浆锅放在堂屋的桌子上，见小莲正收拾书包，气急败坏地找一根带橡皮头的铅笔，小莲喊着："小菊，你用没用？小萍，你呢？"小菊和小萍并不回应小莲，好像她们已经商量好了，专门用沉默对付小莲。素花说："你别急，慢慢找。"小莲朝着母亲咆哮道:"我能不急吗? 早上还有早自习,我是学习委员,我得早到。"素花说:"你就非要带橡皮头的铅笔吗? 不带橡皮头的就写不了字了?"小莲本来就是较着劲儿,见母亲一下子戳破了自己,便静下来,咬牙切齿地朝里边屋道:"你们俩等着,放了学再跟你们算账。"临出门,小莲扭头对母亲说:"别忘了带我奶奶看病,岳家祥在医院等着呢。"

小莲走出院子,路过最近的那根电线杆子,想起跟岳家祥在胡同里见面的时候,就倚在电线杆子上说话,小莲总想找个暗点儿的地方,岳家祥道:"这你就不懂了,什么叫灯下黑啊。"小莲琢磨了好一会儿,不明白。岳家祥说:"你太小,以后就懂了。"每次岳家祥说话的时候,小莲就心跳加速。她凑上去,想靠近岳家祥,但岳家祥却有意躲避着小莲,他很悠闲地靠在电线杆子上,仰着头望向天空。小莲看着岳家祥,时不时地也望向岳家祥望的地方。小莲跟岳家祥在一起的时候总有一种心满意足的感觉,她轻轻地问岳家祥道:"你在想什么?"岳家祥把目光从天空收回来,在昏暗的路灯光下,用一种复杂的眼神看着小莲,说道:"什么都没想。"

此刻,小莲一边急匆匆地往学校走,一边觉得心里暖暖的,因为一会儿妈就要带着奶奶去找岳家祥,妈靠近了岳家祥,在一定程度上就是自己靠近了他,至少妈会把自己的气息传给他,而岳家祥是因为自己而特意关照奶奶的,总之这些事情的背后是自己跟岳家祥的一种亲密的关系。这样想着,小莲心里甜滋滋的。

女孩儿的心思过于简单,喜欢照自己的想法想事情,而她们那些想法往往很少是对的,因为她们的想法基本属于妄想。其实岳家祥关照李家奶奶完全是邻里间的情谊,再加上医生恪守的救死扶伤的信条,这才是岳家祥对街坊邻居有求必应的理由,并非像小莲想的那样是因为自己跟岳家祥的"爱恋"关系。从岳家祥这边来说,并没把小莲当对象,小莲还不到十八岁,岳家祥家教严格,对小莲不会越雷池半步的,但又不能伤害小莲的自尊心,岳家祥谨小慎微地与小莲交往着。

小莲来到教室，教室里只有王师傅在生炉子，小莲喊了声："王师傅。"王师傅正把劈柴往炉膛里放，见小莲进来了招呼道："这么早就来啦，炉火一会儿就上来，要不你先去隔壁待会儿，他们班炉子上来了。今天煤球不好，潮，八成一会儿得呛烟子。"小莲应了一声，把书包放自己的课桌上便去了隔壁三班。三班的门半开着，隔着门小莲看到两个女同学在里边闲聊，其中一个说："你昨天几点做完作业的？"另一个说："九点多，你呢？"答："八点多。"小莲刚要跟她们打招呼，却听其中一个说起"岳家祥"三个字。"你知道黄土坑胡同有个叫岳家祥的，据说是个少爷。"另一个笑道："这年头还有少爷啊。"第一个女孩儿突然把嘴对着另一个女孩儿的耳朵说了几句话，第二个女孩儿显得有点儿吃惊，然后俩女孩儿的脸红起来。小莲悄悄转回身，又回到自己的教室。

小莲见王师傅还鼓捣炉子，便上前对王师傅说："我帮您吧，我会生炉子。"说着从王师傅手里拿过煤铲，从旁边的铁簸箕里撮了一铲子煤球放进炉膛里。王师傅喊："哎哟，祖宗，还说会生炉子，你们哪就是读书写字的材料，这种粗活儿不用你们干。"说着从小莲手上夺过煤铲，小莲只得站一旁看着，幸好同学王惠明来了，小莲跟王惠明说话去了。等同学差不多来齐了，小莲开始主持早自习，小莲在上边念课文，心里想着隔壁班里那俩女生神秘的对话，课文念错了好几次。有个男同学叫丁芒的，大声对小莲说道："李小莲你还是歇歇吧，大家自习就很好。"小莲听丁芒这么说，突然觉得委屈，两行眼泪竟然扑簌簌地顺着面颊流下来，全班同学都傻了眼，葛小茹和王惠明是小莲最要好的同学，这时候两人几乎同时站起来朝丁芒大声道："你干吗啊？"丁芒傻了，看着小莲道："我也没说什么啊，就是让她歇歇。"下早自习的铃声响起来，丁芒走到小莲跟前说："对不起啊，我就随便说了一句。"葛小茹和王惠明在一旁瞪着他。

小菊让大志扶着上学去，出门的时候惠芬一个劲儿嘱咐大志："你千万小心着点儿，小菊肚子上的伤口还开裂着呢。"大志说："您别说那么邪乎，要真开裂着大夫不会让她出院。"素花在后头说："大志啊，就劳烦你啦，有事回来说一声。"

其实小菊的伤口并不疼，只是感觉紧绷绷的，好像有根绳子勒着肚子，还痒痒地难受，又不敢挠，怕抓破了伤口，只好忍着。小菊走得很慢，出了院门顺着墙边走，生怕来往的人碰了自己。有同学从后边赶上来说："你怎么像只蜗牛啊，还是回家躺着吧。"大志很有耐心，见同学笑话小菊，还抱个不平，道："你管得着吗？人家愿意这么走，你想慢走也慢走啊。"那同学真就试着慢走，走了一会儿说："我可不想当蜗牛。"说完一阵风似的跑了。

素花琢磨怎么找个平板车，好把老太太弄医院去，惠芬说："你就花点儿钱给老太太去出租车行叫一辆车，你们家老李孝顺，知道了也不会埋怨你。"素花觉得惠芬说得有道理，便抬脚去胡同口公用电话那儿，想打电话叫车。黄土坑胡同南口有个姓白的人家，靠捡破烂维持生活，当年整个景山街道地区安装公用电话的时候，必须找个人家愿意跑腿传话的，街道杨主任想了半天想到白家，一是他家把着胡同口，有一间屋子临街；二是能帮着白家弄点儿零花钱，毕竟白家的日子过得紧巴巴的。白家也就因为这个公用电话出了名，邻近几条胡同的人说起来就是："公用电话白家。"

素花撩开白家的门帘子，见地上放着一个大盆，里边盛了一大盆五颜六色的衣服，便随口问："今天是什么日子啊，这么大洗。"老百姓喜欢说大洗，跟大喜同音，吉利。白家女人是个四十岁上下的胖女人，撇着河南腔道："哪有大洗，攒了好几个月了。"说着，女人把电话旁边那把椅子上的破烂扔到床上，用手摩挲一下椅子对素花说："坐着打吧。"素花问出租车行的电话号码，女人随口道："23809。"素花拨通了，半天没人接听。女人说："他们那儿永远没人接电话，五分钟的路，你不如自己跑一趟。"素花听了，便出了白家的门。

素花顺着什锦花园胡同往东走，出了胡同口就到了东四北大街，素花眯起眼睛往对面的出租车行看，见外面的小广场上停着一辆车，心里踏实了。素花过了马路，走到出租车行门口朝里面看了看，见一个四十多岁的男人正翻抽屉找东西，素花拉门走进去，打了声招呼："师傅，我想现在用车，带我们老太太去医院看病。"男人停住手，抬眼看着素花回道："哎哟，真不凑巧，刚有人打了电话订了车，您要是早来五分钟就先尽着您了。"正说着，外面有一辆车停进来，男人笑道："瞧，您可真是有福之人，刚说着就回来一辆车。得，您就使这辆车吧。"说着领着素花往外走，到了车跟前，那人先把门打开，让素花坐进去，然后对司机说："再麻烦您跑一趟。"

素花这是第二次坐小汽车，第一次是好几年前老太太从老家来了，小菊爸从单位找了一辆小汽车去火车站接人，素花坐在车上，外面的房子、树一个劲儿往后退，一会儿素花就觉得头晕目眩，素花赶紧闭上眼睛，只觉得耳朵边嗡嗡地响，没一会儿就听司机说："到了。"素花睁开眼，吃惊道："这么快啊，我刚把眼睛闭了一会儿。"丈夫李国强道："你再闭一会儿眼就又返回去了。"

此刻素花坐在出租车里，已经不觉得晕了，相反感觉很舒服，看着外面走着的人，甚至有一种优越感，一种站在山峰上的感觉。当汽车开进黄土坑胡同的时候，胡同里几个扯闲篇的老太太都睁大了眼睛，眼珠子随着汽车移动着，开始低声地叽叽喳喳地议论。当她们看见素花从车上下来的时候，一个老太太惊呼道："哎哟，妈呀，是你啊，还以为皇上来了。"引得周围人笑起来。素花赶紧解释说是带老太太看病去，人群里有个人说："那是应该的，人家老李是国家干部，甭说坐个出租车了，人家那级别都够有司机了。"素花也不答话，闷着头往自己家院子里走。素花先找出那个装钱的牛皮纸信封，并没打开数钱，直接揣到兜里，又用手探了探兜是不是缝结实了，这才去把老太太从屋里搀扶出来，走到院子里，朝惠芬家喊了一嗓子："我去了啊，小菱就麻烦你照看了。"惠芬在屋里回道："甭唠叨了，赶紧去吧，有事就招呼一声。"

没想到老太太晕车，还没到医院就开始呕吐，雪白的座位上都是还没来得及消化的馒头和粥，等到了医院门口，车里头的味简直没法闻了。素花嘴里不停地道歉，司机是个和善人，笑着说："谁家还没个老人啊，您不用这么过意不去，回去一洗就得了，您赶紧带老人瞧病去吧。"素花千恩万谢地扶着老太太下了车。

素花老远就看见岳家祥站在医院门口四处张望，一开始她没想到岳家祥是在等自己和老太太，走到岳家祥跟前，从他的眼神里素花才知道他正在等自己和老太太，心里想，虽说是街坊，可平时并没什么来往，在胡同里遇上点个头，招呼一声，没想到真有了事挺帮忙，素花心里不禁很感激，便说："真是麻烦三少爷了。"岳家祥笑着对素花说："街里街坊的，您别这么客气。"岳家祥压低声音道："您别喊我少爷，您叫我家祥就得。"素花点点头说："我喊您岳大夫。"便搀扶着老太太跟着岳家祥走进医院。

岳家祥领着素花两人慢慢朝妇科走，走到科室门口的时候，让素花先陪老太太在外边的长凳上坐一会儿，自己进了科室大门。素花和老太太坐凳子上等着，走廊里川流不息的人像赶集一样。老太太不禁问道："这都是有病的啊。"素花说："没病来这干吗啊，逛啊。"老太太白了素花一眼。又过了一会儿看见一个大肚子的女人走过来，旁边一个男的扶着，老太太顿时来了精神，捅了下素花小声说："看肚子像是个男孩儿。"素花假装没听见，头往相反方向偏过去。这时突然有个穿白大褂戴口罩白帽的大夫朝素花走过来说："你们跟我来吧。"素花有点儿吃惊，见口罩后面那张脸在笑，才认出是岳家祥，笑道："是岳大夫，看我这眼神儿。"

到了一间屋门前，岳家祥让素花和老太太进去，两人走进去，老太太紧张得抓紧了素花的手。素花看见里面有一张小桌子，比丈夫那张桌子大不了多少，桌上有一只一样的带有葱绿色灯罩的台灯，这让素花感到几分亲切，桌前坐着一位鬓发有些斑白的男大夫，岳家祥毕恭毕敬地对男大夫说："我的街坊来了，麻烦您给瞧瞧吧。"老大夫让老太太坐在椅子上，问哪儿不舒服。老大夫的语气很和蔼，脸上漾着笑容，让人有一种如沐春风的感觉，素花甚至觉得这不是在医院，而是在东安市场逛铺子。老太太不回话，一个劲儿用眼睛瞟素花。老大夫又问了一句："您怎么不好？"素花只得代替老太太回道："老太太下边出血了……"老大夫"哦"了一声，又问："多长时间了？"还是素花代替回道："小一个月了，也不是天天有，换裤衩就看见有……"素花回答大夫问题的时候，说的好像不是老太太的病，而是自己得病了，素花紧张得像是有一只鼓似的不停地敲打，每敲一下素花的心跳就加速，即便大夫脸上的笑容始终没变，依然不能让素花放松，大夫越是问得紧问得详细，素花就越是紧张，素花甚至觉得大夫是故意让人难堪，女人总有一些难以启齿的事情，把它们拿到桌子上讨论，就像跟惠芬议论小卖部里的酱油兑水一样，这让素花脸热心跳。素花刚想抬起头向岳家祥求救，却听见大夫问了一个素花无法回答的问题："老太太做过妇科检查吗？"老太太的脸上现出一种惊愕的表情，素花看了一眼婆婆，又将视线抛向大夫，她疑惑着，不知道怎么回答，因为她没听说过这个词儿，更不知道这词儿的含义是什么。只听一旁的岳家祥代替素花回答道："她们恐怕不明白妇科检查是什么……"大夫摇头说："不对啊，妇科筛查早就开始了，我们医院还派了医生帮忙，很多妇科病都是普查的时候发现的，岳大夫你也有义务在你们街道上宣传妇科检查的重要性啊。"这时候素花突然想起来了，去年国庆节后杨主任挨家挨户通知街道上的妇女去隆福医院检查身体，好像前年也通知过，胡同南头小绿门里的小凤妈回来说："哎呀，丢死人了，就那么像个蛤蟆似的叉着俩腿让人家往里边瞅……"素花想拽着老太太去，老太太说："我可不去丢那个人，我这么老了，还能有什么病，有了也不去，还怕死不成。"素花不想让岳家祥为自己背黑锅，便回答："想起来了，街道上通知过，是我们自己不愿意去，怕丢人……"大夫点头道："好吧，老太太到床上去，我现在给您做个检查，不会疼的。"

素花这才发现四扇白布屏风后面是一张床，她趁老太太站起来的空探头朝里边望，床很奇怪，只有半截，有两个像是小板凳一样的物件竖在床的下边两侧。这时候岳家祥搀扶着老太太进去了，素花跟进去帮着老太太脱衣服，大夫在一旁洗手，问岳家祥："准备好了吗？"岳家祥点头，从旁边一个小柜子里拿出一个发黄的布包，这时候一个年轻的护士推门进来，对岳家祥说："我来吧。"说着把黄布包打开，一些奇怪的工具出现在素花面前，那些工具有点儿像丈夫用的锉、锯什么的，但都很亮，阳光反射到上面甚至晃了一下素花的眼睛，再朝老太太望去，那张皱纹横生的脸上看不出她心里想什么，花白的头发不像往日那么整齐光亮，仿佛跟人同样受到了某种折磨，甚至可以说凌乱。其实老太太只穿了一条棉裤，里边就是粗布的裤衩，但大夫让她把一条裤腿脱下来，老太太的裤脚都是打了绑腿的，脱下裤子意味着要把绑腿包括缠脚的裹布完全松解下来，这无异于要让老太太的小脚儿（从未示人过）暴露在素花以及岳家祥、大夫还有那个年轻的女护士面前，素花不由自主地把担忧的目光投向老太太。结果明摆着，当大夫向老太太提出要求的时候，她坚决地摇头拒绝了。

那位老大夫还有岳家祥包括屋里的护士，他们同时看向素花，素花仿佛一下子变成了这间屋子的主人，素花只得耐着性子跟老太太解释着，央求着。素花劝道："您别难为情啊，这是看病，又不是咱的错。您没听人家说的，郎中面前没有羞啊，您什么没见过啊。"岳家祥一旁帮腔道："您甭想太多，大婶说得对，大夫面前是没有性别的，我们也保证不会笑话您，也不会告诉任何人我们看见的……"岳家祥觉得自己的话不妥当，想了想不知道怎么说，便停住话头。说话的工夫，诊室门口不停地有人探头进来，问下一个病

113

人能不能进来，护士说："等等，这个还没看完。"等询问的护士出去了，屋里的护士干脆走过去把门锁了，最后护士说："这么着吧老太太，我们都转过脸去，我给您这块布，您都弄完了，把这块布盖您脚上，现在我教您怎么躺上去……"说完护士很耐心地给老太太解说着，足有十分钟的工夫，老太太似乎被折腾累了，点头道："好吧，你们背过身子吧。"过了一会儿大家转过身子，素花看见老太太那条脱光了裤子的腿，还有那只盖着白布的脚，白布好像是被一根竹竿撑起来的，素花想象着老太太那双脚，其中的一只正享受着陌生而自由的空气，而它的主人正经受着前所未有的"磨难"，这是素花从老太太痛苦不堪的脸上感觉到的，素花的心里有种说不出来的滋味，仿佛看到的是村里那些被人五花大绑的将被宰割的猪羊……

素花看到老太太使劲儿把两条腿缩起来，以避免敞开来，两条细得像木桩的腿上，松弛的皮肉耷拉下来，像是两条晾衣服的绳子晾晒着老太太整个的生活。这时候护士走上前安慰老太太："您甭那么紧张，您把手给我，我抓着您，您掉不下去。"大夫示意岳家祥不要跟着他，岳家祥止步，走到一旁的素花身旁说："你们应该年年做检查的，对你们自己，对家人都有好处。"素花说："唉，怪我，没坚持去，她老人家不想干的事不好强迫。"岳家祥说："您也要检查，没病也要例行检查，回头我看见街道杨主任跟她好好说说这事。"素花说："不怪人家杨主任，街道上的事人家挺上心的，是我们自己没去。"说着话，大夫从屏风后面走出来，一边摘手上的胶皮手套，一边对岳家祥也是对素花说："还要做进一步化验检查，现在不能确诊。"大夫坐下来写病历，问老太太叫什么，素花答道："李王氏。"岳家祥说："现在还这么称呼哇？"一旁的女护士说："我们女人有个名字不容易啊。"大夫道："以前妇女地位低下，不过新中国成立后好多了，像你，能出来工作，还识字，真是女人里边的尖子了。"素花听着几个人说话，琢磨着，早说要跟小莲学认字，这回一定要开始做这件事。

岳家祥在过道里低声跟素花说老太太的病情，老太太一个人坐在妇科诊室门口的那张长椅上，看着从自己面前经过的穿白衣的人，一副受惊吓的样子。素花耳朵听着岳家祥讲，眼睛一直盯着婆婆，好像怕她消失了似的。岳家祥的话让素花似懂非懂，但有一点是肯定的，老太太大概得了一种不好治的病，不好治接下来就只能听天由命，再接下来发生的就不敢想了。这让素花好像挨了当头一棒，觉得身上一点儿力气都没有了，似乎得病的不是婆婆而是自己，说回来，素花倒宁愿得病的是自己，因为婆婆生病，每次落埋怨的是自己，好像婆婆只要得病就是自己造成的，丈夫甚至觉得自己成心害婆婆，这让素花心里十分委屈。李国强经常对素花说的一句话就是："我要你干吗吃的啊。"意思就是我养着你，你作为报答就要把家里的一切都调理得顺顺当当的，包括婆婆不能出一点儿岔子。当岳家祥告诉素花老太太的病不乐观的时候，素花内心里感到十分沉重。

　　素花低着头，看着自己的鞋尖儿，过了好一会儿，素花战战兢兢地问岳家祥："一点儿办法都没有吗？"岳家祥想了想说："这要看具体情况。"岳家祥又道："您先不用过分担心，等化验结果出来了才能制定治疗方案，那时候再商量，我会尽可能帮助您的。"岳家祥一直把素花和老太太送到医院大门口，见靠着胡同的西墙根儿处有几辆人力车，素花对岳家祥说："您回吧，我们搭一辆人力车就回了。"看着素花搀扶着老太太上了一辆人力车，岳家祥突然想起什么，追到车跟前问素花道："都忘了问了，小菊怎么样了？"素花说："劳烦您还惦记着，她上学了，小孩子好得快。"岳家祥笑着没再说什么。

　　人力车走的是隆福寺街，快到柏树胡同西口的时候，老太太突然问素花："我是不是快死了？"素花心里一惊，还没等素花开口，拉车的先开腔了，他一边往前小跑着，一边回头对老太太说："您可别这么说，我这今天头一趟活儿，您给个吉利话。"人力车前头的帘子放下半截，车里边有点儿暗，素花心里不由得一阵发紧，一阵风迎头兜过来，沙子打了一嘴，素花说道："您别瞎想啊，现在连什么病还都没确定呢，也许根本就没病呢，都说不准的。"老太太"哼"了一声说："我又不傻，还看不出来啊，要是没病今天就该告诉咱，还等什么，大夫都鬼鬼祟祟的，没好事……"

老人心里很清楚，八成是死到临头了。其实活到她这把年岁已经不怕死了，老人一天里大部分时间用来思考死亡以及与死亡相关的事情，比如自己什么时候死，怎么死，死在哪里。死的时候会是什么情形，家人围在身边，还是自己一个人被死神召唤而去。有没有从容的时间与自己的亲人告别……或者说每一位老年人最后都会变成一位哲学家，他们从自己的身体迹象思考着生命这个令人迷惑的事物。

"我不想死在这里，连个埋的地方都没有……"车晃荡了一下，老太太的话音拖得很长，就在老太太又要开口的时候，人力车狠狠歪了一下，素花一下压在老太太的右边肩膀上，素花一边大声埋怨人力车夫："您倒是看着路啊，里边有老人。"一边问老太太："没压坏您吧？"老太太因为素花没搭她刚才的茬儿，心里有点儿气，她知道素花是借着训车夫把自己的话早当沙子扬了，说道："我又不是糖人，一压就碎。"车夫好像领会了素花的意思，一个劲儿道歉，道歉完了，就扯东扯西，跟老人的话题压根没关系。老太太索性把嘴闭得严严实实的。一直到了家门口，素花扶着老太太从车上下来，从兜里掏钱给人力车夫。惠芬早听见动静了，抱着小菱，手上扯着她家大云出现在门洞里。

素花接过小菱，惠芬搀扶着老太太往院子里走，等老太太进了屋门，素花站在院子里跟惠芬说话："你们中午吃的什么？小菱没哭吧？"惠芬顾不上回复素花，神秘兮兮地拉着素花往南边墙根走，问素花："老太太没事吧，看着脸色不好呢。"素花把嘴凑到惠芬耳朵上说："岳家祥说不太好，回来一路老太太闹着要回家呢，我都不知

116

道怎么跟我们老李交代……"看着素花诚惶诚恐的样子，惠芬撇嘴道："老太太得病又不是你的错，就算是老天爷也做不了人的主，老李是国家干部，这点儿道理他总比咱们明白吧，他不会怪罪你的。"素花叹口气说："话是那么说，可人家在外面挣钱养家，家里的事咱再打点不清楚……"惠芬急道："你真是死榆木疙瘩脑袋，人老了谁不生病？皇上还兴驾崩呢，何况老百姓。老李要真是犯浑，你跟我说，我跟他理论。"素花应着，心里想："看把你能的，以为你骚就能管用似的。"嘴上却说："他要跟我闹腾，还指望你劝呢。"

素花进屋放下小菱就进了厨房，掀开盆看看面发了没有，打算晚上蒸馒头。面发了，用手指一按，扑哧陷进去了。素花见酱油不多了，便拿了酱油瓶子抱着小菱要出门打酱油，刚好小萍从幼儿园回来了，素花让小萍去打酱油，小萍说："老师让折纸，明天还得交给老师十五个气球。"素花瞪大眼睛说："要那么多纸气球干吗？回头你二姐回来我让她帮你折。"小萍接过素花手里的酱油瓶子和一毛钱走了。

素花递给小菱一块生白薯让她啃着，自己悄悄来到老太太的屋门口，见屋门虚掩着，便想推开门进去，却听见老太太使劲儿吸溜了一下鼻子，又听见老太太自言自语着，素花把耳朵贴在门缝处，还是听不清老太太说的什么，这时听见小萍在院子里哭着喊"妈"。素花赶紧往外跑，见小萍的手上滴着血就回来了，素花吓得腿都发软了，一个劲儿问："这是怎么弄的！"小萍就知道哭，后边跟着进院子的是福姨，福姨的脸上竟然还笑着，这让素花心里动了气。素花冷冷地道："哦，是她福姨……"福姨说："这孩子双腿蹦着往前走，我话都没来得及说，她就摔倒了，酱油瓶子摔碎了，扎了手。"素花来不及招呼福姨，领着小萍进了屋，翻抽屉找红药水，福姨竟然跟进屋里，在素花身后说："要先清洗一下伤口，不然会有碎玻璃碴子。"说着福姨动手往脸盆里倒热水，又从自己的衣襟里拽出一条干净的手绢，蘸着热水替小萍清洗伤口，小萍拼命咧着嘴哭。惠芬跑过来，埋怨素花："你看你回来怎么就这么热闹呢，你不在这半天，院子里安安静静的。"惠芬见福姨正在给小萍洗伤口，赶紧说道："哎哟，她福姨真是好心肠。"惠芬有时候见了有钱有势的人就上前巴结，说话比平时夸张好些。素花不喜欢惠芬这点，素花觉得谁都一样，哪怕是街上要饭的，素花也并不歧视他们，总觉得谁都有谁的难处，有一次竟然给了一个要饭的三个大馒头，惠芬看傻了，事后埋怨素花不应该给那个要饭的那么多。

福姨接惠芬的茬儿说："正好让我碰上了，搁谁都得搭把手不是。"又转身对素花说："小菊妈，孩子太小，要多关照着。"说完，福姨便告辞走了。惠芬见福姨没说上几句话就走了，心里很有点儿不忿，觉得她这是瞧不起人，深宅大院待惯了，嫌弃小门小院。惠芬不知道怎么发泄这种不忿，想了想，呸，一口痰吐地上："又不是真主子，还要端着主子的架子，我顶瞧不上这种人，大不了就是个奴才，狂什么。"素花笑道："瞧你，人家要是跟你东家长西家短你就没话了，八成人家有事呢，那么大一家子人等着她忙活呢，你别这么编派人家。"正说着，小菊和大志进了院子，惠芬便对大志说："去小卖部买半斤盐去，顺便帮你素花姨打半斤酱油。"素花赶紧进屋找瓶子，惠芬在院子里喊："甭找了，我这有现成的。"

素花进厨房揉面捅炉子准备蒸馒头，小莲回来了，进门就喊"妈"，接着就问今天去医院没，见着岳家祥了吗，奶奶得什么病，要紧不要紧。素花说："去了，也见着岳家祥了，真是难为他了，跑前跑后地忙活，找空得谢谢人家。"素花没提老太太的病，她想等丈夫回来再说。

第 五 章

　　馒头碱大了，掀开锅，水汽顿时充满了厨房，略微散一散，素花看见锅里七个大黄馒头互相之间挤得没一点儿缝隙，个个都咧着嘴，一副挤得难受的样子。素花"哎呀"一声，自言自语："碱又大了，明明试过的啊……"素花每次蒸馒头为了试试碱放得合适不合适，总要先用一点儿面，做个鸽子蛋大小的馒头试蒸。小馒头从锅里拿出来，几个孩子都抢着要吃，素花根本没看清楚碱大碱小，小馒头已经被不知哪个孩子吃到肚里，然后素花就兀自揉面开蒸，久而久之，蒸小馒头便成了一种习惯甚至仪式，跟试碱已经没多大关系了。李国强知道素花这个习惯，如果看见她蒸小馒头，便撇嘴道："顶个屁用。"

　　素花把馒头捡拾到那个已经被烟熏得发黑的篮子里，开始炒白菜，两毛钱的肥瘦肉已经切好了，跟葱花一起放在刀板上等着油热下锅，锅里的花生油慢慢地泛起了蓝色的烟幕，花生油的香味有些刺鼻子，素花喜欢这种香味，她尽量张大鼻孔，恨不能把厨房里所有的花生油的香味都吸到鼻孔里。素花一边忙活着手里的活儿，一边脑子里翻腾着婆婆的病。老太太的担心显而易见，就是担心死在这里没地方埋。素花想，是啊，这地方活人挨着活人的，哪有死人待的地方，再说，老家人都讲究埋自己家地里，沤成肥料也是自己的地得益。突然油锅里进了一滴水，发出一阵噼噼啪啪的响声，素花把葱花放到锅里，一声爆响，接着一股子油烟就蹿上了屋顶，那股油烟子就像一团魔鬼，在原本就黢黑的屋顶盘旋着，又添了一层污垢。

　　菜出锅了，放到盘子里，粥熬差不多了，素花把炉子上的火盖盖在炉子上，锅里的粥马上停止了喧嚣，慢慢静下来。素花透过窗户，看见老太太正坐在堂屋惯常坐的那把椅子上等着开饭，想必是饿了。李国强还没下班，素花故意放慢速度，几次抬头朝院子里张望，小莲不耐烦了："妈，咱们先吃吧，我都快饿死了。"素花觉得奇怪，往常这时候丈夫早回来了，坐在屋里锉锉这个，弄弄那个。小菊在一旁看着，偶尔说几句话，大家都等着素花那句话："吃饭了。"可今天丈夫的影儿都见不着，素花心里纳闷，嘴上却埋怨小莲道："你能不能有点儿出息，妹妹们都没吵吵要吃。"老太太说："别等他了，孩子们都饿了，先吃吧。"听见老太太都这样说，素花让小莲盛粥，素花想把菜给丈夫留一点儿，被老太太拦住了，老太太说："不用给他留，不行一会儿炒个鸡蛋。"小菊听说要给爸炒鸡蛋，便吵吵着也要吃炒鸡蛋，老太太就让素花添个炒鸡蛋，素花便去了厨房。

　　其实李国强今天完事挺早，他刚要提着公文包出门，刘曼殊却推门进来了，她能感觉到李副处长对她异于常人的好感，所以她现在进李国强办公室的门根本不用敲了，就像进自己的家门一样，推门就进。刘曼殊手里端着一个铝制的小饭盒，李国强看见了便问："你这饭盒用得真干净啊，看看咱们单位里，有哪个职工的饭盒能像这样。"李国强说的是心里话，在他说话的时候，脑子里浮现出家里那两个铝制饭盒，磕碰得已经变了形，上面的污渍嵌在凹痕里，以至于李国强再也不想用饭盒带饭了。自从了解了刘曼殊，李国强感到娶个像素花那样的邋遢女人是一件窝心的事。

这时刘曼殊打开那个锃亮的小饭盒，李国强探头一看，见小饭盒里竟然装着几块油亮亮、香喷喷的红烧肉！饭盒打开的一瞬间，那股诱人的肉的香气把李国强的魂魄都要从身体里勾出来了。他抑制着嘴里已经溢满了的哈喇子，笑着对刘曼殊说："这可是稀罕物，是你做的？"不等刘曼殊回答，李国强趁机咽了口哈喇子接着说："还是你们上海女人仔细，过日子有模有样的。"刘曼殊说："这是我专门给您留的，中午吃饭的时候不方便给你送，您带回家吃吧。"李国强见红烧肉还冒着热气，便笑着打趣："你都热好了，就是想我当着你的面吃，我正好饿了，吃完再走。"刘曼殊听李国强这么说，赶紧说："您稍稍等一下，我有个馒头，您就着吃。"说完，噔噔噔跑回办公室，过了一会儿又噔噔噔跑回来，娇喘吁吁地把一个冷馒头递给李国强："红烧肉我放在热水盆里温了好一阵，馒头是冷的，您将就吃吧。"说完，刘曼殊歪着头，脸上充满期待地看着李国强，等着他吃。

　　李国强接过小饭盒放在办公桌上，四处找寻筷子，却见刘曼殊从身后变出一双筷子，李国强吃惊地说："你真应该变魔术去。"李国强真饿了，上午一个会开到下午一点，刚要去食堂，又有个来自地方工会的同志进京汇报工作，工作结束，食堂早关门了，李国强本想去秘书处看看他们有什么吃的，这时候副部长来电话，让把明年工作安排赶紧报上去。李国强没吃中饭，早上就吃了一口油饼，半碗豆浆没喝完，到了下午四点已经饿得前胸贴后背，快下班的时候饿过劲儿了，这时候看见这一小饭盒的红烧肉还有馒头，一下子把李国强的饿意勾起来了，三下五除二，几分钟的工夫，一小饭盒肉一个馒头便进了肚，饭盒里的肉汤用馒头仔细地擦得不留一丝痕迹，像是已经冲洗过了。虽然只吃了三分饱，但李国强的味蕾得到极大满足，吃完了，李国强坐回到椅子上，眼睛看着刘曼殊，并没有急着回家的意思。刘曼殊一直歪着头看李国强，这样她右边那条辫子就直直地朝下垂着，些微的晃动中，辫子上的光点不停地变动着，李国强的目光被那些变化不定的光点牵扯着，刘曼殊注意到李国强看着自己下垂的那条辫子发呆，不好意思了，她站直了身体，辫子回到背后，李国强便收了目光对刘曼殊说："该走了，这整座楼里就咱两人了吧。"刘曼殊听了李国强这句意味深长的话，脸腾的一下红了，顺手把一条辫子从背后扯到前边来，在手里不停地绕着手指头玩儿。李国强只觉得一股子燥热从脚底板一直往上蹿，一会儿的工夫身体就庞大起来，像是一只打足了气的皮球，动一下就会炸掉。李国强一动不动，仿佛坐在一枚炸弹上一样，这个感觉让他突然记起上党战役时发生的一件事。国民党的第十九军军长史泽波被俘的时候，李国强正跟几个战友向敌军后面包抄，战友李铁子也是李国强同一个村的，李国强喊李铁子妈七婶，这时候只听李铁子大喊一声："日你麦（麦即妈）的，老子坐地雷上了！"几个人顿时像泥塑一样呆住。李国强的脑子里飞快地转着，日本人撤离的时候，让清扫地雷，这一带分明是已经被清扫干净的，可见清扫得还不够干净。李国强做梦都不会想到李铁子会种了自己人埋的雷，但他还没来得及想怎么办，只听轰隆一声，地雷炸了，李铁子的身体被炸成了碎块，最大的一块是李铁子的上身，李国强甚至看清了李铁子圆睁的眼睛。这时，李国强试着动了动身体，安静而甜蜜的氛围让他消除了回忆的痛楚，他确定眼前的一切不是虚幻的，是千真万确的真实的世界，眼前的刘曼殊美好得像一幅画一样，正用一双杏眼朝自己望着。李国强深吸了一口气，身体里边那股子燥热渐渐消失了，李国强对刘曼殊说道："走吧，一起走。"

两人肩并肩一起出了部里那座厚重结实的苏式大楼，很快，城市的黑暗就吞食了他们。刘曼殊脚步很轻，李国强甚至感觉不到刘曼殊的存在，他不时侧过头看着刘曼殊，刘曼殊身上一股好闻的气味朝李国强飘过来，李国强深吸了一口。刘曼殊坚持要送李国强去13路公共汽车站，等着汽车来，然后又等着汽车开走，她朝李国强招手，等车开走了，刘曼殊自己一个人（其实她已经把李国强像栽种一棵树似的，结结实实地种到自己心里了，所以不再是一个人）溜溜达达往部里的集体宿舍走去。

李国强坐在汽车上，他找了个后排的座位，所以当汽车开动的时候，他仍然能看到刘曼殊，直到刘曼殊消失在夜幕当中。整个车里只有靠近中间有一盏灯，李国强的位子很暗，他想借助黑暗的力量让自己安静下来。几站过后，李国强眼前的黑暗宛如一幅屏幕，上演的都是刘曼殊的独角戏，他只看见刘曼殊一个人在眼前晃动，就像在电影院看电影那样，抓不着、闻不见，但那张精致温婉的面孔确实是存在着的，并打动着李国强的心。

李国强的性格里隐藏着一种匪气，这种特质有些源于西北的水土，但主要来自他的个性，这让他对这个世界上的一切都不屑一顾，即便他的生活让他的亲人觉得是一种冒险，但对于李国强只是有惊无险，比如当年他不顾母亲的反对跟着部队去太行山上打游击，其实他是不想活在母亲每天关注的目光里。他并没有过多的想法，比如后来他离开了西北老家，来到首都北京，生活中的境遇都是自然而然到来的，而心里那个坚硬的自己，那个自己让现实中的李国强变得不可捉摸。有个念头闪过李国强的脑海：让刘曼殊为自己生个儿子！这想法刚一出现，李国强几乎为这想法欢呼起来。

此时此刻李国强的心思完全被刘曼殊占据着，在李国强心里刘曼殊早就是一截洗干净、剥了皮等着李国强啃的嫩藕了。这时候车停下来不走了，李国强朝外头看了看，并没到一站，他看见旁边的乘客站起来往车门处走，便也稀里糊涂地跟着下了车，他站到车门外才知道，车坏了，乘客们有的步行往回走，看样子是奔刚才那个站台过去了，有的干脆嘴里嘟哝几句，然后匆匆忙忙消失在夜色中。李国强一时有些茫然，他有点儿被这突发事件弄晕了，照理，他应该往回走几百米，搭乘另一辆13路公共汽车，但他的脑子里、身体里塞满了刘曼殊，尤其那两条大长辫子，总在他眼前晃悠，每晃一次，李国强的心脏就使劲儿跳一阵子。恰好这时有一辆人力车刺啦一声，轱辘蹭着沙子路面停在李国强的身旁。车夫问道："您去哪儿啊？"连李国强自己都感到惊讶，他张口就把部里宿舍的地址说出来了，直到他坐上人力车，黑暗一块一块向后面移动的时候，李国强才意识到，刘曼殊就像一粒种子，不经意间已经在自己的身体里发芽了。

李国强并不清楚刘曼殊具体住在哪栋楼哪个房间，部里的宿舍楼一共只有三栋，所以找到刘曼殊的住处并不难。李国强坐在人力车里左右摇晃着，车夫不停地道歉："对不住了您，路不平整。""得，又颠着您了。"李国强笑着说："又不是你故意要颠我，不用道歉。"两人拉起话来，车夫说："一看您就是个吃官饭的体面人，一准是在机关里做事的。"李国强在黑暗中笑了笑问道："你是从哪儿看出来的？"车夫一边拉着车走，一边回头朝车里头说："瞧您的穿戴，呢子中山装，外面呢子大氅，手里拎着皮包，脚上蹬着皮鞋，脸上又没有生意人的皮笑肉不笑，您说您不是吃官饭的还能是什么？"李国强这次哈哈笑出声来，说道："我看你应该改行做算命先生去，眼睛挺毒的啊。"车夫得到李国强的夸奖，脚底下像生了风似的，不知不觉间已经到了部里宿舍楼的所在地。李国强从大衣兜里掏钱付给车夫，车夫接了钱，急匆匆走了，剩下李国强一个人站着，琢磨着怎么找寻刘曼殊。他绕着一栋楼走了一圈儿，竟然连一个人都没碰到，其实他从心里有点儿害怕碰到人，怕会有人认出他来，同时，他审视着自己这种心理，最后选了那句老话："做贼心虚。"

最后李国强索性随便走进一个单元楼门，在一层的三个住户门中迅速选了左侧那个，然后抬起手敲了敲，等待开门的时候，李国强的心跳并没加快。开门的是一个年轻的男人，一脸的喜气洋洋，浓黑的眉毛和头发仿佛强调着他那昭示天下的青春。"您找谁？"年轻人问。李国强先笑了笑，突然年轻人身后传来一个声音："哎呀，这不是李处长？"李国强朝里边看，见另一个年轻人睁大眼睛看着自己。李国强不认识身后那个年轻人，但他朝那个年轻人问："你是哪个部门的来着？"李国强没等年轻人回答，便接着说："我是想找秘书处的刘曼殊，有份文件我晚上要用，忘了她的宿舍门牌号了，你们谁知道告诉我一下。"后面那位年轻人立即说道："哦，您找刘秘书啊！她住在后面那栋楼，三单元301房间，要不我带您过去？"年轻人说着要跟李国强走，被李国强谢绝了。告别两人，李国强便朝后面那栋楼走去。

刘曼殊拉开门的时候，整个人像是灌了铅，呆立在门口足有五分钟的工夫一动都不能动。最后是李国强先走进屋里，刘曼殊才缓过神跟进来。

"您怎么会来呢？可您明明是回家了啊……"刘曼殊结结巴巴地低声说着，更像是喃喃自语，李国强完全听不清楚她在说什么。李国强环视了一下房间，房间不大，不到十平方米，两张床分别占据了窗户下边的两边，中间只有半步的距离，但屋子收拾得纤尘不染，一股清新之气让李国强为之一振，不禁深吸了一口气，问刘曼殊："就你一个人吗？"刘曼殊回答："同屋的小王母亲刚去世，回家奔丧了，后天回来。"李国强听完，便再也不想演下去了，他急切地脱掉自己的大衣、外衣、毛衣……扯过还在发愣的刘曼殊，按到床上，又急慌慌地跑去拉了灯，屋子里的黑暗对于李国强的欲火而言，无异于一瓢油，李国强甚至能听到自己身体里那团大火突突的燃烧声。刘曼殊一开始还在黑暗中挣扎了一会儿，但只有几分钟，随后就像一只驯顺的小绵羊一样，任凭李国强随意宰割了。

素花收拾完了碗筷，见孩子们做作业的做作业，玩耍的玩耍，小萍在折纸，面前几个纸气球圆滚滚的，惹得小菱吵吵着要。素花对小萍说："哄着妹妹玩儿，给她一个，你再折嘛。"小萍把一个最瘪的气球递给小菱。素花对小莲说："你帮着照看一会儿，我出去上个茅房。"然后推开房门来到黑洞洞的院子里。

素花站在院子当中，朝院门看着，她希望丈夫突然出现，但素花的眼睛都瞪直了，也没看见丈夫的人影。素花踮着脚朝惠芬家门口走了几步，透过窗户纸的一个破洞往屋里望去，见王永平正撅着屁股捅炉子。素花不想从王永平那儿打探丈夫的行踪，她说不清不想那么做的原因，总之觉得那样对丈夫不好，她必须要维护丈夫，这是婆婆在她刚过门的时候告诉她的。婆婆说，以后什么事都要站在丈夫一边，维护他。她一直记着婆婆的话，并且努力去做。素花悄悄地走开，夜晚的寒冷让素花打个寒战，她走回屋里，见小菱和小萍挨着坐着，手里摆弄着纸气球。墙上的挂钟指向九点，素花沉不住气了，她让小莲做完作业就哄小菱睡觉，自己再次走出院子房门，在黑得化不开的夜幕中，素花疾步朝宽街走去。

冬天的夜晚凄清寒冷，素花把两只手揣到袖管里急匆匆朝宽街13路汽车站走着，路过剪子巷，两旁低矮的民房让素花觉得自己瞬间变得高大，像个走过小人国的巨人，这种感觉每每让素花心情放松，只要她愿意，她甚至能撑着两旁的房子悠荡起来。此刻素花的心里却有着一种极度的恓惶和不安，一种站在悬崖上的恐慌，一种一失足便会葬身崖底的感觉。素花揣着这种感觉走着，出了剪子巷穿过那条假马路，再往左边拐，两分钟就到了宽街。

"宽街一点儿不宽啊。"第一次见到宽街的时候，素花心里这么想。以后她经常去宽街，乘车、买菜，尤其买冬储大白菜，菜点就在宽街的东北角上，一垛一垛的大白菜摆在宽街不太宽敞的街面上，人们踩着烂菜叶子，宽街就显得更加狭窄、拥挤。此刻，黑骏骏的宽街却显得十分空旷，黑夜延展了空间，她第一次感到宽街这样宽阔，宽阔到无法把握，仿佛这宽阔的后面潜伏着无尽的险情。

素花在马路牙子上不停地溜达着，以排遣身上的寒冷。其实素花不太怕冷，别人穿上秋衣秋裤的时候，她还穿着单裤褂，别人早已棉服上身，素花还穿着秋衣，她的嘴里从没有抱怨过天气寒冷，即便冰天雪地，素花也只感叹一声："哎哟，这天气！"以前有个算命的说素花是火命。此刻，当素花一个人站在空荡荡的马路上，她却感到一种刺骨的寒冷，这股寒气从她的脚心处慢慢地上升，经过骨盆，进入肠胃，让素花的胃产生隐隐的痛，到了胸口的时候，这种疼痛变得强烈起来，疼痛在素花的胸腔蔓延着。这时候突然有个人影从中医院的方向飘移过来，素花觉得没法呼吸，那个人影慢慢朝她移动过来！很快，素花的面前站着一个人，竟然是白皮儿！在认清是白皮儿的一刹那，素花感到透骨的寒冷，白皮儿说了一句什么，素花感觉他在质问自己为什么不还钱。仔细听才听清，白皮儿在说："街上真冷清。"

当素花看到白皮儿彻底失去理性以后，素花心里曾经有过一阵短暂的轻松，但那种轻松只延续了几天，就渐渐变得沉重起来。素花的良心隐隐作痛，心里总有个声音在质问她。良心这东西，若不把它关在深井再加上盖子尘封起来，它的威力会随着岁月越发强大，直到把你的灵魂一口一口吃掉，所剩皮毛不足以附体。

这会儿，白皮儿走近素花，凑在素花的脸上看了一会儿，突然喊了声："姐！"素花看到白皮儿依然病着，他的灵魂依然在外流浪，他也依然在他自己的世界里漫游着。素花的心疼起来，素花轻声对白皮儿说道："俊明，这么晚了怎么还不回家睡觉啊？"白皮儿听素花这么问，高兴地说："看，姐还是心疼我的，对吧？我就在宽街这儿等着姐，我知道姐喜欢坐13路汽车……"这时候恰好一趟13路汽车到站了，素花赶紧睁大眼睛朝车门看着，盼望丈夫从车上下来。从车上下来的只有一位四十多岁的女人，她四下看了看便朝东边走了。素花再回头的时候，白皮儿却消失了，素花看见不远处的麒麟胡同里口有个人影晃了一下，素花想喊他，却没能发出声。

素花没能等到丈夫，独自往家走，两只脚冻得发木，她再次经过剪子巷的时候，两边低矮的住房不再显得低矮，反而像一块接一块的巨石不停地朝她迎面砸过来，仿佛有一种躲闪不及的感觉。当素花有些踉跄地走进家门，家里却出奇地安静，小莲安顿好三个妹妹，自己的课堂作业也接近尾声。老太太屋里漆黑一片，想必已经歇息。

素花像一摊泥似的坐在堂屋的椅子上发愣，小莲轻轻走到母亲身旁问道："我爸不会出事吧？"素花说："谁知道，可能开会吧，反正单位有事。"过了一会儿，素花自言自语："就算开会也应该打个电话回来啊，上次开会就让白家传的话。"说完，素花愣愣地看着小莲，见小莲不言语，便催着她去睡觉，明天一早还要上学。小莲去睡了，屋里就剩下素花一个醒着的人，她听着从四面八方传来的鼾声、鼻息，刚才的不安反倒减轻了。"不管出什么事，日子总得过下去。"这是素花经常对胡同里的女人们说的一句话，其实她每次说这句话大部分是说给自己听的，她用这种方式劝慰自己。她又想起婆婆在下人力车的时候随口抛出的那句话："你好歹也给李家生个男娃……"这句话在素花的生活里像一面锣，随时随地都会在素花心里敲起来。这位善良、大字识不了一筐的女人，在复杂的生活面前感到手足无措。

不知过了多久，素花迷迷糊糊地听到丈夫低声骂了一句："睡得跟死猪似的。"素花猛然惊醒，黑暗中看见丈夫的身影，夜虽黑，但丈夫的身影更黑。她想问丈夫怎么回来这么晚，但不敢问，素花从没问过丈夫的事情，她只管汇报家里发生的，就像一位合格的员工，谨守职责。"回来了……"素花问了一句。丈夫并不回应她，素花又问："吃了没？给你弄点儿饭吗？"李国强道："不吃了。"素花静静地等待着，她不知道自己在等待什么，直到听见丈夫打起呼噜，素花才又睡去。

第二天早上素花起来捅开炉子，等火上来了才喊孩子们起床，走进睡房见丈夫依然沉睡着，没喊醒他，轻手轻脚地走到床边拿起丈夫的衣服往兜里试探着。这招是惠芬教他的，而惠芬是从王永平嘴里得到的这办法的。王永平喝醉酒的时候总会说出一些离奇的事，"部里有几个人事情败露都是衣兜、裤兜惹下的祸，家里的都喜欢翻男人的兜，翻出野女人的手绢，男人也是笨得出奇，知道那地方靠不住就别用了，真是属猪的，没记性……"惠芬不用这法子查王永平，她不用查丈夫，王永平与惠芬仿佛天造地设的主仆，惠芬是主，王永平是她永远的仆人，惠芬笃信她和王永平的这种关系是老天爷分配好的，仆人干不出违背主人的事来。而惠芬有意无意地把王永平的话传给素花，她知道李国强与素花的关系就像庄稼与露水的关系，李国强这棵庄稼上浮着素花这滴露水，李国强动一动，对素花都是致命的，因为素花没有根，她没有儿子，生不出儿子的女人在别人嘴里只是一口气，"咳，就是那个生了好几个闺女的……"很多次素花在胡同里听见有人背后这么称呼自己。

素花在丈夫的裤兜里翻出了一块碎花绣边儿手绢儿，素花笃定是女人用的。李国强的手绢都是素花买的，几乎一个花色，那种大格子的。

李国强兜里的手绢是刘曼殊的，他吃完红烧肉顺手用刘曼殊的手绢擦掉嘴上的油，然后顺手揣进裤兜里，揣手绢的一瞬间李国强认为是自己的，其实他的手绢在另一只裤兜里。刘曼殊注意到李国强把自己的手绢揣进裤兜里，并没有提醒他，她只感觉到心里一热，她觉得自己的一部分已经被李国强揣进兜里，而那一部分将会变成李国强生活的一部分。

此刻素花拿着那块显然是属于一个女人的手绢发呆，小莲在她身后说了声："妈，我上学去了，今天我主持早自习。"素花回头的时候小莲已经出了屋门，素花咬了咬嘴唇，把那块手绢揣到自己怀里，然后她忙活着去弄早饭。小菊大声问素花："我爸回来了吗？"素花愣了一下说："他不回来能去哪儿？在屋里睡觉呢。"小菊进了爸妈的睡房，见小菱瞪着两只眼坐在小床上，四周围的栅栏让小菊感觉小菱被关在了鸡窝里。小菊不理小菱，直接走到爸的枕头旁，对着爸的耳朵大喊了一声："懒虫，还不起床！"李国强猛不丁地从酣睡中被吓醒，猛然皱起来眉头，在看见是小菊时，眉头瞬间疏朗起来。紧接着李国强伸出一只胳膊，扯过小菊问道："肚子还疼不疼了？吃饭了没有？"小菊挣脱爸的手，在李国强的面前转了个圆圈儿说："一点儿不疼了。"又说："爸，我不喜欢吃早饭，我就是不想吃早饭。"小菊的娇嗔是自然而然地流露出来的，身后的小菱呆呆地坐在小床里，使得小菊的娇嗔显得格外扎眼。李国强闭上眼睛，笑着说："你这孩子，不吃早饭会生病的，快去吃，我也起来了，跟你一起吃。"李国强从床上坐起来，同时瞥见了小床里的小菱，小菱看见李国强，突然哇的一声大哭起来，小菊朝外屋喊着："妈！小菱哭了！"素花进来抱走了小菱。

　　小菊和父亲在屋里说笑的时候，素花支棱着耳朵在堂屋里听着，丈夫与家人筑起的那道围墙，只有在小菊那里有一个缺口，小菊并不是素花最宠爱的孩子，但绝对是最特殊的一个，小菊的出现让素花与丈夫之间有了一座无形的桥梁。这时李国强牵着小菊的手从睡房里出来，看到素花脸上就挂了一层霜，他冷冷地问道："老太太吃了没有？"素花应道："妈还睡着呢。"李国强皱了皱眉，放下小菊的手，直接往老太太屋里去了。小菊跟着父亲往奶奶屋里走，素花拉着小菊悄声道："跟你爸说，要做全家的新衣服了，这两天要去扯布。"小菊点头应了一声。

　　小萍一起床就折纸，那双灵巧的手翻来翻去，手里的纸变化着，渐渐成形，外部世界对于她来说并不存在。素花支棱着耳朵，听着老太太屋里的动静，听见丈夫问："昨天去医院怎么样啊，大夫说什么了？"老太太一声不吭。李国强知道问不出什么来，便转身往外走，见素花正站那儿，劈头问道："昨天大夫说什么了？"素花见丈夫咄咄逼人的样子，不知道怎么回，她犹豫着，掂量着，不等她回话，李国强径自往睡房走去，小菊跟在父亲后面，像个小跟包的。李国强进了睡房的门，小菊说："我妈说要扯布给全家做新衣服，过年好穿新衣服。"没想到李国强竟然咆哮道："她自己不会来说，支使个孩子传话！"小菊没料到父亲会这么凶，愣住了。素花进去，把小菊推出睡房的门，然后用一种谨慎的语气对丈夫说："大夫说老太太的病不太好，昨天老太太吵吵着要回老家……"李国强低着头不说话。素花看见丈夫的眼角竟然溢出几滴泪水，这把素花吓了一跳，不知所措地站在那儿，恰好小菱进来扯素花的衣襟，素花抱着小菱走出睡房。

　　李国强没吃早饭，他坐在桌前像一尊泥塑一动不动，那种安静让素花觉得丈夫已经不在屋里了，素花心里感到哀伤。素花的母亲在她三岁的时候就去世了，在父亲娶了第二个老婆后，素花就被过继给了姨家，姨家只有一个男孩儿，素花来到姨家正好补上这个家庭的一点儿遗憾。但姨不是妈，姨对素花不冷不热，仅有的那点儿情分显然是姨的姐姐、素花的母亲留下来的，对于素花来说早就习惯了没有母爱的生活。直到她嫁给李国强，才有了家的感觉，尽管很长一段时间生活不安定，但家毕竟是温暖的地方。

　　素花在屋外偷偷看着丈夫，直到丈夫果决地站起身，戴上假领，假领子可以天天换，显得干净，套上外衣，又穿上呢子大衣，手上拎着公文包，蹬上擦得锃亮的皮鞋，拉开睡房的门，临出门，李国强朝里边努嘴道："钱在抽屉里，去扯布吧。"又补充道："给老太太扯点儿好布做上两身衣裳吧。"李国强噔噔地出了门，出院门的时候看见刚从外边回来的惠芬。惠芬愣了一下，见是李国强，便眯着眼睛笑着跟李国强逗趣："我还以为是谁呢，看这派头，钦差大臣似的。"李国强只笑笑，顾不上跟惠芬逗乐，便噔噔响着走到胡同里了。

　　惠芬刚是去送最小的儿子大云去幼儿园，惠芬问素花干吗不把小菱送到幼儿园去，素花迟疑着："这孩子爱哭，怕影响人家别的孩子。"惠芬道："你不去试试，没准到了那儿她就不哭了，走，现在就去试试。"素花被惠芬扯着，抱着小菱来到胡同里的幼儿园。惠芬找到大云的班，老师姓明，惠芬对明老师说："这是我的邻居素花，想让女儿上您这班。"明老师朝小菱伸出两只手，没想到小菱竟然朝明老师怀里扑过去了。惠芬拍手对素花说："看看，我说你脑筋死嘛，这下你不就松快了。"素花说："哎呀，明老师啊，那就麻烦您了。"明老师说："明天来的时候一起把饭盒脸盆带来就行。"惠芬和素花出了幼儿园，走到胡同里，素花一下就哭出来了，吓了惠芬一跳，以为素花是舍不得小菱，赶紧安慰道："哎呀，晚上不就见着了。"素花摇着头，拿出从丈夫裤兜里发现的手绢，低声道："小菊他爸兜里找着的，看来他真在外面有了女人。"说着眼泪又扑簌簌地流下来。

惠芬愣住了，从素花手里拿过那块手绢仔细端详着，就像一个经验丰富的公安人员破案那样，先是把手绢凑到鼻子上闻了闻，又把手绢抖搂开，仔细看着上面的每一个图案，看了这面，又翻过去看另外一面，最后惠芬对素花说道："这肯定是个年轻女人的，十有八九就是老李一个办公室的，骚货……"素花对惠芬泄露这个秘密一是想得到惠芬的同情，二是想让她帮着拿主意。

此刻惠芬的心里竟然感到了一种莫名的轻松，说白了是幸灾乐祸，"凭什么她丈夫就比我丈夫强呢，我哪点比她差……"惠芬没事的时候就这么想，平时难免跟丈夫王永平唠叨几句，王永平不掺和老娘儿们的事，实在看不过眼了才插一句话。有一次王永平看着越说越来气的惠芬劝道："你光看人家男人好了，人家看你这四个儿子不定多眼馋呢。"惠芬听了丈夫的话愣了，想起自己的四个儿子，惠芬身体里便张扬着一种力量，女人凭借着这种力量便能脚下生根，无所畏惧。

惠芬的心里毕竟是善良的，此刻的素花只是一个面临被丈夫抛弃的可怜女人，刚才的幸灾乐祸在惠芬的心里像一朵绽放的烟花，一瞬间便烟消云散。她用一种怜悯的眼神望着素花，与素花做邻居很多年了，惠芬很少见素花流过泪，即便素花父亲在老家过世，素花回老家奔丧，回来的时候素花对惠芬学说父亲怎么死的，死的时候喊素花的小名儿，素花的脸上都是平静安详的。素花善于叙述，语气平和，并不稀罕那些夸张的表情，虽不识字，但叙事极为简练，内含魅力，让听她讲述的人充满往下倾听的渴望。素花对惠芬叙述回老家奔丧的情景："他唤我的乳名布妮儿，我妹说：'哎呀，你没听见呢，把人恓惶的，三爸的眼泪像塬上流下来的雨水，没完没了的……'后来呢就瞪圆了俩眼窝等着咽气儿，油灯都干了，他老人家这才把眼窝合上……"素花诉说的时候一滴眼泪都没有，好像在诉说一个毫不相干的人的故事。惠芬总觉得素花与别的女人不同，她有一颗坚强的心，她能把现实中的苦难轻而易举地放到一旁，然后给它们蒙上一层纱，看着它们，准确地说是欣赏着它们，因为她完全能掌控它们。此刻惠芬看着素花满脸的泪水，感到内心崩塌了，她扯着素花的衣袖往胡同的北口走去。清冷的胡同里飘起了细密的雪花，黄土路面渐渐被雪花打湿，黄色由浅变深。

惠芬不知道怎么安慰素花，她一个劲儿地拽着素花往前走着，仿佛前边有人能够拯救她们。这时胡同里的邻居从她们身边走过，打着招呼，惠芬随意应着，两人一直走到东四北大街上，恰好一辆军用吉普从马路上驶过，惠芬高兴地说："看啊，汽车！"素花朝吉普的后屁股看了一眼，记起以前有几次丈夫坐着部里的吉普回家的情形，那时丈夫刚进北京城不久，一头的高粱花子还没退干净，吉普开到胡同口，已经惊动了半胡同的人。那时的素花心里甜蜜，肚子里的小菊狂踢乱动，素花想象着儿子马上就要出生，新的生活让她充满渴望。但是现在一切都顺着不如意的地方走了，好像冥冥中有个专门跟素花作对的人，这个人掌控着一切，素花只有坐以待毙。

两个女人不约而同相跟着进了胡同口旁边那家百货店，素花摸了摸兜里，早上丈夫留下扯布的钱已经染上了自己的体温。素花对惠芬说："正好把做衣服的布买回去，你家的布备下了吗？"惠芬看着素花，心想："这女人的心可真大，刚刚还难过得什么似的，屁大点儿的工夫云消雾散了。"

　　素花已经到了布匹柜台前，她看着柜台里一匹一匹的布插在一起，立马高兴地说："哎呀，又来了这么多新布啊！"素花对扎着两条辫子的售货员说："劳驾你把那匹布拿下来看看。"售货员刚拿下一匹布，素花马上说："哎呀，不是这匹，旁边那匹，再往旁边，对，就是这匹。"售货员把布放在柜台上，素花抻开布一个角，对着亮处仔细看着，惠芬凑过来说："这是给你们老太太做棉衣裳的吧，颜色是不是太鲜亮了？"素花说："小菊爸说了，给老太太做两身衣裳，这身鲜亮点儿，再一身暗沉些，倒换着穿。"素花又叹口气说："老太太闹腾着要回家，小菊爸还以为是我没把老太太伺候好，她回家是怕死了被人烧成灰。"惠芬说："老人都这样，怕死，其实离死还早着呢。"说着惠芬扯着一块布头儿看，她对素花说："这块布头儿可真便宜不少，就是做什么都不合适。"素花瞄了一眼惠芬手里的那块布头儿，碎粉花浅蓝色底子，便说："给小菱做棉袄倒合适。"惠芬笑道："我尽想着我家那四个秃瓢了，有闺女就是好，到底能做件鲜亮的衣裳，不像我们家，过年的衣裳摆床上，一摆灰蓝色，赶上装裹了。"素花一口啐地上道："你这嘴也是没个把门的，捡起什么说什么。"惠芬说："句句话都得过脑子，不把人累死啊。"两人说着、挑选着布料，选好一块，售货员便把单据夹在一个铁夹子里，往头顶上那根铁丝上一夹，嗖的一下，铁夹子就到了商店中间那个收费的地方，铁夹子不停地在铁丝上飞来飞去地忙活，素花的心情便好起来。惠芬家里的条件不如素花家的，毕竟四个小子，光吃饭的开销就占了王永平的一半工资，惠芬的手紧，日子看上去光鲜，实则比素花家差得远，惠芬只给王永平大壮大志买了做新衣服的布料，打算用旧衣服给大凌和大云改制衣裳。

　　两人手里拎着布包往回走的时候，碰上了何老师。素花上前跟何老师打招呼，何老师看了看两人手里拎着的布包，笑道："这么早就置办年货啊。"素花说："家里人多，早点儿动手。"何老师说："说得是啊！"何老师像突然想起了什么，对两人说："对了，我刚办了个识字班，下午两点半开始，每天就一个钟头，你们要是有空就过来吧，就在我家，认了字，能看报读书，就不用当睁眼瞎了。"素花点头，等何老师走远了，惠芬问是谁。素花说："原来小萍的幼儿园老师，后来病了几个月不干了，人看着挺有学问的。"又对惠芬说："下午一起去吧，我一直想学认字，上次小菊住院，在医院里两只眼睛像是摆设，什么字都不认识，总得问别人，我就想着要学认字……"没想到惠芬眼睛眯成两道缝说："你真有闲心，我可不去，再说认了字又能怎么样，还能像人家那些上班的人那样啊……"

素花抵抗不住认字的诱惑，她早就不想当"睁眼瞎"了，她很羡慕那些拿起一本书就能看，拿起一张报纸就能读的人，她甚至觉得如果自己认识字有文化，就能跟丈夫办公室那些女人平起平坐了。

素花似乎已经把丈夫兜里的那块手绢带来的不快遗忘了，她的脚步轻盈，惠芬喘着粗气的声音从素花的身后飘过来："你这是赶三关啊，走那么快不怕崴脚啊。"素花不言语，一个劲儿闷头走着，仿佛走在那条记忆中的村里那条老路上……村里的路虽然坑坑洼洼，但在素花的记忆中，那是她在这个世界上走过的最平坦、最容易走的一条路，素花把那种走在上面的美好感觉储存在自己的记忆中，它会时不时地从身体的最隐秘的角落冒出来，与喜怒哀乐的素花做伴。

走进院子的时候，素花和惠芬看着院子当中站着一个陌生的女人，两人异口同声问道："您找谁啊？"陌生女人慢慢转身，然后用纤长的手撩了一下耷拉在眼前的头发，素花感觉这女人面熟，想了一会儿，突然记起，这是小莲同学葛小茹的母亲白静，素花惊喜道："哎呀，是您啊，快请屋里坐吧。"惠芬见素花来了客人，一时也不便打问，又见那女人衣着举止带着一股不同凡俗的劲头，心里便有些失落,心想:"她也能跟这样的人来往……"惠芬回到屋里,心却随着素花和白静一起进了李家的门。惠芬看看这儿,弄弄那儿,不知道干什么,拿起床上纳了半截的鞋底子,一锥子扎上去,却扎到手指头肚上,一个血珠子冒出来。惠芬把手指头含在嘴里,血的腥气在嘴里化开,惠芬坐不住了,推门出去,三步两步就到了李家门口,敲门,喊道:"素花啊,你把你家老李的鞋样儿借我使使。"素花明白惠芬的心思,偏不让她留在屋里,找出鞋样子递给惠芬,站着等惠芬赶紧拿了鞋样儿走。惠芬不好意思待下去,悻悻离开。

素花刚为白静沏好了一杯茶,正准备找点儿小饼干当点心,打开饼干盒子,里面空空的,有些尴尬道:"哎,都让孩子们吃光了,您喝茶吧。"比之在医院的时候,白静的脸上笼罩着一团静谧,细如凝脂的皮肤泛着光亮,微蹙的眉头让人略感沉重,但不失女人的祥和,就是说,家里突然的变故以及自己曾经的极端举动并没有打乱她的生活节奏。素花想象着白静出院以后是怎样熬过那些漫漫长夜的,对于有心思的女人来说,夜晚就是砒霜。

素花试探着问道:"孩子爸还没回家吧,家里都还好?"白静道:"没回,俩孩子都好。"白静停住,朝周围打量着,看着墙上镜框里的照片,有一两分钟的时间,白静沉默着。镜框里大多是李国强在部队时与战友拍的,相纸是黄色的,上面的人穿着鼓鼓囊囊的棉服,腰间扎着皮带,皮带上挂着枪,或者夏装,裤腿长短不齐,照片虽是黑白的,但还是能看出那些张着嘴大笑的人的长满锈蚀的牙齿。还有就是素花与丈夫的照片、全家的照片,看着都很温馨。

白静呼出一口长气道:"我知道您是好人,上次在医院多亏您了,我今天来是有件事情想拜托您。"素花睁大眼睛显得有些吃惊道:"您有事尽管说,只要我能办到的,我一定给您办。"白静说:"我要去农场找我丈夫了,他是'右派',我就是'右派'的老婆,我得跟着他，有什么苦一起受吧。只是孩子还要上学，不忍心让他们也跟着大人受罪，我想把他们留在北京。小茹会做饭，小弟也懂事，就是希望您能经常去家里看看，本上的副食什么的帮着买买，冬天装炉子的时候帮着找找工人什么的，您虽然孩子多，可我看出来了，您心地善良，把孩子托付给您我放心。"

白静说完，等着素花的回应。素花明白白静此次找她的用意了，其实从那次在医院见过一面以后，素花一直想着有空去看看白静，但家里的琐事让她心思纷乱，只让小莲问过葛小茹。白静的诉求让素花有些不知所措，毕竟两家人平时八竿子打不着，两家的情况、境遇天壤之别，真是井水与河水的关系，更是对他们说的什么"右派"一无所知，但不知怎么，素花连磕巴都没打，就痛快地应下来："您放心吧，把家里交给我，我得空就过去照看，反正离得不远，小莲跟小茹又是同学，不行就让俩孩子过来吃，不就两双筷子的事嘛。"这时候素花看见老太太从她屋里踮着两只小脚儿，晃晃悠悠过来了。白静背对着老太太，听到背后有轻微的喘息声，回过头，见是位老人，静谧的脸上漾起一团笑，站起来问道："您是孩子奶奶吧？老人家过来坐吧，您老身子可还硬朗？"老太太笑着说："好，我好着呢！这家里难得来个串门的，你们说话，我就坐着听听。"

从打医院回来以后，老太太只有一个心思，就是不能死在这里，房子挨着房子，马路接着马路的，别说死去的人，即便活人也挤得像罐头似的。"回去，回家，回……"两天来老太太躺在床上想的只有回家这一件事。心思定了，浑身都轻快了，这会儿老太太听见有人来了，便起身，扶着墙慢慢地走到堂屋，坐在堂屋椅子上的女人，身形娇小，老太太第一眼看成了惠芬，刚想张嘴喊，却发现不是惠芬。素花上前把老太太扶到椅子上，告诉她这是小莲同学的母亲。老太太顺着自己的心思走，哪管这世界上发生的事，她看着白静问："人老了，都要回去，你们家的老人也都回老家了吧？"素花刚想拦着老太太，白静却回答："是啊，都回去了，您想回去看看就让儿子带您回去。"老太太一个劲儿点头，最后说："这人啊，一辈子就那么一眨眼的工夫，刚才躺那儿我还想自己还是那个在坡上摘酸枣的小姑娘，怎么一下子就老得连自己都不认识了。"素花打断老太太，对白静说："这么着吧，回头有空我去您家里看看，您有什么交代的也好当面说。"白静站起身说："那样最好。"便告别离开了。

惠芬从窗户缝里看见白静走出李家，没等素花送白静回到院子里，惠芬已经在院子里等着素花了。等素花回到院子里，惠芬问道："这是谁啊？我怎么没见过这女的，看着挺有文化，不会是老李的……"最后这句话让素花心里哆嗦了一下，她瞪了惠芬一眼道："胡说什么，那是小莲同学的妈，托我点儿事。"

惠芬紧跟着问："什么事啊？你跟她又不熟悉，她干吗托你给她办？"素花有点儿恼火，心里说："人家托我办事碍着你什么了。"素花有些后悔把丈夫的事告诉惠芬，等于授人以柄。素花笑道："咳，就算三亲六故，也有不方便的时候，不如托旁人更好吧。"想了想又说："人家读书的人心思怪，不像咱们没文化的人，想得简单。"惠芬不再问什么，听见胡同里有磨剪子磨刀的，赶紧跑出去了。

下午不到三点钟，明老师把小菱送回来了。素花早从窗户缝看见明老师抱着小菱进了院子，赶紧出屋门迎上去。明老师把小菱从怀里放下来，小菱看见妈，哇的一声大哭起来，抱着素花的一条腿不松手。在小菱的哭喊声中，明老师和素花交谈着，明老师说："中午吃饭的时候还好好的，跟小朋友玩儿玩具，吃完饭午睡，别的小朋友都睡了，她就是不睡，怎么哄都不行，眼珠转来转去的，八成是想妈妈了。两点不到就开始哭闹，给什么玩具都不管用了，把其他小朋友都吵起来了，大班的还把一只小兔子拿来逗她玩儿，她连眼睛都不睁开，只好把她提前送回来了。"

素花说："哎呀，真给您添麻烦了，这孩子就是各色，一生下来就哭，平常也动不动就哭，不惹她还是哭。"停了停又问："那明天您说还能把她送过去吗？"明老师想了想说："送来吧，小孩子认生，可以理解，万一明天就不哭了呢。"素花点头，把明老师送到院子门口，小菱在妈妈的身后黏着，一直哭，素花到哪儿，她就跟到哪儿，她的哭声渐渐变得可有可无，并不表达什么，单纯是一种声音，就像天空中传来的鸽子哨，或者是胡同里小商贩的吆喝声，素花自言自语："天天哭还有什么用啊……"

晚上，素花在厨房里忙活着，她正在拌一盘五香豆腐干，豆腐干的外面是绛红色的，切开，里边雪白，撒上细细的葱丝，滴上香油、酱油，素花忍不住咽了咽口水。小莲、小菊、小萍鱼贯着进了家门，小莲和小菊把书包往桌上一扔，小莲对小菊说："你干吗把书包压我书包上，别把我课本压坏了。"小菊说："压坏了我赔你，小气鬼。"这时候小萍翻抽屉要折纸，素花问小萍："今天听见妹妹在幼儿园里哭了？"小莲小菊异口同声道："小菱去幼儿园了？"小萍摇头："没听见。"素花对小萍说："你就知道折纸，什么都不知道。"小莲说："小菱能上幼儿园那才怪，我猜她半截让老师送回来了。"素花说："就你聪明。"又对小莲、小菊说："你爸还没回来，你们俩先做作业。"

炉子上的蒸锅噗噗地冒着热气，屋子里氤氲着水汽，素花坐在炉子旁边纳鞋底儿，去年春节做鞋剩下的还有小莲一副鞋底儿、小萍一副鞋底儿没用上，老太太的鞋底儿容易纳，到年根底下都来得及。来北京城好几年了，丈夫只穿皮鞋，箱子里还有好几副鞋底子闲着，素花心里盘算着全家过节的用度，不由得往自己的脚上看了一眼，素花的脚是"解放脚"，以前缠过小脚儿，没缠牢又放了，比小脚儿大好多，但比起天然脚小了两号。素花脚上那双平绒面的棉鞋已经穿了两个冬天，加上走路多，鞋边早磨破了，隐隐约约能看见大脚指头的形状，"给自己也做一双新鞋吧……"素花这样想着，站起身去卧房的柜子里找破布头，想着天气好的话打袼褙用，却听见老太太在她屋里喊叫："小菊妈！你过来，你过来！"素花赶紧到老太太屋里查看，却见老太太歪在地上，素花赶紧上前搀扶，老太太竟然像块石头，纹丝不动。素花喊小莲过来帮忙，小莲见状，二话没说，上前两手夹住奶奶的两个胳肢窝，一个猛劲儿，把老太太一下子抱离了地面。素花扯着老太太两条腿，老太太被放到床上，嘴里不停地"哎哟"着。素花站在床边，看着老太太问道："您这是唱的哪出啊？平时挺小心的，您是成心往地上坐？"老太太停住"哎哟"，面朝墙壁躺着，不吭声了。素花猜婆婆成心往地上摔，那是在跟家里人赌气，以前也有过这情形，素花看婆婆又干这事，知道她是铁心要回老家了。

小莲对着奶奶的后背说："您别只顾着钻牛角尖，您回老家，那边谁能伺候您？您能找出一个像我妈这样天天守在跟前的人吗？再说，我爸也不会让您回去啊，他在这儿工作，您闹着回老家，让街坊邻居怎么想啊？人家不得觉得家里怠慢了您啊。"小莲说话的时候，素花心里一阵酸楚，老太太像个任性的孩子似的，琢磨一件事，就得家里人按照她的意思办，世界上的婆婆恐怕都是一个霸道脾气吧，这会儿听小莲的话却句句都说在点子上，这让素花在心酸的同时竟然感到一丝安慰，不由得朝小莲看去。小莲的眼睛低垂着朝老太太看，宽阔平整的额头泛着光亮，两条齐肩的短辫子一个总是反着的，早上走的时候梳理得停当，一天下来辫子已经乱糟糟的了。素花想着，这孩子的性子像足了姑姑石榴，心里突然闯进石榴这个女人，这让素花感觉奇怪，也有些不安。

素花心里不安的感觉越来越强烈，八点多了，外面早黑透了，丈夫没有回来，素花决定不再等了，她有点儿赌气地把手里纳的鞋底儿扔到那个竹子筐箩里，起身去厨房炒菜。素花机械地翻炒着锅里的白菜，脑子里却都是丈夫的影子，素花想象着丈夫掏兜的时候发现手绢没了，眉头皱起来的样子，丈夫会把整个口袋都翻过来，丈夫一直都是这样，他确认什么东西放进兜里找不到了，都是这样把整个口袋翻过来看，好像那些消失的东西会隐匿在口袋的缝隙里似的。丈夫即便知道是素花拿了那块手绢，也不会在乎她的感受，素花对于李国强，就像小菱的哭声对于人们的生活，一点儿都不重要，也不值得注意。这时候小菊拉开厨房的门，探进头来问："妈，我快饿死了，饭什么时候好啊？"素花赶紧回答："这就好了，跟你姐说，把桌子收拾一下，准备吃饭了。"

小菊朝坐在桌前看书的小莲说："小莲，妈让你收拾桌子吃饭。"小莲从书上抬起头，狠狠瞪了小菊一眼说："要不是看你少了一根盲肠，我早大嘴巴子伺候了。"小莲把书放在桌上，站起身去堂屋摆放桌子。小菊拿起小莲放在桌上的书看，书很薄，她认不全封皮上的字，刚想问小莲，话还没出口，小萍在一旁喊道："大姐，二姐动你的书了。"小莲听小萍喊叫，一步跳到屋里，劈手从小菊手里夺过书嚷道："看不懂别瞎动啊，小屁孩儿刚上学才几天啊，就想看书，慢慢来吧。"小菊撇嘴："有什么了不起的，以后我也能看书。"转脸又对小萍说："小叛徒，哼！"

吃饭的时候小菊不想挨着小莲，也不想挨着小萍，只好在妈和奶奶之间坐了。往常小菊坐在小莲和小萍中间，三个人经常在桌子下边搞点儿动作，比如小菊成心碰一下小萍的腿，小萍便看着小莲，等着大姐给她撑腰。小莲有时候装看不见，有时候便腾出一只手拍一下小菊的腿。可今天小菊旁边换了人，心里先有了几分落寞，再拿眼睛往小莲和小萍那边扫过去，见小莲正夹了一块肉往小萍的碗里放，小萍很感激地看了看大姐小莲，虽然两人没话，可心里通着，旁边人看着都舒服。小菊心里嫉妒，看了看桌上，便问素花道："妈，我爸呢？昨天他就没回来吃饭，今天又不回来，我还有事问他呢。"素花低着头吃饭，像什么都没听见，老太太沉了会儿道："你爸一会儿就回来了。"

刚吃完饭，有人在外面喊小莲，小莲出去一看，竟然是岳家祥。小莲说："你进来吧，我爸不在家。"岳家祥本来也是找小莲妈的，便随着小莲走进屋里。素花赶紧招呼岳家祥坐下，张罗着沏茶。岳家祥四周看了看，问："老太太出去了？"素花回说："刚吃完饭，回自己屋歇着呢。"岳家祥说："我来是跟您说说老太太的病。"素花一听这个便紧张起来，张大眼睛看着岳家祥，岳家祥说："您别紧张，老太太得的是宫颈癌，不过她很幸运，发现得很早，很及时，甚至不用子宫切除，只要上镭，病变就可以消失，您不用太担心。"素花听岳家祥说完，不知道怎么回应他，因为岳家祥的话她大部分没听懂，只是大概明白老太太的病不严重，能治好。小莲见素花恍惚着，便对妈说："就是说奶奶的病能治好，您别担心，听大夫安排去医院治疗就行。"小莲转头对岳家祥说："你跟一个家庭妇女说那么多医学名词，那不是等于对牛弹琴啊。"小莲平时也说过素花"家庭妇女"，但那都是在没外人的时候说的，再说素花就是家庭妇女，说得一点儿不错，所以素花从没为小莲的话感到恼怒。但今天当着岳家祥的面，小莲说素花是"家庭妇女"，这意味着一种不经意的不屑和蔑视，素花的脸上虽然依旧笑容满面，可心里不舒服。

小莲送岳家祥出门，走到胡同里问岳家祥："我奶奶的病真的不严重吧？你可别蒙我们，我们又不懂医。"岳家祥在路灯下站着，扭头看了一下小莲："这种事还能瞎编啊，大夫的职责除了救死扶伤就是要对病人忠诚，你要是以后也当了医生就知道了。"小莲磨叨着还想跟岳家祥说点儿什么，这时候五号院子的门哐啷一声开了，岳家祥和小莲相互看了一眼，岳家祥说："今天太晚了，回头找时间再说吧。"说完，岳家祥径自往家走去。小莲揣着半肚子疑惑回到家，刚一推开门便听母亲说："明天我要去何老师的识字班去识字了。"小莲愣了一下道："识字好啊，我早跟您说让您去的。"

一直到夜里一点多了，丈夫依旧没回来，素花还想去宽街公共汽车站看看，突然意识到，汽车夜里十一点就停运，便知道丈夫今晚不会回来了。素花不由得浑身打了个冷战，这出乎素花的意料，回家晚与彻底不回家，有着巨大区别，这其中的意思素花是清楚的。素花从床上坐起来，空荡荡的半边床让整个房间显得凄凉，丈夫的枕头和被子在朦胧的光线中十分神秘，素花伸出一只手，试着放进枕头下边，很久以前她曾经当丈夫睡着的时候把手放进去过，丈夫的头并不重，她的手和丈夫的头隔着枕头，丈夫的头在她的手上滚动了一下，那是一种很欣慰的感觉。而此刻，素花很伤心，过去的平淡生活竟然变成甜蜜的回忆，她现在才意识到生活的变故就是敌人，是杀手。泪水像一片决堤的湖，汹涌地流出来，天黑，不用克制，就哭个痛快吧，素花甚至不用手抹脸上的泪水，她听到泪水跌落在被子上的噗噗的声音。一开始，素花的胸口像是压了一块大石头，但流了一会儿泪之后，觉得轻快多了，素花甚至想："他不会不回来，家里有孩子，孩子的奶奶，就算他不顾及我，也得想着娘和孩子啊。"素花想着，自己安慰着自己，复又躺下，渐渐睡着了。

噩梦来临，素花身后一只大灰狼不停地追赶她，她停狼就停，她跑狼便跟着她跑，素花不知道狼会不会吃她，她的心悬在喉咙处狂跳不止。天放亮了，窗户纸变成淡淡的灰蓝色，小菱的影子在晨曦中因为喘息上下浮动着。

素花披衣下床，蹑手蹑脚地穿鞋穿衣服，怕惊扰了小菱，小菱的哭声对于清晨就是一剂毒药。素花出了睡房，撅着屁股捅开堂屋里的炉子。她记起以前好几次当自己撅着屁股捅炉子的时候，丈夫如果看到了，便会用脚踢她的屁股一下，并笑着说："你还要撅到哪儿去！"素花因为低着头，笑着，脸涨得通红，像自己小时候养的那只芦花老母鸡，老母鸡抱窝的时候脸红得邪乎，素花每次都担心它的脸会流出血来……有时素花成心把捅炉子的速度放得尽可能慢，有意等着丈夫来踢她，但更多的时候丈夫对她高高撅起的屁股不感兴趣，即便她把捅炉子的声音弄得山响，丈夫还是不闻不问忙着整理自己的假领和制服。

今天素花捅炉子的时候完全没有意识到自己的屁股撅得高不高，她甚至改变了捅炉子的姿势，撅着半截的屁股突然放下去，改用一种半跪的姿势捅炉子，裤脚上沾满了灰尘，她一点儿都不在乎。从下边的炉门把炉灰掏出来，端着铁簸箕倒炉灰，又去了老太太屋里捅炉子。老太太已经醒了，头发梳得整整齐齐地坐在床沿上，两只小脚儿在空中微微晃动着，见素花拿着火棍子和铁簸箕进来捅炉子，轻声问道："昨天什么时候回来的？"素花扭头朝老太太脸上瞥了一眼，甩出一句话："他昨晚没回来。"

　　素花一边捅炉子，一边用余光看着老太太脸上的表情。老人的脸上没有表情，或者是因为老人背着光，素花看不清楚。素花从炉子的东面转到了西面，这下老人的脸完全被晨曦浸透着了，素花确认，婆婆的脸上没有任何表情，嘴角那两条清晰的皱纹一点儿变化都没有，素花惶惑地想："她没听见？"素花想再重复一下刚才的话，老太太却突然说道："早跟你说过，要是生个男孩儿就没事了……"素花愣了一下，听清楚了婆婆的话以后想死的心都有了，感觉心里就像是被夯过的，五脏六腑一下子就到了底儿，被压得扁扁的，而身子变得空空荡荡的，人仿佛要飘起来了。

　　素花赌气地把下边的炉箅子使劲儿抖了两下，煤灰一下子从炉口升腾起来，直达屋子顶棚，又从上散下来，纷纷而下，像一群逃兵一样溃败着，有的直接扑到地面，更多的四处奔散，老太太咳嗽起来，晃悠的小脚儿停下来："你看看你，你这个脾气，男人都得让你吓跑。"

　　小莲的闹钟丁零零地响起来，素花听见小莲很快从床上起来，窸窸窣窣地穿鞋下地，去了堂屋。素花将半簸箕煤球倒进炉子里，用水壶压在炉口上，水壶下边的煤发出噼噼啪啪的爆响，出老太太的房门的时候，素花扭头说道："小菊住院的时候大夫说了，生男孩儿生女孩儿是男人的事，女人就是个帮手，回头让你儿子好好学习一下。"

素花见小菊和小萍还睡着，便高声道："还不起床，一会儿又迟到了，留神老师罚站。"小菊揉揉眼睛，坐起来穿棉袄，小萍根本没醒，素花只得直接去掀小萍的被子，却见小萍脸蛋通红，摸了下小萍的头，烫手。"哎呀，这孩子发烧了。"素花惊呼道，赶紧翻抽屉找体温表。刚把体温表夹在小萍的胳肢窝里，小菱哭喊起来，素花听见小莲在哄小菱："不哭啊，一会儿妈妈就来了。你饿不饿啊？你想吃什么？"小菱停住哭喊，说了声："大姐，我要吃鸡蛋。"小莲想去厨房煮鸡蛋，素花喊住了，让她别管了。素花从小莲怀里接过小菱，小菱竟然朝小莲笑了一下，小莲说："天啊，你这笑可真是难得一见，赶上杨贵妃了。"素花说："真不容易，一年到头也没见她笑过。"素花抱着小菱到了厨房煮鸡蛋，锅放炉子上，回到小萍那儿，抽出温度表，38摄氏度。素花嘴里唠叨着："好好的怎么就烧了呢？昨天没凉着啊。"小莲收拾好书包，准备出门，对素花说："您给她吃一片阿司匹林，有事让惠芬阿姨过来帮忙。"素花说："行了，你赶紧走吧，揣个馒头，课间操的时候吃。"

小莲出了屋门，眼泪流出来了，她进屋抱小菱的时候，第一眼就看到父亲那边整齐的被子和枕头。昨晚父亲没有回家！自从小莲懂事，她就隐隐感到父母之间有一道不可逾越的鸿沟，同时又有一条隐形的线拴着他们，让他们无法脱离开对方，他们或许挣扎着脱离这条线，对于父亲是这样的，对母亲呢，小莲感到母亲天天都活在一种巨大的担忧中。平时小莲不愿意想这些，她感到那是生活中最为隐秘也最为恐怖的事情。

天还没亮透，天空是神秘的深蓝色，缀着几颗亮晶晶的星星。有时小莲背着书包走出家门，便感到十分费解，家里一大摊子琐事等着母亲，站立不稳的奶奶、没完没了哭号的小菱、冷漠的丈夫，恃宠而骄的小菊。家里的一切都搅和在一起，小莲替母亲感到烦躁、怨恨和无奈。小莲想："她是怎么把那些乱糟糟的琐事打理清楚的？"小莲经常问，有时她问邻近的一棵树，有时她问远处的一个人影，最多的时候是默默地问自己。她宁可像葛小茹的家庭那样，父亲被打成"右派"，母亲险些自杀，家庭不复存在，但一切都是真实的，触手可及。葛小茹告诉过小莲她的父母的矛盾，有一次葛小茹的母亲对她父亲说："你这样的观点没人理解，希望你顾及一下我的感受。"小莲感到小茹父母之间的沟通简直是一种艺术，而自己的家庭在一片貌似温和的面纱下边隐藏着巨大的虚伪和变数，而这一切在小莲的眼里是那样的世俗，缺少葛小茹家那种高尚。葛小茹告诉小莲，母亲要去跟父亲一起了，她会陪着他，会在那顶"右派"的帽子底下过日子，尽管他们平时闹点儿小矛盾，但他们信守爱情，葛小茹的眼里流露出一种得意的神情。葛小茹说："你来我家，到时候我给你烙饼，我会烙那种很薄的饼，就是像商店里卖的薄饼干，好吃极了。"小莲瞪了葛小茹一眼说："你能做出什么好吃的。"

小莲走进校门的时候，迎面碰上教数学的刘老师，让小莲吃惊的是，这么冷的天，刘老师竟然穿了一条裙子！刘老师对小莲说："一会儿让你们班的数学课代表来一趟我办公室，有事找她。"小莲努力想把目光放在刘老师的脸上，但那条裙子就像有魔力似的，拽着小莲的目光。小莲打量着刘老师的裙子，本来想问刘老师冷不冷，可到了嘴上却说："您今天真漂亮。"刘老师说："你是想问我冷不冷吧。"小莲笑道："您真有勇气，这么冷还穿裙子。"刘老师说："勇气是练出来的，穿两次就习惯了。"

素花给小萍吃了一片阿司匹林，对小菊说："蒸锅里有热好的馒头，碗里有一点儿咸菜，就着吃点儿就上学吧。"小菊问："我爸吃了吗？"素花随口道："你爸走了……"说完低着头给小菱整理围嘴。小菊吃惊道："这么早就走了？还没跟我说话呢。"素花刚想开口，却被老太太的声音打断了："你骗孩子干吗？"小菊瞪大眼睛等着奶奶继续往下说。老太太的声音高了八度："你爸昨晚没回来。"小菊那双黑亮的眼睛里被疑惑充斥着，她把头慢慢转向母亲，好像唯恐那种疑惑从眼眶里掉出来。小菊问："我爸为什么不回来？你们吵架了？"素花摇头，不知道说什么。半天小菊说："今晚我问问他为什么不回来。"小菊走到堂屋的脸盆架就着小莲洗脸的剩水洗了一把脸，她并没把辫子整个散开重新梳理，而是用梳子在头顶上象征性地梳了几下完事。恰好大志在院子里喊："李小菊，上学了！"

小菊把书包挎在肩上出了门，大志往小菊头上看了一眼就说："瞧你头发乱的，女孩儿家家的也不知道把自己弄利索点儿，跟人家任明明学学，虽然脸蛋不如你，可人家头发梳得好，衣服穿得干净。"小菊气道："就知道你看上她了，你干吗不找她一起上学去，哼！"大志见小菊噘着嘴，两个鼻孔呼呼往外冒粗气，笑道："她家住马大人胡同，我干吗跑那么远找她上学，再说，到了学校不就能看见她了，我又不想跟她结婚。"小菊听大志说结婚，呸了一口："真不要脸，你这么小就想着结婚，你知道怎么生孩子吗？"大志回答："我干吗要生孩子，我才不想跟你妈和你爸似的生一堆没用的丫头片子呢。"

这句话是大志从妈那儿听来的，妈经常对爸说："我是你们王家的功臣，没我，你哪儿找这么多儿子去，像北屋似的，生一堆没用的丫头片子，以后都嫁了人，看他们的日子还怎么过。"大壮不同意妈的观点，认为她是重男轻女，是封建余毒，新社会男女都一样。妈从鼻孔里哼出一声道："谁说的，男女能一样吗？你让大志跟小菊比比力气，看看谁力气大。"小菊听大志说这话，瞪起眼睛道："你有用，瞧你的字写得像癞蛤蟆，算术题有几道能做对的。再说，力气大有什么用，谁还让你去搬山啊，哼！"说完，小菊加快步子，撇下大志一个人朝学校大门跑去。

烧退下来了，小萍闹着要去幼儿园，说今天老师要教小朋友折纸鹤，不去就学不会了。素花想起明老师的话，让还把小菱送过去，便给小菱穿衣服，让小萍自己把衣服穿好。收拾停当，素花抱着小菱，牵着小萍出了院门，正赶上惠芬送大云回来，随口问素花道："老李昨晚几点回来的？没听见大门响啊。"两家有个不成文的规矩，院门由最后一个回来的人上锁，说是锁，其实就是个木头做的门闩，随便一插，咂啷一声，无论李家还是王家都听得清楚。昨晚李国强没回家，院门大敞着过了一夜。早上惠芬去买豆浆，以为素花已经出去过了。这会儿素花沉吟了一会儿，含含糊糊打岔："你听不见就是睡死了呗……"

第 六 章

　　小菊奶奶一周两次去医院上镭，每次从医院回来素花都到六条口的熟食铺子里买两个熟兔头，带回来给老太太开小灶，一条一条地把兔头上的肉撕下来，放在一个小碟子里端到老太太面前，再盛一碗粥，馋得小菊一个劲儿围着奶奶转。小莲瞪小菊一眼说："你怎么那么没出息，还不如小萍。"小菊回瞪小莲道："你管得着吗？我愿意馋，我就馋，我还流哈喇子呢。"说着用手抹了一下从嘴里流出的哈喇子。奶奶把一个兔舌头放到小菊碗里，小菊拿起兔舌头，一点一点吃着，得意地看着小莲。

　　这一个多月来，李国强一周有三天晚上不回家，不回家的时候李国强会对小菊说："今晚爸爸有事，不回来了，你要好好做作业，哄着妹妹们玩儿。"末了仿佛不经意地加一句："跟你妈说一声。"小菊每次把话传给妈的时候，素花都只"嗯"一声，不动声色地该干什么干什么，但心里却是翻江倒海的，一颗心像是坐了秋千，一会儿上去，一会儿下来。

　　李国强第一次让小菊传话的时候，素花暗吃一惊，那是丈夫第一次没回家的三天以后，她想蒙骗自己，以为丈夫没回家只是一时兴起，过后的日子照旧。其实她的生活已经在那个夜晚之后发生了变化，不可逆转。她拽住小菊的袖子问："你爸真是跟你这么说的?"小菊点点头："我爸就是这么说的啊。"小菊感到母亲的眼睛突然就没了光泽，接着把手里刷碗的竹刷子放进锅里，竹刷子上的油星子漂起来，在水面上晃悠着。

孩子们过新年的棉袄棉裤棉鞋都准备停当，一件件摞起来，像是一块五颜六色的千层糕。下午素花从识字班回来，看到大门口的信箱里冒出一个报纸的头，赫然写着"人民日报"，最后那个繁体字是她猜出来的。素花默念了一下，当她走进院子，站在自家门前的时候，才意识到自己竟然能认出它们来了，而在以前，那四个字就像一团团毫无意义粗细不匀的黑道道，这让素花内心涌起一股从未有过的兴奋。

素花三步两步进了屋门，直接进了小莲小菊她们的房间，从小莲的桌子上摞着的几本书里抽出一本捧到手里，随意翻开一页读起来，读了几行以后，素花开始沮丧，在茂密的文字当中，她只零星地认识一些字，根本读不懂那本书。素花放下书，琢磨着什么时候才能完整地把一本书读下来，这是她十分向往的事。她很羡慕小莲，能自如地读书写字，她想象着如果自己也能那样，该多么幸福，即便丈夫天天不回来也不会在乎的。素花为自己这种古怪的想法感到诧异。

素花翻了翻月份牌，明天又是老太太上镭的日子，想了想早上丈夫跟小菊说过今晚不回来，她琢磨着晚饭不用准备那么多，锅里还有剩下的半锅粥，篮子里有三个馒头，再蒸一锅馒头，炒一个白菜，拌一个咸菜丝，不用放肉了，"他不回来就别吃肉了，能节省就节省一些……"素花这么想着，她在心里安排着一天的日子，不管怎么样日子都要过下去，她甚至试着说服自己接受眼前的生活，大不了就是纳妾，这事并不新鲜，原来村里的孔家，一共娶了五房，日子还不是过得挺好。

很快素花就否定了这种想法，数数周围的女人，远近的，有哪个家里纳妾的，那是旧习气。何老师说过的，新社会要改掉旧习气，纳妾就是娶小老婆，新社会讲究一夫一妻。这时候惠芬在屋外喊："在家干吗呢？今天太阳好，出来晒晒。"素花赶紧放下书走出屋门，见惠芬手里拿着一只纳了一多半的鞋底子站在香椿树下边有一搭没一搭纳着，阳光很足，一股太阳的香味在院子里弥漫着。

此刻整座院子只有三个女人，小菊奶奶躺在自己的屋里，脑子里琢磨着来世，而惠芬和素花站在寒冷的但阳光明媚的院子里慢慢聊着，此刻没有什么能惊扰她们那种散漫单纯的心境，即便生活中的麻烦事，对她们来说也显得无足轻重，因为她们对这个世界来说原本就无足轻重。

"今天老李回来不回来？"惠芬说着把锥子扎进鞋底子，鞋底子中间的腰部有一朵小红花，惠芬纳完一针，把鞋底子往稍远处放放，眯着眼睛端详一会儿，然后再收回来，把针锥子往右边鬓角上将一下。惠芬从大志的嘴里知道李国强有时候在外夜宿的事，惠芬说："你哪儿听来的，我都不知道。"大志说："小菊说的，她说她爸不像以前那么喜欢她了，一个星期有三天都在外边过夜。"惠芬疑惑，朝丈夫王永平看，王永平像没听见，忙活着手里的活儿。惠芬证实了大志说的话，只要能百分之百确定的事情，王永平都是这表情，假装没听见别人议论。相反，如果是传言，王永平会说："瞎说的，没那回事。"惠芬很容易地就把李国强不回家，跟素花让她看的那块手绢联系起来，毫无疑问，李国强跟手绢的主人在一起。

素花猛然听见惠芬这样问，心里不禁一哆嗦，接着故作平静道："爱回来不回来，不回来还省一个人的饭呢。"惠芬轻轻笑道："跟我就别装了，你要是早告诉我，还能帮你拿个主意。"惠芬这句话对素花来说，无异于一根救命稻草。素花换了一种表情，可怜巴巴地望着惠芬。惠芬从素花的眼神里读出了求救的意思。惠芬又把锥子往额头上抹了一下道："你得先打听那女的是谁，干什么的。"停了停又说："我琢磨是一个单位的，八成是那些小秘书。那些人整天就想着能高攀上干部，也不管人家有没有老婆。听我家老王说，前几年有个秘书跟一个处长孩子都生出来了，大老婆从农村老家找来，堵着办公室的门骂，最后还不是单位赔了点儿钱，离了婚，自己抹着泪回老家过日子了。所以我说你就不能给他们这个机会，赶紧想办法阻止他们。"

惠芬这番话把素花说愣了，素花是个随遇而安的人，她像能够享受幸福一样，也能忍受苦难，她并没有把这件事情想得那么坏，既然事情已经来了，就想想办法怎么适应它吧，素花天生乐观的秉性帮助她走过沟沟坎坎。在适应了新变故以后，素花渐渐安静下来，她唯一祈求不要再发生新的改变了，至于新的改变是什么，她并不清楚。她甚至不去想丈夫因为外边的女人离开她，把孩子扔给她一个人，跟外边的女人生儿子，过日子。素花不想那些，是因为她有一颗定心丸，那就是老太太。"他不能不要妈，他是个孝子，又是独子，他不会顶着大不孝的名分做人的。"素花每次这样想的时候，心情就平静下来。

素花猛然抬头，看见惠芬正用犀利的眼神打量自己，素花下意识地躲闪着惠芬投来的刀子似的目光，就像一只被追杀的兔子，但惠芬就像个猎手，绝不放过她。惠芬索性把麻绳绕在纳了半截儿的鞋底子上，把鞋底子夹在胳肢窝里，那架势，要把素花的皮剥了。素花已经求饶了，她耷拉着眼皮，两条短眉毛因为悲伤变成了八字，两只手不知道放在哪里好，最后揣在袖管里，她看着惠芬，目光里是哀求，不要说出来，那些苦难的结局，那些让人胆寒的归宿。

女人的残酷是善良支撑着的，比如此时此刻的惠芬。素花看着惠芬，她又从胳肢窝下边把鞋底子拿出来，麻绳松开来，惠芬拿着鞋底子，只轻轻一抖，麻绳便直直地垂着了。惠芬把左手心里握着的针锥子往鬓角处抿了一下道："你别想着用老太太当筹码，不管用。"又突然压低声音："老太太能活几天啊，她老人家一走，你靠谁去？再者说，你没儿子，老太太心里头早对你不满意了，没准巴不得老李找个会生儿子的媳妇儿呢。"

素花被惠芬的这番话震慑住了，没想到惠芬一刀就插在要害处。内心深处素花对惠芬的话深信不疑，事情明摆着。"怎么办呢?"素花低低地嘟囔了一句，像是在问惠芬。不等惠芬应，素花接着说:"他喜欢小菊，我让小菊去求他八成管用的……"惠芬喊了一声说:"你是真傻啊，小菊要是个男孩儿还有点儿分量……"惠芬觉出了自己的残酷，把说了半截的话咽回去，接着纳她的鞋底子。麻绳发出噌噌的响声，平时这种声音让素花觉得痛快，有一种发泄的酣畅，但今天素花的心思让它搅得像是熬煳了的一锅粥。素花说:"我这火上房了，你还顾着你的鞋底子，真是饱汉不知饿汉饥。"惠芬很识趣，又把麻绳缠起来，这次没用针锥子抿头发，直接用手在嘴上湿了下，很自然地在右边鬓角上抹了抹。

"我给你出个主意，你可别说我说的。"惠芬狡黠地看了素花一眼。素花说:"别卖关子了，有什么主意快说吧。"惠芬附在素花的耳朵上道:"去他单位闹，工会专门管这种事，好多事老王不让我告诉你，工会月月有家属找，都是像咱们这样让丈夫从农村带到城里来的。这几年男人过上了城里人的生活，也知道学着文明人搞那些个文明恋爱，单位上大小干部没少闹出花花事，工会管生活的忙活着给他们擦屁股，解决家庭纠纷，好几个干部为这事受了处分，你去工会找管事的诉苦，看他李国强还敢不敢胡闹腾。"惠芬一口气说完，停住话头，在地上啐了口唾沫。

素花琢磨着惠芬的那番话，这是她做梦都想不出来的，她觉得自己的身体变得很虚弱，像一条微不足道的小草鱼，生活则是一片接一片的水草，自己很快就被水草缠死了。窒息的感觉滋生了恐惧，素花感到一种从未有过的恐惧，从身体最深处蔓延开的一种极度害怕的感觉，让素花的每一根汗毛都竖起来，这种感觉素花以前只有过一次。那是在素花九岁的时候，晚上去邻村看戏回来，素花只上了趟茅房就跟一块来的伙伴走丢了，只得壮着胆子一个人往回走，没有月亮，四周黑得分不出天地，素花支棱着耳朵，每走一步心都像是要从胸腔里跳出去，总感觉身后有无数个鬼影跟着自己，素花被一种巨大的恐惧压成碎片。素花记得那次的体验，长大成人后再没有遇到过，这会儿，那种感觉隐约又回来了，似乎比那次更强烈。去闹！素花从惠芬的话里找出这个关键词，通过这两个字素花仿佛看到了一个艰难痛苦的过程：一个即将被丈夫抛弃的女人，满腹悲伤去丈夫单位告状，披头散发，泪流满面，面对陌生人倾倒苦水。这让素花想起看过的一出戏，《铡美案》里面那个被丈夫抛弃的女人仿佛正是自己的化身。素花想着，下意识摇头。

惠芬见素花摇头，急道："你摇什么头啊，看你平时挺利索的一个人，怎么遇到事这么尿，你仔细想想，你从老家出来多少年了，真让他给你休回家去，你有脸回去啊，村里人不定怎么笑话你。还有啊，孩子们怎么办？就算他带小菊走，小莲大了，能照顾自己，小菱和小萍呢，你带回家去？让她们跟你当农民去？你好好想想，让人家赶出门的时候，可别说我没提醒你。"惠芬说完这话，悻悻地夹着鞋底子回了屋。惠芬把鞋底子使劲儿往桌子上一扔，一屁股坐在旁边的一只方凳上喘粗气，刚才跟素花推心置腹的那一番话，用了惠芬不少力气，惠芬心思活跃的程度，不比素花差，女人们总能很快地让同伴的境遇感染自己，又很快地把自己结结实实地放到那种境遇中，不忘偷偷窃喜、幸灾乐祸。

几天前惠芬得知李国强不回家的消息，浑身舒坦得像嗅了麝香，一阵阵酥软，干活儿的时候还哼起了沂蒙小调，心里对李国强道："瞧你张狂的，天天皮鞋擦得锃亮，闹了半天是有了野女人，进了院子连眼睛都不往别人身上看了，逗乐的话也没了，野婆子就那么好？你还别不当回事，闹不好副处长的位子还得让出来。"惠芬这么想着，比吃了木香顺气丸还舒坦。之后的一天晚上临睡前，惠芬用一双眼死死地盯着王永平问道："你不会也像北屋似的背着我在外面找野女人吧？"王永平笑道："你看我像那种人吗？上得了台面的人家也不会要我，一是我这长相一点儿不风流，二是我没有升官的可能，你就把心踏踏实实放肚子里，该干吗干吗，甭跟跑野马似的胡思乱想。"王永平这话乍一听挺顺耳，仔细琢磨就都是毛病，合着谁找他谁就是上不了台面的，那些风流又能升官的男人都不是好东西。惠芬虽然不是个智慧的女人，聪明劲儿却够用了，加上跟王永平生活多年，他肚子里有几根肠子都一清二楚，话后边的意思能不清楚？惠芬把眼睛略微睁大了些，无声地看着王永平，嘴上不出声比出声还可怕。王永平同样谙熟惠芬的一切把戏，像现在这样就预示着要刮大风了。王永平刺溜一下钻进被窝，不等惠芬发作，便鼾声骤起，真睡假睡另说着。

惠芬让素花找李国强单位去闹，确实是为素花着想的，王永平跟她漫不经心地说到那些去单位闹的女人，多多少少都会有效果，就是这么回事，这世上饿不着声高的叫花子，若是闷头不语，只怕谁都想过来踩你几脚。惠芬有几分兔死狐悲的感觉，她和素花除了生的四个孩子性别不同，剩下的都一样，素花的命运就是她的一面镜子，素花不幸，对惠芬也是一种警示，有一天王永平在外头也找个人，这种事谁说得准。惠芬的幸灾乐祸，是女人与生俱来的天性，就像屠夫卖肉的时候，你跟他说，要瘦肉，递到你手里的必定带着点儿肥膘，剔不干净，女人幸灾乐祸的天性就是那点儿剔不干净的肥膘肉。这种幸灾乐祸大部分没缘由，当别人遇到倒霉事的时候，它就自然而然地来了，或长或短，它会被其他的情感取代，它不可能长久，因为它本来就是情感世界里的一种投机，一种不确定。

惠芬的幸灾乐祸随着惠芬跟素花说完那些掏心窝子的话，回到屋里，转悠了一两圈儿，又生了一回炉子，没等火上来就没了。惠芬的心情很不平静，一种说不清的兴奋左右着她，惠芬想象着素花悲惨的结局，甚至看到素花被抛弃以后带着小菱和小萍回老家的情景，而惠芬自己也将过着没有素花的日子，取代素花的将是一个比自己年轻许多的陌生女人……惠芬不愿意再想下去了，无论如何那都是她不想看到的，她要想办法帮着素花阻止这一切，素花如果能逃出厄运，也就证明了这个院子里女人的胜利，对李国强和王永平是一个严正警告。惠芬想来想去，这个平时基本最懒得动脑子的女人，今天变成了一位思想家，她的脑子变得越来越大，越来越沉重。她想着想着就觉得饿了，看了看桌上的表，九点刚过，想着中午吃什么呢，便去厨房揭开锅看了看，一笼屉的馒头和窝头，还有昨晚剩的半盘炒白菜，小半锅棒子面粥，孩子们回来热热就能吃。惠芬便把一面带鸳鸯戏水的镜子摆在桌上，找出一轴丝线，开始绞脸。

素花回到屋里，浑身像是散了架子，坐在堂屋靠西墙的椅子上发呆，那把椅子通常丈夫坐着吃饭，他不在的时候，椅子便空着没人坐。素花从不坐这把椅子，除了在床上，素花不愿跟丈夫有任何身体接触，不是因为厌恶他，相反，是一种下意识的仰望、些微的惧怕和羞涩，再加上几分说不清的感情（他是几个孩子的父亲，血缘上的联系让素花对李国强有一种并非爱情的情感，一种依附或依赖）。这一段时间以来自己精心建立起来的自卫王国，竟然被惠芬一锤击碎，不可收拾。素花甚至无人可以倾诉，其实她甚至不知道倾诉至少能够让她放松，防止她内心的崩溃，更悲惨的是她不知道什么是崩溃，对于一个不识几个字的女人来说，生活在一座城市里，有多么的凶险，有多少陷阱等待着她去陷落呢。对于生活平静的女人来说，善良是一种美德，而像素花置身于险象丛生的境地，善良就是愚蠢。素花琢磨着惠芬的那些话，最吸引她，也是最让她心惊肉跳的还是惠芬的那个建议"去闹"。素花隐约感觉到似乎那是唯一一条透着光亮的路了。此刻素花坐在丈夫平时吃饭坐的椅子上，以前对于丈夫的那种仰望和羞涩消失了，恐惧却正在加重，一个生不出儿子的女人还能为自己的命运争取什么呢。这时，她听见婆婆轻轻地咳嗽了一声，声音十分遥远，仿佛来自天际，但素花从婆婆的声音里感觉到一丝光亮，她猛然站起来，往婆婆屋里走去。

婆婆的屋门紧闭着，那扇失去了油漆颜色的门呈现一种岁月的暗色，素花轻轻推门，门轴发出嘶哑的呻吟声。老太太头并没有朝门口转过去，她不想看素花的脸，有时她很厌恶素花，素花邋里邋遢的样子让她心烦。素花走进屋里，站在那儿愣愣地看着婆婆。老太太咳一声道："刚才惠芬在那儿唠叨什么来着，看把她能的，这院子装不下她了。"听到这话，素花心想，看来老太太不哼不哈，心里却挺明白。世界上每一个细节都逃不过一个历经沧桑的人。老太太从床上欠起身子，顺势将了一下梳得光光的发髻。"给我口水喝，这一早上一口水都没有，嘴里干。"素花赶紧把桌上的杯子递给老太太。老太太并没大口喝，只用嘴唇在杯子边上轻轻抿了一下。素花接杯子的时候，看见婆婆的嘴唇上由于湿润而泛着一缕粉色的光泽。素花的目光在那丝粉色上停留了一会儿，素花想起小时候用指甲草染指甲，那种粉色能保持好几天，洗手的时候尽量避免水沾上边，以免洗掉。素花再看的时候，婆婆嘴唇上的粉色很快就消失了，像往常那样，婆婆将两条腿悬在床沿上，这次两条腿没有像小船似的摇晃，而是稳稳地悬在半空，两个钉子似的鞋尖直直地指向地面。

　　"他不回家咱们能怎么样？"老太太突然说了一句话，好像是在问素花，素花有些惊慌地看着婆婆。这时候老太太又说："不能全怪他，你要是早给他生个儿子，他就不想着在外边找了。"素花心里动了一下，老太太以前从没这么直接埋怨过她，说得最多的一句话就是："还早呢，接着生嘛。"可这次素花从婆婆的话里感到一种冷漠无情，像一盆冷水朝着素花泼过来。素花在寒战中站立着，她感觉屋里很冷，冷到钻心。素花疑惑地走到炉子跟前，提起水壶看了一下，炉火正旺，蓝色的火苗不停地伸缩着，烧得通红的煤球在炉膛里互相借着火力，素花把水壶重新放到炉台上，身上的寒冷消失了。不知道哪里来的勇气，素花对婆婆说："小菊住院的时候我问过那儿的大夫，人家说生男生女是男人的事，什么染色体，反正我解释不清楚，你可以问问医院里的大夫，他们都知道，生不出儿子这事赖不着我。"素花说完，圆睁着两只眼睛等着婆婆的下文。老太太没吭声，低下眼皮，看着自己悬在半空的一双小脚儿。素花琢磨着老太太的心思，想起老家村里一位远房亲戚的话："你婆婆那双脚十里八乡都有名，谁不羡慕。"如今这双曾经让村里人羡慕的脚，孤独地悬在这间阴暗的厢房里，无人问津。这时素花听婆婆低声唠叨："我看你是中邪了，那些穿白大褂的，一个个像死人一样，死人的话能听啊？话说回来，生孩子就是女人的事，男娃女娃不得从你那里钻出来吗，他们说话能赎了你的罪啊……"

婆婆最后一句话像一根针扎到素花的心里，接着一股火气从心头生起，她不管不顾地对婆婆说道："难道在你眼里我就是个罪人？我有什么罪啊，你给说说看，大不了就是肚子不争气，给你们李家生不出男娃，没法传宗接代，可那不是我的过啊，我也想生男娃的，谁愿意肚子不停地大起来，像个母猪似的不得消停，谁不想早早生个男娃交差了事。"素花哽咽着说不下去了，眼眶里满是泪水，泪眼模糊中看到婆婆仰起的脸，看不清婆婆脸上的表情。终于，泪水夺眶而出，这下素花看清了婆婆那双不大的三角眼里满是惊诧，素花把声音压低下来。"生不出男娃不是罪过，您活一辈子怎么还不明白呢……"素花无奈地叹了口气，屋子里安静下来，只有被两个女人搅扰起来的空气还翻滚着，叫嚣着，素花听到那些灰尘在碰撞之后跌落在地上、桌子上、椅子上的砰砰声。素花不想待在婆婆的屋里了，她觉得婆婆的屋子变成了牢笼，她要尽快地走出去。素花走出屋门的时候，听见婆婆在她身后轻轻说道："我要回家了，不管你们这些烦心事，生不生男娃你们随便吧，我还能活几天啊。"素花没停下脚步，但婆婆的声音一直追着她，回到堂屋，素花站在门口朝院子里看着，院子里的地面上是笤帚扫过的痕迹，一道一道的，那是王永平每天早上的活儿，无冬历夏，扫院子都是王永平包圆。王永平起床很早，素花只在床上听见笤帚掠过院子地面的唰唰声。

当王永平跳进自己的脑子里时，一个念头同时出现了：晚上找王永平问问，他一定知道怎么回事。

午后小莲和小菊吃了中饭，两人又回学校上学了。素花朝院子里看了看，明老师没把小菱送回来，说明小菱没事。素花打定主意一会儿去何老师的识字班，她必须要干点儿什么，不能在屋子里闲着。素花出门的时候，走到惠芬家门口高声朝里喊："我去何老师那儿了，屋里老太太给照看着点儿。"惠芬在屋里应道："你去吧，回来给我捎回半斤盐来，晚上炒菜没盐了。"素花应了一声走出院子。

午后是胡同一天里最安静的时候，北京一般都是半夜起风，刮到午后就歇。胡同里的老人们午后都要睡一觉，离下学下班还有一阵子，所以这会儿胡同清静得连猫走路都听得见。素花想穿胡同过去，可穿胡同就得从白皮儿家门口过，想起白皮儿，素花自然想起欠白皮儿的二十块钱，那十元一张的票子像是一张大大的牛皮纸，糊在素花的脸上，更像是一块砖头，压在素花的心口上，想起来就喘粗气，憋得浑身难受。

素花在胡同里走着，她甩着两只胳膊，不时地将耷拉到额头前边的头发拉到耳朵上，有时她下意识地回头看一下，空荡荡的胡同只有半空中的电线晃悠着。她跟每一个走过身旁的人打招呼，路过每一个大门口她都要下意识地往里看，胡同里大门紧闭的不多，大部分院门都四敞大开。在北京，大门紧闭的多是些大户人家，大户人家里边的名堂多，讲究不露财，小门小户的就不必了，连贼都懒得往里走，关门没意义。素花看见五号院里的铜壶正站在院子里光着膀子喊："瞅瞅这臭虫啊，大冬天的都不消停，瞧把我身上咬的。"铜壶一回头瞥见素花经过门口，喊："哎，小菊妈，少见啊，进来坐坐啊。"素花慌张答道："不了，我得去买盐，家里没盐了。"说完赶紧走了，听见铜壶哈哈笑了一阵。

穿过胡同，素花就看见白皮儿家高大的院门，她知道白皮儿家的院门总是关着的，等她走了几步，却看见白皮儿家的高台阶右侧的石狮上坐着个人，素花定睛看去，正是白皮儿！她甚至想折回头走另一条路，但她的腿脚却没停下，连慢下来的迹象都没有。素花朝着白皮儿走过去，觉得头皮发紧，她这才明白平常人说硬着头皮不是瞎说，是有根有据的实在事。还有十步远，素花朝白皮儿打招呼道："俊明兄弟坐门口怕不是等人吧。"白皮儿看见素花，脸上的肌肉僵硬地扯了一下，嘴一张，喊了声："姐，我想你了。"白皮儿这声喊叫，素花听起来竟然像是亲弟弟的感觉。素花母亲曾经告诉素花在她下边有过一个弟弟，不到一岁就死了，素花没事的时候想："弟弟活到现在不知什么样。"刚听白皮儿喊她姐，心里便一动，朝白皮儿的眼睛看，知道人还糊涂着，心里一阵难过，好像眼前的白皮儿就是她死去的弟弟。素花走上高台阶，靠近白皮儿，看清楚白皮儿粗糙而肮脏的脸上已经有了许多道皴裂，素花用手摘下白皮儿乱糟糟的头发上的一根树枝儿，刚想问点儿什么，身后的大门咣的一声开了，白皮儿的姑妈从里边出来。

　　白皮儿姑妈跟上回见的时候不一样了，跟上回的热情相反，这次脸上仿佛下了霜，冷冰冰的，朝素花粗声道："你谁啊？跟我们家俊明瞎搭搁什么呢。"素花赶紧说："您忘了，上次来过，咱还说了话……"素花有意没提还钱的事。白皮儿姑妈仿佛努力回想着，脸上慢慢地挤出一丝笑意。这时候白皮儿又闷闷地喊了一声"姐"，素花想对白皮儿说点儿什么，没等话出口，白皮儿姑妈说："你欠我们俊明的钱差不多就还了吧，我替他收着，他这病还不知猴年马月才能好。"素花心里一惊，没等素花找到合适的话，白皮儿突然开口道："那二十块钱是我白给我姐花的，不用还了。"这句话把两个女人吓了一跳，白皮儿姑妈愣了一会儿说："得，那就听你的，不用还。"又对素花说："他说了不用还就不用还了，我是瞎操心。"素花站着，看着白皮儿，不知道说什么好。白皮儿傻傻地看着素花，突然说："姐，你有事就忙吧，回头再来看我。"素花心里发酸，低着头赶紧走了。

素花的心情平静下来，她一直琢磨着白皮儿，如果白皮儿好人一个，自己在这世界上也算是有个依靠，可偏偏糊涂了。

何老师家堂屋的长条桌上的那块小黑板上已经写上字了，一屋子的女人叽叽喳喳的，其中一个是素花认识的，住剪子巷，因为天生卷发，外号叫"卷毛儿"，人很爽快，素花买豆浆的时候常碰到她，跟惠芬也认识。见素花走进来，卷毛儿高兴地招呼："来这边坐。"等素花坐下，卷毛儿接着问："你邻居怎么不来？"素花顺口应道："她家里事多。"卷毛儿撇嘴："她家能有你家事多啊。"卷毛儿说话无心，素花听着心里发虚，觉得卷毛儿的话里有话，琢磨着是不是丈夫的事已经传开了。这时候何老师敲了敲小黑板说道："学的字词回家要多练习，记不起来的，让家里孩子告诉一下，看见报纸就读一读，哪怕一句话呢，积少成多，今天教大家几个重要的字词。"说着何老师指着一个字念："男。就是咱们平常总说的男人的男，男孩儿的男。"又指着旁边一个字，刚想开口念，卷毛儿抢道："我认识这字，这是女，女人的女。"何老师笑道："你说得对，这个字是女，女人的女。"说着何老师指了指自己，又指了指下边的人说："我们都是女人……"这时候突然有人喊："何老师我问个事行不？"何老师答道："当然可以，您请说。"那女人问："您说这男人和女人怎么不一样呢？我不是说长的啊，我觉得女人好像总比男人低一等，比方说我家里，什么好吃的都先尽着男人吃，什么好用的也得让男的用，好像我在家里就像一只小猫小狗似的。"

屋子里顿时被这女人的话炸了窝，七嘴八舌，叽叽喳喳，说什么的都有，但大多数人同意尽着男人吃好用好，观点是"人家挣钱养活一家人，不吃好用好，他要是掉了链子，家里人还怎么活"。卷毛儿不同意大多数人的观点，素花心里虽然不赞成，可嘴上却像贴了封条，不出声。还有两个女人低头不言声。反对派虽然是少数，但卷毛儿的嗓门大，气势占了上风，卷毛儿说："哪是低一等啊，低好几等，看看人家男人吃香的喝辣的，咱们女人吃点儿他们剩下的就不错，是啊，他们挣钱养家，可谁也没说挣钱的就是皇上，被养活的就是奴隶吧，再说，一家子人就应该平等对待。"底下有个声音说："咱们女人没文化呗，没文化不认字，只能给人家男人生孩子做饭洗衣服，看看人家铁狮子大院里那些女人，不是大学教授就是幼儿园老师，人家那日子……"卷毛儿的嘴都撇到前门楼子了，接着"呸"一口痰吐地上："没文化不识字，这罪过也不应该算在咱头上啊。"

说到铁狮子大院，素花突然想起了白静，心里不禁一惊，这一阵子只顾丈夫的事了，早把白静的嘱托忘光了，素花琢磨着等识字班散了去一趟铁狮子大院，这时听见何老师说："大家安静一下，今天咱们不讨论男人女人的事，但有一条我要告诉在座的姐妹们，那就是无论男人还是女人，首先都是人，再有就是男人女人都是平等的，没有高一等低一等之说，其中的道理咱们慢慢讲，希望姐妹们快认字，多学习，认字多了就可以读书，很多道理都写在书上，到时候就不用我给大家伙站在这里讲了。"

女人们又叽叽喳喳议论起来，卷毛儿的声音高，盖过了其他人："就算我认了字这辈子也得给人家当牛做马，这辈子算是交代了，指望我家丫头比我有出息。"一个声音回击道："那你跑这认字干吗，刚才还跟头犟驴似的，这会儿怎么瘪了，麻利回去让人家当马骑去。"底下人都哈哈大笑起来，卷毛儿说："就你不憋好屁，我乐意认字，认了字能看看报纸啥的，我们家订的报纸多一个人看里外里还能省点儿钱呢。"女人们又闹闹哄哄议论起来，何老师说："不管什么理由学认字，都欢迎，等你们认了字自然就会明白很多道理了。"何老师开始教大家认字，讲解字的写法，大家跟着何老师念，又拿着铅笔在小本子上写，都挺认真，何老师一直笑着，很满意的样子。

等识字班一散，素花便急急忙忙出了何老师家的院子。从何老师家到铁狮子大院只有十分钟的路，素花加快脚步，想快去快回，接近铁狮子大院门口的时候，听见有人在背后喊："小莲妈，是小莲妈吧?"素花回头，不是别人，正是白静。

素花热情地打招呼，上下打量着，见白静两只手都占着，右手是一只红色的装满东西的大网兜，里面是些牙膏洗脸盆毛巾等日常用品，左手拎着一个大柳条箱，越发显得白静娇小瘦弱。素花赶忙上前，要帮着白静拿东西，两人推让了半天，素花愣把那个大柳条箱抢到手里拎着，两人说着话向前走去。

以前虽然听说过无数次铁狮子大院，可素花却是第一次来。大门里边一条百米长的宽阔大道直对着一座古怪的建筑，素花停下端详了一会儿说："这楼怪怪的，从没见过这样的楼。"白静说："这是欧式建筑，跟咱们的建筑风格不一样。"素花一脸疑惑，白静想了想说："你知道这个地球上还有其他国家吧?"见素花点头，白静接着说道："在咱们国家的西边有一块土地，面积跟咱们国家差不多大，叫欧洲，是由好多国家组成的，那里的人，吃穿走路住房跟咱们都不一样。"白静指了指面前这座楼对素花说："这种样子的建筑就是从那里学来的。"素花不停地点头，脑袋里却是一团糨糊。白静看着素花一脸懵懂，笑道："不懂没关系，以后慢慢来。"两人闷头往院子深处走，白静又问素花："你认字吗?"素花脸一红，摇头，又补了一句："我现在正上识字班呢。"白静鼓励道："很好，要坚持认字，下次再见面的时候你就认字了，认字就可以读书，好多事情都写在书里，一看就明白了。"素花兴奋地说："哎呀，您说的跟认字班的何老师说的一模一样。"白静道："天下的道理都一样，被大家认可的就是普遍真理。"说着，白静停在一座砖红色镶着白边儿的楼门前，对素花说："到了。"

素花仔细打量着眼前这座楼，眼前这座楼跟院子里的楼又有所不同，楼门前有一座很高的台阶，大概有二十来级，楼门是圆拱形的，再一看，有的窗户也是圆拱形的，这让素花想起了老家的窑洞，素花一下子对这栋楼有了好感。"您就住这里啊!"素花欣喜地问。白静点头，率先上了高台阶，素花跟在后面。

白静在前边走，素花跟在后边。楼道里很暗，素花一时适应不了，她站了一会儿，看见白静已经走到了左面楼道的尽头，正朝她招手，意思让她过去。素花边走，边朝身子的两侧看，看来这栋楼里的人把楼道当成厨房使用，锅碗瓢盆等厨房用具都摆在自家门前，有的门前还放着炉子，现在还没到做饭时间，想必都是封着的。素花想象着做饭的时候这里将会是怎样的情景，切菜的声音，擀面条的声音，爆锅炒菜的声音，铲子在锅里碰撞的声音，一定异常热闹。素花这么想着，不禁笑起来，她看到了与自己的不一样的另一种生活。

白静打开楼道最里头的一扇门，对素花说"这是我家"，又指了指窗台上扣着的一个铝制小碗说："这里有一把备用钥匙，你来的时候可以用，用完再放回去，因为小弟有时候会把钥匙弄丢，他经常要用这把钥匙。"素花问道："小弟拿走了这把钥匙，小碗里不就空了?"白静笑道："他会配一把放进去的。"

白静一家住的是一个套间，外间屋很大，人站在屋里显得很小，屋子的西南角和东北角都放置了单人床，这应该是小茹和小弟的床，素花琢磨着。白静请素花坐在屋子当中的一张沙发上，素花第一次坐沙发，坐下去的一瞬间素花的身体往下沉，心却提到了嗓子眼儿。看着素花脸上的表情，白静忍不住笑道："不用紧张，随意就好了。"

素花坐安稳了，问白静什么时候走。"明天。"白静不假思索地回答素花。素花惊道："幸亏今天来了，不然就看不见你了。"说完又觉得不妥当。白静说："所以说咱们有缘分呢。"素花笑笑，说道："政治斗争那些事我也不懂，问人家，也都不耐烦告诉我，就是觉得大人的事不应该牵扯孩子，孩子自己在家，没人照看，这就不是好事。"素花说到这儿，怕白静误会自己不愿给她帮忙，赶紧补充道："您别多心，我这话不是冲您说的，这俩孩子我一定帮您照顾好。"素花说完，用眼睛往里屋探了探。白静站起来说："我带你看看里屋。"说着站起身往里间屋走去，素花跟在后面。

这间屋略小，让素花感到震撼的是屋子的三面墙都是高到房顶的书柜，而书柜里没一处空着，塞满了书籍，一本挨着一本，像是一排一排的士兵整齐地站在那里。一张不大的双人床摆在屋子当中，床的两侧放着样式相同的桌子，桌上的油漆掉了好多，两张桌上都堆满了书，书丛中各有一盏台灯探出头来，即便此刻，天还没黑，两盏台灯却都是亮着的，从花花绿绿的灯罩里透出不同颜色的光芒，仿佛这间屋子的两颗心脏。素花想起自己和丈夫李国强的卧室，那张同样窄小的床，那盏葱绿色的台灯，各怀心思的冷漠，掺杂着小菱永不停歇的哭号。

这时素花听白静说道："你认字以后可以来这里借书看。"素花对白静的话感到有些诧异，嘟囔着："哎呀，我哪能行呢，能简单看看报纸就好……"白静道："慢慢来，坚持就好。"白静问素花想喝点儿什么，素花摇头："不喝，不渴。"听见门响，小茹推门进来了。素花吃了一惊："哎呀，光顾说话，我得去幼儿园接孩子了。"白静说："好吧，你先忙，家里的事交给你了。"素花使劲点头，说："你放心吧，我会像对待亲生孩子那样待小弟和小茹的。"说完，素花匆忙跟白静告别，飞快跑出屋子。小茹看着已经跑远了的素花喊道："阿姨，您别着急，我是肚子疼才回来的，离放学还早呢！"

白静问小茹："你肚子疼了？"小茹道："没有，我跟老师撒谎才提前回来的。我要是跟老师说早点儿回来陪我妈，老师肯定不同意，全班都知道我爸是'右派'了。"白静不说话，低头收拾东西。小茹又说："不光是我们班，全校差不多都知道了。"白静停下收拾手里的东西，直起腰对小茹说："不光你们学校，全国人民都知道了，因为已经登在报纸上了，有些事情不是你这个年龄能明白的。"白静犹豫了一下，接着说道："如果你觉得你爸影响了你的生活，可以跟他断绝父女关系。"小茹听母亲这么说，一下哭出来，白静也哭了，但只是默默流泪，娘俩互相拥抱着哭了一会儿。等小茹情绪稍微平静下来，白静把小茹更加紧密地搂在怀里，母亲这才感到女儿是那么细瘦，像鸟儿一样。

素花疾步往回跑，进了剪子巷远远看见粮店门口拥着一大堆人，她突然记起副食本上的东西还没来得及买，小菊吵吵好几次要吃富强粉包的饺子了。素花想着明天一送完小菱一定来把副食本上的东西全买了。粮店门前的人挡住了通行的路，骑车的人只好骂骂咧咧下了车，推着车费劲儿地穿过人群。

素花钻进人群，她并没有急着从人群里钻出去，她停在粮店门口看看小黑板上写的字，看了半天，还是一个字不认识，叹口气转身往人群外边走。素花进了黄土坑胡同，没走几步，就看见惠芬抱着小菱，牵着自己家的大云站在胡同当中张望着。素花三步两步跑过去，接过小菱，还没开口，惠芬埋怨道："认字认得连孩子都不要了。"素花也不说什么，只一个劲儿笑，过了一会儿岔开话道："副食本上的东西都买了？我刚路过粮店，排了好多人，我家富强粉还没买呢。"惠芬说："我们也没买，明天一起去吧。"两人说着话一起往回走。大云噔噔噔地往前跑，小菱见大云往前跑，也挣脱素花的怀抱跟着大云一起跑，素花在后边喊："别摔着。"

素花和惠芬一边走一边说着话，惠芬问素花："识字班里有多少人？今天都认了什么字？"素花回道："十来个人吧，今天认了男女，劳动，生产。"素花又对惠芬说："明天你也去吧，剪子巷的卷毛儿也在，她说话挺逗乐，大家伙一起说说笑笑的，比在家里闷着强。"惠芬瞪了素花一眼说："脑子里缺根筋，我也去了，院子里一个人都没有，老太太怎么办？"

素花愣了愣，眼睛盯着自己的鞋尖，突然素花发现自己那双穿了两个冬天的棉鞋大脚指头处已经破了，露出了脏兮兮的棉花，甚至能看到最里边的那层布，布很快会破，然后露出大脚指头。素花偷偷看了一眼惠芬的鞋，那是一双平绒面骆驼鞍的棉鞋，平心而论惠芬鞋做得不错，这是唯一让素花心里不服气的地方，素花总把这归于惠芬的孩子省事，又没老人需要照看，有更多时间纳鞋底子。此刻惠芬脚上这双鞋也是去年冬天做的，素花记得清楚，两人还说过，看谁穿鞋更废。此刻素花看到惠芬脚上的鞋大脚指头没破，就连鞋边的大白还依稀可见，看上去简直就是一双八成新的鞋，是素花脚上那双鞋没法比的。素花一下子泄了气，心想，过年要给自己做一双新棉鞋，也用平绒做面。

　　两人快要走到院门口的时候，突然从门洞里传出小菱撕心裂肺的哭喊。素花、惠芬赶紧往院门跑，见小菱坐在地上，门洞里右侧的大长凳子倒在地上，小菱的一只脚被压在下边。素花嘴里狂喊着："哎呀妈呀，了不得了……"赶紧跟惠芬一起把长板凳扶起来，抱起小菱。素花急着要给小菱脱鞋查看，惠芬喊着："快进屋再说，这冷得什么似的。"素花慌忙抱着小菱往家跑，进了屋赶紧把孩子放到堂屋椅子上，脱了鞋，看见袜子上满是血，吓得素花差点儿晕过去，嘴里唠叨着："不得了了，这孩子脚保不住了。"惠芬埋怨道："看你那张臭嘴，没事也被你咒念坏了，赶紧去钱粮医院。"惠芬出门对傻站着的大云道："我跟你姨带小菱去医院，等回来我跟你算账！"

　　到了钱粮医院，侯大夫当班，一句话都不问，从素花怀里接过小菱放在身后一把椅子上，蹲下来轻轻给小菱脱鞋，小菱不停地大声哭号，侯大夫嘴里不停地哄着："乖啊，让叔叔看看脚怎么样。"素花感觉到侯大夫就像对自己孩子似的，又见小菱脚上的袜子已经被血水浸透了一大片，现在不知道是冻在脚上还是粘在脚上，忍不住眼泪哗哗流下来。侯大夫费了半天劲儿，用温水润，用镊子夹，在小菱的号啕大哭中，袜子总算脱下来了。侯大夫试着动了动小菱的脚，对素花说："去拍个片子吧。"素花这才想起走得急，身上没带钱。惠芬掏了掏兜，只有两毛钱。侯大夫说："你们先抱着孩子去放射科拍片子，我去交费，一会儿把单子送过去。"放射科的大夫很好说话，素花只说侯大夫让先拍片子，就二话没说开始调整机器。机器调整好了，让素花抱着小菱，把小菱的那只伤脚放在台子上。素花刚试着想抬起小菱的脚，小菱便杀猪一样哭号起来，素花试了几次都不行，惠芬在一旁急得团团转。这时侯大夫替小菱交了费，手里攥着单子进来了，见状，便对素花说："交给我吧，你先出去。"说着从素花手里接过小菱。素花出了放射科的门，惠芬跟出来，两人傻愣愣地站在放射科门口发呆。过了大概十分钟，侯大夫抱着小菱出来了，把小菱还给素花说："没伤着骨头，只是外伤，回头我开点儿药，您回家给她抹上，先别沾水。"素花千恩万谢抱着小菱走出医院。

快到院子门口的时候，远远看见王永平手里提溜着一个篮子从胡同北口走过来。惠芬和素花都停下来等着王永平，等走近了，惠芬问王永平拿的什么。王永平一脸憨笑道："两家人不能干饿着啊，我买了火烧和猪头肉，凑合一顿吧。"又问小菱不要紧吧，素花说："没伤着骨头，养养就没事了。"王永平抱歉道："我刚审了大云，条凳是他成心推倒的，我已经揍了他，今晚上不给饭吃。"素花过意不去了："哎呀，都是孩子，干吗那么较真儿，赶紧让孩子吃饭，饿着多难受啊。"

两家人亲亲热热地挤在素花家里吃着火烧夹猪头肉，三十个火烧、两斤猪头肉都吃光了还不够，素花赶紧去了厨房，把篮子里的馒头拿出来放蒸锅里馏着，又炒了一盘鸡蛋。素花端着盘子进到堂屋，炒鸡蛋的香味让孩子们再次兴奋起来，小菊嚷嚷着要吃，大志说："你就是瞎起哄，你刚才还剩下半拉火烧给我了，贪占。"小菊瞪了大志一眼："你管得着吗？我妈炒的鸡蛋，我愿意吃就吃。"大志伐小菊："那火烧和猪头肉还是我爸买的呢，有本事你别吃啊！"小菊还嘴："那这还是我们家屋子呢，你别待我们家。"小菊刚说完就挨了素花一巴掌，素花手重，小菊瘦得像根竹竿，一巴掌下去，小菊一个趔趄差点儿跌倒，被大壮扶住了，小菊委屈得眼泪在眼眶里打转。平时素花对小菊除了母爱以外，还有一层谨慎，因为小菊是丈夫李国强的宠女，素花敢对小莲高声，对小菊只能耐着性子。今天李国强不回来，素花好像挣脱了某种束缚。小菊没想到母亲会对自己这样，先是愣了一会儿，强忍着眼泪，但没过一会儿，眼泪便像泉水一样涌出来，一边哭，一边喊着"爸"，往素花和李国强的卧室跑去，然后关上门。惠芬的脸上已经有点儿挂不住了，对大志厉声喝道"就你能惹事"，又转身对王永平说："赶紧回家看看炉子乏了没有。"王永平很识趣地走出去，一旁素花说："急什么，再坐会儿。"惠芬便皮笑肉不笑地说："不早了，孩子们还要做作业，我们回了，就不帮你收拾了。"说完，惠芬领着四个儿子像率领着一支队伍，浩浩荡荡地走了。

素花回头看见小莲、小萍、小菱齐刷刷地站在靠东边的墙边，三个人六道目光，直直地投到素花的身上，这一刻，竟让素花心里一阵感动，尤其从小莲的目光里满是担心和怜悯，她刚想装没事人似的说点儿什么，却听小莲埋怨道："您打小菊干吗啊！她又没说错什么，他们家大志说那些话，惠芬阿姨就不管，凭什么您就应该打小菊？"素花没想到小莲会这么说，惊讶之余，觉得小莲说得有道理，心里便有些惴惴的，为了掩饰尴尬，素花蹲下去抱小菱，小菱手里还攥着半拉火烧，素花刚才一个劲儿忙活，不知道小菱吃了多少，吃着肉没有，这么想着便问小菱道："小菱吃猪头肉了吗？妈给你夹块鸡蛋吃。"一旁小莲便动手收拾桌子。老太太一直坐在那把罗圈儿椅子上看热闹，这会儿见人都走了，便也要回自己屋里去，素花抱着小菱，便喊小莲扶着奶奶。小莲停下收拾，去扶奶奶。老太太说："不用扶我，我扶着墙就行，墙更牢靠。"说着颤巍巍地扶着墙朝自己屋里走。小莲追过去，直到老太太进了自己屋里，小莲才得机会扶着奶奶坐在床沿上。老太太让小莲把桌上的杯子递给自己，小莲拿着杯子，感觉水凉了，要添热水，被老太太拦住了："就润润嗓子，不用那么麻烦。"小莲只得把杯子递给奶奶。老太太用嘴唇抿了一口水，把杯子放回到小莲手里，漱了漱口对小莲说："这家里恐怕就你一个明白人，我跟你说句心里话，你自己知道就行了，别跟你妈说。"想了想又说："你爸也别说。"然后又像自言自语："你跟你爸平时也不过话。"小莲看着奶奶的脸，端详了一会儿，竟然对眼前这张布满皱褶的脸感到十分陌生，她没想到看似熟悉的人和物，实际上却有如此强烈的陌生感。小莲奇怪这种陌生感哪儿来的。奶奶的脸上，一道道纵横交错的皱纹，就连目光走在上面都磕磕绊绊的，额头上、眼角，还有嘴角上几道皱纹尤其深，像是用刻刀刻上去的，深且宽，随着表情细微的变化，那些深刻的皱纹像是一条条蚯蚓一样有节奏地律动着。小莲感觉到皱纹背后隐含着某种绝望。小莲是不会想到死亡的，但就在小莲仔细端详奶奶的脸的时候，一种更加陌生的感觉迎面袭来，小莲惊愕之余，意识到，那种强烈的陌生感来自奶奶的眼睛。平日奶奶的眼睛总是眯缝着，就像邻居惠芬阿姨的眼睛，小莲甚至都没见过惠芬的眼珠，而奶奶对于小莲来说只是一个温柔的存在，对于温柔的事物都会视而不见，小莲平时甚至从不看奶奶，奶奶只活在她的余光里，活在她的感觉里。人的目光若是一幅画，余光就是那幅画里的衬景。此刻小莲直视着奶奶，看着她那张沟壑纵横的脸，最终与奶奶的目光交接了。两道很苍老的目光，小莲这么想着，那两条目光的线因为衰老而无力地耷拉着，随时有落地的危险，如果可能的话，小莲想用自己的目光挑起奶奶的衰老，无论怎样，小莲第一次感受到衰老的恐惧，是小莲感到了恐惧，奶奶看上去就像是一座即将消失的糖塔，小莲看到了她的前途，但无能为力。

"我要回家了，奶奶只能央求你送我，把我送回家去，你再回来，别人指不上。"奶奶的话音飘过来，小莲惊道："您要回老家？我妈怎么没跟我说，我爸知道吗？他肯定不会答应啊。"老人轻轻哼了一声："我不用跟你妈说，她早知道我要回老家。你爸？你爸野得连家都懒得回了，哪还顾得上我，我给你钱，你去给咱买两张火车票，剩下的就归你了。"老人说着从枕头低下拿出一个手绢包，一层层打开，手指蘸着唾沫，数出二十张一元钱票子递给小莲。小莲并没有伸手接钱，对奶奶说："好吧，等我爸回来我告诉他，他要是同意我就帮您买票去。"

第 七 章

　　李国强从宽街13路公共汽车站下了车，低头看了下手腕上的表，显示差十分钟五点。那是一块二手的劳力士表，李国强并不知道这表的名堂，一次，偶然走进一个旧货店，见橱柜里摆着这块手表，李国强一眼就喜欢上了，拿着那块表左右端详了半天。旧货店老板见李国强真喜欢，本来标价十块钱，结果五块钱就卖了。李国强满心欢喜，回到家摆弄了好半天，睡觉的时候都要压在枕头下边。平时只要有空，李国强动不动就把表全卸开，清理干净，上机油，再装好，然后把表放耳朵边，听着表轻快的走动声，李国强便会高兴地笑起来。

　　李国强抬头看了看天空，夜幕已经落下了，与阴云搅和在一起，让人感到压抑，李国强这才注意到，空中飘起了细密的雪花，严格说那不是雪花，雪花很轻，会在空中飘飘悠悠往下落，落在地上，还保持着美丽的形状。而这会儿的只能说是雪粒子，与轻盈的雪花不同，雪粒子更像盐，沉重，有质感，落下来的时候并非悄无声息，而是带着一种唰唰的声音，听着让人有一种酣畅淋漓的感觉，打在脸上带着几分痛快的疼痛感。行人都把自己捂得严严实实的，而李国强却不然，他索性摘掉了头上那顶灰呢子鸭舌帽，攥在手里，露出一头乌黑油亮的偏分头，雪粒子便一拥而上，沾在李国强的头发上，一会儿就白了一层。

李国强并不觉得冷，他高昂着头，任凭雪粒打在头发上、脸上，脸上的雪粒很快就融化了，没一会儿，李国强的脸上便湿漉漉的，仿佛水洗过一般，他从右边的裤兜里掏出一块折叠整齐的手绢擦脸，擦脸的时候便把手里的鸭舌帽重新戴在头上，头上的雪便也融化，李国强甚至感到融化的雪水顺着头皮一点点往下流，一种很痒的感觉。李国强的心里燃着一团火，天气再寒冷，那团火都不会弱下去，相反，细密的雪仿佛是一种燃料，添加在李国强心火上，燃得更旺了。

李国强踏在坚实的黄土路面上，发出一串清晰的嗒嗒声，黄土路面经过千万次的踩踏，小雨小雪无济于事，丝毫损坏不了它的坚硬，这种坚硬是时间铸造起来的。雪下得很急，没等李国强走进剪子巷里，路面已经变白了，他感觉到脚底下哧溜哧溜地一阵阵打滑，李国强用力控制着身体，快到黄土坑胡同口的时候，他最终脚底下一滑，摔倒了，他看见灰色鸭舌帽从头顶飞起来，在夜幕下像一只夜么虎，然后噗的一声落在白色的地面上。李国强从地上爬起来，四下看看，没人，但下一秒李国强却看到拐角处蹲着一个人，走近那个人影，凑上去一看，认出是那个叫白皮儿的精神病，嘴里嘟哝了一句："原来是你，不赶紧回家就冻死了……"白皮儿看见李国强，竟然笑嘻嘻地说："我认识你，你是我姐夫，嘿嘿……"李国强道："谁是你姐夫，看花眼了吧。"白皮儿见李国强瞪起眼睛，吓得一下站起来，撒腿就跑，一边跑一边大声说："你就是我姐夫，你是我姐的丈夫，你不承认你就是坏人。"李国强看着跑远的白皮儿，朝地上啐了口唾沫，急忙往家走去。

惠芬正开了门扔垃圾，见一个人影进了院子，从身形上她一眼就看出是李国强，便成心把脸朝向北屋，大声喊："哎哟，李处长回来啦，今儿这么早啊，天还没黑利索就到家啦，素花早把饭准备好了，就等您这张嘴了。"惠芬的话音刚落，李国强正琢磨着用什么话怼这娘儿们，自家的屋门腾的一下打开了，小菊喊了声"爸"。李国强看见小菊瘦小的身影站在灯火通明的门框中间，心里有点儿不是滋味，紧走了两步，到了小菊跟前，拉着她的手说："快进屋去吧，外头下雪呢，冷。"

李国强带进来的一股寒气呛得老太太咳嗽起来，老太太一边咳嗽一边唠叨："你劲儿就那么大？门大敞四开的，过马车啊，显得你有派头，野得连家都不回了，我可告诉你，我要回家去。"素花一言不发，接过丈夫递过来的公文包、鸭舌帽、大衣，还有那块刚才用来擦雪水的手绢。素花把鸭舌帽和大衣挂在门口的衣架上，公文包让小菊放卧室的桌子上，小菊跳着，拿着爸的公文包走了。素花把手绢扔进盆架子上的脸盆里，准备一会儿洗。小莲一声不吭，低头忙活着摆碗筷。小萍这时候突然对爸说："小菱的脚丫子让大板凳砸了，流了好多血。"素花瞪了小萍一眼道："就你话多，赶紧吃饭。"

李国强要看小菱的脚，刚想碰小菱，小菱便哭起来，李国强低声道："不要紧吧……"说完，也不等素花回应便朝卧室走过去。素花拨出一盘菜，盛了两碗饭，让小菊端过去跟爸一起吃。小菊一次端不了那么多，让小莲帮着。小莲没好气地说："我才不管，你一次端不了，端两次啊，总有端完的时候。"小菊仰头望着妈，素花看了看小莲，对小菊说："乖啊，你就多跑一趟。"小菊跺脚走了。小菱还是不停地哭，素花烦道："你停停吧。"老太太在一旁埋怨："你冲她凶什么，你去跟他闹啊，孩子又没惹你。"

李国强拧开台灯，屋子顿时笼罩在一团葱茏的绿色当中，小菊拿着筷子等着爸坐下来吃饭。李国强笑着对小菊说："饿就先吃吧，我先抽支烟。"小菊坐下来，拿起筷子，两只眼睛盯着菜盘子，一边挑菜里的肉一边对李国强说："大云成心推倒了门洞里的条凳，小菱的脚丫子才被砸坏的。"李国强点点头："噢，他妈没说他吗？他爸揍他没有？"小菊答道："没有，惠芬阿姨送来半斤核桃酥。"李国强笑着问："你吃核桃酥没有？"小菊点头说："吃了，就吃了半块，跟小萍分着吃的，我妈把剩下的给我奶奶了，说谁都不能吃，核桃酥在我奶奶屋里呢。"

李国强点着烟，站在门边上，深深吸了一口，他似乎不想马上把烟吐出来。他抿着嘴，若有所思地微微仰着头，毫无目的地看着一个方向，但目光并没有落实在那里，而是像一把扫帚轻轻地在墙上掠过。过了一会儿，李国强努起嘴，示意小菊看着，只见一个接一个的烟圈儿连续不断地从他的嘴里冒出来，随着小菊惊喜的感叹声，烟圈儿一个个向远处飘去，有的突然就散开了，有的继续往前飘。

吐烟圈儿是李国强的一门"特技"，小菊没上学的时候，李国强经常吐烟圈儿逗她玩儿，小莲站在一旁看个蹭儿，有一次小莲让李国强吐个烟圈儿，李国强手里正拿着锉刀锉一把钥匙，说过一会儿。小莲转身走了。李国强感觉到小莲心里的不高兴，但他并不想挽回什么，"随它去吧"，李国强心里总会对自己说这句话。但小菊什么时候让李国强吐烟圈儿，李国强便会放下手里的活儿，即便那会儿他没抽烟，也会点上一支烟，吐出一串烟圈儿，小菊边拍手，边喊着："哎呀，散开了，散开了。"李国强并不是有意要对孩子另眼相看，自然而然就成这样了，好像小菊的手里永远攥着一根魔棒，只要小菊一挥动那根魔棒，李国强便不由自主地听从魔棒的指挥。

小菊吃完一碗饭，菜盘里显得七零八落的，像是被鸡刨过的。李国强抽完烟，坐在小菊旁边笑道："你挑肉挑得真干净。"小菊的脸唰的一下红了，两双手绞在一起，一旦觉得不好意思，小菊都会这样。李国强见状赶紧对小菊说："你把盘子、碗都端走吧，我一点儿也不饿。"突然，李国强走到衣柜门那儿，把烟叼在嘴角上，双手拉开右边的一个小抽屉，在里边翻了半天，竟然翻出一个罐头，肉罐头！李国强从桌子最下边的抽屉里拿出那个小工具箱，掏出锉刀，还有一只巨大的铁钉子，三下两下，那只肉罐头便被打开了，一股浓郁的肉香味瞬间充满整个屋子。小菊的眼前亮了，熠熠闪光，不停地吧唧嘴，以防哈喇子流出来。肉倒进盘子里，小菊刚用筷子夹起一块咕噜肉想往嘴里放，骁的一声门被推开了，小莲站在门口。小莲皱起鼻子嗅了嗅说："真香！"小莲却不往盘子里看，也不看李国强，更不看小菊，说不出她的目光放在哪儿了，无目的的，像一团棉花似的在屋子里飘荡。小莲接着说："我就跟您说一声，我奶奶要回老家去，让我帮她买票，送她，您要是同意我明天就买票去。"小莲说完，并不等李国强回应，便转身走了。

李国强心里那个又大又圆又温暖的火团，经过家里冰冷的气氛过滤，加上小莲这几句话无疑是最后一瓢冷水，李国强的身体不再膨胀，慢慢瘪了。李国强掐灭了烟，把烟头放进一个瓷烟灰缸里，烟灰缸是乳白色的，上面两片绿叶子很是雅致。烟头在里面挣扎着冒了一会儿烟，便悄无声息了。他突然问小菊："你奶奶要是走了，你想不想她？"小菊正用筷子夹了一块罐头肉想送进嘴里，听爸这么问，夹起来的肉一下又掉到碗里，小菊看着碗里发呆，李国强"嗯"了一声，小菊说："我会想我奶奶，我不愿意她回老家。"

李国强推开门，走出屋子，见堂屋里只剩下素花在收拾桌子，素花见丈夫走出来，赶紧低着头擦桌子，其实本来已经擦完了，素花正想去脸盆那里洗抹布，见丈夫出来了，便又擦起桌子来。她自己都不知道为什么这么做，她总是把自己想做的事，在丈夫面前掩藏起来，给他一种假象，她总希望那种假象能得到丈夫一瞬间的欢喜，其实她根本不清楚丈夫是不是真欢喜。有时素花习惯性地遮挡自己的弱点（素花其实根本不清楚自己的弱点，就像她不知道自己有什么长处一样），但是丈夫李国强根本不在乎她的想法，有时候对于李国强来说，素花就像一小团空气，可有可无。他和她为什么生活在一起呢？李国强从没想过这问题，素花想过很多遍，想了很久没想明白，问老太太，老太太想了想说："当初倒是也有外村人来提亲的，嘉轩爸嫌麻烦，就这么着，你就进了我们家门了。"

李国强问素花："老太太要回家？跟你说了没有？"

素花的心跳得扑通扑通的，她自己都不明白为什么心跳加速，好像在外面做了不该做的事情的是自己，而被丈夫抓住了把柄。素花停下手，克制着心跳，低声答道："老太太早就说过，这次直接让小莲买票送她。"

李国强轻轻哼了一声，往母亲屋里走去。路过孩子们的屋子，小莲故意"嗯"了一声，小萍怯怯地喊了声"爸"，李国强在嗓子眼儿里应了一声，然后说："好好学习啊，不懂的问你大姐。"说完推开了老太太的房门。

老太太面朝着墙躺在床上，身上没盖被子，没脱鞋，一双小脚儿让整个身子呈锥状，左胳膊顺着身体的起伏浮在那里，右手被头枕着。老人的生命似乎已经很微弱了，与整个屋子的静止状态融为一体，空气也是凝滞的，微弱的生命对轻飘飘的空气没有丝毫作用了，那些轻易便飞扬的尘屑此刻也是静态的。

李国强站在母亲的床前，挠了一下头皮轻声说："听小莲说您要回家，您干吗啊？素花怎么得罪您了。"老太太听儿子这么说，两只小脚儿突然翘起来，然后用手肘支着起来半个身子，脸朝李国强侧着恨声道："你别什么事都扯上素花，跟人家没关系。"说完这句话，老太太复又躺到床上，嘴里嘟囔一声："野女人就那么好……"最后那句虽然老太太好像不经意嘟囔出来的，但李国强听得很清楚，他装作没听见，话头继续往素花那边拽，李国强说："她什么都好，您干吗非得回家去，您不是只有我一个儿子吗？回去谁照顾您啊？"老太太哼了一声，这回并没有抬起身子，脸朝着墙，话音虽低，但因为是从墙壁反射回来的，直接进了李国强的耳朵。

"我告诉你说，我回去就是去讨饭吃也能活，再说了，你以为我娘家真没人了，我兄弟好几个后生呢，个个都是孝顺听话的，谁还不能赏口饭吃。"老太太说完，使劲儿吞了口唾沫，停了停又说了句："素花生那么多女娃是她的造化，你还别埋怨人家，好事坏事不能只看眼前，戏在后头呢。"李国强默不作声站了一会儿，有一刻老太太甚至以为他已经走了，回头一看，还在那儿，李国强的脸色很难看，但这些话出自母亲，又不敢还嘴，干干地站了一会儿，然后说："您要是真待不下去了，就让小莲买票送您回吧，回头我回家看您。"说完，李国强走出老太太的屋子。

小菊、小莲开始做功课，小萍在一旁折纸。李国强路过她们身旁的时候并没有停下来，直接到了堂屋。素花在堂屋里做针线活儿，小菱站在一旁看着，李国强站了一会儿，听见墙上的钟不紧不慢地嘀嗒着，李国强说了句："炒俩鸡蛋，我饿了。"然后进了卧房。素花放下针线笸箩，拉着小菱去了厨房。

小菱拽着素花说："我也饿了，我也要吃炒鸡蛋。"素花笑着说："你不是饿，是馋了，站着乖乖等着，妈给你炒鸡蛋吃。"拿出平日盛鸡蛋的篮子，空的，这才想起这个月的鸡蛋还没买，素花便领着小菱往惠芬家走，打算先借几个鸡蛋。

惠芬把四个鸡蛋放在一个碗里递给素花："不用着急还，我们家就尽着老王一个人吃，没老人，平时也不蒸鸡蛋羹，本儿上的鸡蛋还用不完呢。"素花道了谢，拉着小菱往外走，惠芬在后头问："老李好不容易回来了，伺候好了。"

素花炒了三个鸡蛋，又切了一盘酱萝卜丝，倒上醋，滴上香油，拌上葱丝，又拿出一个碗，夹了一筷子鸡蛋出来，对小菱说："乖乖在这儿吃，要让姐姐们看见就没你的了。"素花端着鸡蛋、咸菜外加一个馒头进了屋门，正犹豫着是放堂屋还是直接端到卧房去，听李国强在里边说："就放那儿吧。"素花把吃的放在堂屋的桌子上，刚想转身去厨房，李国强拉开门对素花说："你等等，我跟你说会儿话。"素花一阵紧张。

素花不知道丈夫要跟她说什么，她不记得丈夫以前正式地跟她说过什么了，她隐隐地有一种不祥的预感，这个男人就要像扔掉一张废纸一样扔掉自己了，素花感觉到自己正站在悬崖边上，只怕一个孩子在身后推一把，她都能立即跌入深渊。她等着丈夫开口，余光里，丈夫的嘴紧闭着，仿佛唯恐那些想说的话不留神就会自己溜出来。她有些急躁起来，恍惚听见小菱在厨房里哭，仔细听了听，厨房里很安静。李国强说："明天让小莲去车站给老太太买票吧，她要回去就先让她回去吧，不然她心里也不踏实，让小莲请两天假去送，回头我给学校写个请假条。我把钱放抽屉里了，记得让小莲拿上。"素花还愣着，等着丈夫继续往下说，李国强奇怪地看了她一眼说："小菱喊你呢，你没听见吗？"

素花出了屋门进了厨房，见面口袋敞开着，案板上的面粉这一撮那一撮的，小菱的手上也沾满了面粉。素花赶紧过去，照着小菱的屁股上打了一下，小菱哇的一声哭了。

李国强吃完了，空碗一推便进了里屋。他坐在椅子上又点上一支烟，这回满脑子都是刘曼殊的身影。刘曼殊的长辫子甩动着，转身的时候旋起来的那股香风，说话的时候不经意带出来的上海人的嗲劲儿，当然还有那只小饭盒，里边装满了肉啊蛋啊的，总能让李国强流一堆哈喇子……还有她的身体，温香软玉，令人销魂。想到这里李国强竟然有了冲动，低头看，自己的裤裆处竟然鼓了起来，恰在这时小菊在外喊他，他有些恼怒："你这孩子总这么喊，魂都让你吓没了。"

晚上十点不到，素花困得两只眼皮打架，安顿小菱睡下后，自己坐在堂屋打瞌睡。小莲出去上厕所，问母亲："困了干吗不睡啊，在这儿打坐啊。"素花打个哈欠道："赶紧去吧，留神尿脬憋炸了。"小莲从厕所回来，素花还在凳子上打盹儿，小莲气道："我知道你怎么想，你怕他干吗，他不睡你也不睡啊，你睡了他能吃了你？"素花哄小莲道："哎呀，我还不困呢，你赶紧睡去，明天还去火车站买票呢。"

钟敲了十一下，素花再一次从瞌睡中惊醒，侧耳听了听，四周很静，素花这才站起来往睡房走。今晚没星星也没月亮，屋里黑得山洞一样，素花想起原来村子里那个山洞。

村里的山洞离村子五里地，说里边有鬼，没人进去过，偶尔有胆大的进到半截便退出来了。素花六岁多的时候跟几个男孩儿一起进去过，不知道谁拿了一个松明火把，但没走几步就灭了，黑得瘆人，几个孩子又坚持走了一段路，不知道谁喊了一句："哎呀，鬼！"孩子们便撒丫子往外跑。那是素花感觉最害怕的一次。

此刻，那种恐怖的感觉又回来了。素花看到床上的丈夫，那是个比周围更暗黑的形状，它毫无规则，一动不动，仿佛是无边的暗夜裁下来的一块边角料，然后被随意地扔在那里的。其实黑暗只是一种假象，只要有足够的时间和耐心，就可以看到黑暗中隐伏的一切东西，以及更隐秘的东西——意识。素花看到了，其实是感觉到了丈夫对自己深切的厌恶，还有那种明目张胆的冷漠。这种冷漠不是一天两天了，也不是一个月两个月了，而是好多年了，就像素花和丈夫的第一个孩子，就在他们结婚的第一年这个孩子便出生了，并以旺盛的生命力活到现在。

素花小心翼翼地挨到床边，一条腿上了床，另一条腿还在床下边，李国强刚好翻身，素花停住动作，等丈夫复归平静，这才把另外一条腿放到床上。素花平躺在床上，两只手习惯地放在肚子上，生过四个孩子，肚皮早就松弛了，素花轻而易举抓起肚皮，然后很嫌弃地放下，松弛的肚皮摇动了几下，很快，素花便沉入梦乡。

素花梦见小莲正在跟丈夫争吵，两人都脸红脖子粗的，谁也不示弱。素花担心丈夫会动手，在小莲七岁的时候，李国强打过小莲，因为小莲剩饭，李国强抄起身旁的一把笤帚往小莲身上拍去。小莲用胳膊挡，细嫩的胳膊顿时起了三道血印儿，让李国强没想到的是小莲竟然拿桌上的饭碗朝自己砸过来，李国强躲得快，饭碗砸到对面墙上，落到地上，碗裂成两半。素花着急，想去扯小莲，没想到丈夫竟然朝自己扑过来，像一只猛兽，丈夫的面目很狰狞，他抓住素花的胳膊，用身子压住素花，素花喘不过气来，感觉自己马上就要窒息了。

素花猛地睁开眼，沉重的感觉不是梦，是真实的存在，黑暗中身体被重重地压迫着，刚刚还松弛的肚皮，此刻完全绷紧了，承受重力。有一刻，素花不相信是丈夫，疑惑中，素花笑了，是一种发自内心的女人的笑，丈夫还要自己，就证明自己在他的生活中的位置。

除了丈夫，还能有哪个男人呢？素花就是做遍了梦，也不会梦到丈夫之外的男人。"是啊，女人一辈子就一个男人嘛，还能有几个，窑子里的女人男人多，我可不是从那里边出来的。"素花同村的一个姐妹说的，说这话的时候她刚结婚，以前的相好的正寻死觅活地闹腾。婆家问她到底怎么想的，婆家开明，给她选择的机会，她冷静地说出上边那些话。素花与村里的姐妹们的想法一样，素花来到这座城市，见过很多人和事，但这点是她坚定不移的。

素花甚至在那种难以忍受的重压下感到一种前所未有的轻松，她甚至觉得，对于丈夫的猜忌，那块手绢也是一个偶然，不代表任何意思，通通都是自己凭空想出来的，而事实只是单位工作忙。

这时她听见丈夫在低声唠叨着："……一天到晚养你干吗……"素花对丈夫这种类似发情的咋呼早就习惯了，这些话就像猪狗在交配前都要狂叫一通是一个意思，而且丈夫越是这样骂着，素花越是觉得丈夫动作粗暴，有时竟会产生一种莫名的快感。当丈夫进入素花的身体后，嘴里的声音突然变得柔软了，他喊着一个名字，小曼。一开始素花以为丈夫想慢一点儿，她试着慢下来迎合他，但丈夫的动作、速度有增无减，当丈夫再呼喊的时候，她这才意识到丈夫嘴里喊的是一个名字，素花凭感觉意识到，那是一个女人的名字。素花突然有一种上当的感觉，这是她生平第一次有这样的感觉，她感到自己刚刚还热乎乎的身子变冷了。素花看见过村里刘屠夫杀猪，刘屠夫把那颗窝头一样的猪心从满是血的猪腔子里掏出来，扔到地上，一开始，猪心还在动，流血，一个钟头下来，猪心的颜色变深了，支棱着的血管也塌了，素花想，心死了就是这样啊。此刻素花的心凉透了，就像被剜出来的那颗猪心，但她并不反抗压在她身上的男人，而是继续听由他摆布。有一刻，丈夫竟然想试着将她的身体翻转过来，就是说让素花的脸朝着枕头，但这次素花没有配合，她在越来越浓的夜幕中静静地嵌在床上，就像一块沉潜的顽石，一动不动。李国强低声骂了一句"臭娘儿们"，便放弃了素花，他朝自己那侧倒过去，仰躺着，素花能看到他高耸的鼻子的影子。素花感到一股寒气，白天的时候她看到窗户纸破了一个小洞，想着赶紧糊上，一忙就忘了，此刻风顺着那个小洞往屋里钻，素花怕凉风吹着小菱，便起身想看看小菱被子盖严了没有。下了床走到床头，一脚踹翻了尿盆子，哐啷一声，素花的心一下子提到了嗓子眼儿，尿盆倒下以后，还在地上翻滚了几下，在寂静暗黑的夜里，搪瓷尿盆发出的声音极其刺耳。先是小菱从睡梦中被惊醒了，发出一阵迷迷糊糊的哭喊，接着便是李国强恼怒的声音："你想死啊！"素花被丈夫这一声吼吓得一激灵，紧接着身上便挨了一下子，是枕头。素花担心枕头落到地上会沾上尿，便赶忙拉开灯，刺眼的灯光一下激怒了李国强，他像一头困兽似的，突然咆哮起来，接着把床上所有物品，包括素花的枕头，还有两床棉被，统统扔到了被尿液浸泡着的地面。素花的脚边都是被子枕头，好像被埋在陷阱里，她的上身只穿了一件满是破洞的大背心，一条又大又松垮的裤衩悬在腰间，她不顾一切地踩着被子往小菱那边去，小菱已经从床上站起来了，两只小手扒着床栏杆，大张着嘴哭号着。

门开了，是小莲。小莲身上只有无袖背心和裤衩，一脸惊慌地问："怎么了？出什么事了？"眼前的场景让小莲吃惊，但她很快便从混乱的屋子理出了头绪。她看到只穿着背心裤衩的父亲坐在床上，同样穿着背心裤衩的母亲怀里抱着小菱。小莲感到一股血气往头上涌着，声嘶力竭喊叫起来："你们想干什么！你们不想过日子了是吧，大半夜的看看谁家像咱们家，你们……"小莲没说完，突然哭起来，她哭得很伤心，瘦小的肩膀在寒冷的屋子里抖动着。素花和李国强都愣愣地看着小莲。小莲耐不住寒冷，跑回睡觉的屋子，小菊和小萍吓得坐在床上发抖，小莲对她们说："没事，接着睡觉吧。"

　　小莲躺在被窝里，耳朵支棱着听着父母屋里的动静。小菱的哭声渐渐弱下去，奶奶轻轻咳了几声，遇到这种情况老太太从来都是一声不吭。第二天也好像什么都没发生，连问都不问一句。这时候小菱的哭声彻底消失了，接着是一阵死一样的沉寂，黑暗仿佛变成了一块巨大而坚实的黑冰，冻结住世间的一切，小莲感到难以呼吸，其实她是不想呼吸，她屏住气，让气息只出不进。等小莲再次吸进气的时候，她听见一阵脚步声，那是爸的皮鞋的声音，声音描绘了一道轨迹，从父母睡觉的屋子开始，然后拐弯出屋门，走到院子里，声音减弱，朝大门走去，随着大门咣啷一声闭合，脚步声消失了。小莲的耳朵固执地跟随着父亲的脚步声，朝着胡同的北口走去。小莲的心一直往下沉，她仿佛看到它朝一个深渊急速坠落着……小莲想知道此刻母亲在干吗，接着睡觉，还是搂着小菱？她突然想到父母亲的被子已经被父亲统统扔到地上，沾上了尿，而家里边除了奶奶盖着两床被子，并没有富余的，小莲从床上爬起来，抱着自己的被子去了母亲那里。

　　屋门还开着，保持着父亲走时留下的样子，小莲试着往屋里迈步，母亲屋里实在太黑了，比自己和两个妹妹的屋子黑了很多，也许因为院子的西墙挡住了光线，加上窗户外是一棵粗大的香椿树，树干像是一个弯弯的大勺子，趴在窗户的右边。"妈……"小莲轻声喊道。间隔了几秒钟，素花才应了一声问道："你还没睡啊，明天不是还要给你奶奶买火车票吗？"小莲伸手找灯绳，突然想起灯绳都拴在母亲的床头，便对母亲说："您把灯打开，我抱着被子呢。"素花应声拉开灯，素花看见小莲怀里的被子，便道："谁让你把被子拿过来的？你盖什么？"小莲看到母亲和衣躺在床上，地上还是被子枕头一堆，母亲似乎有意保留着它们的原状。小莲没搭理母亲，直接走到床边，把怀里的被子朝母亲身上一扔，说道："我跟小萍挤一个被窝去。"小莲俯身朝母亲的脸上看，她想知道母亲是不是哭过。灯光是从头顶照射下来的，小莲看不清母亲的眼睛是不是因为流过泪而变红，但她从母亲说话带有一点儿鼻音判断出母亲哭过了。小莲犹豫了片刻，尽管冻得哆嗦着，可她想安慰一下母亲，却不知道说什么，过了会儿问母亲："您不是喜欢识字吗？我以后教您，当然您也可以去何老师的识字班，您愿意怎么着都行。"小莲感觉到母亲的身体明显放松下来，叹口气对小莲说："行，你赶紧睡觉去。"说完，素花顺手拉灭了灯。

素花哪里睡得着，丈夫半夜离家，如此处境的妻子是无法安眠的。素花蜷缩在小莲的被子里，头上没有枕头，她感觉到风顺着脖子往被窝里灌，有一刻她抬起头看了看窗户上那个破洞，还是原来那样。"明天一定找张纸先糊上。"素花想。她知道地上还是狼藉一片，被子肯定已经吸饱了尿水，里面的棉花套子当然也沾上了，要找个弹棉花的来，把家里几床被子的棉套都重新弹一下。老太太回老家去，就有两床被子闲下来，那两床被子的棉套都是新的，一床给小菊，素花琢磨着另一床是不是留给自己，这样盘算着就等于暂时把丈夫排除出去了，她不知道丈夫这一走，什么时间能回来，不回来会怎么样呢？他总不能把家一扔就跟那个野女人过去了，就算古时候这样也是犯法的啊，秦香莲还去告她那抛妻弃子的没良心的官人呢，现在可是新社会啊，难道现在连古时候都不如了？不会的，肯定会有人给妇女做主的。素花这样安慰着自己，其实她从来都不能堂堂正正地做一个人，至少自己找不到堂堂正正做人的感觉，因为生不出男孩儿，多年来都矮人一头。惠芬可以高声地跟王永平打骂，可以像训斥小孩子似的训斥丈夫，而素花在丈夫和婆婆面前从来都是敛声屏气，用胡同里女人们的话来说，就是让人家捏着短儿呢。

天蒙蒙亮的时候，素花听见老太太屋里有动静，素花坐起来，侧耳听着，凌晨的寂静中，寒意从四面八方涌过来，让人无处躲藏。每一个早晨素花都觉得炉子熄了，其实炉子并没有熄灭，只消打开炉门，一会儿的工夫火苗就会突突地冒出来，给人意想不到的惊喜。

素花披起衣服穿鞋下地，她是从丈夫这边下的床，她那边的地面让被子和枕头堵住了路，素花推门的时候，侧头看了一眼那些躺了半夜的被子和枕头，那些没有生命的物件此刻显得很无辜，仿佛一堆弃物，一点儿价值都没有了。素花先看了堂屋的炉子，她从上面挤压在一起的煤球中，分辨着火是否灭了，只见煤球狭小的缝隙中一点儿红色都没有，她几乎感到绝望的时候，却听见啪的一声，从炉膛里发出轻微的一声，便知道火并没有灭，这让她感到一丝安慰。素花把坐壶放回到火炉上，路过小莲姐妹的睡房的时候，素花明显觉得暖和，她从坐壶与火炉的衔接处，看到突突的火苗，素花赶紧拿起地上的簸箕，把里边的煤球倒进去一些。当素花推开老太太的门的时候，素花一愣。

素花看见在微明的晨曦中，老人一动不动地坐在床沿上，与以往不同，头上那个圆圆的发髻消失了，一头让素花感到无比惊讶的长发，一直垂到臂弯处，上身是一件白粗布大襟褂子，两条腿盘起来，朦胧中仿佛一尊泥塑。素花站着没动，一种异样的感觉袭来，夹杂着一种强烈的恐惧感，仿佛灾难要来临了。最终素花战战兢兢地问："您醒了？怎么不多睡会儿啊，天还没亮。"

老太太唠叨一句："阎王老子都能让你们吵醒了，谁还能睡着。"老太太挪动一下身子，那头灰白色的长发便轻轻飘动着，宛若晨曦中敌人投降的灰白色旗帜。素花走向墙角的炉子，拿起坐壶的手柄便知道，炉火已经熄灭了，素花说："我这就给您生炉子，您披上点儿棉袄吧，别冻着。"临走出老太太屋门的时候，素花想起今天是老人去医院上镭的日子，便道："吃了早饭咱们就去医院。"老太太惊讶地问："去哪儿？这么快车票就买上了？"当老太太得知是去医院时，叹气道："不去了，你也省点儿力气，去忙活孩子们吧。"

小莲去学校找老师请假，刚进校门，回头看到葛小茹蔫头耷脑走来，问怎么了。葛小茹鼻子一酸眼泪掉下来了，说："我妈今天一早就走了，都没跟我们告别，我和小弟都不知道她什么时候走的，她怎么这么无情啊。"葛小茹说完哭得更凶了，惹得正往校门里走的学生直回头看她。小莲搂着葛小茹的肩膀，一边往学校里走，一边安慰她："你妈是怕你们难过才悄悄走的，她会回来看你们的，再说她跟我妈已经交代了，我妈会代替她照顾你们的。"

葛小茹止住流泪道："我就是不明白，我爸为什么变成'右派'了？这不公平啊，他平时教书那么辛苦，做学问那么认真，怎么就变成'右派'了？"小莲一把捂住葛小茹的嘴，拽着她拼命往前走，走到一个没人的过道，小莲对葛小茹说："你不能把心里想的全说出来，你爸就是吃了这个亏，他如果不把心里想的说出来，那些想法谁会知道，别人不知道就抓不住他的把柄，自然也就打不成'右派'，这道理你就没琢磨过吗？"

葛小茹听完小莲的话停住哭声，若有所思。她抹干净脸上的泪痕，问小莲怎么没带书包。小莲把请假给奶奶买火车票的事告诉葛小茹，葛小茹说："你奶奶不是病了吗？为什么要回老家呢？回老家还怎么治病呢？"小莲只说了句："老人的事就更不明白了。"说完，小莲跑着去了老师的办公室。

等小莲从北京火车站那个小小的售票窗口拿到两张硬硬的火车票的时候，小莲已经饿得前胸贴后背了。小莲的手里攥着买票剩下的好几块钱，觉得自己突然变成了一个富有的人，她还知道爸也留下钱了，如果妈再给她几块，那她就成了"富翁"了。小莲这么想着，手便捂紧了装着钱的那个裤兜。她不打算坐公共汽车回去，省下三分钱，三分钱已经很多了，小莲想："我就是累瘫痪了也不坐车，三分钱可以买一个芝麻酱火烧了，或者一个江米碗。"小莲灵机一动，打算从东单去医院，找岳家祥，如果能在他那儿蹭点儿吃的就更好了。这样想着，小莲的腿上竟然有了力气。

到了东单路口，再拐几个弯就到帅府园了。小莲期待着看到那片绿色的琉璃瓦屋顶，她对那片绿色的屋顶有一种莫名的好感，她想象着岳家祥在屋顶下边工作，便有一种亲切感。老师曾经讲过这座医院的历史，听过老师的叙述，小莲曾经一度有当医生的念头，葛小茹只一句话便打碎了小莲的医生梦："你都忘了你晕血啊。"小莲有很多记忆是自己看到流血而晕倒的，任何人，任何一个细微的伤口，只要见红，小莲便像一位战场上饮弹而亡的战士，应声倒地。小莲曾经问岳家祥晕血是不是一种病，岳家祥想了想说："你要是愣说是病也行，不过这病没药可救。"

快接近医院大门的时候，远远地，小莲看到一个熟悉的身影，尽管是背影，还穿着白大褂，小莲还是第一眼便认出那个站在那里与人交谈的正是岳家祥。小莲的心里涌起一股毛茸茸的暖意，她迅速地用温柔的目光编织成一个网，罩住那个让她激动万分的背影，小莲这才知道世界上那个被称作爱情的东西，原来这么奇妙，这么不可思议。但是，紧接着，小莲觉出什么地方不对劲儿了，岳家祥的对面站着一个人，凭感觉小莲觉得那是个女人。

站在岳家祥对面，正与岳家祥聊得热乎的真是个女人，而且看上去不是一般的女人，这从她的衣着打扮上就能判断出来。一件讲究的皮毛大衣，风吹过的时候，皮毛翻起来，小莲认不出那是什么动物的皮毛，凭感觉觉得很珍贵。再走近些，小莲看见女人还戴着一顶同样皮毛的帽子，细碎的针状的毛遮住了女人的前额，小莲刚想仔细看女人的脸，但这时岳家祥移动了一下身体，遮住了。小莲只得朝右边迈了两步，不幸，岳家祥仿佛故意似的，也随着小莲的移动，朝右边移动了两步。小莲不再移动步子，等着岳家祥动，岳家祥却突然扬手跟女人告别，然后急匆匆地朝那座灰色的大楼里跑去。小莲只在那女人转身的一瞬间看清了她的脸，小莲便为那女人的美丽而自惭形秽了。直到后来，小莲已经结婚多年，仍然忘不了那张美丽的面孔，那是小莲第一次看到一张带有精致妆容的女人的脸，用海棠花来形容一点儿不为过，同时小莲第一次心生嫉妒。这之前，小莲对自己有着十二分的自信，小莲是整条黄土坑胡同（说东四一带也不过分）看着最顺眼的女孩儿，但此刻在一秒钟之内，这张面孔把小莲的自信击碎了。

小莲并没喊叫，而是默默跟在岳家祥的背后疾步走着。其实她不是不想喊他，而是嗓子干涩，发不出声音，她只能快走，然后超过岳家祥，拉住他的胳膊，或者站在他的面前，用一种哀怨的目光望着他，要不就在他的背后突然抱住他的背，用脸贴在他的后背上。实际情况是，当小莲离岳家祥还有五六步的距离时，岳家祥突然下意识转过身子，他愣了几秒钟后，突然喊道："小莲！你怎么会在这儿，你没上课吗？"

小莲抑制着狂跳的心脏，假装轻松地说道："奶奶非要回老家，只好请假去买火车票，明天奶奶就走了。"说着用手拍了拍放车票的裤兜。

岳家祥有点儿遗憾地说："奶奶停掉镭有些可惜了，我正做一个课题——七十岁以上妇女宫颈癌愈后恢复，奶奶这个病例还是挺典型的，而且她的病情好转的速度超过了预期。"岳家祥不再说下去，他上下打量了一下小莲说："你的耳朵都冻红了，你不戴围巾吗？"小莲从没围过围巾，不单是小莲，班上的女同学只有葛小茹围围巾，那是一条暗绿色的方巾，葛小茹说她的脖子怕冷，而其他女同学有的不愿意围围巾，有的干脆不怕冷而从不围围巾，小莲属于后一种情况。小莲听岳家祥这么说，便道："我不冷，我冬天从不围围巾，那么娇气干吗？"说完这句话，小莲的眼前便突然浮现出刚才与岳家祥交谈的女人，往常，小莲心里存不住一点儿秘密，她的心里那样的敞亮，因为她经常像打扫房间一样，把心里那些犄角旮旯的地方打扫干净，把那些别人会隐藏的东西，统统亮出来。而今天，那个一身皮草的女人却变成了小莲心里的一块疙瘩，她无法把这块疙瘩割除掉、抛出来，而是尽力隐藏它，不让别人看到甚至感觉到它的存在。

"刚才看见你站在医院大门口跟人说话。"小莲说完这句话，用眼睛紧紧盯着岳家祥的脸，不放过哪怕一个细微的表情变化。岳家祥说："哦，是吗？那你怎么没喊我呢，我刚才跟一个病人说话呢，没看到你。"小莲看不出岳家祥在谈到那个女人的时候，与平常有什么不同，小莲感到一阵轻松。

小莲突然转了话题道："哎呀，我快饿死了，有吃的吗？"岳家祥领着小莲去医生办公室，他对小莲说他带的早饭还没来得及吃，小莲可以先吃了，自己再去食堂买饭。小莲跟在岳家祥身后，两人像两条鱼似的在医院的过道里没完没了地穿行着，有时顺着墙边走，有时顺着人流的缝隙漂移。岳家祥不时扭过头问小莲："那你今天请假了吧？"小莲嗯了一声。有人跟岳家祥打招呼："岳大夫好。"岳家祥回应着："好，好。"

下楼的时候，楼梯间很暗，小莲放慢了脚步，岳家祥并没有慢下来，小莲听见他的脚步声紧密地往下去了，夹带着岳家祥的问话："你们家谁送你奶奶去？还是老家有人来接？"小莲适应了楼梯间的黑暗，紧跟着岳家祥的脚步，两人的脚步声很有节奏地混杂在一起。

"当然是我去送啊，我爸很忙，我妈还要照顾家里，只能我去送了。老家没人来接，只有几个叔伯亲戚，他们都没来过北京，害怕出门。"出了楼梯间，岳家祥没说话，闷着头向右转，然后进了右手边第二个门。他推开门，扭头示意小莲跟他进来，然后自己甩了一下头发，便消失在门口。

小莲走进门，发现里边还有一位医生，正仰着头跟刚进去的岳家祥说话："你的魂儿没让人家带走吧？"岳家祥摆手："你净开玩笑，就是一般病人，我可没多想。"那位医生还想说什么，一扭头看见了小莲，确定是岳家祥带进来的以后，赶紧说："我去病房看看，你们聊。"等那位医生出门以后，岳家祥从抽屉里拿出一个饭盒，打开，推给小莲："吃吧。"小莲朝饭盒里看去，两个煎鸡蛋、一个馒头，外带两根酱腌小萝卜。小莲的口水差点儿落下来，拿起馒头狠狠咬了一口，问岳家祥："我吃了你的饭，你怎么办?"岳家祥说："一顿不吃没关系，再说我一会儿就去食堂买饭。"岳家祥闷头坐在办公桌边看病历，小莲风卷残云般把饭盒里的食物统统扫光。小莲要去刷饭盒，被岳家祥阻止了，说："不用管了，我带回去福姨会刷的。"小莲道："我妈烙的馅儿饼挺好吃的，哪天她烙的时候我给你送过去，你尝尝。"岳家祥说："好啊，我最喜欢吃馅儿饼了。"小莲觉得再找不出什么话来了，便跟岳家祥告辞，出了医院。

小菊上学走了，一会儿小萍也去了幼儿园，老太太闷在自己屋里不出来，素花说："您哪怕去堂屋坐会儿呢，透透气啊。"老太太不言声，也不动，吃了早饭就脸朝墙躺着，嘴里偶尔唠叨一句："从小我就看他心性野，脾气大，哪有老二那么仁厚呢，可惜啊，老二掉井里淹死了……"素花对过去的事没多大兴趣，眼下她的周围都是湍急的河水，她时刻都想着怎样才能不掉进河里去，即便原地站着不动，鞋也会湿透的。

素花觉得自己像一只木偶一样，干什么都是自动的，不用想，她觉得脑子已经没法想事了，浑身都是木的，做一切事情完全出于习惯，不用想就自然而然做了。其实她的身体是被自己的意识拽着，或者说身体带领着素花可怜的意识，移动着，苟延残喘，千疮百孔的身体几乎倒下去了。素花听见自己倒在地上的声响，只有她自己能够听见，因为她发出的声音对这个世界来说那么微乎其微。

素花去院子里检查储存的白菜，发现已经有上冻的了，素花把几棵冻得厉害的白菜抱进屋里，码在一进门的空地上，又从院子里放破烂的窝棚里拽出一块破草席子，苫在白菜堆上。素花刚直起腰，听见身后惠芬的声音："白菜上冻了吧？我家白菜也冻了，没东西盖了，也不能把我盖的被子给它盖啊。"素花听见惠芬说被子，想起被尿泡了的被子，心里一阵烦恼。

素花转过身，看见惠芬的脸上并没有往日那种嘲笑和嫉妒的神情，相反，见惠芬正用一种近乎关切的眼神看着自己，好像她嘴里说的话跟她眼睛里表露的意思完全挨不上。素花突然感到说不出话来，她的嗓子眼儿被堵上了，张着嘴也发不出声音，她很无望地看着惠芬，阳光虽然很刺眼，但素花感觉不到丝毫的暖意。素花的眼睛被阳光刺得睁不开，她甚至有些感激那刺眼的阳光了，她不想让惠芬看到真实的自己，悲伤？木然？孤独无助？惠芬背着阳光站着，阳光只在她娇小的身材周围镀了一层亮色，素花看不到惠芬的一丝乱发，光洁的头发上像是被一个发网罩着，但她知道惠芬只是搽了一点儿头油，那种闻上去散发着幽香的桂花油。她知道都是王永平帮着惠芬买的，每次都是用那个花露水的长颈瓶子带回来，惠芬小心翼翼地放在自己那个漂亮的梳妆盒子里。

"昨晚上闹什么啊？孩子们听见多不好……"素花听见惠芬小声说道。

惠芬的语气是真诚的，这一点素花很确定，惠芬不希望自己的生活变得一团糟，一个院子里住了多少年了，人都是讲究情分的。素花感觉到惠芬的同情，同情让人软弱，素花立即觉得心酸，一直强忍着的眼泪决堤了。素花一屁股坐在白菜堆上哭起来，她一边不停地号哭着，一边用袖子遮挡住眼睛。素花这举动很突然，惠芬吃了一惊，呆呆地望着素花。惠芬很少看见素花流泪，更别说这种孩子般的号啕大哭了，惠芬很慌乱，不知道怎么劝慰素花，抬头看见小菱正站在门口，惠芬说："这孩子脚好点儿没有，还疼不疼啊？"

小菱惊恐地睁大眼睛看着母亲。惠芬赶紧走过去揽住小菱对素花说："你看你，别吓着孩子，大人有什么事好好商量。"惠芬抱起小菱又问她的脚还疼不疼，小菱摇头又点头，眼睛一直没离开母亲。这时候门口闪现出老太太的身影，左手扶着门框，右手遮挡着阳光，嘴里唠叨着："这么大人了，还咧着嘴哭，脸都让你丢光了，有本事找他闹去啊，谁还挡你的路不成。"

老太太的话音不高，但句句进了素花的耳朵，素花的哭声弱下来，抽泣着，从惠芬手里接过小菱，小菱喊了声"妈"，素花忍不住眼泪又流下来了，顺势在小菱的围嘴上抹了把脸，问小菱想不想去幼儿园。小菱摇头。惠芬对素花说："你忙你的，我手里没活儿了，鞋底子都准备好了，小菱我看着。"小菱像个皮球似的，在两个女人手里传来传去，惠芬抱着小菱，素花接着苦白菜。老太太站不住，踮着小脚儿往自己屋里去了，临走说了声："女人要是没主意，就等着受气吧。"

惠芬朝素花挤了下眼道："老太太说得一点儿不错，女人没主意最要命。"

素花打断惠芬，素花从没打断过谁说话，她总是笑着听那些已经听过很多遍的废话，其实她不愿意打断别人只是出于一种善良的天性，在这个世界上她从不忍心打扰什么，她不想用打断别人显示自己的存在。这次她打断惠芬，惊讶地问："我怎么能有主意？什么样算有主意？我生不出男孩儿，拴不住他的心，我的肚子我都做不了主，我的主意从哪儿来呢？"素花说完了，便用祈求的目光看着惠芬，等着她回答自己。

惠芬愣愣地看着素花，她被素花问住了，眨巴着眼睛，惠芬想着自己算不算有主意的女人呢。自己的主心骨就是那四个儿子，惠芬脑子里翻江倒海着，她想象着，如果自己跟素花似的，只有四个女孩儿，怎么盼望生儿子都生不出来，自己会怎么办。如果那样，自己就没主意了，就是一棵随处漂的水草，处境有没有素花好都难说。惠芬想到这儿，耷拉着眼皮不再朝素花的脸上看，自己给自己找台阶，牵着小菱的手说："跟我回家，我给你拿糖吃。"小菱乖乖地跟惠芬走了。

素花用砖头把苫在大白菜上的草席子压严实，又在上边压一床破棉花套，棉花套随着素花的手伸展开的时候，扬起一阵呛人的尘土，素花憋着气，等那阵尘土过了才吸气。这时候她听见老太太在屋里喊她，素花应着，拍了拍手上的灰尘，拉开门。却听见身后一阵脚步声，扭头见是小莲回来了，问她票买好了没有，小莲一脸怒气，好像没听见母亲的问话，径直跨过素花身旁，朝屋里走。素花追过去问："没买着？还是钱丢了？"

小莲没好气道："您以为谁都跟您一样倒霉啊。"说完这句话，小莲好像意识到什么，不再说什么，直奔自己屋里。素花跟着小莲，见小莲一下躺在床上，扯过被子连头捂上，便一动不动了。素花也没工夫猜谜，直接去了老太太屋。老太太迎面说道："你也给我收拾收拾，这几天就走了。"听小莲扯着嗓子喊："车票是明天早上的啊，赶紧准备。"素花听见说："你这是赶什么啊，就算收拾好了，你爸今晚也不一定回来啊。"小莲说："刚好有个人退两张票，往后的票就只有半个月以后的。"老太太打断娘儿俩："早走早踏实，也没啥收拾的，不过就那几件衣裳，小莲下午去给老家发个电报，让人接一下。"老太太想了想，又对素花说："他回来不回来都不打紧，有没有我这个娘对他都一样，左不过忙着奔自己的前程。"停了停，老太太压低声音说："也是苦了你，说回来，就算我在这儿也帮不了你啥，白给你找好多麻烦，不如我回去，你单忙活孩子还更轻松些。我知道他，从小就看出来的，心里头只有自己一个人，谁都装不下，我老了，还不知道有几天活头，你该怎么活就怎么活，想去他单位哭喊，就抬腿去，女人的身子虽然没男人齐全，可心跳得一样欢实，别委屈自己。"素花听着婆婆的话，眼泪忍不住掉下来，赶紧用衣裳襟擦，这时候惠芬在窗户根儿喊："哎呀，小菱拉屎拉到裤子里了，这孩子拉屎也不言声。"

素花赶紧给小菱拾掇，烧水洗屁股，换裤子。小菱一个劲儿哭，小莲喊了声："别哭了，烦死了，一天到晚就听你的了。"小菱吓得不敢再出声。素花埋怨小莲："你心里烦跟妹妹发什么火？你要是下午不去学校就给家里发电报去，顺便给你爸打个电话，告诉他你奶奶明天回老家。"小莲说："我不给我爸打电话，要打你自己打去，我懒得听他声。"

素花给小菱换好了裤子，把弄脏的裤子洗了，晾出去，刮起风来了，风赶着枯树叶子、碎纸头儿满院子转着圈儿。惠芬说："回家用烘笼烤吧，搭外边一会儿就变成土疙瘩了。"素花把烘笼架火炉子上，把小菱的裤子放上边烤着，小莲说："真臊，不知道尿上去多少回了。"小菱听姐姐这么说，又大哭起来。小莲戴上围巾，要出门，素花问是发电报还是上学去，小莲反问母亲道："上学还戴什么围巾啊？"走出门小莲回头又说："我不去给我爸打电话，你赶紧打，不然他又埋怨你。"一旁惠芬说道："你要是忙，我去给我们老王打个电话，让他告诉你们老李一声。"素花说："你要是闲着，那就劳驾你打个电话吧。"惠芬戴了头巾，对素花喊了声："门没锁，帮照看着点儿。"便出了院门。

惠芬在胡同里走着，迎面看见杨主任正跟岳家大院的福姨站在墙根儿说话。惠芬最喜欢听别人说话，越是跟自己没关系的那种闲扯，她越是伸长了耳朵听。可这时风越刮越大，惠芬站在俩人的南边，连一个字都听不清楚，只能看到俩人嘴动。"真是邪门，往常都是北风。"惠芬嘴里叨唠着，干脆停住不走了。杨主任看见惠芬了，大声喊了句："惠芬，你慢点儿，我有话跟你说。"便撇下福姨朝惠芬走过来。

惠芬见福姨连看都没往自己这边看，心里骂道："狗仗人势，以为自己是谁啊。"杨主任看出惠芬对福姨的不屑，她知道惠芬仗着自己男人是吃官饭的，眼光便往上提，人家素花男人地位更高，都没这么咋呼，杨主任对惠芬有几分气不忿儿。杨主任朝惠芬说："瞧瞧人家这背影都这么气派，虽说不是主子，可比一般人家的女人看上去大气了不少。"惠芬的机灵不比猴子差，杨主任这样说，她已经感觉到有一把剑朝自己刺过来。惠芬哪是能忍的，一句话顶过去："是啊，杨主任正脸儿连人家一半背影的气派都赶不上呢。"噎得杨主任把想说的话已经忘到南头了，只得眼睁睁地看着惠芬大摇大摆往胡同南边走去。

惠芬捂着鼻子进了白家的门，白家女人正掀着孩子的屁帘子打孩子的屁股，一边打，白家女人一边撇着河南腔骂孩子："你这私孩子，你这私孩子。"惠芬气有点儿不顺，刚好听见白家女人骂自己的孩子是私孩子，便笑道："你还真对自己不留情面，他要是私生的，你那野男人是谁啊？"白家女人使劲儿瞪了惠芬一眼："我知道也不会告诉你，想打电话就赶紧打，不打就走人。"惠芬道："嗬，这电话又不是你家的，这是街道上照顾你家生活才安在你们家的，别不知好歹啊。"白家女人不示弱地回应："照顾我家跟你有啥关系？我愿意让谁打就让谁打，不愿意让谁打就不给谁打，今天我就不让你打，你出去，别在我家待着。"惠芬气得说不上话来，她没想到一个逃荒来的乡下女人，竟然跟自己大吼大叫，惠芬正进退两难的当口，杨主任神奇地出现了。

杨主任刚刚还被自己呛得哑巴一样，让惠芬没想到，杨主任一开腔，竟然站在自己一边说话。她教育白家女人道："这是你不对啊，街道上照顾你家生活，把公用电话装你家里，为的就是你家生活困难，让你多弄俩钱，改善生活的，你不能跟街坊邻居耍脸子啊，这样的话，街道上可就把电话移走了，好几家人都等着这事呢……"白家女人还想争辩，被从里屋冲出来的丈夫迎头扇了一巴掌，白家女人捂着脸不敢哭出声，被丈夫拽着进了里屋，过了一会儿，男人从屋里出来，赔着笑脸对杨主任和惠芬说："这婆娘不懂事，回头我好好管教她，您二位想怎么用就怎么用。"杨主任道："你管老婆也不能用拳头啊，你得注意啊，下回街道上就得找你说道说道了。"转头对惠芬说："你不是要打电话吗？你打完了，我也打一个。"杨主任说完，一屁股坐在白家脏兮兮的床沿上，等着惠芬先打。

惠芬突然犹豫起来，她不知道应该怎么跟王永平说，告诉他北屋老太太明天就回老家，让王永平问李国强今晚回家不回。这样就等于把李家那点儿事扬尘似的扬得到处都是，出不了后响，邻近几条胡同的人就都知道了，这让素花的脸面放哪儿。惠芬心里头掂量来掂量去，最后还是决定不打这个电话了，便对一旁的杨主任说："您打吧，这么一折腾，我都忘了打电话什么事了，八成也是没大事，您慢慢打着。"说完，惠芬就推门出了白家。

惠芬并不想回家，答应素花的事没办，她拿不定主意是等杨主任打完电话走了再去打，还是走远点儿，去东四那边找个公用电话再打。惠芬心里头想着，脚底下朝什锦花园胡同走过去。惠芬没裹小脚儿，是天足，个头虽没有素花高，脚却比素花大，给自己纳鞋底子的时候经常自嘲："我这是一双男人的脚啊。"王永平打趣她道："那时候娶你也是压力挺大，不过现在好了，脚大好干活儿。"惠芬的眼睛盯着自己的脚尖，流星似的顺着胡同的墙壁往前蹿着，突然有人喊了一声："姐！"惠芬吓一跳，停下一看，竟然是白皮儿，恨道："你这疯子，吓死我了，谁是你姐，再喊我揍你。"白皮儿一听要挨揍，赶紧往远处跑了几步，见惠芬并没有追赶的意思，又靠上来，笑嘻嘻道："你不是我姐，你是我姐的邻居，我知道。"惠芬见白皮儿跟着自己，心里有点儿害怕，听白皮儿的话明明白白的，坦然道："那你姐叫什么？"白皮儿说："叫素花啊。"说完压低声音对惠芬说："我姐跟我借钱都没还我，后来我就不要了，反正我有钱，我知道我姐家里不富裕。"想了想，白皮儿又说："你可别跟人说。"惠芬骂道："你个臭疯子，胡说八道，留神有人抽你。"白皮儿见惠芬对他龇牙咧嘴的，像只猴子一样，便跑了。出了什锦花园胡同，右手边就看见个公用电话标识，惠芬从兜里掏出五分钱捏手里，门帘子一掀，进了门。

素花去老太太屋里收拾行李，老太太面朝墙躺着，对素花说：

"就那两件棉衣裳，夏天那两件单褂子，还有一双新鞋，就这些东西。"老太太一年也穿不坏一双鞋，最远的路就是去茅房，一年前还出大门往胡同里走几步，现在已经懒得迈出大门一步。老太太叹气的时候总说："唉，人就是这么回事，一辈子忙着画圈儿，越画越小，最后就站着不动了。"

素花翻开墙角的五斗橱柜，先掉出来一根管子，管子一头连着一个吸水器，素花知道这是老太太灌洗下身用的，便拿着对老太太说："您回去没法上镭了，自己洗洗吧。"老太太哼了一声说："村里头连吃的水都难，还洗什么。"素花停住手道："您到底怎么想啊？说回去也是您，抱怨没水也是您，您说个准话。"

素花说着，觉得万分委屈，老太太一走，丈夫没了顾忌，会像狼一样凶的。素花看见过丈夫凶狠的目光，因为素花打碎了一只他心爱的瓷碗，素花看着那只蓝花带金边的碗从自己的手里掉落，恐惧立即织成了网，将素花整个罩起来，素花几乎喘不过气来了，她下意识地朝丈夫看了一眼，被丈夫眼睛里放射出来的那种光芒吓了一跳，那是一种幽深的目光，充满怨恨和责怪，甚至带着仇恨，还有一种则是蔑视，素花觉得那目光不应该放在人的身上，就算放在动物身上，也得是那种让人讨厌的动物，比如老鼠，再比如……素花找不到更能让丈夫讨厌的动物了。她想一点点把瓷碗的碎块捡起来，铜锅铜碗的也许有办法挽救这只碗吧。素花听见丈夫一声吼："你留着它干吗，吃啊！"

老太太扭过头对抱怨的素花说："看你凶的，你把我吃了算了。"停了会儿又说："也是难为你，守着这样的男人。虽说他是我儿子，可我做不了他的主，他心大，不过话说回来，要是以前，男人能娶三妻四妾，你不也得受着？传宗接代是要紧的事，他也有他的难处，你以为东屋里背后不笑话他没男娃？这世道就是男人有男人的艰难，女人有女人的沟坎，谁也别看着谁活得轻松。"素花不说话，她不去评判婆婆的观点，因为她十分惶惑这个世界上哪件事对，哪件事不对。她不是男人，没法体会丈夫的难处，相反她觉得丈夫没有难处，天天光鲜地去上班下班，这对素花来说就是再好不过的日子了。婆婆看着素花，等着她的回应，见她不说话，便认为儿媳妇已经把自己的话听进去了。

小莲发电报回来了，看见小菱和惠芬在院子里玩儿，顺手把小菱领回家了。见母亲在奶奶屋里收拾东西，小莲便对小菱说："跟屁虫儿，我带你上街玩儿去吧。"小菱点头，小莲朝素花喊："妈，我带小菱去胡同里玩儿会儿。"素花说："你饿就吃口馒头吧，厨房篮子里拿。"小莲说了声"不饿"，便领着小菱出了门。

小莲领着小菱在空荡荡的胡同里漫无目的地走着，下午两点多，冬日的暖阳是一种生活的福利，暖暖的如丝线一般的阳光，轻轻覆盖在小莲的棉衣上，慢慢地往深层渗透，不一会儿，小莲感到一种舒适的暖意，身体的各部位便在那种舒适的暖意中活跃起来。她低下头问小菱："暖和吧，跟着大姐玩儿不许哭啊。"小菱点头。

其实小莲是想去岳家祥家门口待会儿，这种强烈的冲动源于今天岳家祥与那位高贵女人的亲密交谈，亲密是小莲强加给岳家祥的。"他们一定有些瓜葛的……"小莲从医院往回走的时候，心里不停地重复这句话。在一个春潮涌动的少女心里，假想情敌比比皆是，其实连情人恐怕都是假想的吧。但有一点小莲得到了证明，那就是自己以前对于岳家祥含混的情感就是爱情，这是以前小莲躲躲闪闪不愿意承认的，而今天她笃定，那就是爱情。原先在小莲以为只有书里写到的才算爱情，比如《少年维特之烦恼》里边的维特的爱情，而具体的生活是那样的烦琐又世俗，哪里有供爱情生存的地方呢？那位身穿皮草的高贵女人就像重重的一拳，打在小莲的身上。在小莲意识到爱情早就在自己的身体里发生的时候，第一个反应便是要保护它。

小菱被小莲牵着手走着，像一只玩偶一样，母亲不在身边的时候，小菱很乖巧听话。小莲扯着小菱往岳家祥家大门口溜达过去，这时身后响起一阵轻微的脚步声，小莲回头，是福姨。福姨右手拎着一个大包，但似乎并不沉重，福姨见小莲回头，便冲小莲笑道："今天没上学啊？"小莲喊了声"福姨"，告诉她家里有事，跟学校请假了。福姨哦了一声，从小莲身边走过的时候，福姨突然停住脚步，用一种平静的声音说："你跟家祥是不可能的，你还是别费劲儿了，这胡同里没有姑娘配得上我们家祥，自古以来都讲究门当户对，所以你得有点儿自知之明。"

福姨的话像个炸弹，把小莲的魂都炸飞了。小莲愣愣地看着福姨从身旁像一朵云似的飘过去，眼睛被福姨发福的身体紧紧牵扯着，眼看福姨就要到岳家大门口了，正用另一只手套在门环上准备敲门，小莲甚至看清了福姨左手的无名指上绿色戒面的戒指，在阳光中闪出一条绿光。小莲喊了声："等等！"便把小菱搁在原地，自己快步走到福姨身边。小莲大口喘着气，虽然阳光强烈，但气温很低，小莲看到自己呼出的气冒着一股股的白烟，她感觉到自己的心跳得很快，像是有人在她的胸腔里敲鼓。她站在福姨的侧面，看着福姨的塌鼻子，鬓角上的白发被梳子的齿儿梳理出一道道整齐的痕迹。"您刚才说的什么意思？我跟岳家祥为什么不可能？"小莲说完，静静等着福姨回答。福姨看着小莲的眼睛，敲门，门应声而开。小莲往院子里看去，影壁旁边站着岳家老太爷，在显得萧瑟的院子里，岳家老太爷像是一截烧焦了的木炭，最打眼的就是瓜皮帽顶上那颗红色的玛瑙珠子了。福姨根本不理小莲的问话。

老太爷用一种古怪的眼神看着小莲，目光透露出一种威严和冷酷。"你干什么去了？老二屋里找你半天了。"话是冲着福姨说的，眼睛却始终没离开小莲。不知道什么时候，小菱已经到了小莲身边，福姨赶紧进了大门，随手关门的时候，对小莲说："你那么聪明，这事还用问啊。"说完，大门咣的一声关上了，把最后的话音碾了一下。小菱哭起来，喊着脚疼，小莲赶紧抱起小菱往家走。小莲像一只斗败了的鸡，没了精神。其实她早听清楚了"门当户对"四个字，她知道这词，但没深想过其中含义，更没把它跟自己联系起来，而此刻她望着岳家黑漆漆的大门，感觉异常寒冷。

素花早把老太太的行李收拾妥当了，大包袱皮里包着老太太几件衣裳、鞋等一些日常所用。素花拃挲着两手，对刚进屋的小莲说："我去东口给你奶奶买几斤点心，你看着小菱。"老太太躺着道："买什么啊，又花钱，你就不能蒸一锅馒头让我带上。"素花就像没听见老太太的话，用手整了整头发，又抻了下衣襟，小菱哭着要跟素花去，素花好说歹说让小菱跟小莲玩儿。

到了院子里，素花摸了一下衣兜，只有三块钱，犹豫了一下，敲开了惠芬家的门。惠芬说："我刚回来一会儿，我去东四那边打电话了，老王说去跟你们家老李说去，老王还说，老太太走老李会回家的，他说他撂下电话就去老李的办公室，让你别着急。"素花说："真辛苦你了，还跑那么老远。"惠芬挥了下手说："我不帮你谁还帮你，你就别那么客气了。"

素花不再言声了，干站着，也不知道说什么，手没地方放，抱在胸前，揣在兜里……素花突然觉得手是身体上最多余的部分，可平时素花总是想，要是能多双手就好了。惠芬低声问道："没钱了？"素花点头道："先从你这儿拿几块钱，老李发了工资就还给你。"惠芬说："你也管不了你们老李的账啊！我们老王，每次发了工资连整带零，一分不差递到我手里，我让他留点儿零花他都不要，烟都是我帮他买……"惠芬突然停住不说了，进里屋打开抽屉拿了五块钱，转身递到素花手里说："不用急着还。"素花刚要转身出门，惠芬后边问了一句："今天我在路上碰上白皮儿了，就是那个疯子，红口白牙说你欠他钱，还说不让你还了。你说连疯子都会诬蔑好人了。"素花说不出一句话来，只用眼睛看了惠芬一会儿，便推开惠芬家的屋门走到院子里，听见惠芬在屋里喊："钱不够再来拿啊，别不好意思。"

素花三拐两拐就到了何老师家大门口，她站在那儿纳闷，心里想着去点心铺给老太太买点心，怎么就到了这儿呢。她不由自主地往院子里走，再拐过前边那个小西房就到何老师的家了，她琢磨着不能进去，今天没空识字，脚底下却不听话，像是安了自动的滚轴，不由分说，把素花带到了何老师的窗户前。她听见卷毛儿在里边正大声说话，伴随着其他几个妇女的嗡嗡声。卷毛儿说："……这辈子您就认命吧，不认命怎么着，像我似的，原来好强，现在不也得听人家的……"何老师在一旁慢条斯理地说："一个家庭里边，谁说得对就应该听谁的。"何老师这句话仿佛给平静的水面放了一把石灰，刺啦一声就炸窝了，素花耳朵里瞬间被屋里女人的嚷嚷声填得满满当当，听卷毛儿说："家里哪有对错啊？谁是当家的就听谁的。"另外一个女人高声道："我们家里，就是我婆婆对，她说的话，错的也是对的，她就是皇帝。"

素花不想再听了，她觉得这些话都很刺耳，转身想走，不小心碰到煤棚子上的一块砖头，砖头掉下来，几乎砸了脚，这时门开了，何老师探头出来："哎呀，是素花，怎么不进屋。"说完，何老师开着门等素花。素花想了想说："今天家里有点儿急事，过来告个假。"何老师奇怪道："有急事就赶紧忙去吧，咱们这识字班并不是什么要紧的事，不用告假。"何老师说完，似乎觉得有些不妥，又补了一句："等你忙完了再过来，姐妹们一起挺热闹的。"素花听见卷毛儿在里边喊："素花吧，你想着来识字啊，我们今天又认了新字，你不来就赶不上了。"素花点头，慌慌张张出了何老师家院子，朝东四北大街走去。

第 八 章

　　小菊奶奶临走的头一天晚上，李国强虽然回来了，但很晚。13路末班车到宽街的时候，李国强是唯一一个从宽街站下车的人，车上还有三位乘客，李国强很轻松地从车上跳下来，不经意地回头往车上看了一眼，那三位乘客六道目光正齐刷刷盯着他看。李国强打个冷战，裹了裹身上的呢子大衣，在浓黑的夜幕中朝剪子巷口走去。

　　李国强踩在干燥的黄土路面上，发出一串刺刺啦啦的声响，这与他在办公大楼的楼道里走动时的感觉大不相同，那幢厚重敦实的苏式建筑，水泥地面能当镜子使，有的办公室的地面甚至是花砖铺成的，皮鞋踩在上面，每一声都那么干净清晰，就连他自己也会为那种美妙的声音激动。此刻，夜半时分，李国强风一样地行走着，那件做工讲究的呢子大衣从窄窄的胡同中掠过，发出呼呼的声响，伴和着脚步声，让李国强有一种志得意满的快感。

　　今天中午的时候，刘曼殊来告假，说上海家里出了点儿事，姆妈让她马上回去一趟。最后一句话刘曼殊是用上海方言说出来的，刘曼殊歪着头，一条辫子垂直耷拉着，那句上海方言加上歪头的动作，让眼前的刘曼殊充满了嗲嗲的女孩儿气息，办公室的刘曼殊消失了，李国强的心瞬间融化，他感到激情澎湃，身体里仿佛有好多只小兔子在冲撞，有的几乎要冲破李国强身体了。最终李国强用不可掩饰的笑容对刘曼殊说："我过几天也要去上海出差，希望我们能在南京路上碰面。"刘曼殊的眼睛睁大了，目不转睛地看着李国强。

院门上了锁，确切地说是门闩，门闩是木头的，白天可以从外面用卡子或者钉子把门闩一点点拨开，但晚上天黑，别说门闩，连门的囫囵个儿都分不清楚。李国强在大门口站了一会儿，犹豫着要不要敲门，敲门意味着两家人都将被喊醒，说不定邻近的院子里的街坊也会被打扰。李国强从裤兜里掏出一盒香烟，又从上衣兜里掏出火柴，点燃，吸了一口，他让烟在喉咙里停留了几秒钟，然后才慢慢将烟雾吐出来，他只看到烟雾如几缕精灵闪动了一下。李国强开始感到寒冷，从脚心开始，寒冷像是一股妖气往上蹿，他意识到再不敲门就要冻僵了，在他抬手的时候，突然听见院子里响起一串轻微的脚步声，有人起来上茅房。李国强把嘴对着门缝轻喊道："谁在那儿？给我开下门。"脚步声停下来，李国强又轻轻喊了声，脚步声这才朝大门过来，里边问："是李处长吧？"李国强听出是王永平，心里暗喜道："老王啊，开开门，我回来晚了。"门闩响了一声，大门吱呀一声开了，李国强往院子里走，王永平直接去了茅房，俩人井水不犯河水，谁也没再跟谁搭腔。王永平走进茅房，并没蹲下去如厕，而是站着侧耳听北屋的动静。

李国强并没有敲家门，而是在素花睡觉的屋檐下，照着木头窗棂敲了两下。素花立即翻身下床，连衣服都没来得及披上，便去开门。素花打开门，并不跟丈夫寒暄，而是直接转身回到睡觉的屋里，刺溜一下又钻进了被窝。

素花的身体带来了丈夫的寒气，她静静地等着丈夫，等着寒气消失，变暖……这时她听见丈夫低声道："睡得真死……"往常，每当丈夫对她表达不满的时候，素花心里总会产生极度的恐惧，一种近似做错了事的孩子等待家长责罚的感觉，仿佛站在悬崖的边缘，粉身碎骨只一步之差。但今晚不同，以往的恐惧消失了，当李国强的声音从黑暗中飘过来的时候，素花的心里升起一种反感的情绪，这种情绪对素花来说是新鲜的，春笋一般慢慢露出尖角，在素花的身体里逐渐蔓延开，形成一种力量，就在李国强的骂声刚落下去时，素花以一种比李国强骂声略高的调子回了一句："我睡得怎么死了，你刚敲窗户，我就起来了……"

李国强不太相信自己的耳朵，他停住挂大衣的动作，大衣便在他的手上悬着。"你说什么？你再说一遍！"这次李国强的声音也提高了。素花就像被施了一种无所畏惧的魔力，李国强话音还没落踏实，素花就把刚说过的话重复了一遍。李国强愣了几秒钟后，突然把手里的大衣往旁边的椅子上一摔，然后扳倒了身旁的衣架，衣架是木头制的，响声并不大，但是衣架倒下去的时候，砸到了炉子上的水壶，水壶的盖子好像受到惊吓似的砰一声跳起来，翻了个个儿，落到水壶上，发出一声脆响后，掉到地上，花砖地面与壶盖接触的一瞬间，发出更加清脆的响声，足以惊醒全家人。在一阵死一样的静寂之后，传来小菱嘶哑的哭喊声："妈妈……"素花翻身从床上起来，穿好衣服，把大襟上的每一个扣襻都扣得严严实实，她就像一个准备上战场的战士，整装待发。素花朝小菱的床铺走过去，低声安慰道："乖，不哭啊……"小菱哪里肯静下来，哭声变得更加响亮，就连平日睡得死的王永平都被惊醒了。

从李国强进屋那一刻，老太太就醒了，老人的心就像一口枯井，即便往里扔一块石头，也是半天都听不到一声闷响。那根维系着她与这个世界的细弱的丝线就要断裂了，在这样一位老人心里，她想什么对这个世界都不重要。她惧怕死亡，又企盼死亡，人走到这里，走到脚下踩着的地方，除了死亡还有什么能让人惦记和兴奋呢。老人整日整夜想的都是那个世界的事情，她甚至能看到丈夫的样子，并不由自主地跟他说话，抱怨在世上短暂的时光里还是不能如愿，比如她只是要一张回老家的火车票，而这愿望直到今天才实现。就在儿子李国强刚进屋的那一刻，她睁开眼的瞬间，竟然先看到了丈夫的脸，老人心里叨念了一句："瞧，他就是这么对待我和他媳妇儿的……"

小菱的哭声把整个院子里的黑暗和宁静都打破了，惠芬穿上衣服、鞋，站在门里边侧着耳朵听着，她有点儿犹豫现在出去是不是时候，如果北屋的战争结束了，自己过去劝架就显得多余，于是她怀着兴奋的心情站在黑暗中等待着，床上的王永平低声说："一会儿真打起来，我就不露面了，你看着劝吧，别吓着孩子就行。"又对大壮和大志说："赶紧睡，明儿还上学呢。"

小莲穿着衣服坐在床沿上也在等待，她对这种等待十分熟悉，这种漫长而带有恐惧感觉的等待在这个家庭里不足为奇，以前的无数次的等待都是以第二天的太阳升起而宣告结束。其实，小莲明白，那种结束只是一天的终结或者开始，而父母之间的战争从没结束过，连停战的端倪都看不见。小莲一度认为自己有足够的能力让一切都顺着自己的意愿走："有什么能比我的意愿更强烈的？又有什么能阻挡我的意愿呢？"但是今天小莲从福姨那里尝到了挫败感，感觉到生活并非像自己想象的那样容易对付，有些东西可能是你怎么努力都得不到的，因为它和你中间的那道沟坎永远都无法逾越。好吧，小莲想，那就服输认命吧。小莲有点儿泄气，她低着头，坐在床沿上，等待着一场可怕的战争。她听见小菊轻轻的哭泣声，感觉到小菊正用被头擦鼻涕眼泪，小莲说："你别把鼻涕擦被子上，妈又要洗被子，你想累死她啊。"小菊停住哭泣，从刚才侧着身子的姿势改为仰躺着，但她无法克制流泪，黑暗中，眼泪像两股温暖的泉水，从她的眼角流向发根，小菊用手去抹，小莲说："你最好坐起来哭，不然明天眼睛会肿得烂桃一样。"小菊带着哭腔回道："你管得着吗？我爱躺着哭就躺着哭，我就喜欢眼睛肿，你管我干吗。"小莲气道："为你好，招你恼，你爱死爱活的，我才懒得管你。"两人正拌嘴，却听见堂屋里哐啷一声响，小菱的哭声骤起，小莲和小菊在黑暗中相互看了一下，一旁小萍喊了声"大姐"，也哭起来。

小莲奔到堂屋，拉开灯，看见炉子上的水壶滚在地上，水一个劲儿朝外流，冒着热气，小莲的鼻孔里塞满了煤烟味，想必水壶里的水也洒在了炉子里。小莲奔到炉子旁往里看，果然，炉子里的煤球湿了，水汽和煤烟气混合在一起腾腾地蹿向房顶。小莲赶紧拾起水壶，放在炉子上，里边还有少半壶水，小莲正低头找水壶盖，这时候却见母亲像一头狮子一样，从睡觉的房间里冲出来，她迷离的眼神在屋里睃着，然后拿起桌上一个搪瓷缸子，举起来，然后猛然摔到地上，哐啷啷啷啷……李国强和小莲都被素花这举动惊呆了。素花扔完了搪瓷缸子，听着那一串声响，然后看看丈夫的反应，看见小莲也站在那儿，中气十足地道："你起来干吗？明天还要送你奶奶回老家，赶紧回去睡觉。"小莲不动，冷冷地看看母亲，又看看父亲，她想看看这出戏怎么往下演，究竟哪儿是高潮，结尾会怎样。这时小莲听见父亲恨声道："你这疯婆娘，老子跟你没完，你等着，老子让你喝西北风去，我看你还张狂！"说完，李国强气急败坏地在堂屋里乱转，小莲觉得父亲就像一只正在发情的公狗。李国强找到自己的大衣，胡乱地披在肩上，踩着噔噔的步伐朝奶奶屋里走去。经过女儿们的卧房的时候，李国强听见小菊的哭泣声，他停住脚步站了一会儿，接着往老太太屋里走。李国强推开老太太虚掩的门，便听见黑暗中一声咒骂抛过来："死人啊，你回来家里就不得安宁，你死到外面别回来了，你个挨刀的……"

　　李国强一动不动地伫立在七零八落的黑暗中，周围的空气充满破败的气味，想必黑暗也是一种有生命的物质，也有幸福与不幸，完整与破碎，它也有心脏，每遇心伤，也会难过。今晚的黑暗就是充满忧伤的、破碎的黑暗，因为黑暗的颜色，这种破碎和忧伤更显得沉重，甚至掺杂了恐惧（对孩子们而言是的）。李国强叹口气："我不孝，明天让小莲送您吧，要是想回来就拍个电报，我再把您接回来。"

　　老太太的声音变得尖细，乍一听简直像个女孩儿，声音在凌乱的黑暗中扑腾着，像一只折翼的鸟，朝李国强飞过来："我就当没有儿子，好在家里叔伯侄儿们都是孝顺的孩子。"李国强不打断母亲，身体和心都乖巧地张开着迎接着母亲朝他抛过来的，无论谩骂还是抱怨，或者那种咬牙切齿的恨。"我回去没脸见人啊，要孙子没孙子，儿子儿子大不孝，外头找野婆娘，在咱们那地方叫野鸡，要么你把她休了，正经娶个能生儿子的，要么你就收了心过清静日子……"老太太的话音还没落地，小莲的声音传过来："他要是休了我妈，您等着来给您儿子收尸吧！"小莲这句话结束了这个晚上的一切，仿佛那句话就是一把足够锋利的刀，斩断了这个家里一切的麻烦事，而一切的复归平静，以李国强走出家时重重地摔了下门为开始。

李国强带着一团怒气和荒谬摔门而去，站在屋里观看的惠芬"哎呀"一声推门而出，惠芬的举动称得上奋不顾身，就像一只飞蛾一样，朝着火焰飞过去了。她什么都没想就站在了李国强的面前，老鹰捉小鸡似的拦着李国强的路说道："你不能这样啊，素花有多难，老太太就要回老家，小莲一个学生去送，你一个当家的心里就没一点儿愧疚？再说，这大半夜的，你去哪儿啊……"惠芬把后半截话吞回到肚里，正搜肠刮肚找话，却听见李国强说话了，她看不清他脸上的表情，但从语调上判断，李国强在微笑，一如他平时每次跟她打招呼逗趣的时候一样，轻松自如，像一只羽毛华丽的公鸡，转着圈儿展示自己的魅力，"家里你就多照应点儿，对了，"李国强说着从上衣里边的口袋里掏出一个信封递给惠芬，"你交给素花，这是五十块钱。"说完李国强从惠芬的身边掠过，惠芬感到他的呢子大衣蹭了一下自己的手。

惠芬看着李国强出了大门，她跟在后面，似乎还想尽最后一点儿力气挽留他。李国强出了大门，随手将大门带上，惠芬便被挡在一片黑暗中，惠芬只得转身往回走，见一个人影直冲冲朝自己过来了，吓得惠芬僵在那里。只听人影开口道："惠芬姨，是我，小莲，我想知道我爸跟您说什么了没有。"惠芬拉着小莲的手说："你吓死我了，我以为闹鬼了。"俩人走到院子里，惠芬把手里攥着的信封交给小莲说："这是你爸给你妈的生活费，你交给你妈。"想了想又对小莲说："今天你妈还跟我拿了五块钱，你告诉她不急着还，我们家花销没你们家大，没老人。"小莲应着，进了屋。

素花坐在堂屋的凳子上披头散发，让小莲想起戏曲里面上刑场的人。小莲进到屋里时带进去一股冷风，素花狠狠地瞪了小莲一眼，小莲说："您瞪我干吗，又不是我让他走的。"素花突然哭起来，两只手捂着脸，眼泪顺着手指缝流下来。这把小莲吓一跳，素花从没在孩子们面前哭过，在孩子们眼里，母亲不会流泪，母亲根本就没有眼泪。但现在，母亲正热泪奔涌，即便她使劲儿用手捂着眼睛，泪水还是慢慢洇湿了她的双手，然后顺着胳膊往下落。

小莲的心颤抖了一下，她不能完全体谅母亲的处境，但眼前的一切也足够让她同情母亲，在这同时，小莲对父亲的近乎仇恨的怨气在心里生长起来。小莲走到母亲身边，把一只手搭在母亲的肩上，另一只手梳理着母亲的乱发，说："别难过，还有我呢。"小莲把装钱的信封递给母亲，"我爸给您的。"素花突然抬起头疑惑地看着小莲，小莲说："他给惠芬阿姨，让惠芬阿姨转交给你的。"素花叹了口气，接过信封。

天大亮了，素花听见有人拍窗户，刚把身子探起来，听惠芬在外面喊："你家小菊要迟到了，大志等着她呢。"素花去喊小菊起床，小菊一听上课要迟到了，便赖在床上哼哧，埋怨没人喊她，没人帮她梳头，没给她抻裤腿。小莲说："你不去上学就在家待着当文盲吧，以后只能捡破烂。"小菊哭着喊道："你才捡破烂，爸不在家，你们就欺负我，我想爸了。"小莲指着小菊说："你以后少跟我提他，你想他就找他去啊，他要是认你，你就在他办公室住，你也别回家了，正好我和小萍还能住得松快点儿。"

小菊听完小莲的话，反而不闹了，她感觉到家里的变故，虽然不明白爸和妈之间发生了什么，但有一点她清楚，那就是爸可能不想要妈了。小菊跐溜下了地，一句话不说，穿上衣服、裤子、鞋，然后胡乱用梳子梳了下头，又去墙角处的脸盆那儿用里边的脏水凑合洗了下脸，拿起书包便出了屋门。

　　大志在门洞里等着小菊，手里的馒头吃了一半，被小菊抢过去了，大志说："瞧你眼睛红得像个妖怪，昨晚流了多少眼泪啊，都流成河了吧。"小菊吃着从大志手里抢过来的馒头，轻蔑地瞪了大志一眼说："你管得着吗？我爱流多少眼泪就流多少，流成河先把你淹死。"大志跟在小菊的后头压低声音说："我知道你们家昨天晚上为什么打架。"小菊假装没听见，加快步子往前走。大志见小菊不理他，又说："我妈都说了，你妈和你爸迟早离婚。"小菊停住脚步好奇地问大志道："什么叫离婚？"大志笑起来，他夸大地张着嘴，露出黄黄的牙齿，小菊忍不住道："你瞧你牙黄的，跟屎似的，真恶心。"大志收住笑容，跟在小菊后面说："告诉你吧，离婚就是你妈和你爸分家了，从此以后谁也不认识谁，自己过自己的，谁都不管谁的事。"小菊将信将疑看着大志，这时候隐约传来学校里上课的铃声，大志喊了声："不好，真要迟到了。"说完，撒丫子朝学校跑去，小菊跟在大志身后也跑起来。

　　大志的座位在小菊的左前方，第一节课是语文课，老师让小菊站起来念课文，见小菊的眼睛红红的，问她眼睛是怎么回事，小菊见老师问，忍不住眼睛又红了，眼泪在眼圈儿里打转。大志举手道："报告老师，小菊她妈和她爸要离婚，所以小菊哭了一晚上。"小菊听大志如此说，哇的一声哭出来。老师走到小菊身边，搂着小菊，呵斥大志："不许胡说，你懂什么叫离婚，看我找你家长。"大志嘟囔着说："本来就是，他们家昨晚打了一夜架……"

　　课间的时候，小菊也不出去跟同学跳房子了，独自坐在课桌前，用一把铅笔刀在课桌上刻着。大志溜到她身后，踮起脚看小菊刻的什么。小菊连头都没回："别跟贼似的，讨厌。"大志一下跳到小菊右边的过道上，变魔术似的把一只手摊开，手心里是一块诱人的粽子糖，糖块表面细微的条纹在阳光的照射下变幻着，仿佛一块美丽的石头。小菊瞪了大志一眼："谁稀罕，你肯定是从小铺里偷的，老陆没抓住你就是好事，留神我告诉他去。"大志央求道："我是给你偷的，要是为我自己，早进肚子了。"说着，把那块粽子糖朝小菊的课桌上一扔就跑出教室。小菊把那块粽子糖小心翼翼地放进嘴里，一股甘甜的味道慢慢在她的口腔里融化开，她不舍得咬碎它，只是轻轻地含着，似乎怕它一瞬间就会融化，她要让糖块尽可能长时间地待在她的嘴里，保持它原有的形态。她突然想起父亲给她吐出的一串串烟圈儿，那些无形的烟圈儿带给她的快感远远超过嘴里这块甜美的粽子糖。

粽子糖开始融化，而父亲吐出的烟圈儿在小菊的眼前越来越清晰，接着便浮现出父亲那张和蔼可亲的脸。很快，父亲的那张笑脸变得狰狞起来，小菊想起昨晚她听见父亲跟母亲说话的时候的声音，那声音十分陌生，甚至有一刻小菊认为那不是父亲，而是一个完全陌生的人，这让小菊对父亲产生了一种畏惧感。这时小菊听见一个女生在窗户根跟另一个女生说话："你知道什么叫离婚吗？"不等另一个女生回应，接着说："我知道，就是爸爸妈妈分开住，不要孩子了。"另一个女生说："那孩子怎么办？多可怜啊。"小菊的耳朵仿佛突然被什么东西堵住了，什么都听不见，连上课的铃声都仿佛离自己很远。大志喊了小菊，小菊这才意识到上课，嘴里那块粽子糖已经彻底融化。

胡同里炸油饼的刘麻子让儿子小麻子骑平板车送小菊奶奶去火车站。小麻子脸上其实并没有麻子，正相反，小麻子的脸光滑得像一颗新鲜的驴粪蛋似的，不仅光滑，而且油汪汪的，泛着年轻的光泽。小麻子十六岁，早就不上学了，在胡同里闲逛。在大人眼里，小麻子该会的什么都不会，不该会的不用教就能干得有声有色。比如骑平板车，七岁就能掏裆骑，平板车在他手里就像一只任意随他摆布的玩具，素花发愁没人送老太太去火车站，惠芬在胡同里转悠了一圈儿，这活儿就派在小麻子身上了。

两个包袱放上去，又用一个小褥子铺在车上，素花看着老太太，一股不舍之情从心里冒出来，掐着手指头算了算，把老太太从老家接来整整四年了，老人就像一根定海神针，只要她坐在那儿，家里就翻不起大浪，即便后来丈夫在外头有了野女人，老太太坐镇，素花心里也还觉得踏实，如今老太太执意回去，直到今天，老太太离去即成现实，素花突然感到一种恐慌，对未来生活的不可知，让素花宛若一丛浮萍，素花感觉到生活背后的那种未知的力量了，那种力量从哪儿来无关紧要，重要的是它不会站在自己这一边。

小莲打量着小麻子那张光溜溜的脸问道："你真会骑平板车？你可别半路掉链子。"小麻子一脸不屑，表情显得十分老到，出现在这张年轻的脸上让人匪夷所思，小麻子一开口，一股大蒜味，小莲捂着嘴说："你们家大清早就吃蒜啊，真够邪门的。"小麻子往后退了两步说："就我一人早上吃蒜，得，我离您远点儿。"小麻子往板儿车上看了一眼又说："奶奶不冷吗？要不再加床被子吧。"一旁素花赶紧回屋拿，小莲说："你心还挺细的，那就麻烦你了，回头我请你吃卤煮。"小麻子很世故地笑了笑："这您就显得生分了，一个胡同里住着，街里街坊的，谁还没点儿事啊。"素花一旁抱着小菱，小菱见奶奶坐在车上面，伸着手也要上车，老太太说："你赶紧抱孩子回去吧，外头冷，别冻着孩子。"素花眼巴巴看着老太太哆哆嗦嗦地坐在车上，忍不住道："您要是还觉得冷，我再拿床被子去。"老太太说："不用了，反正一把老骨头了，冻透了就不冷了。"素花用小菱的手朝老太太挥了挥，想说点儿什么，却什么都说不出来。小莲一旁催促，小麻子吆喝了一声："您二位坐踏实了。"然后一弓腰，脚底下一给劲儿，平板车就朝胡同南口过去了。

素花看着小麻子蹬着平板车消失在胡同口，撩起衣襟抹了一把泪，抱紧了小菱转身往回走，在大门洞碰上了正往外走的惠芬，惠芬手里攥着一个小口袋，见到素花，略显吃惊："老太太已经走了？"素花点头。惠芬叹气道："我刚煮了几个鸡蛋，想着让老太太路上吃。"

惠芬随着素花往回走，素花打岔道："老王上班走了吧。"惠芬说："早走了，他往常比老李走得早……"话说了一半便打住不再往下说。走到院子当中，惠芬把手里装鸡蛋的小口袋递给素花说："你拿回去吃吧，我们家鸡蛋富余。"素花推挡着不要，怀里的小菱哭咧咧地说："妈，我要吃鸡蛋……"素花只得接了惠芬手里的鸡蛋，进了屋。

惠芬没进屋，她假装在东墙根底下收拾她家的破烂。破烂有什么好收拾的，无非挪动挪动，把破盆子跟破壶换个地方，再把以前忘了的破烂重新翻腾出来，想想当年那只破壶、破盆用的时候的模样。其实此刻惠芬没心思翻腾那些破烂，她只是把盖在破烂堆上的那块烂棉花套子随便扯了扯，两只耳朵竖得直直的，听着北屋里素花的动静。

素花进屋后把小菱放到地上对她说："去玩儿吧，妈累了，歇会儿。"小菱一反常态，竟然没有号哭，连哼唧都没哼唧，迈着步子去了睡觉的屋，进屋门的时候还回头看了素花一眼。素花把小孩儿都当成小动物，像以前她在村里的时候饲养的猫狗，她会以第三人称向一个空想的对象评判它们的行为，比如素花看见她养的那条叫大柱子的狗追着村里一条漂亮的母狗的时候，素花说："你看它，也不照照自己什么样，人家能看上它才怪呢，它要是能掂量出自己的斤两就不这么上杆着人家了。"而对她养的那只一身雪白毛色的猫，素花的口气变了，语调也温柔许多。"它还真是那个长法呢，美得它上天啦……"小菱的哭（号哭、哭泣、啜泣、呻吟）让这孩子在院子里占据了一个特殊位置，所有人都会认为小菱不是一个真实的存在，而真实存在的只有她的哭声。当小菱不再哭泣的时候，她就变得微不足道，甚至可以认为她从这个世界上消失了。

小菱进入睡觉的屋子里，好像真的消失了，里边无声无息，素花无法想象小菱在里边干什么，但无论做什么，喘息的声音总应该有，尤其对于一个三岁多的孩子来说，控制气息几乎不可能。里边的小菱还是无声无息，这让素花担心，素花轻轻来到卧房门口，卧房的屋门上糊着窗户纸，她用手指蘸了唾沫，把窗户纸弄破了一块，眼睛凑上去，里面的一幕让素花大吃一惊：小菱正坐在爸爸睡觉的一边床头，悄悄地流泪！

素花拉开门，一股旋风似的刮进屋里，一把扯过小菱抱在怀里，顷刻之间素花的身体里仿佛一条泪河决堤，眼泪奔涌而出，伴随着眼睛剧烈的酸痛，还有身体难以控制的抽搐，这时候的小菱才如同报晓的公鸡嗷的一声哭出来，母女俩的哭号声像两段不和谐的乐曲，在空寂冰冷的屋子里荒谬地纠缠在一起，站在外面的惠芬吓了一跳，紧接着三步并作两步进了北屋的门。

惠芬循声进了睡房，见母女两人哭得正伤心，知道劝也没用，暂时默不作声一旁站着。站了一会儿，惠芬便也随着垂泪，泪眼模糊中，惠芬看到墙上一张放大了的照片，镶在一个古铜色的木头镜框里，她记得这镜框是李国强自己做的，木头是王永平帮着找的，老铜壶家做家具剩下的一点儿水曲柳木，扔了可惜，留着又什么都做不成。王永平跟老铜壶要的时候，问做什么使。王永平说李家想做个镜框。老铜壶笑道："这个做镜框？没听说过，太硬，做不成。"王永平拿回来给了李国强，过了一个星期，李国强让王永平来家看，王永平看了半天，爱不释手道："简直巧夺天工啊。"惠芬也凑上去看，一个劲儿说做得真好，赶上她村里那个丑木匠了。王永平还瞪了惠芬一眼，说这完全跟你们村那个丑得掉渣的木匠两回事啊。

镜框里的照片是淡褐色的，上边有二十多口人，都穿着军装，有的坐地上，有的站着肩上扛着枪，有的手上提着盒子炮。惠芬知道哪个是李国强，她不太敢往李国强那儿看，那时候的李国强太英俊了，她曾经跟素花说起这事。"英俊？"素花有点儿发蒙，反问了一句，然后摇头。惠芬猜不准素花的摇头里面包含着什么，或者是不觉得自己的丈夫英俊，或者就是不在意，要不就是以前觉得，现在不那么想了。李国强怀里坐着三岁的小莲，小莲的头发剪成男孩子式样，惠芬曾经对素花说："你们老李把小莲当男孩儿养了。"

素花抹了一把泪水，顺手抓起一块枕巾为小菱擦泪，哭着招呼惠芬说："坐吧！"惠芬坐在素花身旁，不知道该说什么，在她的余光里，她看到素花磨破了的袖管露着毛碴儿，粗糙的手青筋凸起。这样的女人对男人还有没有意义呢？惠芬又把目光投向那张照片，小莲男孩儿一样的发型，显得与众不同，惠芬没话找话道："看小莲的面相，下边真应该是个男孩儿啊。"惠芬说完就后悔了，正想找点儿话找补回来，素花对小菱说："去院子里自己玩儿一会儿，冷就回来，我跟惠芬阿姨说会儿话。"小菱竟然乖乖地出去了。惠芬惊讶道："这孩子跟中邪了似的。"

素花突然说道："其实小莲下边有个男孩儿，生下不到一百天就死了……"惠芬恍然道："我就说嘛，你不是那种生不出儿子的人啊，你人这么好，上辈子又没做过亏心的事，怎么就生不出儿子呢。"素花白了惠芬一眼道："你怎么知道我上辈子没做过亏心事？没准儿还杀过人呢。"

惠芬问："后来呢？就没再生儿子了？"素花两只手一摊，斜眼看了看惠芬，眼睛里满是一种鄙夷，这是惠芬从没见过的神情。"后来你都看见了，都是闺女，都是给别人养的，哪像你，四个儿子，以后稳稳地坐在那儿当婆婆，儿媳妇都使唤不过来，你就剩下张嘴吃喝这一件事了。"素花说着，竟然觉得很生气，她曾经跟惠芬说："咱俩就像是前世的对头，我生四个闺女，你就生四个儿子来跟我比对，是我上辈子得罪你了，还是我欠你什么了。"惠芬只眯起眼睛抿着嘴笑，惠芬对于素花来说，就像个高高在上的君主，以她的能力占据着绝对的统治地位。

此刻，惠芬的同情心就像一窝蚂蚁似的，爬满了惠芬的身体，痒痒的，浑身难受，无法控制。惠芬说："你要这样说，咱们就都是罪人了，你生女儿是罪人，我看着你没办法也是一种罪过，那我也是罪人。"素花听惠芬这么说，心软下来，跟着眼泪又往下落，惠芬陪着素花流泪，两个女人泪眼迷离地互相看着，在她们的世界里除了生孩子的疼痛外，就只有男人给予她们的心痛。

不知过了多久，素花停住哭泣，恨恨地仿佛自言自语："哭也没用了，白费力气。"说完从床沿上站起来，问惠芬中午吃什么。惠芬想了想说："还有馒头，等放学的到家就吃，咸菜，粥，你不嫌是剩的就过来一块儿吃，你们娘仨儿吃不了几口。"惠芬出素花家门的时候，素花让她等等，然后从兜里掏出五块钱递给惠芬。

小菊奶奶走的当天晚上，像素花预料的，丈夫没有回来。素花一边琢磨着火车到哪儿了，一边招呼小菊小萍小菱吃饭。小菊问："我爸今天又不回来了？"素花不置可否道："别想着你爸了，快吃饭。"没想到，小菊把手里的筷子朝地上一摔，哭道："你干吗不让我想爸，爸就是让你气走的，我要找我爸。"小菊的话还没说完，后脑勺上早挨了一巴掌。小菊愣了，吃惊地睁大眼睛瞪着素花，没想到素花恶狠狠地说："你再瞪我，把你眼睛挖出来。"

小菊只吃了半碗饭就低着头去屋里做作业了。小萍把碗一推，进屋去折纸。小菱不想吃饭，她扯了素花的衣襟想吃奶。素花一巴掌打掉小菱的手说："你羞不羞，多大了还想吃奶，留神我揍你。"小菱竟然没哭。素花收拾了碗筷，才意识到自己还一口没吃，菜盘子里还有大半盘子炒白菜，米饭盆里还有多半盆米饭，做饭的时候素花忘了家里有三口人不在，米淘洗干净才想起来。她没来得及买肉，素炒白菜多放点儿油也一样香，赶巧油瓶子只剩了个底儿，白菜炒出来少油没盐的，一点儿滋味都没有，怪不得孩子们没吃几口。素花把米饭盆上盖了块屉布，想着明天晚上做一个鸡蛋炒饭，肚子里一阵咕噜声，听见惠芬在敲门："吃了没有啊，我包了饺子，给孩子们送来几个尝尝，就是白菜帮子剁了剁，加了几块大油渣子，挺香的。"素花开门把惠芬让进屋里，小菊探出半个脑袋喊了声姨，明显带着哭腔。惠芬问素花："这丫头怎么了？想她爸了吧？"

素花把惠芬端来的饺子倒进自家的盘子里，转身想去给惠芬刷盘子，被惠芬一把夺过来说："行了，我一会儿回家自己刷，你忙你的吧。饺子还热着，让孩子们趁热吃。"惠芬没等素花说话就走了。小菊和小萍从屋里出来，四只眼睛齐刷刷地看着桌上的饺子。素花说："去拿筷子吃吧。"问小菱吃不吃，小菱竟然摇头。小菊吃了两个饺子，放下筷子说："不好吃，没肉。"素花瞪了小菊一眼说："饿得轻。"小菊的眼睛里闪过一丝胆怯，她似乎鼓了鼓劲儿对素花说："妈，我能去我爸那桌子做作业吗？"素花没好气道："他那桌子有什么好的，你去吧，反正他死到外面不会回来了。"小菊哭起来，拿了自己的作业本去了爸的桌子那儿做作业。

吃几个饺子，饺子馅儿咸了，素花拿缸子喝水。缸子上有一块新脱落的瓷，有鹌鹑蛋大小，缸子通体白色，掉了瓷的地方是一块新鲜的黑色，素花有点儿心疼，她记得这缸子还是进北京城的时候，丈夫给自己买的喝水缸子，他买了缸子对素花说："以后喝水不能像在家里似的随便谁的碗都用，城里人要自己用自己的缸子。"素花说："城里人的规矩真奇怪，大家一块儿用呗，还你的我的，分得倒清楚。"李国强说："你懂什么，人家这是讲究卫生，大家都用一个缸子，有点儿病都传染上了。"

素花摸着那块黑色有点儿心疼这缸子，不管怎样，那是丈夫专门为她买的，上面残留着他的印记，还有那个美好的瞬间。但是现在，缸子变得残缺不全，她有点儿后悔自己的行为了。素花看到绿色的灯光下小菊被映大了的身影，有一刻素花甚至有些惶惑，感觉丈夫回来了，正坐在桌前，摆弄那些锉刀、木头。小菊的身子瘦弱，灯光比丈夫在的时候明亮了许多，但素花的脑子里还是消除不掉丈夫的影子，她把坐在丈夫桌前的小菊当成丈夫的一部分。"小菊就是丈夫的再生，她是他的，不是我的。"素花常听村里的老人说，老天爷会在众多的孩子里为爹妈寻找一个接替，显而易见，小菊就是丈夫的接替，"我呢，谁是我的？"素花想了很久了。小莲不像，脾气直，心里藏不住事。小萍是个闷葫芦，除了折纸什么都不管。只有小菱，素花很快否定了。也许还有更多的孩子降生，也许他们现在就存在于她的身体里了，还是一颗一颗的种子，在适当的时候才会发芽开花结果。"或者还能有儿子……"这想法让素花激动起来，儿子，是这个家庭里的一个死结。素花感觉到又回到了原来那个魔窟里，带着咒语的魔窟，让这个家庭丧失和谐，变得疯狂。

素花下意识地拿了一杯水往老太太屋里走，路过孩子们的屋子的时候，看到小萍正坐在桌前折纸，空荡荡的屋子里，小萍的身子显得很单薄。素花这才想起老太太已经回老家了，犹豫着，便不打算再往前走了，素花索性把那杯水放在小萍旁边说："喝口水再折纸。"小菱闻声从堂屋走过来，也要喝，素花把水杯放到小菱的嘴边，小菱喝了一小口，扭过头，问小萍喝不喝，小萍摇头。

晚上九点钟的时候，素花推开卧房的门，见小菊趴在桌上睡着了，手里还攥着爸给她做的那只木头手枪，素花心里一阵难过，推醒小菊让她洗脸睡觉。听见外面有人喊"李小莲"，素花推门一看，是葛小茹，赶紧拉着葛小茹进了屋，一边搓着她的两只手一边问："冷不冷？晚饭吃了什么？阿姨这几天事多，过几天一定去看你和小弟。"

葛小茹的脸冻得通红，缓了缓才说："阿姨，小弟发烧了，我自己背不动他，能麻烦您带小弟去医院吗？"素花让葛小茹等一等，自己出门找惠芬帮忙。惠芬跟着素花过来了，对素花说："你去吧，我在家里照看着，家里还有老王，我就在你家里等你。"

素花带着小弟去看病，只是普通的感冒，打了退烧针，拿了药，又把葛小茹姐弟俩送回家，顺便问葛小茹副食本上的东西都买了没有，葛小茹点头说买了。又叮嘱她做饭的时候小心炉子，每天晚上封炉子的时候别压太实了，火容易灭。葛小茹看着素花，默默听着，然后点头。素花又叮嘱："有事就喊我，我都在家。"葛小茹突然哭道："阿姨，我妈什么时候能回来，她没跟您说吗？"素花一下乱了方寸，看看躺在床上的小弟，又看看泪眼婆娑的葛小茹，心里刀割一样难受，谁家的孩子都是孩子啊，没有父母亲照看的孩子更惹人怜爱。素花把葛小茹揽在胸前，抚摸着她的头，一句话都说不上来。

到家已经半夜了，孩子们都睡了，惠芬两只眼睛困得快睁不开了，好不容易见素花回来了，问了问葛小茹弟弟的情况便回家睡觉。素花的身上像散了架似的累得撑不住了，倒在堂屋里那张单人床上很快睡去。

半夜，素花突然惊醒了，她习惯性地往身旁摸去，才想起自己睡在了堂屋里，想着丈夫会很生气她睡这儿的，赶紧起身，听见小菱在静寂中喊了一声："妈……"素花这才猛然意识到丈夫没回来，老太太和小莲也不在，只有自己和三个孩子，这让素花感到恐慌，好像这个家马上要散架了。如果一个家是一把雨伞，撑起这把雨伞的肯定不是女人，女人只是其中一根伞骨，或者能当几根伞骨用，而中间粗壮的伞杆是男人。"我家的伞杆折了，家就没了……"素花悲凉地想。小菱的声音像一根线牵扯着素花，素花进了睡房，见小菱站在床上，两只手扶着围栏，黑暗中，小菱的身影是一个更小更黑的一块。小菱竟然不哭，这让素花又一次感到惊讶，生活中充满了无可阻挡的变异，那些意想不到的事情给人带来的是惊讶、惊喜，或是悲伤、悲惨，而隐藏在背后的究竟是什么，只有等待。

素花走到小菱身边，用自己温热的身体把那块黑影抱起来，小菱像是一块冰块儿，瞬间在素花的怀里融化了，她又喊了声妈，说害怕。素花把小菱放到平时丈夫睡的那边，抻开被子，掀起一股寒气，素花干脆躺在小菱身旁，用身体暖和她。小菱十分安静，像一只用光了力气的发条玩具，一动不动。素花摸了摸小菱的头，不

218

热，又摸了摸肚子问疼不疼，小菱摇头，小菱柔软的发丝在素花的皮肤上轻轻掠过，像一阵甜美的风，略略抚慰了素花的凌乱心情。接着小菱便进入新一轮的酣睡，仿佛她也曾经忍受了素花忍受的一切，身体也遭受了折磨一样。素花用身体感受着怀里的孩子，她甚至努力回想小菱在自己身体里边的时候的情形。那时候全家都认定小菱将会是个男孩儿，老太太看着素花溜尖的肚子，点头说："当年我怀嘉轩的时候肚子就是这样的，肚脐都撑得翻出来了，这回一定是个男娃了。"李国强掩饰着心里的高兴，对娘说道："等出来再说嘛，不见真佛不烧香。"李国强心里完全赞同母亲的看法，前边已经三个女孩儿，这回怎么也要换换样儿，老天爷不能这么不公平的。所有的小衣服、小褥子、被子都是按照生男孩儿置办的，花色都很素净。素花把心底的忐忑强行收起来，跟着老太太、丈夫一起等待那个李家血脉的真正继承人的诞生。

小菱是怎样不情愿地、号哭着来到这个不欢迎她的世界的，在医院那个漆黑的夜晚，素花一个人睡在产科病房里，那时候素花又生了女孩儿的消息已经传遍了黄土坑胡同。

丈夫李国强正在家里等待着生男孩儿的消息，小莲跑回来，看了一眼父亲，用嘲弄的口气说道："还是女孩儿，您不去医院看看吗？"李国强心里一沉，极度的失望像一张金属的网罩住了李国强，他仿佛看到母亲那张失望的脸，那双目光呆滞的眼睛里融入的担忧，李国强的心颤了一下。他没勇气把这消息告诉母亲，但他知道母亲正在那边等着他，犹豫了好一会儿，他跨过小莲她们的屋子，走进母亲的房间，走到蜷缩在床上的母亲身边，笑着说："素花生了，还是个女娃，您别急，素花身体好，她且能生呢，保您能抱上孙子。"老太太从鼻子里哼了一声说道："那就是我死了以后的事了。"

李国强没有去医院接素花出院，那天他一早就去了单位，只留下几块钱让小莲叫了一辆人力车去医院接。小莲心里老大不乐意，因为下午的美术课只能请假，小莲喜欢美术课。

　　小莲在妇产医院的大厅里看见了母亲，怀里抱着一个婴儿，母亲头上扎着白色的布条，旁边一位护士正跟母亲说话，小莲听不见她们说什么，见护士扶着母亲的肩，母亲似乎很担忧的样子。小莲跑过去喊了声"妈"，说："我爸上班去了，咱们走吧。"一路上素花试探着问小莲："这几天你爸没说什么吧。"小莲说："管他说什么呢，爱说什么说什么，生女孩儿又怎样，我不是女的，不是活得好好儿的，比班里很多男生学习都好。"素花叹气道："你懂什么，一天到晚疯疯癫癫的。"素花到家了，李国强还没下班，老太太踮着小脚儿从自己屋里走过来，看了看刚生出来的小菱说："这丫头有点儿多余了。"小菱突然大哭起来，素花忙把奶头放进小菱嘴里。一会儿李国强下班了，手上有个手绢包，包里是一小把琥珀花生。李国强进了屋，去卧房，把手绢包递给素花，对小床上的婴儿甚至没兴趣看一眼。素花问："你不看看孩子？"李国强嘟哝一句："有什么好看的，就是个孩子……"然后犹豫了一下，不情愿地走到小菱的身旁，弯下腰看了看，说："鼻子太大了，还没姐姐们好看。"说完，李国强便出了屋门。

　　此刻，睡梦中的小菱突然伸出手抱住了素花的身体，确切地说是用一条胳膊搭在了素花的腰间，素花几乎感觉不到小菱胳膊的重量，在沉重的黑暗中，小菱就像一片羽毛，闪亮而轻盈。素花的泪水又流下来，眼泪并不咸涩，这让她多少有点儿遗憾，说明流泪已经变得轻而易举。素花突然想起小弟，不知道那孩子还烧不烧了。在那个没有父亲和母亲的家庭里，两个孤苦无依的孩子是怎样挨过来的。想到这儿，素花的眼泪越发汹涌，为了自己，也为了白静和小茹与小弟。她又想到小菊和小萍，还有怀里的小菱。"她们只有我了，她们还不懂事呢……"外面有一只野猫突然号叫了一声，吓了素花一跳，小菱却连动都没动一下。

　　天快亮的时候，素花才睡着，睡得很踏实，像小时候。素花被惠芬的敲门声惊醒，惠芬喊着："素花，起来啊，怎么还没动静啊，小菊该上学了。"素花一骨碌爬起来，小菱被惊醒了，张着嘴哭喊起来。素花披着衣服去喊小菊，小菊正坐在被窝里发呆。素花朝她喊："你怎么不动窝啊，快起来上学去。"小菊说："我不想上学了，小莲就没上学，我也不想上学。"素花气道："你不上学试试，看我不打断你腿。"小菊有点儿胆怯地顶了一句："我就知道我爸不在家你就逞英雄，你怎么不敢跟我爸发火。"素花气得奔过去掀小菊的被子，小菊揪着被子不放，一旁的小萍醒了，喊了声"妈"。素花突然哭道："你们是要我的命啊，好，我现在就死去。"说着，拿起桌上的一把剪子，假装要扎自己，小菊吓坏了，慌忙从床上跳起来："妈，你别，我这就上学去。"小菊飞快地穿好衣服，顾不上梳头洗脸，拿着书包跑出屋子，与站在门口的惠芬撞在一起。惠芬说："哎呀，这孩子，赶紧去吧，大志在胡同等着你呢，他给你带了一个馒头，想着跟他要。"惠芬进门，往素花的脸上看去，除了眼圈儿发黑以外，看不出太难过的样子。惠芬不禁说道："你还真是个能扛事的，我以为……"素花嘴角微微上扬道："你以为我真的会寻死觅活啊，我死了，孩子们怎么办，要是没孩子，兴许就不活了。"

素花让惠芬进屋坐，惠芬随素花进了屋，素花提起炉子上的水壶，顺手捅了捅炉子，一股呛人的煤烟升起来，又拿起地上盛着煤球的簸箕，将煤球倒进炉膛，用通条在煤球当中捅了一个窟窿。素花撩起耷拉到脸前边的一缕头发对惠芬说："你就别操心了，我不会做傻事的，我还想看着孩子们长大成人，送她们出嫁呢。"

惠芬心里有点儿佩服素花了，今早王永平离开家的时候对惠芬说："没事就去北屋安慰安慰素花，一个女人带着孩子，不容易。"惠芬醋劲儿上来了，说道："你挺知道心疼人，你怎么自己不去呢。"王永平咳了一声道："女人就知道瞎搅和，一点儿正事都办不成，人家素花比你强。"惠芬恨道："她比我强你怎么不娶她，顺带着连她四个闺女都养了。"王永平回身瞪了惠芬一眼上班去了。

惠芬对素花说："我看啊，这口气咱就忍着吧，忍到孩子们长大了，那时候他也老了，看他还怎么折腾。"惠芬又压低声音道："我可提醒你啊，他要是跟你离婚你就不答应，我们老王说了，部里工会天天都有家属找上去，有些干部进了北京都琢磨着找小的，工会主席的办公室的门都快让那些家属敲破了，家属都有联络，一个人去闹腾，其他的妇女就跟着后边支持，要我说，你也去把老李的情况跟工会说，让领导管他……"惠芬突然想起王永平叮嘱她很多次，别给素花瞎出主意，便把没说完的话咽肚子里了。其实惠芬想说的都已经说出来了，素花想，照王永平说的，单位里这种情形不单丈夫一个人，素花不禁用一种羡慕的眼神看着惠芬，王永平这样的男人不多啊。

　　不过，如果把王永平换作自己的丈夫，让自己跟王永平结婚过日子，素花从心里不情愿。王永平人虽然老实可靠，但他早早就谢了顶，一只肉头头的大鼻子，一笑一口黄牙，就那一手木匠活儿还看得过去，那有什么用？现在是新社会，讲究有文化有知识，穿着体面干净，早上要急匆匆夹着公文包去办公室，就像丈夫李国强。"这男人是我前世的冤家，今世的仇人，来世的亲家，你想扔了我，门儿都没有……"素花心里恨恨地想。

　　素花对惠芬说："找工会能管用？"惠芬听素花这么问，知道她心思活了，赶紧刹住闸道："我就随便那么一说，你不会真要去找工会吧？"其实惠芬心里很愿意素花找工会闹，那样的话李国强的脸面就丢尽了，惠芬想："到时候，我看他还搽着头油，天天美得不行，女人都那么贱啊，偏喜欢他那样的。"

　　当惠芬听到李国强外面有女人的时候，心里竟然还泛起了几分醋意，平时李国强见了惠芬总要打情骂俏一番，真真假假的，但惠芬心里舒坦。王永平心里明白，李国强见了女人，无论美若天仙还是丑若捅火丫头，他都要甩几句话，拨弄拨弄女人的心弦儿，也不是有意而为，只是个嗜好，就像小偷，见什么都想往兜里揣一样，不管有用没用。李国强生得风流，又会对女人说点儿俏皮话，惠芬竟然把他的习惯性挑逗真真假假吃进心里一些，李国强外头有人的话是王永平带回来的，王永平又习惯性地嘱咐惠芬不要出去乱说，叮嘱女人不要出去乱说，就等于告诉女人：快出去说吧。惠芬把闲话像扬沙子一样朝胡同里扬去，见人就扬，爱谁谁，里边当然有报复李国强的意思。

　　过了几天，小莲回来了，素花仔细看着小莲的脸说："黑了。"又说："饿了吧，我给你拿饭去。"素花去了厨房，小莲在屋里溜达着，见小菱瞪着眼睛看自己，小莲逗她道："你怎么不哭了，学乖了啊。"等素花端着一盘炒白菜一个馒头进屋的时候，小莲接过来，放到桌上，一边吃一边对素花说："我奶奶回家挺好的，比在这儿强，还能到地里溜达溜达，不像在这儿似的，整天闷自己房间里，您就放心吧。"素花听小莲这么说，叹口气道："反正是她老人家自己要回的，寿材早就预备了，你奶奶心里惦记着呢。"小莲饭快吃完了，话说了不少，娘儿俩甚至提到葛小茹，还有小弟，但小莲一个字都没问爸的事。素花看着小莲吃完了饭，对她说："要不去趟学校？课是赶不上了，跟班主任老师打个招呼，见了小茹问问小弟好利索没，顺便把落下的课问问小茹。"小莲点头应道："我洗把脸就去。"

　　从学校回来以后，小莲就拿着自己的东西搬到奶奶的屋里了，对小菊和小萍说："你们俩可以宽敞点儿了，没事别来敲我的门啊，我学习忙得很，准备考大学了。"小菊哼了一声："谁爱去啊。"

　　吃晚饭的时候，小菊问妈："我爸今天还不回来啊，我都想他了。"小莲道："想他干吗，赶紧吃饭，吃完饭做作业去。"小菊说："你管得着吗？我愿意想他。"小菊说完这句，看了看小莲，见小莲没反应，便接着说："哼，我都看见岳家祥跟一个女的，俩人紧挨着进了岳家大院，那女的穿得特别好，比你好多了。"小莲假装无所谓道："他爱跟谁好就跟谁好，跟我有什么关系，你别瞎操心了。"嘴上虽然这么说，心里却十分落寞，站起来收拾碗筷的时候，碗和碗碰在一起，发出比平时高出很多分贝的声响，还斥责小萍吐出来的白菜帮子。小菊在一旁幸灾乐祸："还说没关系呢，瞧你心烦的，我要是你，就去找他问明白，凭什么原来跟我好，现在说变脸就变脸。"小菊说话的神态完全像个大人，末了小菊又说了一句："我是你妹才向着你的，你别不识好歹啊。"小莲不再作声，刷了碗筷，就把自己关屋里了。

这次小莲送奶奶回老家，小莲看到了奶奶的棺材，棺材停在一位没出五服的叔伯家的窑洞里，小莲是去看望那位叔伯的，叔伯抽着旱烟锅，用烟锅指了指窑洞说："你奶奶的棺木就在那儿停着呢。"小莲走到窑洞门口，掀开帘子朝窑洞的深处望去，棺材是一个长方形的一头高一头低的物件。小莲没见过棺材，更不会想到棺材会放在人居住的地方，靠近窗户的炕上睡觉，炕旁边的灶就是做饭、吃饭的地方，而棺材距离这些不到五步。小莲有些恐惧，但更多的是好奇，她试探着走到棺材旁边，仔细端详着眼前的物件，恐惧感慢慢消失，她顺着棺材的四周走了一遭，觉得这是这孔窑洞里最阔气的东西，她还赞叹着那上边的雕花精细漂亮，甚至用手抚摸了棺材的盖子。小莲回头看，见坐在炕上的人都朝自己笑着，一位远房的堂姐对小莲说："那就是奶奶的寿材，你们家窑洞没人住，怕朽了，就放在三爸这里了。"小莲愣住了，她试探着问："寿材就是棺材？"屋里的人有一半笑出声来。他们笑完了，便低头喝着茶碗里的浓茶，那种茶浓得让小莲无法下咽，真比药还苦，而此刻他们喝着竟然像啜饮琼浆一样。还是那位堂姐，走到小莲身旁顺手也摸了摸那副棺材接着说道："是吗，就是你们城里人说的棺材，你奶奶走了以后就睡在这里面，看看这木头，楠木的，这是你爸托人从外边弄来的，咱们这儿找不到这种木材，咱们这儿的人最好的就是杉木的，奶奶福气好，寿材当然比别人的强。"小莲像是被吓着了，把扶在棺材上的一只手收回来，走到窑洞前头，回到喝茶聊天的地方，她问："干吗把棺材放在窑洞里呢？窑洞是活人住的啊，怎么能放死人用的东西呢，你们不觉得害怕吗？"这次，窑洞里所有的人都笑起来了，数堂姐笑得最凶，她一只手叉在腰间，一只手扶在坑坑洼洼的窑洞的墙壁上，笑得眼泪都流下来了。小莲看着那一张张黑红的脸，那些由于欢笑而布满了褶皱的脸，仿佛浑然一体的生和死的画卷。最后堂姐停住笑，脸红得像鸡冠子，对小莲说："活人死人还不都一样，一个能动，一个不能动，不能动的比那能动的还牢靠呢。"堂姐说完，接着笑起来。

此刻小莲坐在以前奶奶坐过的那把摇摇晃晃的椅子上，她很难想象以前奶奶是怎样坐在上面的，奶奶的身影刚一晃动，小莲就差点儿从椅子上跌下来。她干脆坐在床沿上，奶奶的床也咯吱作响，小莲又从床上站起来，走出屋去拿书包，看见小菊正做作业，小莲从背后看到小菊写错了一个字，便纠正她道："你那个'流水'的'流'写错了，三点水，你才写了两点。"小菊见小莲从奶奶屋里出来了，说："你又不是我老师，我干吗要听你的。"小莲说："行，有能耐你别改，一会儿你要是改了，你就是小狗。"小莲拿了书包回到自己屋里，关了门，就听见小萍喊道："大姐，二姐改了，她不让我告诉你。"小莲应了一声，不再理会。小莲翻了翻书，想等明天见了葛小茹再补作业。她想去堂屋拿把椅子，便打开门，穿过小菊和小萍的屋子到了堂屋。堂屋里没人，她搬了一把椅子刚要往自己屋里走，听见母亲的睡房里传来一阵唏嘘声。小莲放下椅子，走到母亲的屋门前喊了一声："妈，你干吗呢？"同时推门走进去。

素花眼睛鼻子通红，一看就知道哭过了，小菱呆呆地站在母亲旁边看着，见小莲进来，便朝小莲扑过去。小莲抱起小菱对母亲说："哭有什么用啊，妈，我跟你说，你找他单位去，我就不信一个国家干部随便违反纪律，会没人管？您要是磨不开面子，我替您去。"小莲想了想又说："反正学校以为我送我奶奶还没回来，干脆我明天就去。"素花擤了下鼻涕，对小莲说："你别管这事，你赶紧好好学习，我心里有数。"

小莲朝母亲望过去，母亲的眼神里混杂着说不清楚的情感，她突然发现两天前母亲的头发还没有白这么多，两个鬓角，还有头缝两边的头发，头缝左侧的一大片连一根黑发都没有了，这让小莲一阵心酸，她控制着泪水，好像想起什么似的，摸了摸衣兜裤兜，从裤兜里掏出十块钱交给母亲："剩下的钱，您收着吧。"

　　小莲拿着椅子朝自己屋里走的时候，素花抱着小菱跟在小莲身后进了屋。素花四周看了看说："把衣柜里的东西收拾收拾，不要的就扔了，回头让你王叔叔把椅子重新钉一钉，左边那个抽屉也得修修。"说完了，素花还不想走，最后说："以后你做完作业，教我几个字，我就不去何老师那儿了，一天认五个字就行。"素花说这话的口气很弱，但实际上好像一点儿商量的余地都没有。小莲高兴地说："好啊，到时候您别三天打鱼两天晒网就行。"素花点点头，回身抱起小菱出了房门。

　　素花走到院子当中，习惯性地抬头看了看天空，满天的星星像是麻子脸上的一颗颗麻子。见到星空，素花总会想起老家村里一个叫家宏的本家兄弟。他脸上的麻子密集到谁看了都浑身一阵哆嗦的地步。素花小时候听大人说，是他妈生他的时候打翻了老天爷的芝麻笸箩，而素花见到家宏的麻子不会哆嗦，因为她从小跟他玩儿大的，素花时常盯着家宏的麻子，一看就是好一会儿。后来听说有一次家宏赶着马车出去拉货，连人带车一起掉到沟里，人畜双亡。素花听到这消息，心里竟然很平静，家宏的麻子脸不停地在素花眼前晃动着。

　　素花抱着小菱来到惠芬家门外，喊道："惠芬在吗？"没等里边应声，素花推门进去了。惠芬正在纳鞋底儿，见素花抱着小菱进来了，连忙站起身招呼道："快进来坐。"又喊王永平："老王，素花来了，过来倒杯茶。"素花说："不喝茶，别忙活，我待不住，问老王个事就走。"惠芬心里一阵亢奋，从李国强出了事，素花并没有问过王永平，甚至没有托惠芬跟王永平打听李国强外边的女人究竟是谁，现在素花来问王永平，一定是打定主意要做什么了。惠芬见王永平并没有从里屋出来，连起身的意思都没有，因为惠芬坐的地方能看见王永平身子的影子。惠芬高声喊了一句："你聋啦，喊你半天跟死人一样！"

王永平慢腾腾地从椅子上站起来，嘴里喊道："来了来了，素花你先坐啊，我动作慢，别介意啊。"王永平听见素花进门的那一刻，心里就琢磨开了。他认定素花是来问他李国强的事的，王永平最怕女人跟他哭天抹泪，女人一流泪，王永平脑子里就是个烧干了的水壶，什么都没有。但他很疑惑，因为他没见过素花流眼泪，这女人跟一般女人有些不同。有件事让他记忆犹新，那是王永平一家刚搬来不久。他和惠芬忙着搬东西，大壮哭着跑过来了，指着北屋道："阿姨欺负我，骗我把小鸟放跑了。"王永平领着大壮问素花，素花说："孩子在院子里抓了只燕子，我骗他说让他给我，我去给他找个笼子，他给了我，我就把燕子放飞了。"王永平想了想对大壮说："阿姨做得对啊，燕子想妈妈了，让它找妈妈去吧。"惠芬知道了这事，嘟囔道："装什么圣人，孩子抓个鸟都放了，以后这邻居还有得做啊。"王永平息事宁人道："你不知道啊，什么鸟都能抓，就是燕子不能抓啊，这么大个人怎么不懂事呢。"惠芬不示弱，戗道："燕子怎么不能抓？燕子不是鸟啊，是你祖宗不成？"王永平摆摆手："头发长见识短，跟人家北屋的好好学学。"与李国强见了惠芬便热热闹闹打情骂俏相反，王永平见了素花，却总是客客气气，除了"回来了""忙呢"简单的客套话再无更多说道。从心里说，王永平对素花是敬重的，"这是个没渣儿的女人"，这是王永平对素花的评判。

此刻王永平有些为难，他不知道当素花真的问起李国强的事时，应该怎么应答。一个女人生不出儿子，婆婆感到失望而离去，丈夫在外面有了女人，这样的境遇，足以把这个大字不识几个的家庭妇女压垮，像大雪压折树那样，素花会干涸，会枯萎。王永平同情素花，但只能看着她，任其飘零。

　　"老王忙呢，没扰着你吧。"素花的声音里竟然充满着一种生机，王永平甚至没感觉到一丝的不幸。王永平赶紧应道："没有没有，也没忙什么。"他看了看桌子上的茶碗，想过去拿，被素花止住道："她叔就别张罗了，我就是想问问……"听到这儿，王永平的心不由自主地提起来。"你看什么时候得闲，把老太太屋里那把椅子给修修，小莲不是搬进去住了嘛，要在里边做作业，椅子摇晃得不行，还有衣柜的抽屉也坏了，顺便一块拾掇拾掇，你得空的时候，不忙呢。"

　　王永平和惠芬都睁大了眼看着素花，等着她继续说下去。素花却说："不早了，你们赶紧休息，明天都忙。"说完，抱着小菱走出王家。素花走到院子里，听见惠芬低声道："她心里有主意，憋着不说……"王永平没出声。素花又往天空望去，星星稀少了很多，她自言自语："天阴了？"又耸了耸鼻子，嗅着空气中的气味，没有下雪的味道。小菱喊了声"妈"，素花说："你冷了？还是饿了？还要吃奶啊，羞不羞……"

第 九 章

李国强已经五天没有回家了，头三天，素花还能沉住气，野鸟总要归巢的。又过了两天，素花渐渐失去了耐心，她做饭的时候，透过厨房脏兮兮的小窗户，不时看着院子里，她想象着这时候丈夫已经下了13路公共汽车，然后进了剪子巷，朝胡同北口走来，进了黄土坑，已经快到刘麻子家大门口了，嗯，进院子了……素花停住手里的活儿目不转睛地看着院子里的动静。

然而院子里空空荡荡，风都没往这里刮。王家的门关得很严，想必正在吃饭。屋里小菊正做作业，小萍哄着小菱搭积木，积木是李国强从上海出差带回来的，当天小菊搂着那盒积木睡觉。现在积木的盒子已经破了好几次，被李国强用纸糊了好几次。积木的颜色开始剥落，搭起来的小屋子显得十分陈旧。素花在厨房里听见小萍对小菱说："就是那块绿色的，放在这里，哎呀，你笨死了。"小莲还没从学校回来，素花把等待丈夫的焦急心情无奈地转移到小莲身上。这次素花没有等多久，院门一响，很快便看到小莲的身影，她像一只小鹿一样，跳跃着走过来，素花从厨房的门探出头说："赶快放下书包，收拾桌子吃饭。"

饭桌当中除了往日的肉片炒白菜以外，多了一盘蒜肠，小菊很喜欢吃蒜肠，以前李国强在家吃饭的时候，只要有蒜肠，必定要给小菊先切下一截留着，看着那截特意留的蒜肠，李国强总说一句同样的话："又开小灶了。"李国强在部队上的时候，营以上的干部可以吃小灶，那时候李国强给营长当通信员，抗日战争的时候营长吃夹生饭把胃吃坏了，每次炊事班准备的小灶大部分都进了李国强的肚子，营长每次都笑着对李国强说："官还没升，小灶倒先吃上了。"

这次素花没有给小菊吃小灶，她把一整根蒜肠一片一片切好了，码在盘子里，像一朵盛开的菊花。小菊问："妈，我的肠儿呢？"素花故意说："你的肠儿都在里边啊，以后就不给你吃小灶了。"小菊立即哭道："你们欺负我，我要找我爸去。"说着站起来就要出门。小莲在后边说："好啊，你找着他来个电话，南口的电话号码你知道吧。"小菊见小莲如此奚落自己，索性一跺脚，跑回屋里嗷嗷哭起来。素花在堂屋喊："你不来我们可都把蒜肠吃光了啊，不给你留。"小菊这才慢腾腾地从里边走出来，低着头坐到自己的凳子上。

晚饭过后，小菱竟然跟在小萍身后，眼巴巴看着小萍，小萍回头说："找妈去，我要折纸了。"小菱喊"妈"，素花对小萍说："你带她玩玩儿，妈要跟你大姐学认字。"小萍对小菱说："乖乖站着，别捣乱啊。"小菱嘬着一根手指头站在小萍身旁。

小莲对母亲说："今天就教六个字，我们今天的作业留得太多了。"素花赶紧说："行，教几个都行，尽着你的时间来。"小莲在一张白纸上写下六个字：你、我、他（她）、手、口、头。她先念了一遍，然后让素花跟着她念，再把每个字的意思讲给母亲听，最后又说："明天我要考考您，您可记清楚了。"素花点头，还站着，没走的意思。小莲问母亲还有什么事，素花犹豫了一下说："明天我去你爸单位找他们领导去，这个家要是不想回，就明白说，活不见人，死不见尸的，我快让他耗死了。"小莲想了想说："我跟您去吧。"素花摇头说道："不用，你上学，今年夏天还考大学，别把你耽误了。"说完，转身出了小莲的屋子。

第二天，素花让惠芬帮着把小萍、小菱送到幼儿园去，嘱咐惠芬小菱要是哭得不行，就麻烦她照看大半天。惠芬惊讶地看着素花，素花点头道："是啊，我去工会找他们评理去，他李国强一个国家干部，不能做这种伤天害理的事。"惠芬心里先是一惊，心脏一颤悠，接着就是一阵莫名的兴奋，嘴上说："你去吧，我照看着孩子，不能让男人欺负成这样。我早说嘛，遇事不能缩着，你往前进一步，事情就变了呢。"

素花翻箱倒柜想找一件略微像样的衣服，找了半天，不是破了个大洞，就是扣子丢了好几颗，看了看，还是身上这件显得齐整些，只是前襟上的油点子显得脏兮兮的。素花想用肥皂洗一下，她试着在一个最大的油点子上用手撩上一点儿水，抹了点儿肥皂，使劲儿搓揉了一会儿，又用一点儿干净水去掉肥皂沫，仔细看去，虽然比之前好些，但看上去没有大改观，而且那块巨大的湿印看上去更难看，素花决定放弃了。她突然想："没准越邋遢显得越可怜，就会让工会的人同情自己。"这想法一出现，素花便很想抽自己一下，素花最看不起那些看上去可怜的女人，这世界上只有老人孩子有那权利，还有小猫小狗，总之女人不是为了让人可怜才活着的。她想起何老师跟她说过一句话：让别人可怜你，不如让别人佩服你。素花叹口气问自己："别人凭什么要佩服我呢？"素花出门的时候，往脖子里围了一条围巾。素花平时不围围巾，只有出远门，有点儿不同往常的事的时候才围。

素花来到宽街的时候，天空飘起了雪花，雪花欢快地在空中舞着，让素花的心情稍稍放松下来。素花刚刚在公共汽车站停下，便看见一辆13路汽车慢吞吞地开来了，素花用手弄了弄头发，车门打开，竟然没人下车，素花上车，车厢里空空的，零星几个乘客都缩着脖子。售票员喊："刚上车的买票啊。"素花赶紧买了票，靠窗坐下。

素花记得很久以前随丈夫坐车去他单位，那时候素花刚刚怀上小菱，李国强心里满是即将得儿子的喜悦，他带着素花去单位办个人住房登记手续，单位重新登记住房以供将来分配新房子，但后来小菊奶奶不喜欢住楼房，单位分配给李国强的新房指标就作废了，一家人还在院子里住着。往常这种事李国强让秘书科办，可这次李国强非要拉上素花一起办，特意给素花买了一条红格子围巾，素花照着镜子，感觉像个新媳妇儿。后来素花生了小菱，想起在单位那些同事不停地恭喜李科长，总觉得丢人。这次去，情形大不相同了，她是要去工会告自己的丈夫，告他在外头找小的，告他对家里不闻不问，告他对自己对老太太一点儿也不关心。素花慢慢清理着思绪，努力把对丈夫的不满和怨恨找出来，然后看看能归在哪条罪状里。

　　来到京城以后，素花看过戏，那出《铡美案》很打动她，主要是秦香莲的身世很能引起女人的共鸣。有些唱词她都能记起来，比如秦香莲指责陈世美时唱的："不料想你贪图富贵良心坏，忘父母抛妻儿你蛇蝎肠怀……你不仁不义不孝不才……"这几句戏词是素花记得最清楚的，后来是在收音机里听，每次听到这儿的时候，素花心里都有一种咬牙切齿的痛快感觉，为那个遥远的女子抱不平，她只知道宋朝离现在非常久远，究竟有多久远，她从不想，久远与否对素花不重要，她的生活就在眼前，至少，丈夫的行为是不仁不义，老太太走连送都没送，这就是不孝。素花不明白不才是什么意思，她认为有三个罪名已经够了。

　　车到了一站，一位抱孩子的妇女上车，随着她们上来的是一串清亮的哭声，母亲的脸上并没有一丝烦恼，只有一丝歉意，她对坐在靠近车门的人说："这孩子就爱哭……"说完，抱着孩子到了车的末尾。素花朝车窗外看了一眼，不知道到了哪站，心里一阵慌乱，又想起自己要坐到终点站，便又踏实了。素花心里想着到工会见了工会主席说什么，不能一上来就把戏词念出来，最少要把自己的委屈说出来，最大的委屈。素花想了半天她比较着因为生不出男孩儿而遭受白眼和丈夫已经五天没回家，这两条里哪个更让她难过。最后她认定是不回家，生不出男孩儿自己遭受的只是冷落和白眼，以及婆婆的抱怨，但日子还是不紧不慢地过着；而丈夫不回家日子就没法过下去了，一个人怎么过日子呢，对女人来说过日子是最重要的事，过不下去了，还活着干吗。素花被自己的想法吓了一跳，但她很快就想："我是不会死的，我有四个孩子呢，我死了她们去要饭吗？"她不知道自己在问谁，好像跟谁赌气，但她不知道对方是谁，那个总是与她为敌的人。如果能把他找出来，一定不会饶了他。

13路汽车到达终点站的时候，素花走出车门，雪下大了，有点儿分不出东南西北。素花走得很慢，她看见雪花落在围巾上，慢慢积起来了。她并不想把雪从围巾或者衣服上抖搂下来，她甚至想让雪下得更大些，身上、围巾上落满雪，遮盖住自己邋遢的衣衫。她突然想到此刻头发上一定也有雪，素花赶紧用手抹了两下，她感觉到自己的头发整齐了，脸上呢，顺势又用雪抹了一下脸，素花感觉清爽了许多。

让素花完全没想到的是，当她心怀激动的情绪，狠命地抑制着心脏的加速跳动，坐在工会办公室里，终于等来工会主席时，工会主席却很诧异地对素花说："您不知道李副处长去上海出差了？他没有告诉您吗？"素花一下蒙住了。

素花愣了半天，在13路汽车上想了一路怎么说，先后顺序，像那些唱戏的念对白，反复在心里念了好多遍，却被工会主席一句话噎得哑口无声，瞪着眼，连喘气都忘了，俨然一条蹦上了岸的快要干死的鱼。工会主席感觉到什么，为了掩藏尴尬，亲自站起来给素花倒水。工会主席是个四十来岁的好脾气的男人，说话的声音柔软动听，像是一股股的泉水，让人从心里感到舒服。他把一缸子热水放在素花面前，坐回到自己的椅子上，上下打量了一下素花说道："大嫂有几个孩子啊？每天一定都很操劳的啦，看您身体倒还蛮结实，您可要保重身体啊，不然全家的生活就会受到影响，李副处长也就不能全心全意地干好革命工作了。李副处长出差没跟您打招呼，恐怕也是太匆忙，没来得及，等他回来我要提醒他以后一定注意。"工会主席说到这儿，抬头四处张望，看到门口刚好一个年轻人探进头，便赶紧伸手招呼："小张，正好你来了，你去食堂给李大嫂打一份儿饭，要甲等的，用我的饭票。"说着从上衣兜里掏出两张饭票走到门口，交给那个探头的小张，小张说了声"是"，转头离开了。

工会主席很殷勤地让素花喝水，还说天气太冷，从东城区到这边恐怕要用一个多小时吧。素花点头，心里琢磨怎样才能把话题引到丈夫身上，进而引到自己的委屈上，委屈从何而来，然后牵出丈夫外边的野女人。

然而实际情况却与素花的愿望相反，她越来越感觉到自己与这位态度和蔼的工会主席，就像人们常说的，牛蹄子分两半，怎么都说不到一起去。她刚刚把话头往丈夫身上转，工会主席就扯他家里的事，什么自己的三个孩子都是女儿。"一吨半，哈哈，都这么称呼我们家那三千金，比小子还淘气，要我看啊，男孩儿女孩儿都一样，在城市里生活，又不用干重体力活儿，不像咱们原来在农村啦，女孩子挑两担水都困难，现在城里生活只消把自来水龙头一拧，水就哗哗出来了。李家大嫂做家务肯定是一把好手啦，不然李副处长不会这么快就当上处长，全凭家属在背后支持啊，我要代表部里表扬大嫂呢。"

素花几次想张口说点儿什么，总是张不开嘴，话便在肚子里闷着。素花平时说话明显带有家乡口音，胡同里的人也是天南地北来的，你说你的，我说我的，谁也不在乎谁的外地口音。可眼前的这位工会主席，说着一口绵软的普通话，几次素花都想问他哪里人，但工会主席的话头密不透风，素花几次插话失败后，竟然不好意思亮出自己的家乡口音了，用一种刻板的普通话与工会主席聊着。恰在这时，门打开了，刚才受命为素花买饭的小张端着一个铝饭盒站在门口。工会主席行动敏捷地走过去，接过小张手里的饭盒，对小张说:"你去通知一下,半个小时以后召开全体会议,谁都不能耽误,吃不完饭的就剩下晚上再吃。"小张应一声走了。

工会主席满脸笑容地端着饭盒走到素花面前,恭敬地弯腰,把饭盒递给素花,素花有点儿受宠若惊,下意识地站起来,接过饭盒,工会主席赶紧说:"您坐下吃吧,我出去转一圈儿,看看有什么事情没有。"素花嘴里的"您忙吧"三个字还没来得及出口,工会主席已经一个滑步,翩然离去。素花一个人坐在那间宽大的办公室里,手上捧着那个热乎的饭盒,她有点儿被眼前的境遇弄蒙了,那些肚子里的话此刻已经死了一大半,剩下的那些也奄奄一息,素花觉得已经没有力气把它们说出来了,她感到一种无形的力量阻止了它们。素花抬头朝天花板望去,这与家里的顶棚截然不同,不是用纸糊成的,而是石膏抹上去的(素花认定这样),边角还刻上了讲究的花纹,虽然有地方开裂了,但看上去那么高级,那么洋气,能待在这样的屋子里,也真是前世修来的好福气。素花琢磨着丈夫也是在这样的办公室工作,心里产生了一种异样的感觉。事情到了这一步,素花几乎快忘掉自己为什么来到这里了,这种异样的感觉让她的肚子咕咕叫了几声,想起从早上到现在连口水都没喝过,便打开还温热的饭盒,一股浓郁的饭菜的香味扑面而来。素花低头一看,那个铝质饭盒里,一半是香喷喷的大米饭,另一半是肉片红烧萝卜,油没少放,看上去萝卜油汪汪的,令人馋涎欲滴。素花使劲儿咽了一下口水,不管了,先吃饱了再说,就是掉脑袋,也要先把脑袋喂饱。这么想着的时候,素花竟然不自觉地笑起来。她拿起筷子,先夹了一块萝卜,放到嘴里,然后撮起一团米饭,接着一片肉……三下五除二,很快就把那一盒饭菜吃光了,连一粒米都没剩下。素花拿着空饭盒想刷干净,她站起身四处看着,恰在这时,门又及时打开了,刚才那个小张很热情地对素花说道:"您给我吧,我帮您刷干净。"说完,拿着脏饭盒走出门外。

素花以为工会主席也去吃饭了,吃完饭就会回来,素花还没说到正题，就算丈夫出差了，但他外边有了人是事实，一个国家干部做这样的事领导不能不管。其实素花有些心虚，俗话说的，捉奸要双儿，自己连那边是谁都没见过，单凭一块手绢能认定丈夫有了人吗？可他不回家是事实啊，好好一个人，不回家，连自己妈都不放在心上了，这些难道不是证据啊。俗话翻来覆去在心里琢磨着，一会儿工会主席回来就直接说，说丈夫已经很多个晚上在外边过夜了。素花下定了决心，专等工会主席一推门进来就开口说话。

时间就在素花焦急的等待中水一样地流走了，在素花漫长的等待中（其实总共不过一个多小时），门被推开过无数次，当然都是找刘主席的，大多数是刘主席的下属，见刘主席不在便点头退出去了。其中有三次一望而知是跟自己一样的家庭妇女，这三个女人当中，有一位甚至比素花的穿着更不堪，衣服的大襟上都是脏兮兮的土点子，下摆很多处都破了，两只袖子上都有破洞，女人的脸好像根本没洗，眵目糊都看得清楚。她大声问素花刘主席呢，并用一种憎恨的目光看着素花，素花犹豫着站起来，摇头。那女人便恨恨地摔门走了。素花那些准备好的说辞，就在时间的流逝中慢慢变得模糊起来，而自己不断鼓励自己得来的仅有的一点点勇气，也被无法忍受的等待吸食掉了。

素花抬头四处张望着，这是她打退堂鼓的信号，她盼望着有谁能进来，然后她至少要让这个人转告刘主席，她还会来的，也许刘主席今天太忙了，等他有空的时候再谈。但足足十分钟内，一个人都没来过，有无数脚步声从远而近，却都只是路过，连停都没停一下。素花看到了办公室西南角上的一只挂钟，这让素花大吃一惊，两点多了！素花盘算着坐车回家需要的时间，大概一个多小时，等车怎么也要二十分钟，有时候更长，下车还要走十多分钟，加起来怎么也要两个多钟头，这让素花更加坐立不安起来。她甚至想马上离开这间办公室，这里的每一件东西包括桌子、椅子、沙发（一进门的时候她很喜欢，坐上去的感觉甚至让她在心里欢呼了一声）甚

236

至门后的衣架，窗户上的窗帘，都让她不喜欢，但没有人进来，她觉得这样不吭一声就走掉是非常不礼貌的。素花坐不住了，她站起来在沙发前边的空地上来回溜达起来，她走到靠窗户的一边，突然看见了小菱，小菱的脸上泪水横流，却听不见小菱的哭声，素花一阵着急，上前一步想抱住小菱，却扑个空，差点儿摔倒。

素花彻底失去了耐心，她拉开门，朝楼道的两头张望，竟然一个人影都没有，她索性站到了楼道的当中，任何一个人出现在她的视线里，素花就会让他转告刘主席，说她家里有孩子，不得不先走了。终于，从楼道的东头远远地有个人影过来了，素花看清了，是个三十多岁的胖胖的女人，不等那女人来到眼前，还有十步距离的时候，素花便急切地说出了自己的诉求。胖胖的女人说："您放心吧，我会转告刘主席的。"说完，迈着方步往西头走去。

素花走出大楼的时候竟然长长地出了一口气。地上一片白，雪比来的时候越发大了，空气里有一股潮湿的气味，素花不禁深深吸了口气。她往汽车站走的时候，有一种如释重负的感觉，这种感觉有两个原因：一是她终于从工会主席的办公室出来了；二是得知丈夫出差了，而不是在单位里住着没回家，并没有跟那个野女人厮混在一起，这让她稍稍安心了一些。

素花刚在车站牌子跟前站定，一辆13路汽车就开过来了，一路很顺畅，到家的时候竟然还不到四点钟。院子里，惠芬很惊讶地看着满脸喜悦的素花，试探地问道："事办好了？"素花点头，又摇头道："见着工会主席了。"见惠芬等着下文，素花说："老李去上海出差了，他没在单位……"惠芬惊道："老李出差了！他怎么不告诉你啊，以前他出差恨不能嚷嚷得满院子都是。"素花心里有几分不乐意："兴许人家走得匆忙呢，没来得及跟家里打招呼吧。"惠芬用手指头指着素花的脑门恨恨地说："就说你人善被人欺呢，你总把别人往好里想，都让人家蹲在你脖子上拉屎了，你还给人家找借口呢。"惠芬真生气了，她气素花太窝囊，任由男人欺负，被欺负的时候竟然一点儿火气都没有，换作自己，不把他的耳朵扯下来，也要扯断他几根头发！

素花见惠芬气成那样，心里热乎乎的，她相信这会儿惠芬是真的为自己好，而不是像以前很多时候那样话里有骨头，你要拣半天才能把骨头拣干净。素花叹口气："我说话没你那么硬气，你有儿子撑腰，我就那四个丫头片子，我能怎么样呢，人不服输，可得服命啊，老天爷就这么不开眼，我能愣把人家扒开啊。"这时，小菱和大云手牵手进了院子，惠芬迎上去问："自己走回来的？真棒啊。"

素花把菜和饭端到堂屋的桌子上，小莲还没回来，小菊说："我都快饿死了，小莲怎么还不回来啊，是不是碰见岳家祥了？"素花道："不许胡说，你应该叫大姐，没大没小出去让人笑话。"这时候门开了，小莲脸色铁青地进了门，跟谁都没打招呼，放下书包到脸盆架那儿洗手。素花问："怎么这会儿才下学？老师拖堂了？"小莲"嗯"了一声说："妈，以后我回来晚了别等我，不就一口炒白菜吗，有什么可等啊，又不像人家大户七碟八碗的。"素花说："你也没那个命啊，七碟八碗就别想了，赶紧吃完了饭做作业吧，今天不用你洗碗了。"小菊在一旁说："我也不洗碗，我的手受伤了，今天被铅笔刀拉了一个口子，流了好多血呢。"小莲把眼睛凑到小菊手上说："口子在哪儿呢，今天我要是看不见你手上的口子，我就立马现给你拉一个出来。"小菊听小莲这么说，赶紧把放在桌子上的手往后背藏。小莲不依不饶，非扯着小菊的手看，最后看见了小菊的左手虎口上一个轻微得几乎看不见的伤口，便把小菊的手狠劲儿放回到桌子上，素花听到小菊的手接触到桌子时重重的一声砰，刚想说小莲，小菊咧开嘴哭起来，一边哭一边喊道："爸不在家你们就合伙欺负我，等爸回来，我告诉他你们怎么欺负我的。"小莲幸灾乐祸道："你别做梦了，他不会回来了，你赶紧老老实实做作业去，以后多帮妈干点儿活儿。"

桌子擦干净后，素花抱起小菱对几个孩子说："我去惠芬阿姨家串个门，你们好好写作业，小萍好好折纸。"素花走到惠芬家门口，刚要问惠芬吃完了没有，听见惠芬跟王永平说话，惠芬有意压低了声音："老李也太不是东西了，要是搁我身上，我非宰了他……"王永平的声音更是低到素花几乎听不见，王永平的声音刚结束，惠芬突然提高了声音道："我怎么不能管，就算不管用，我也能向着她说几句话吧。你们男人个个都是黑心狼，良心都让狗吃了。"突然门被推开了，惠芬手里端着一个盆，刚要举起来往外泼水，猛然看见抱着孩子的素花，赶紧往回收，盆里的水漾出来一些，洒到惠芬的棉鞋上，惠芬问素花："没泼孩子身上吧，你也是的，到了门口也不吱一声，这盆水要是泼孩子身上怎么办。"惠芬让素花屋里坐，素花知道两口子为自己的事拌嘴，便不想进惠芬家门了，找了个借口："小菱吃了饭闹腾，我说抱着她院子里走走，刚巧走到这儿你就开门倒水。"素花一边往自己家走，一边对惠芬说："有空过来说话，这孩子困了，我给她洗洗脸去。"

素花抱着小菱进了卧房，却见小莲站在屋里，素花问她怎么不去做作业，小莲却反问道："今天去部里说得怎么样？见着工会主席没有？他什么态度？"素花把小菱放到地上，一屁股坐在床沿上，眼泪汪汪的。小莲靠着妈坐下来，追问："您倒是说话啊，他们欺负你了？还是谁说什么了，我爸也在那儿吗？"小莲问了半天，见妈一个劲儿流泪，一股怒火由心而起，小莲嗖的一下站起来，恨声道："你不说我也知道那些人什么德行，还不是向着我爸说话，我现在就找他们去，下班了不要紧，总有值班的吧，我今天就住那儿，等着明天他们领导上班！"说着，小莲像一阵旋风似的往外跑。素花站起来，像老鹰捉小鸡似的围堵小莲，不让她出门去，用一种哀求的声音说道："你听我说啊，你还没听我说呢，等我说了你再找他们也不迟啊。"小莲这才停下来。

小莲听完母亲的描述，对那个老奸巨猾的工会主席恨得咬牙切齿，刚刚已经瘪下来的身体又仿佛上足了发条，在那间不到十五平方米的屋子里像个没头苍蝇似的东撞西撞的，素花只能无可奈何地看着小莲。"他们不能这样就把你晾起来了，那工会主席简直就是个骗子，他骗一个家庭妇女，真做得出来。什么出差啊，他一个工会主席，怎么知道我爸出差去了，可见瞎编的，也许我爸正在隔壁房间里喝茶看报呢。"素花说："不会，出差的事他不能说假话。"素花说完这句话，自己也含糊起来，当时糊里糊涂的，现在经小莲一点拨，才明白工会主席当时的一举一动都是为了拖延时间，转换话题，让素花没法开口，最后消磨掉了素花的意志，只能走人。素花有一种恍然大悟的感觉，突然觉得这世界上的事情很多都是自己没法弄明白的，而小莲不然，好像什么都瞒不过她。素花记起何老师曾经说过一句话：识字能让人心明眼亮，别人没法糊弄你。素花认定小莲一切的举动，包括那种天不怕地不怕的性格，都因为她有文化，能认字。意识到这个，素花便陷入了一个自卑的深渊里，暗无天日，一丝光亮都没有，没人能解救她，没人顾及她的感受，甚至没人注意到她的存在，她就如同一根野草、一粒尘埃！

小莲看着妈对着墙角发呆，她不知道妈心里在想什么，在小莲看来，妈除了做饭哄孩子梦想生个儿子以外，什么想法都没有，她没法设身处地把自己变成不识几个字的家庭妇女，然后体会她们的辛酸、无奈和操劳。小莲对一切不公平都十分愤恨，她认为凭借自己的能量便足以与这个不公平的世界抗衡，她以自己习惯的方式疯狂地诅咒着这个世界，认为那些乌七八糟的东西迟早会消失。但她终于慢慢地体会到这个世界的冷漠了，她像一头愤怒乖张的麋鹿，在森林里狂怒地跑着。

"我去给他领导写信，他们可以这样对待你，因为你是个家庭妇女，但我不是，我就要跟他们斗一斗！"小莲突然说道，还用胳膊在空中挥舞着，小莲说完，径自跑到自己的屋里，把那扇晃晃悠悠的木门关上，小菊和小萍扭着脖子看着，最后小菊说："小萍，别看了，大姐就是个疯子。"

其实李国强真的是去上海出差了，不过这差事是他从另一位副处长那里要来的，他对刘曼殊说自己也要去上海出差，当时只不过是他心里的一个愿望。刚好另一位副处长的老婆生孩子还没满月，乐得让李国强代劳，两个人里外都合适，处长没话说。

李国强手里拎着一个漂亮的旅行箱（这是他特意跟材料科的一位同事借来的），黑色的人造革周边都用红色包了边儿，看着很是讲究。李国强出了办公大楼，特意走远些，拦住了一辆三轮车，直接从单位到了北京站，乘坐京沪列车，经过两天一夜到达了上海。

这之前，他已经给在上海休假的刘曼殊发了电报，电报的内容很简单，只说了日期和车次。刘曼殊接到电报的那一刻，脸红心跳了半天，她把电报揣在衬衣的兜里，哼着歌，像只燕子似的在里弄里踮着脚跑来跑去，真像是要飞起来了一样。晚上吃饭的时候刘曼殊当着弟弟妹妹的面，对父亲和母亲说："阿拉男朋友明朝要来上海啦……"刘曼殊的父亲母亲悬在空中的筷子半天都没能落下来，最后还是父亲咳了一声，对刘曼殊说："囡囡啊，不是早说好了，不在那边找男朋友的嘛，北方人的生活习惯你受不了的，以后真的结婚生孩子，那时候你再反悔就晚了呀。再说，我跟你母亲正在想办法在上海给你找一份好工作，等事情办得有点儿眉目，我们准备让你彻底搬回来。你看你回家才几天，脸色也比刚回来时好看了好多，那个地方风大得能把你刮飞起来的。"

刘曼殊当着弟弟妹妹的面不好要性子，只是将吃饭的速度放慢了，她低着头，对父亲那番话不表示反对也不赞同。她偷偷瞥了一眼一言不发的母亲。母亲那张干净的脸上看不到一丝怒气，母亲的头发刚刚用火钳子烫过，发卷显得很有力量地一圈儿一圈儿爬在头上，脸上涂了厚厚的一层粉，当脸部动作的时候，额头上的两道横纹若隐若现。刘曼殊看不出母亲的内心活动，但她知道这个家里母亲做主，而父亲只是母亲意见的传声筒。等弟弟妹妹吃好，都各自去学习了，刘曼殊这才对母亲说："姆妈，人家明天就到上海了，怎么也要见见人家，请人家吃顿饭，好不啦?"

刘曼殊母亲家里是开裁缝铺的，那时候的日子过得很殷实，加上只有刘曼殊母亲一个孩子，吃穿用度竟也跟那些大户人家比着来，让这位小家碧玉颇有几分大家闺秀的气度，但这种气度在嫁给了刘曼殊父亲以后便慢慢消失殆尽。刘曼殊的父亲是个郊区种菜的农民的儿子，长了一副好皮囊，刘曼殊母亲哭着喊着嫁给他以后，便明白了当初父母为什么执意反对这桩婚事。世界上没有卖后悔药的，自己的路还得自己一个人硬着头皮走，可她不想自己的孩子犯同样的错误，在搞清楚女儿的男朋友是何方神圣之前，她一言不发。这时她把碗里的最后一粒米放进嘴里，对刘曼殊说:"囡囡啊，明天请你男朋友来家吃饭啦，我亲自烧几个菜让他尝一尝。"又转头对刘曼殊父亲说:"明天把铺子关掉哦，囡囡的男朋友来了，我们怎么样也要周周到到的呀。明天一早你就去菜场搞一只鸡回来，弄白切鸡给伊尝一尝。"刘曼殊听母亲这么说，心里很是欢喜。刘曼殊的父亲只点了点头。

全家人一宿无语到了第二天清晨，尽管火车要中午以后才到，刘曼殊却没等天亮就起床了，她想去刷马桶，这活儿以往都是父亲做的，自己很少回家，没法尽什么孝心，现在正要表现表现。她提着马桶轻轻往门外走，父亲低声喊了一句:"你收拾收拾吧，弄弄头发，找找衣服，马桶我一会儿去刷啦。"刘曼殊很听话地将马桶放回去，朝父亲甜甜一笑，便去阁楼上弄头发了。刘曼殊听见母亲轻轻对父亲说:"你就让伊刷好啦，伊在首都天天用抽水马桶，哗啦一下，哪里像咱们啊，伊回来也要稍稍干点儿活儿啦。"刘曼殊听不到父亲的回应，她屏住呼吸等了半天，静得像没人一样，刘曼殊心安了，她知道父亲心疼自己，她三岁的时候父亲带着她去逛百货商场，一眼就相中了货架子上的一双红皮鞋，父亲问了问价钱，缩了下脖子，可刘曼殊非得要，父亲一咬牙，买下来，当时就给刘曼殊穿在脚上。刘曼殊长大了才体会到父亲的心情，当他们回到家时，母亲一通数落父亲，话说得很难听，什么这双鞋够你以前挑担子卖菜卖一个月啦。那时候父亲也是一句话都没回应，任由母亲骂了三天。刘曼殊同情父亲，又心疼母亲，毕竟日子还是要过的，谁不想把日子过得讲究一点儿呢。

其实当李国强一脚踏上火车的时候，心里便隐隐有了几分悔意，他有点儿埋怨自己竟然像个不谙世事的毛头小子，刘曼殊如果有几分心计，会认为自己离不开她，以后如果关系有所变化，比如真的走到一起，那自己就会很被动，而走不到一起，刘曼殊也会把这当作自己的把柄。李国强并没拿准主意，是进一步发展关系，还是只让她为自己生个儿子，或者干脆与她断绝来往，奔自己的仕途。他想起部里基建处一位副处长的结发妻子来部里闹腾，那位副处长新结了婚，刚与新妻子生了一个胖小子，结发妻子带着他们的两个孩子闹得沸沸扬扬，最后工会主席出面协调解决，那位副处长原本要升正处级，这下泡汤了，不但没升级，连副处长的位子也丢了，现在就是个副科级。这让李国强心有余悸。

火车放慢了速度，窗外的景色渐渐清晰了，火车进站，接站的人脸上都紧张兮兮的，都想尽早地在人群中找到自己的亲人。李国强却没费什么劲儿就看见了站在接站人群中的刘曼殊，他朝她招手，就像有种魔力似的，刘曼殊的眼神只游移了片刻，便定在李国强的身上，她像一朵桃花一样含笑开放了。李国强伸出胳膊去行李架上拿行李，眼睛始终没离开刘曼殊的脸。刘曼殊跟着火车小跑着，他明显感觉到几天的工夫，刘曼殊变化挺大，头发帘是烫过的，好看地卷曲着，李国强甚至忘了刘曼殊以前有没有头发帘，但此刻头发帘却是给李国强的第一个美好的印象。

李国强走下火车，刘曼殊站在离车门三米远的地方，脸红得像块刚从染缸里捞出来的红布，新鲜又动人，她站着不动，只一个劲儿朝李国强笑着。李国强朝她摆了下手说："傻丫头，站着干吗，还不过来帮我提行李。"刘曼殊这才像只小鹿似的蹦到李国强身旁，李国强看得出，她抑制着激动的情绪，嘴唇好像都在颤抖着，不禁在心里笑起来。李国强记起每次给上级领导写完一份工作报告时，就是这种既满足又得意的心情，他不用秘书帮忙写，他看不上他们的文笔，李国强的工作报告是部里公认最有文采的，这让李国强很引以为傲。

除了头发帘以外，李国强发现刘曼殊的衣服也与在北京工作时不同，列宁装不见了（尽管她穿着列宁装已经比其他女同志好看很多，刘曼殊把列宁装的腰身缝进去，尽量按照自己的腰的曲线走），刘曼殊竟然穿着一件士林格子布的棉旗袍！李国强没有近距离地观赏过穿旗袍的女人，只有一次胡同里岳家祥家来了亲戚，正好李国强下班，他远远看见岳家祥家的大门敞开着，路过的时候不经意往里看了一眼，见两个女人穿着旗袍站在大门口说话，两个曼妙的身姿让李国强怦然心动，给李国强留下了深刻的记忆。他曾经问素花想不想穿旗袍，素花笑道："我穿上那玩意儿就什么也别干了，一天到晚就站着，跟一幅画似的。"李国强心里赞同素花说的，穿旗袍的女人没法干活儿，这让李国强心里有一种惋惜。

刘曼殊的明媚冲淡了李国强刚上火车时心里的灰暗，此刻李国强打量着眼前的刘曼殊，眼睛没法从那件旗袍上移开，李国强还注意到刘曼殊穿了一双很厚的白棉布袜子，脚上是一双黑色灯芯绒面的襻带布鞋，布鞋的白边儿在午后的阳光中显得有些刺眼。李国强笑着问道："你穿这个不冷吗？"刘曼殊的脸一下红到了脖子根儿，两只手绞着左边那根辫子，一句话都说不出来。李国强越发觉得有趣，他掏出手绢擤了下鼻子，又把手绢放回裤兜里，他撩开大衣的时候，刘曼殊看到了李国强上衣口袋处别着一支金笔，这让刘曼殊心里稍稍踏实了一些，她知道母亲喜欢文化人。

两人搭了一辆人力车，上海的人力车不像北京的那么宽敞，李国强开玩笑道："上海人比北京人苗条，车就窄。"拉车的师傅一边小跑着一边跟李国强搭讪，说他一定是国家干部，看看这派头，从北京这么远的地方来，皮鞋一点儿灰尘都没有。"阿拉上海宁都佩服侬。"李国强笑道："这有什么难啊，临下车前掸一掸不就好了。"刘曼殊听了，心里挺舒坦，他能这么做，说明很看重这次来上海。刘曼殊心里满满的都是李国强，她甚至忘了李国强是个有老婆，有四个孩子的男人，一个热恋中的女孩儿会忘掉现实。刘曼殊有时会冷静片刻，回忆李国强跟她在一起的时候是否对她有过什么承诺，她真的不记得李国强曾经信誓旦旦说过什么，比如会娶她，跟她过日子，只记得李国强总会摸着她的后脑勺说："傻丫头。"刘曼殊听到这句话就觉得比千万个承诺都来得踏实。此刻她紧紧挨着李国强，这是她第一次在众目睽睽下与他挨这么近，她并非本意愿意这样，而是人力车的空间太过狭小，她甚至感觉到李国强并非十分迎合自己，而是保持一种自然状态，在一个狭小的空间里应该有的状态。这让刘曼殊快速跳动的心脏回复到正常速度，这时她听见李国强对车夫说："锦江饭店你知道吧，去那里。"车夫听到锦江饭店，马上说道："谁不晓得，那可是出了名的饭店，一般人住不起的呀。"李国强没搭腔，刘曼殊却扭头有些惊讶地问李国强："你不去见我父母吗？他们都准备好了呀，我姆妈要亲自烧饭给你吃。"李国强轻轻说了句："傻丫头，我要先去宾馆放下行李，然后换换衣服，买点儿礼品，这样空手去让人笑话啊。"

刘曼殊虽然是上海人，以前也只是路过的时候看锦江饭店的外观，并没真正进去过。父亲说："反正你就想里边一定很高级的啦，不是我们这样的人能住的。"刘曼殊跟着李国强走进锦江饭店的时候有种心惊肉跳的感觉，她的眼睛似乎不够使，看了这里又怕漏掉那里，最后目光总是落在李国强笑吟吟的脸上。她几乎有些惊讶了，李国强俨然就像一位这里的常客，似乎对这里已经司空见惯了，这让刘曼殊，一位土生土长的上海人感到几分惭愧。等李国强办好入住手续，在前边引导着刘曼殊，刘曼殊稍稍平息了她那无法遏制的好奇心后，李国强低声对她说道："我以前陪着副部长来过几次，第一次来的时候，我的嘴都合不拢，吃饭的时候下巴都没劲儿了。"刘曼殊听李国强这么说，心情一下轻松起来，她跟在李国强身后进了房间的门，她等着李国强很浪漫地给她个拥抱，没想到李国强刺溜一下钻进了浴室，刘曼殊以为李国强只是内急，解决完了就会拥抱她，说不定……她下意识地瞟了一眼整齐的床铺，不禁哑然。

李国强确实内急，进了房门他甚至没来得及跟刘曼殊亲热一下就进了浴室，他解开裤扣儿，望着一股炽热明黄的尿液呈一道美丽的弧线准确射入马桶里，心里却有些凌乱了。原本他来上海出差就是为了见见刘曼殊，自从刘曼殊回上海休假，李国强突然觉得空落落的，他已经习惯中午吃刘曼殊头一天晚上烧好的饭菜了，几乎忘了食堂饭菜的滋味。而刘曼殊却要去食堂吃饭，就是说她每天做饭、带饭，只为李国强，只为爱情。刘曼殊回上海休假以后，李国强嘴里淡淡的没滋味，心里便有些落寞，加上母亲已经回老家，想想家里，素花那张永远洗不干净的脸、小莲对自己仇视的目光，便毅然决定去上海，兴高采烈地登上南下的火车。但当他一下火车，看到了光鲜的刘曼殊，以及她身上那种来自近乎家人的亲热，李国强心里一下矛盾起来，毕竟，她不是自己的家人，甚至连朋友都算不上，她在自己的生活中只存在于阴影当中，而当他得知刘曼殊要带着他立马见她父母的时候，李国强心里已经有了几分沉重，原来的热情一下打了折扣。他知道刘曼殊让他去见她父母意味着什么，他毕竟是过来人，而刘曼殊却是个没任何生活经验的雏儿，李国强真的去见了刘曼殊的父母亲，必须要把真实情况说出来，那是让李国强感到万分难堪的事情。李国强并没有静下心来认真思考刘曼殊在自己的生活中扮演什么角色，但有一点是真实的，那就是想让刘曼殊为自己生个儿子，至于以后的安排就看老天爷的意思了。

在李国强与刘曼殊一个月内多次性生活之后，刘曼殊的月经如期而至时李国强惊讶地问："你来身上的了？"刘曼殊点头，笑着对李国强说道："这你放心了吧。"李国强意味深长地看了一眼刘曼殊，然后用手指头点了一下她的额头："说你傻，你还真是傻呢。"接下来的一个月李国强有意在大约是刘曼殊的排卵期与她同床，他还是在部队当兵的时候就从一位战地医院的大夫嘴里知道了排卵期的事，并偷偷告诉他如何计算女人的排卵期，李国强一开始不信，觉得他是在骗他。"哪有这样的事，你读几天书就会编故事啊。"战地医院的大夫见他不信，突然爆发出一阵大笑，这让李国强一惊。李国强试着计算素花的排卵期，"神了"。李国强试验的结果让他彻底信服了那位战地医院的大夫，但让他后悔的是没能问他怎么生男孩儿。接下来的一个月，刘曼殊的月经又来了，而且还提前了几天，李国强看着自己被经血弄脏了的身体，心里突然有一种厌恶，他弄来一盆水使劲儿洗着，刘曼殊躺在床上笑眯眯地看着他。

这时，卫生间里的李国强尿完了，手上有几滴尿液，他拧开黄铜的水龙头，仔细洗着手，心里琢磨着找什么理由推辞刘曼殊。用水冲了一会儿，李国强用香皂搓，手上起了很多的香皂沫，他来来回回地把那些香皂沫从左手倒腾到右手，任由水龙头里的水无限制地往下流。最后，他冲干净了香皂沫，又用宾馆的梳子梳理了原本就不乱的头发，还习惯性地用嘴吹梳子上的头发（尽管一根头发都没有）。当李国强走出浴室，见刘曼殊还站在屋子当中，保持着刚进门的姿态，李国强笑着走过去，揽住刘曼殊的腰说："真是傻丫头，来，来，让我看看穿旗袍的傻丫头什么样子。"说着便用一只手朝刘曼殊的胸脯摸过去。刘曼殊虽然穿着棉旗袍，但旗袍剪裁合体，针脚儿走得密实准确，刘曼殊的腰身还是凸凹有致，李国强准确无误地用手罩住刘曼殊的一只乳房，另一只手便把刘曼殊往床边带。

恰在这时有人敲门，李国强放下刘曼殊去开门，一个年轻的宾馆服务生站在门口，李国强问他什么事。服务生说总台有个电话，找二机部来的李国强先生。李国强点了点头。服务生走了，李国强对刘曼殊说："我下去接个电话。"便出了房门。电话是部长的吴秘书打来的，传达部长的指令，让他一到上海就要找物资局联系，不要耽误，因为北京的事情有些紧迫，也可能还要去西安，吴秘书换了个口气说："领导知道是你过去了，很欣慰，如果还是原来那位副处长，事情恐怕就麻烦了。"李国强一句话都没说，放下电话又向那个服务生说了句"谢谢"。他转身的时候听见有人唧唧哝哝议论了几句，李国强不懂上海话，但他感觉到这事跟他似乎有关系，但他没兴趣知道他们议论的是什么，直接上楼进了自己房间。带上门，发现刘曼殊已经躺在被窝里了，身上那件格子棉旗袍躺在一旁的沙发椅上，白棉布袜子搭在沙发椅的扶手上，鞋子很整齐地摆在床边。但此刻李国强没心思缠绵了，吴秘书的电话扰乱了氛围，他感到这趟差事有点儿不寻常。李国强笑眯眯地坐到刘曼殊身旁，用手指头刮了一下她的鼻梁，这个动作刘曼殊很熟悉，动作虽然温柔，但她明白李国强现在兴味索然。刘曼殊磨蹭着不想穿衣服，李国强一边拿过那件旗袍帮刘曼殊往头上套着，嘴里一边轻轻说道："乖啊，我们还有的是时间呢，我得跟物资局碰个头，你回家告诉你父母，我有时间一定登门拜访。"

刘曼殊推开家门就闻到一股好闻的饭味，这让刘曼殊在感到愉悦的同时，产生了一种罪恶感。她慢吞吞地换了鞋，然后悄悄地去自己的房间换了衣服，她犹豫着要不要现在就告诉母亲男朋友不能来的消息，她想去向父亲求救，父亲比母亲好说话，但父亲怕母亲。以前刘曼殊不明白父亲为什么对母亲那样唯唯诺诺，现在她有点儿懂了，决定人地位高低的因素很复杂，背后仿佛有一只极其有力量的手操控着一切，而那只手帮着谁，不帮着谁似乎都是早就安排好的。

父亲站在刘曼殊的房门口轻轻喊了声："囡囡，没接到男朋友吗？你姆妈烧了好多菜呀。"刘曼殊朝父亲笑着，用手卷了一下头发帘道："接到了呀，不过他今天不能来，单位上有事情等他处理呢，明天，明天笃定能来呀。"父亲愣了一下，接着哦了一声，父亲并没立即离开，但也并不想再说什么，刘曼殊感觉到因为父亲的心情沉重而使得周围的空气也变得凝重了，父亲周围刚刚还翻飞的尘埃一下放慢了速度，有的似乎静止了。最终，父亲叹了口气道："好吧，我去对你姆妈说吧……"

父亲走下楼梯的时候，木质的楼梯发出难听的吱呀声，刘曼殊能感觉到他尽力控制着自己的重量，试图让那种难听的声音低一点儿，终于，楼梯的吱呀声结束了，父亲到了楼下的厨房，刘曼殊隐约听到父亲低低的叙说声，她的心紧张到了嗓子眼儿，几乎要从嗓子眼儿冲出来了。接下来是一片死一样的沉寂，然后，母亲的脚步声，是朝自己的房间上来的。出乎刘曼殊意料的是，母亲并没有面色铁青，相反，母亲的脸上还挂着浅浅的笑容，没等刘曼殊缓过神儿来，母亲开口道："囡囡哪，男朋友今晚没空不要紧的呀，明天晚上我们等他，反正这些菜也坏不掉的。"

吃完晚饭，刘曼殊想出去给李国强打个电话。刘曼殊出了家门去公用电话李老伯家，问他要电话簿子，查了饭店电话，打过去，转到房间却没人接。刘曼殊放下电话听筒，心里琢磨要不要去一趟饭店，反正自己也很心焦想见他。摸了下兜里，一毛钱都没有，又看看身上，总不能穿着家常的衣服去见他，最后还是作罢。刚想转身回家，电话响起，李老伯接起来问找谁，对方竟然说找刘曼殊，李老伯笑道："真是没有这么巧的啦。"说完把电话递给刘曼殊，竟然是李国强，刘曼殊高兴地问："我正给你打电话呢，哎呀，你是怎么知道我家电话的呀？"李国强说："可以查啊，傻丫头。"接下来李国强的一番话让刘曼殊愣在那里了，李国强告诉她因为在西安有紧急的事务要处理，所以明儿一早要赶去西安，就不能去她家见她父亲母亲了，下次来上海一定去登门拜访。李国强说的是实话，单位确实让他去西安紧急处理一件事情，因为上海的事原本就是毛毛雨，李国强来主要想见刘曼殊，现在面也见着了，听说刘曼殊安排了与她父母见面，这把李国强吓着了，脚底抹油，借劲儿溜吧。

刘曼殊放下电话听筒，傻愣愣地站了足足有一分多钟，李老伯看着她那张面无表情的脸，知道有什么不好的事了，安慰她道："不要难过啦，快回家好啦，天黑了不安全的。"刘曼殊慢慢往家走，她不知道怎么跟母亲说，她感到李国强在躲避自己，现在的李国强让她感到陌生，跟原来那个温和体贴可以信任的李国强判若两人。自从刘曼殊接近李国强那天起，她就认定以后要嫁给他的，至于他有没有家人她根本没放在心里，每当他们憧憬着以后的日子，李国强说让她给他生三个儿子，然后等儿子长大了结婚了，自己就能当婆婆当奶奶了。那一切是那么的真实和美好，触手可及。李国强给她发电报告诉她要来上海的时候，刘曼殊满以为李国强就是来提亲的，他已经把家里的事情处理好了，单等着见过父母就要谈婚论嫁，可结果是连家门都没进就走了。刘曼殊隐约感到李国强的温柔背后有一种难以言说的隐情，或者是他老婆跟他闹了，或者孩子闹，刘曼殊听说过李国强的大女儿是个有主意的高中生。刘曼殊并没有放弃，她不停地为李国强开脱着，其实她是在说服自己，让自己相信李国强一如既往地喜欢自己，想要自己，想与自己共度余生。刘曼殊第一次想到"余生"这个词儿，她理解这个词儿是对一些有年纪的人而言的，她怎么也不会意识到自己这么快就想与某个男人共度余生了。这让刘曼殊的心情不再像以前那么轻松，如果把纯洁的女孩儿比作一张白纸，自己已经不纯洁了，曾经的白纸上被人轻易地画了很多道子，白纸不再干净了。

"什么？你说什么，你再说一遍，你是要气死我了呀，我真是白白地经营这个家，到头来让你把这个家毁掉了呀……"刘曼殊的母亲终于咆哮起来。刘曼殊回家以后心一横，便把李国强的情况向父母亲和盘托出，诸如有老婆有孩子。她无意再替那个让自己变得沉重的男人打掩护了，因为她感觉到自己无力承担这一切，必须把身上的包袱扔出去。

与此同时，刘曼殊的母亲开始把厨房里的家什往外扔，她一边嗲嗲地哭诉着，一边不停地扔，但她只扔那些摔不坏的东西，比如锅、饼铛什么的，那些落地就碎的绝不是她的目标，所以对她这些把戏刘曼殊的父亲心里有数，想扔什么扔什么，气撒完了，东西归回原处，日子就平静地接着过，谁家的日子不是这样的。刘曼殊的母亲复归平静以后就把刘曼殊锁到阁楼上，不管刘曼殊怎么央求，母亲都不放她出来了。白天的时候母亲只让父亲去铺子里照看着，自己干脆在家专职看守刘曼殊，逼着刘曼殊答应不再回北京，当然更不能与那个有妇之夫有任何书信来往。"要写保证书，空口白牙不好用的。"

刘曼殊的心已经死了一半，还有一半虽然跳动着，也是有气无力了。她趁母亲给她送饭的时候对母亲说："姆妈，阿拉想好啦，不回去了，就在上海找份儿工作，什么工作都行，不一定是政府部门了。北京我是不想回了，真的，那个地方冷得人受不了，皮肤都冻裂掉了。"刘曼殊为了让母亲相信自己，真的按照母亲的要求写了一份保证书，大致意思就是不再回北京工作了，在上海跟父母亲一起生活，好好照顾家里，照顾弟弟妹妹。

刘曼殊母亲心满意足地将刘曼殊写好的保证书折好，放在自己的首饰盒里。第二天，刘曼殊母亲从铺子里回来的时候，发现刘曼殊已经不见了，首饰盒旁边有一封刘曼殊写的信，告诉母亲，自己只是回北京办理一些工作的交接事情，顺便问问男朋友到底是什么心思，如果他确实不想要自己了，就死了心回上海过生活。刘曼殊母亲拿着信，愣了半天，仔细琢磨一下，觉得女儿说得有道理，总不能吃个哑巴亏，连问都不问一声就顺顺当当过去了。晚上，刘曼殊的父亲回到家，得知女儿去了北京，叹口气去厨房做饭。

第 十 章

　　李国强办完了西安的差事，当天就买了火车票回到北京。下了火车，天就黑下来，他本想叫一辆人力车，但恰好104路无轨电车刚要发车，李国强便提了行李上了电车，一路上脑子里竟然都是小菊的影子。电车停在宽街的时候，又下雪了，算了算，还有一个礼拜就是新年，新年一过春节就在眼前了，这让李国强的心里一阵高兴，他琢磨着要给谁拜年，首先是部长，如果能联系上部长秘书的话，然后是副部长、局长。这时他看见路边一个卖糖葫芦的起劲儿地吆喝着："糖葫芦，新蘸的糖葫芦啊，咬一口嘎嘣脆，甜掉牙！"李国强走过去对卖糖葫芦的说："来三串。"马上又改口道："四串吧，麻烦您包好了。"卖糖葫芦的高声应着："得嘞，您哪！四串糖葫芦，给您包齐整了，您拿好了，回家给孩子吃吧，吃好了您再来。"李国强拿着糖葫芦，付了钱，朝剪子巷走去。进了剪子巷，脚步似乎轻快了许多，肚子里虽然是空的，但身上并不乏力。

　　在母亲找工会未果的第二天，小莲以母亲的名义给父亲的工作单位写了一封信，大意就是告诉他们李国强最近几个月来与一位年轻职工（虽然没有具体证据，但种种迹象表明事情已经发生了）有不正当的关系，几个月来断断续续在外留宿，对家人不闻不问，希

252

望单位能帮助家人阻止事情的进展，保护员工的家庭。小莲把信装进信封，毫不犹豫地放到西口合作社旁边的邮筒里，她听见信封掉进邮筒的声音，心里一阵解气。

当李国强兴致勃勃地推开家门的时候，小莲一愣，素花刚好端了一盘子菜从厨房出来，此刻正站在李国强的身后，李国强感觉到身后有人，一回头，见素花手里的菜盘子，便道："我正好饿了，闻着真香。"小菊像头小兽似的朝李国强扑过来，她用两只胳膊在李国强的腰部结了一个环，死死扣住父亲的身体，却一句话都不说。旁边小萍和小菱喊"爸"。小莲疑惑地问："您刚从上海回来，还是已经在单位上了几天班？"素花把菜盘子放在桌子上，耳朵支棱着听丈夫怎么答复。

李国强轻轻地把小菊的胳膊分开，弯下腰对小菊说："上学上得好不好？老师表扬你没有？"然后走到墙角的脸盆架，站在那儿洗手。洗干净了，用毛巾擦了，皱着眉头说："毛巾脏了也不知道洗。"小莲说："您到底从哪儿回来的？"李国强这才应道："西安。"素花和小莲都愣了，俩人互相看了一眼，素花放下菜盘子接着又去了厨房。

小莲跟着母亲进了厨房，素花把一大盆米饭从蒸锅里拿出来，放在案子上，饭盆腾腾地冒着热气，一下子就让整个厨房笼罩在白色的雾气中。小莲低声道："我爸是怎么回事，他还真沉得住气，像什么都没发生过一样，真可气。"素花彻底没主意了，她有点儿埋怨小莲："我就说等等再说，你就非要心急火燎地写那封信，你看你爸现在跟没事人似的，八成人家领导根本就不相信咱们，咱们现在该怎么办……"母亲的声音穿过一团团白色的雾气，变得湿淋淋的，让小莲听起来有些异样。小莲不耐烦道："他跟没事人似的只能说明他对这种事不在乎，他欺负的是您啊，我是看不过去了才帮您的，反正把住一条，他想跟你离婚，没门儿！现在你也装作没事人似的，看他怎么演下去。"

吃饭的时候小菊说个不停，她告诉李国强大志算术不及格，老师让他妈去学校呢。李国强笑着问："那你算术得多少分？"小菊说："99分，我就一个句号没写清楚老师就给我刨了一分，王静洋也有一个句号没写，老师就没给他刨分，老师偏心。"李国强吃了一碗米饭，站起来拿着一根火柴剔牙，小菊把半碗饭往眼前一推说："我也吃饱了，爸，我让你看我画的画，图画老师说我画得特别好。"说着跑去拿图画本。李国强回了卧房，坐在桌前，用一块抹布仔细擦桌上的尘土，小菊拿了画跳进屋来。李国强接过小菊的画仔细看着，只见蓝色的大海上边浮着一只小船，小船刚刚在海与天空的边际线上，李国强便对小菊说："你干吗把船画在这儿啊，你应该画在海里。"说着便用铅笔在大海的当中做了一个标记。小菊说："你画得不对啊，船就是要在海的上面啊，像您画的那不是船就被海水淹了吗？"李国强不知道怎样对小菊描述真实的世界与理论上的世界有着怎样的不同，以及要表达真实的世界需要怎样的知识，他只能对小菊笑着说："老师说你画得好，那就是好，以后你慢慢就明白了。"

　　素花在确定了丈夫睡熟之后，才蹑手蹑脚走进屋，脱鞋脱衣上床。她把脸侧向床外，避免看到丈夫黑乎乎的小山一样的睡影，这样她的心就不会加速跳动，然后慢慢进入梦乡。就在这时，小菱在黑暗中喊了一声"妈"，素花下意识应了一声，小菱紧接着又喊了一声，比上一次更响亮，小菱没有要哭的意思，只是一种本能的呼唤，素花甚至不确定小菱是不是在梦中。素花欠起半个身子，她不想起来，火已经封死了，屋子里的空气处于冰冻状态，哪怕跳出被窝几秒钟，都会感觉到一种彻骨的寒冷。小菱就像中邪了一样，一声高似一声地喊着妈，终于，李国强从极度的疲乏中醒来，素花看到丈夫的身体动了一下，她知道丈夫醒了，只得披衣下床，走到小菱的小床边抱起小菱哄她。李国强低声埋怨："连个孩子都哄不住。"说完，翻了个身接着睡。素花抱着小菱去了小莲的屋里。

　　小莲睡得正迷糊，见妈抱着小菱走进来，还以为自己做梦，问道："您抱着小菱来这儿干吗?"素花见小莲这么问,一下就哭了,小莲才知道不是梦,赶紧拉开灯,见母亲只穿了一件单褂子,这时候打着哆嗦,赶紧让母亲上床跟她挤在一床被子里,娘仨儿抱在一起。小莲问："怎么了?"素花说："没怎么,小菱醒了,喊我,他就埋怨我连孩子都看不好。"小莲咳了一声说："他说这个您就觉得委屈啊,您也真是的,越来越娇气了。"素花一听急道："你这孩子,妈受委屈跟你诉诉,你就嫌烦啊。"小莲赶紧哄道："跟您开玩笑呢。"又对小菱说："你别给妈惹事了,回去乖乖睡觉,明天大姐给你买粽子糖吃。"

素花抱着小菱重新回到卧房,轻手轻脚地将小菱放回到小床上。素花刚躺下,突然,丈夫一个翻身把她压在身下,她完全丧失了自己的意志。在黑暗中,在无人的深夜里,丈夫多少次行动都是在她没有认可和防备的情况下发生的,她甚至不知道这种事情应该是一种鱼水之欢,对于素花以及胡同里的其他女人来说,生孩子,不,是生儿子,才是真正意义上的交媾。在黑暗中素花很多次想起村子里的狗交媾的情形,她注意到在狗交媾完毕的时候,公狗筋疲力尽地伏下身子,而母狗若无其事地神色坦然地漠然走开。素花难以将那场面从自己的意识里删除,她甚至下意识地想象着自己就是一只母狗而已,一只母狗。这想法曾经把她自己吓了一跳,她想把这种想法像剔骨头上的肉似的剔掉,可越是这样想,狗的影子就越发真实,素花无奈地叹着气。

李国强猛烈地在素花身上动作着,他丧失了人的意识,此刻他只是一具血脉贲张的躯体,没有想法,大脑消失了,而身体的动作遵照着动物的法则行事,他不管在身子下边是怎样的女人了,刘曼殊、李曼殊,随便叫什么名字,在漆黑的夜里,只有欲望的路上灯火通明,李国强正蒙着眼睛奔跑着。素花的身体显得十分沉重,因为她完全没有掌握怎样去迎合丈夫,或者说迎合一个男人的欲望,因为她压根儿就不知道这种事情,这种只有夜里发生的"龌龊"事情是需要两人配合的，她甚至觉得女人只有一味地不配合，甚至假装不想做这种事，才是一个贞洁的女人。她想做一个贞洁的女人，她记起邻村有个举人妻子的贞节牌坊，高大威严，很有气势，让方圆百里的妇女们都羡慕万分。

第二天早上，素花的脸上竟然荡漾起一抹红晕，小莲瞪了妈一眼低声道："您不觉得难堪啊……"素花没弄懂小莲话里的意思，根本不在意小莲的白眼。素花忙着出去打豆浆买油饼，李国强正在洗脸刮胡子，见素花要出门买早点便道："别给我买，我去单位吃。"素花有点儿犹豫还去不去，小菊背着书包冲出家门，在院子里喊着："大志，我先走了啊，今天轮到我做值日。"小莲说："得了，这下您踏实地待着吧，没人吃了。"素花去厨房放下锅，顺手给小菱和小萍一人煮一个鸡蛋。小莲出门的时候朝厨房说："您也不去葛小茹家看看去，人家嘱咐您帮着照看家，您倒好，就去过一次。"素花听小莲这么说，心里老大愧疚，想着今天晚上怎么也得过去看看姐弟俩。

鸡蛋还没煮好，李国强一身笔挺出了门，皮鞋踩出一溜响动，素花听见惠芬在大门口大声地打招呼，一会儿，惠芬拿着垃圾桶回来了，见素花站在厨房里朝外张望，便把垃圾桶朝地上一扔，朝素花走过去。素花听到煮鸡蛋的锅水溢出来了，赶紧把锅端下来，往火里压了几个煤球。惠芬已经到了门口，神秘地问素花："你们老李昨晚回来了？"素花把煮裂开了的鸡蛋从锅里拿出来，有意不回答惠芬，指着鸡蛋说："瞧瞧这鸡蛋，一点儿不新鲜。"见惠芬冷得跺脚，便不忍道："有话进家说吧。"

俩人站在堂屋说话，小菱嚷嚷着要吃鸡蛋，素花变戏法似的从手里拿出一个鸡蛋递给小菱，小菱拿到一边剥鸡蛋皮去了。小萍悄无声息地站在素花面前，眼巴巴看着素花，惠芬对素花说："你家小萍最让人疼，我都想认干闺女了。"素花顺坡下驴道："认啊，我不拦着，我家小萍正愁没人疼呢。"惠芬说："那要问小萍愿意不愿意。"素花刚想开口，没想到小萍竟然小嘴一张说："愿意。"惠芬一下子抱起小萍，朝她的小脸蛋上亲了一口："哎哟哟，我这亲闺女，行了，跟着干妈吃好吃的去。"临出门回头对素花说："你不能软，他回来了也不行，要是还跟外边的有牵扯不行。"素花说："我知道了。"又追上一句："那你顺带把小萍送幼儿园吧。"没想到小菱突然说："我也要去幼儿园。"

惠芬领着小菱、小萍、大凌、大云往托儿所走，半路碰到岳家的管家福姨。惠芬见福姨穿着一件青色的棉大褂，脚上一双骆驼鞍的棉鞋，手上还笼着棉筒子。福姨见了惠芬领着四个孩子往幼儿园走，便笑道："您都能开个幼儿园了。"惠芬平时看不上福姨那股劲儿，再假装尊贵也是下人，惠芬的心思福姨早看出来了，在大家大户谋生计的，还在乎这个。福姨一切都看在眼里，一切都装在心里，见了谁都一样客客气气，此刻惠芬见福姨一团和气，便也用热乎乎的话回道："您说的有意思。"见福姨两只手都笼在棉筒子里，知道她就是出来转悠转悠的，便道："您转您的吧，天冷，我就不耽搁您了。"福姨点头，随后加了一句话："家祥过了年就娶媳妇儿了，回头过来喝喜酒吃喜糖啊。"惠芬有点儿发蒙，福姨补了一句："那边也是个大户，比岳家只大不小，就是那话，门当户对，省得日后闹饥荒。"惠芬麻利地把四个孩子往幼儿园一放，回家把这消息告诉了素花，素花想了想说："我还以为我们小莲跟岳家祥谈对象呢，闹了半天不是那么回事。"

李国强到了单位，他刚坐到椅子上，办公室的门开了，刘曼殊娉娉婷婷地走进来，站在李国强办公桌前，两只眼睛忽闪忽闪，说不出一句话来。李国强站起来想走到她身边去，办公室的门又开了，一位男秘书站在门口道："工会刘主席请您去他办公室一趟，有事跟您商量。"李国强道："这个老刘，搞什么名堂，工会能跟处里有什么瓜葛。"男秘书关上门，留下李国强和刘曼殊。

刘曼殊开门见山道："我就想问您一句话，您对我是真心的吗？"

李国强愣了一下，马上答道："小刘，你看你想到哪儿去了，我对你当然是真心的啊。"

刘曼殊一时不知道怎么应对了，她看着李国强的眼睛，李国强有着一双大而圆的眼睛，眼白并未浑浊不堪，甚至呈现着婴儿的淡蓝色，黑眼珠亮亮的，闪烁着灵动的光芒，那种光芒有着一股难以抵抗的魅力，直射女人的心。刘曼殊感到自己像一只熟透了的柿子一样，任由眼前这男人捏弄，而无任何反抗之力。刘曼殊突然哭起来，这让李国强手足无措，他最怕女人的眼泪，女人的眼泪无异于咒语，李国强慌了，问她："怎么回事啊？有什么话不能好好说，流泪不好，这可是在办公室里，让人看见不好，好像我欺负你了。"

刘曼殊睁开蒙眬的泪眼："你就是在欺负我啊，我以为你去上海是去提亲的，没想到连我父母的面都没见一下，你就溜掉了。我父母已经知道我们的事情了，包括你家里的情况，他们很生气，不让我回北京工作了，要在上海找个事情给我做。我来就是问问清楚，我们要是没有可能在一起，我就真的走了呀。"说完这番话，刘曼殊静静地等待着李国强的反应，确切地说等待着李国强对她的承诺。

李国强想了想答道："你看你，不要耍孩子脾气嘛，这次去上海确实是出差啊，提亲的事情现在还谈不上，你也知道的，我是有家室的，四个孩子，老家还有个老娘，我要是现在就跑你家提亲对你也是不负责任啊。"说到这儿李国强看了看手表，对刘曼殊说："你看现在是上班时间，工会那边有事情等着我，咱们下班再说，好吧？"说完，也不管刘曼殊什么反应，毫不犹豫地走出办公室。

李国强去了工会，他直接推开工会刘主席的门，见刘主席正埋头桌上，便笑呵呵问道："老刘，什么事啊，一大早让我跑你这庙里头来烧香？"工会主席笑道："我这庙可请不来你这尊活菩萨。"说着，从抽屉里拿出一封信递给李国强，神秘地一笑："我没往人事处交，更没往部长那里送，你老弟念我的好儿吧。"李国强疑惑地接过信封，打开，抽出一张信纸，信纸居然是部里的抬头，再往落款上看，"李素花"三个字让李国强有些惶惑，他抬头看了看工会主席，刚想问李素花是谁，猛然反应过来，草草扫了一下信的内容，一望而知是小莲的笔迹。小莲的作文好，信写得有事实，有道理，句句戳在点子上，尤其写到李国强不回家的时候，对素花自己一个人带着孩子、照顾老人等等描述得头头是道，谁看了都会同情素花。李国强感觉到自己在看信那不到一分钟的时间里，刘主席用一种极其复杂的目光目不转睛地望着自己，他甚至连姿势都没变一下。看完了信，李国强匆匆把信和信封通通折起来，甚至没耐心把信放回到信封里，整个一团塞进上衣口袋，抱拳道："老弟改天重谢！"说完便出了门。

工会所在的办公地点在主楼的西侧一座小灰楼上，李国强返回办公室的时候一路心里不停地翻腾着，他完全没想到后院能起火，这一定是小莲的主意，李国强很笃定地想。李国强的皮鞋踩到路面的声音显得有些杂乱，进了办公楼，迎面碰上人事处的王副处长，见李国强一脸焦虑，便停下问他出什么事了。李国强站定，现出一脸笑容："能有什么事啊，马上新年了，过了新年就春节，处里的一摊事还没个头绪呢。"王副处长使劲儿点了点头，压低了声音说道："按说是有正的顶着，咱们这带副字的可以偷个懒，其实真正负责任的时候还不是咱们……"人事处向来矛盾一大堆，李国强早听说正处长和几个副处不和，谁愿意蹚人事处的浑水，正巧有个基建科的找王副处长，说要进几个砖瓦匠，李国强赶紧说："有时间细聊。"转身上了楼梯。

李国强进了办公室便反锁了门，坐在办公桌前，像看一份秘密文件似的又把素花的信拿出来仔细读着。其中一段话让李国强一惊，是分析"我"（素花）和丈夫李国强的关系之所以到现在这个地步的，小莲写道："……我和我丈夫关系不好的一个重要原因就是我生不出儿子来。我丈夫重男轻女的封建思想极其严重，加之他是我婆婆唯一的儿子，他觉得传宗接代是天大的事。但他忘记了毛主席说的，新社会妇女能顶半边天，妇女可以跟男人一样从事革命工作，希望组织上监督我丈夫，让他彻底改变这种封建观念……"李国强反复读这几行字，他猜测着这个意思是素花亲口对小莲说的，还是小莲自己的意思。李国强的脑子里浮现出素花那张无辜的脸，凌乱的头发，衣襟上洗不掉的油点子，还有每次生孩子时对儿子的极度渴望。李国强的心里被一根魔棒击了一下，像触电一样麻木过后是一阵轻微的疼痛，疼痛难以消失，盘踞在身体里。

李国强把信读了三遍，然后十分仔细地将信按照原来的痕迹折好，将信封打开，把信放进去，放得服服帖帖的，然后将信封用桌上糨糊瓶里的糨糊小心翼翼地粘好。李国强打开右手边的抽屉，打开一本《斯大林全集（第一卷）》，把信封夹进去，像是怕它跑掉似的，合上书，用力按了按，放回到抽屉里。

下班的时候天已经擦黑了，李国强又处理了几份文件，签了意见，有的文件上加盖了公章，李国强小心翼翼地在印油上吹着气，心里想着一会儿下车的时候去宽街那个熟食铺子里买一斤猪头肉，然后再买几个兔头，小菊最爱吃兔头，如果那个卖糖葫芦的还在的话再买四串糖葫芦，他想象着小菊看到糖葫芦时的欢喜的表情，然后关上灯，走出办公室，疾步来到大街上，朝13路公共汽车站走去。路过那片灌木丛，一个人影从灌木丛中闪出来，李国强定睛一看，是刘曼殊。

男人最怕女人纠缠，再好的女人如果对男人总像蛇一样地缠着，男人心里就发怵。李国强下意识皱了皱眉头，刘曼殊看不到李国强脸上的表情，刘曼殊的时间表还停留在与李国强的热恋阶段，她甚至还存在着错觉，认为李国强马上会跟老婆离婚，娶自己。刘曼殊对于父母的劝告听得进去，但过后就会从另一只耳朵冒出来，她的心里都是对于李国强的爱恋，幻想着与李国强成家过日子，生孩子。她答应母亲的问问清楚就回上海找工作，跟家人一起生活，从她一踏上开往北京的火车，就像一股烟尘一样散掉了。

她当然感觉到了李国强与以往的不同，但她找出各种理由为他开脱，"年底一定很忙"，到了年底，部里每一个人都忙得团团转，大家都不知道为什么年底就会这么多事情，主要是总结、填写各种来年的表格，制订来年的工作计划，以各种不同的方式报给上级领导，领导同意以后签字表态。好像领导都不容易满意，他们总能在报告的任何地方挑出毛病，他们挑出一点儿毛病，下边的人就要加速忙活，有的人要加班加点地干，就为能顺利让领导签署意见。刘曼殊能想象李国强回来有多忙，她像个懂事的乖孩子似的，让李国强的心思完全扑在工作上，等他闲下来的时候，她坚信，那时候李国强会对自己更温柔的。

　　李国强借着旁边一盏昏暗的路灯注意到刘曼殊的发型换过了，早上的两根大辫子变成了一根，额头上的刘海也显得更蓬松，隐隐地，还有一股脂粉的暗香飘过来。李国强停住脚步，刚才皱起的眉头松懈下来，他打量着刘曼殊，刘曼殊把那根大辫子揽在胸前，不停地用两只手绞来绞去。李国强感觉到身体里有一种比饥饿更强烈的欲望，正像狂风暴雨般呼啸而来。李国强上前一步，抓住了刘曼殊的一只胳膊，他轻轻地把她往灌木丛中推搡着，刘曼殊后退着，两人就像一艘即将靠岸的小船，尽力寻找着合适的停泊地。终于，李国强发现灌木丛中竟然是一个小天地，虽然是冬天，灌木光秃秃的，但细密的枝丫稠密到足可以遮掩人们的视线，而且灌木丛里不像李国强想象的那么局促，相反，有不小的空间，足够几个人站立的，这让李国强多少有些惊讶。正在他感到新奇的时候，刘曼殊像一个汤婆子似的热乎乎地靠在自己的身体上，李国强刚刚还觉得冷风飕飕，这会儿身体竟然暖和起来。他不自觉地紧紧抱着刘曼殊，慢慢地，一种柔软温热的舒适感传遍了全身，他的身体鼓胀起来，他索性将左手拿着的公文包扔到地上，一只手搂着刘曼殊，一只手便从刘曼殊的棉袄下边掏进去，但刘曼殊的衬衣是塞在棉裤里的，李国强有点儿气急败坏，嘴里低声骂了一句。刘曼殊头一回听见李国强说粗话，她有点儿疑惑地看了看李国强，确认声音是从他嘴里发出来的，便惊讶道："哎呀，李处长啊，你说话怎么腔调都变了。"李国强听见刘曼殊异样的声音，心里一阵不高兴。他打心里不喜欢女人与自己唱反调，他总觉得自己就是一个牧羊人，而女人们就是那一群听话的羊，可以咩咩地听话地喊几声，但不能对自己发出质疑的声音。李国强的一个手指头刚好停在刘曼殊的乳头上，因为激动，李国强产生了一种错觉……这时他突然想起了母亲，母亲一只干瘪得像柿子干的乳房。那是有一次他无意中闯进母亲的房间看到的，第一眼李国强竟然没意识到那就是哺育过自己的乳房，母亲的衣襟遮掩住了另一只，暴露的这只几乎就是两张干燥的皮肤贴合在一起的，只是到了最下端稍稍鼓起了一点儿，乳头只是个黑点儿。李国强十分惊讶，他看到母亲有些慌张的表情从脸上掠过。李国强拼命想把母亲的乳房从眼前抹去，但他的意识不听他使唤了，母亲那干瘪得两张皮贴合在一起的乳房越来越清晰地在他的眼前晃动，而他手里攥着的刘曼殊的乳房慢慢失去了热度，变成了一个没有血肉的物件。

一种无法遏制的饥饿感向李国强猛然袭来，饥饿就像一头猛兽，刚刚蛰伏在李国强的身体里，而当性欲减退的时候，它便一跃而起，以百倍的疯狂攫住了李国强的身体和意识。李国强把手从温暖的地方抽回来，回到冰冷的现实中，刘曼殊觉得一阵冷风乘虚而入，打了个寒噤，她问李国强："你饿了？去我宿舍吃饭吗？"李国强摇头："不了，今天孩子过生日，要早回去……"刘曼殊好奇地追问道："哪个孩子？小菊吗？"李国强含含糊糊说不是。刘曼殊说："哎呀，那我去买生日礼物吧，你怎么不早说呢，小孩子过生日最盼望生日礼物的。"说着，刘曼殊拨开灌木丛往外走，好像一个无畏的战士冲破敌人的封锁似的，她甚至不回头征询李国强的意见，她已经把李国强当作自己的家人、丈夫，颇有一种老夫老妻的默契。李国强站在狼藉的灌木丛里像一个丢盔弃甲的逃兵，就在刘曼殊奋力拨开灌木往外走的时候，李国强还不知道发生了什么，直到刘曼殊在灌木丛外大声喊着自己的名字（人在互相看不见的时候就以为距离一定很远，其实近在咫尺），李国强这才也学着刘曼殊的动作奋力拨开灌木的枝丫往外走。刘曼殊以一种不容回绝的语气对李国强说："去我宿舍吃饭，我烧几个你喜欢的菜，我还有半瓶白酒，让你歇歇乏。"刘曼殊说完，拉了李国强的袖管，像母亲领孩子回家一样，领着李国强朝西边走。李国强被刘曼殊拉扯着走了几步便停下来，他没说什么，而是很从容地站在路的一旁，躲避着来往的行人。他打了个喷嚏，然后擤了下鼻子，掏出手绢擦手，重新把手绢放回到裤兜里，又从大衣口袋里掏出一盒大前门牌的香烟，擦着火柴，点烟，摇了下火柴，弄灭火，将火柴扔到地上。李国强并不急着抽烟，似乎刚才那种撕心裂肺的饥饿感像打闪一样，亮了一下就又消失了。刘曼殊催促道："走吧，到了宿舍再抽烟吧，今天他们都去看电影了，只有我们俩……"

李国强把点燃的烟扔到地上蹂灭，对刘曼殊说道："小刘，今天工会刘主席对我说了，我家属给部里写了信，告诉他们我们的关系，这事情有点儿严重了，闹不好我要受处分，估计也会把你调离部里，具体的结果还不清楚，我们还是要谨慎一些才好，等风头过去了再说。"

李国强的话像一颗子弹一样射穿了刘曼殊的心，一瞬间，她觉得自己身体里的血液瞬间流光了，即便天很暗，路灯十分微弱，李国强还是看清了刘曼殊那张因为失血而显得苍白的脸，他甚至感到刘曼殊的心脏停止了跳动，与刚才的狂跳形成巨大反差。接着，刘曼殊的嘴唇开始颤抖起来，她低声道："我不想调走，也不想让你受处罚，都是我勾引你的，你是有家室的人，这从一开始我就知道的呀，我就是喜欢你，就是控制不住自己的情感，这一切都是我造成的，我要去承担责任，我不想毁了你的前途。"李国强看见刘曼殊的眼睛里有亮亮的泪水，他很想把这女孩子搂过来，擦掉眼泪，但他没有那样做，神不知鬼不觉地又点燃了一支烟，然后狠狠地吸了一口烟，烟头便狠狠地亮了一下，接着又暗淡下去。

此刻李国强看着刘曼殊不停地流眼泪，心里便一个劲儿发虚，一支烟快要烧到手指的时候，李国强把烟蒂扔到地上踩灭，对刘曼殊说："乖啊，先回宿舍吧，天气太冷了，我们找个时间再谈吧。"李国强毅然扭头朝相反的方向走去，他知道刘曼殊一直在后面看着自己，但他不回头，听着自己的咔嚓的脚步声，李国强感到身上一阵轻松。

不到一分钟就来了一辆13路，李国强轻盈地跳上车的踏板，当车门扑哧一声关上的时候，李国强靠在车门上朝车下张望着，他怕看到刘曼殊的身影，他怕刘曼殊像个幽灵似的跟着自己，这与一个星期前的感觉差异太大，以至于李国强无法解释自己的行为和想法。李国强目光所及处，只是一团一团的黑影，在黑夜里，世界除了黑就什么都没有了，人是活动的黑色，物是不动的黑色，一样的凶猛，一样的温柔，万物没有差别了。

车到宽街的时候，骤起一阵狂风，在风沙弥漫的大街上，空空荡荡的，李国强看见那个卖猪头肉的铺子，伙计正往门脸上挂板子，眼见要打烊了，李国强三步两步赶过去，问道："还有猪头肉吗?"伙计停下手道："最后一斤来的，您要是想要，我就让给您了。"李国强笑道："那你今天就让给我吧，我今天馋这口。"伙计笑道："得，这点儿够解馋了吧。"说着，放下手里的铺板，从柜台上拿了一张草纸，把猪头肉从盘里倒出来，包好了递给李国强："今儿这就算圆满，卖个精光。"

李国强拎着猪头肉找寻旁边那个卖兔头的小铺，见铺子已经上了板子，便死了心转身往剪子巷走，卖糖葫芦的早没影儿了。风越刮越大，卷带着沙土打在李国强的脸上、身上，他不得不闭着嘴，以免沙子钻到嘴里。快到黄土坑胡同口的时候，见有个人影站在路灯下一动不动，灯光照不到那人的脸，看上去就是电线杆子粗了一块。李国强走近那人，凑上去，又是白皮儿，低声骂了一句："你这傻货，风没把你刮跑啊。"白皮儿竟然应道："没，姐夫，刚下班啊……"李国强恨恨地说："再喊我姐夫，我一砖头砸死你。"说着李国强真的四处找砖头，白皮儿嗷地叫了一声，撒丫子朝远处跑去，一边跑还一边喊着："你就是我姐夫，你对我姐不好，坏姐夫，坏姐夫……"白皮儿的声音随着他的身体一起消失在黑暗中。李国强继续朝家走，他琢磨着白皮儿的话，因为好几次白皮儿都喊自己姐夫，李国强心里竟然有一种别样的感觉。

院门大敞着，胡同里的人院门不关，除了岳家，院门大都无时无刻不在开着，有的院子甚至夜里也不关门，老铜壶有句话："贼不往咱这小门小户来，贼都有德行呢。"搬到这地方多年，没听说谁家丢过东西，又一想，有什么可偷的，贼到了这地方还得发愁呢，没东西可偷。李国强走进黑黑的门洞，走惯的路再黑也不用光亮，坎坷都记在心里了，李国强只听见自己的皮鞋在极度的黑暗中发出的刺耳的响声。

院子里出奇的安静，有一刻李国强甚至觉得人是不是都去看戏了。那是去年春天的时候，工会发了戏票，李国强有事加班没去成，素花和惠芬带着孩子们去了二七剧场，李国强九点到家，院子里死一样的静，王永平不爱看戏，只管接送她们，整座院子就李国强一个人，他站在院子当中，春天的气息从院子的地面往外冒，一股湿乎乎的泥土的香味钻进李国强的鼻孔，他使劲儿吸了一口，他听见母亲在屋里喊着自己的小名，李国强应着。

这时候惠芬家的门突然打开了，李国强从回忆中惊醒，见大壮气冲冲地从门里冲出来，后面惠芬喊着："天这么黑你去哪儿啊？"惠芬家的门大敞着，李国强看见王永平一脸严肃地站在屋子当中，惠芬一眼看到了院子里的李国强，顾不上骂王永平了，原本压低的声音一下挑起来道："哎哟，李处长回来啦，昨天听见你们屋里有动静，琢磨着是你，回来这么晚还没吃饭吧，赶紧进门吧，素花等急了。"

　　素花正在小莲的屋里学认字，小莲让母亲读一段报纸上的短新闻，大概就是有人在护城河走冰，一只脚掉冰窟窿里了。素花磕磕巴巴地读着，小莲不停地纠正母亲的字词，素花每次艰难地读完一句话，脸上都会露出一片灿烂的笑容，并加上一句感叹："费死劲儿了。"母亲每重复一句，小莲就笑一回，屋子里的气氛很是有趣，惹得小菱站在一旁也傻呵呵地乐。小莲看着小菱道："我的妈呀，这小哭鬼还会笑啊，我以为你这辈子就会哭呢。"素花看着"窟窿"俩字发呆，小莲道："那就是'窟窿'啊，瞧您衣服上的洞，窟窿，您经常说的。"素花恍然大悟："哎呀，闹了半天这俩字长这样啊，太麻烦了，这可怎么写。"小莲大笑起来，说："多写几遍就不觉得难了。"小莲想了想又道："再说，您能认识字就行了，不一定像我们似的要写出来。"素花一阵高兴："要是能读个报纸我就心满意足了。"小莲说："您学得挺快，照这样，八成还能读书呢。"素花想起葛小茹家那些书，心里不由得想，要是能变成白静那样就好了，素花无法想象成为一个满腹经纶的女人是什么滋味，她知道自己这辈子没希望了，但自己的孩子可以成为那样的人。素花看着小莲，那张年轻的脸上光洁美好，高挺的鼻梁，黑黑的眼珠，嘴角上扬，头发茂盛，几乎看不到头缝，一切都显示着一个旺盛的生命征服这个世界的欲望。"妈这辈子就指望你了……"素花突然说道。

　　这时素花听见惠芬夸张的说话声，同时听见丈夫李国强轻松的调笑声。"你这耳朵真灵啊，昨晚多大的风啊，你都听得见我回来了。"惠芬没心思跟李国强搭腔了，她急着出门找大壮，她说："回来就好了，快进家吧。"李国强拉开门，堂屋里没人，但炉火正旺，透过水壶和炉圈儿的缝隙，能看到炉膛里奔突的火苗。李国强有些僵直的身体顿时松懈下来，他似乎第一次感到家是如此温暖。李国强把手上的猪头肉包放在桌上，接着摘下帽子，脱掉大衣挂在门口的衣架上。小菊闻声从屋里跑出来，大声喊着"爸"，她抱着李国强的腰说："我就说你会回来，小莲偏说我瞎说。"李国强边抚摸着小菊乱糟糟的头发边问："今天又没梳头吧？女孩儿不梳头可不好，过来，我帮你梳。"小菊说："我做完作业就要睡觉了，明天早上再梳。"小菊想了想又说："好吧，您帮我梳吧，我睡觉的时候尽量不弄乱头发，明天早上就不用梳了。"李国强坐在凳子上，小菊坐在一张小板凳上，李国强顺手拿过桌上的一把梳子，他认出那是母亲平时用的，严格地说那不是梳子，而是一把篦子，齿与齿之间很紧密。其实它不是用来梳头发的，头发脏了的时候，用篦子把里边的脏东西篦出来。李国强目及之处没有梳子，他正犹豫着，眼前竟然出现了一把梳子，顺着梳子望去，是素花的手臂。

李国强接过素花递过来的梳子为小菊梳头，素花问他吃饭了没有。李国强说："去哪儿吃？你让我一天都吃食堂啊。"素花听出来在丈夫冷硬话语的背后，有一种不易觉察的温暖，她说道："想着你今天不回来，我们没等你就吃了，要知道就等等你。"小菊在一旁说："我说等我爸来着，小莲不让等，她还说我爸不会回来，您看，我爸不是回来了。"小莲冒出来，接了小菊的话茬儿道："那最后谁先拿筷子挑肉吃的？还不是你，馋死鬼。"李国强像是想起什么，对小菊说："我买了猪头肉，你是今天吃呢，还是留着明天晚饭吃。"小菊抢道："我要吃，现在就吃。"李国强让素花去拿盘子，小菱从小莲的身后钻出来，一个手指头含在嘴里，只有小萍不见人影。

小莲哼了一声回自己屋子了，小菊和小菱坐在桌边吃猪头肉，李国强喊小萍，小萍出来，站在屋门口看着小菊和小菱吃，也不眼馋，李国强问她："小萍不吃肉啊？"小萍摇头道："我不想吃。"说完转身回屋了。

素花去厨房给丈夫张罗饭，馏两个馒头，再做一个葱花荷包蛋汤，厨房的炉子已经封上了，于是拿着蒸锅去堂屋。素花把烧开的水壶放在地上将蒸锅坐在炉子上，倒上水壶里的开水，放上两个馒头，盖上锅盖，又拿着水壶去了厨房。素花见鸡蛋筐里只有一个鸡蛋了，犹豫了一下，便去惠芬那儿借鸡蛋。惠芬见素花推门进来，阴沉的脸一下云开雾散，问素花："给你们老李做饭没鸡蛋了吧？"不等素花开口，惠芬去了里屋，一会儿，手里捧着几个鸡蛋回来了，往素花手里的小筐里放的时候还说："不用还给我，我家鸡蛋吃不完。"素花一直纳闷惠芬家的鸡蛋简直就是长流水，什么时候借什么时候有，素花还也不是，还鸡蛋给惠芬，或者还一碗芝麻酱，要不就是一块大油。素花好多次想问惠芬从哪儿弄这么多鸡蛋，都被惠芬打岔搪过去了，今天素花忍不住把这话说出来，惠芬说："我正为这事跟老王闹别扭呢。他在城外边养了好些鸡鸭的，平时让个农民看着，给人家点儿份子钱，下了蛋什么的骑个车，车后边绑个筐驮回来，吃不了的就存在那儿……"素花惊讶极了："哎呀，怎么从没见你们老王驮鸡蛋回来啊？"惠芬说："他总是趁半夜胡同里人都睡下才干这事，今天告诉你了，你可别转脸告诉你们家老李，那样的话，老王挨批评，老李也没鸡蛋吃了。"素花点头："不说，说了不成叛徒了。"素花接着问："你以前都不跟他闹腾，今天怎么了？"惠芬把素花往门边推了推压低声音道："最近老王也不知抽什么疯，看上养鸡的闺女了，非要让大志娶了那闺女，说那闺女勤快能干，以后过日子错不了。大志不干，父子俩就戗起来了。大志赌气跑出去了，老王说不让他进家门，除非答应娶那闺女。"素花说："这老王看着是个明白人，怎么办这么糊涂的事，孩子还上学呢，就忙着给孩子找媳妇儿，脑筋太旧了，要我是大志我也跑，还不回来呢。"惠芬呸了一声说："你消停消停吧，行了，别管我们家的事了，赶紧回去给你们家活祖宗做饭吧，当心人家又跑，那可比我们大志让人操心多了。"素花也不搭腔，拿着鸡蛋回去了。惠芬后边又追了一句："别到处嚷嚷啊。"

李国强吃了饭，筷子、碗一推站起来进了里屋，刚坐在椅子上，小菊探进来半个身子，问："爸，您明天晚上回来吗？明天考试，晚上家长要在卷子上签字，我妈不会写字，我不想让小莲代替签。"李国强扭过身子,笑着朝小菊招手:"过来,别站门口说话,人家会笑话你没规矩。"小菊站在爸身边,闻了闻李国强的衣服道:"您身上的烟味真好闻。"李国强哈哈笑道:"这孩子,烟味还有好闻的?抽烟不好。"小菊问道:"抽烟不好您还抽烟啊?"李国强想了想说:"有时候大人就是那么没出息,明明知道有些事不好,可还要那么做,以后我们小菊不会成为这种人的。"这时候小菊悄悄对李国强说:"爸,我告您一件事,您别去问小莲,小莲跟岳家祥吹了,岳家祥马上要娶个唱戏的仙女回家了,小莲一天到晚还假装不在乎,我都听见她晚上在我奶奶屋里哭了。"李国强略感吃惊:"你姐跟岳家祥谈恋爱?我怎么不知道这事……"小菊说:"她不敢告诉您,怕您说她。"李国强愣了一会儿,忽然听见小菊说:"我也喜欢岳家祥,可他肯定嫌我太小,我要是像小莲那么大,他肯定会喜欢我。"李国强听小菊这么说,笑道:"小莲现在一定很伤心,你还来捣乱,快去睡觉吧。"小菊说:"最后再跟您说个秘密,千万别问我妈,也别说是我告诉您的。"小菊把嘴对着李国强的耳朵说道:"我妈抽烟了,没想到她刚会抽烟就挺在行,还能吐几个烟圈儿,就是没您吐得好。"李国强轻轻拍了一下小菊的后脑勺:"你这小脑瓜子里装的都是什么啊,赶紧去睡觉,明天还要考试。"

睡觉前,素花很仔细地洗了脸和脚,还特意用了小莲的雪花膏,雪花膏的香气让素花一下子感觉很不一样,仿佛到了鸟语花香的季节。她记得第一次见李国强的时候就是这种感觉,她站在塬上,听着鸟掠过天空时的鸣叫,看着远远走来的李国强,那时他还叫李嘉轩,头上扎着一块雪白的毛巾,全村的年轻人就他头上的毛巾最白,头顶上的天空湛蓝,没一丝云,空气里的土腥味混合着年轻人的体味。素花回忆着那些美好的过去,带着鸟语花香的心思走进了卧房,走近那个让她丧失了气味的男人。

黑暗中,她总是在黑暗中与丈夫纠缠,无数的希望和失望都是在黑暗中产生的,无数次的对于生儿子的渴望,让这对夫妻摒弃一切，那黑暗中的努力总能让他们充满希望，每一次播种完毕，两人都在黑暗中得到一种莫大的慰藉，只有黑暗才能让他们感到希望就在不远处等待他们。

今晚的感觉不同寻常，丈夫突然改变态度，让素花有些不知所措，就好像一位浪子回头，千金不换。她猜不透丈夫的改变是因为小莲的信起了作用，还是丈夫的良心发现了，还是其他比如怕毁了自己的前程，怕老太太埋怨……素花一走进原来老太太的屋子就想起以前，老太太总是躺着，所以声音都是平和的……素花听见丈夫轻轻说了句："看不见就开灯，今晚没月亮。"素花听见这句话，心里一阵热，眼泪差点儿掉下来，在素花与丈夫的生活中，像这样平静又带着几分关切的话很少听到。唯一一次是他们的儿子死掉的那个夜晚，素花哭个不停，让李国强心绪烦乱，他安慰素花道："别哭了，孩子没了还能生嘛……"李国强的话像是一针镇静剂，素花立马止住泪水。

素花走到自己那边，脱衣躺下，她习惯性地看了一下小菱，竖着耳朵听，小菱鼻息均匀，她看不见小床的影子，黑暗吞食了一切，素花心跳加速，她怕小菱突然哭起来，其实现在小菱已经很少像以前那样哭号了，大部分时间她都很安静，比那些原本就安静的孩子还要安静。素花轻轻躺下去，木床还是摇晃起来，李国强说："抽屉里有五十块钱，看着准备年货吧。"这句话又让素花热泪盈眶，她努力控制着自己，甚至不让喘息声加重，她不想让男人感觉到自己的存在，她对于这个男人，以至于对于这个世界来说，那样的微不足道，不如尘埃，尘埃到底是自由的，可以飞舞，而素花只能像一个奴仆一样臣服，她觉得自己是这个世界上最卑微的人，惠芬都比她活得有尊严得多。

素花总是担心发生什么事情，她小心翼翼地挨过每一个夜晚和白天。她已经去过工会，跟那个工会主席见了面，虽然没能把事情原原本本说出来，但小莲的信写得明白，白纸黑字，都是控告自己的丈夫的。小莲把信念给素花听了，根本没问她那样写行不行，就把信寄走了。素花跟在小莲身后往剪子巷的信筒走去，信封掉进空洞的信筒的时候，发出咚的一声，素花犹豫着不走，小莲早看出母亲的心思，扯着她的胳膊往家走。

屋子里突然亮起来，一道水一样的月光穿透窗户纸，清晰地照进屋子，素花突然看到小菱竟然坐在小床里，小床四周的纤细的栏杆切割着她幼小的身体。素花起身，趿拉上鞋走到小床旁边轻声对小菱说道："你坐着干吗，快睡觉吧。"小菱喊了一声"妈"，便又躺下睡去了。素花往回走的时候，朝丈夫的脸上看去，正好有一抹月光准确无误地照射着丈夫的面孔，素花看见丈夫睁着眼睛。她犹豫了一下，接着走回到自己那一边，脱鞋，背朝向丈夫躺下。荞麦皮芯的枕头发出一阵窸窣声，声音平复下去后，丈夫轻轻叹口气道："也不知道我娘怎么样了。"素花心里一动，身体变得僵硬。丈夫是一个傲慢的男人，但此刻仿佛一块熔化了的钢铁，这让素花有点儿招架不住，她的思维便以比丈夫快几倍的方式运行起来。她想起了老太太的种种好处，想起自己生下小菱的时候，丈夫的冷脸，老太太踮着小脚儿去厨房煮鸡蛋，煮好了端着让她吃，说："别怨嘉轩，他是盼儿心切，他不是冲着你的，是你的肚子不争气……"素花想到这里，眼泪已经湿了枕巾，但不知道说什么，素花是个嘴拙的人，羞于表达自己的感受，但今晚她觉得自己必须说点儿什么，她让眼泪尽情地流着，同时搜寻着肚子里的词儿，什么能够让丈夫的心情变得轻松一点儿呢。突然，素花说道："过春节的时候，你带上小菊回趟老家？给老太太带点儿点心，她喜欢槽子糕。"

李国强翻了一下身，素花感觉到后背一阵发痒，她知道丈夫脸冲着自己的后背了，她仔细辨识着丈夫的鼻息，这时丈夫又说："也好，等单位的总结工作结束再说。"素花还想再说点儿什么，却不知道说什么了。

素花睁开眼的时候听见堂屋里一阵响，赶紧走出去看，见小菊的脚下脸盆翻了，水洒了一地。恰好小莲背了书包出门，见状骂道："蠢死你算了，洗个脸都能震天响的。"小菊冲小莲的后背喊："蠢死也比你被别人甩了强，哼!"小莲头都没回飞一样跑了。素花把脸盆捡起来，问小菊洗完脸没有。小菊说："您处处偏向小莲，她不就知道教您认几个字吗，我也能教您。"素花笑道："好，今天晚上你来教妈。"李国强推门出来，看见一地的水问谁洒的。小菊说："是我，我用胳膊撑在盆边上，它就翻了。"李国强笑道："你以为它是拐棍儿啊。"看了看素花手里的笤帚又说："你让她自己打扫，这么大孩子了，跟着她屁股后头擦屁股擦到什么时候。"小菊看了看父亲，又见母亲一脸笑容，说道："你们又暂时和好了，我就知道下边我妈该拿锅打豆浆去了。"素花绷着脸，不笑。李国强推开屋门到了院子里。

十二月末，北京的早晨冷得让人从心里打寒战，李国强掏出烟和火柴，点上，深深吸了一口，火辣的烟气穿过喉咙缓缓进入气道，李国强感觉到一股悠长的暖意逐渐向他的全身蔓延开，像是无数的纤细的触角抚摸着他，李国强想象着烟团裹在一起翻腾的情形，他很想知道那些烟气最后的归宿在哪里，"凡事总会有结果"，这是他经常对秘书们讲的一句话，但李国强心里怀疑这句话，一些事情根本什么结果都不会有，一块石头落在水里，涟漪再大总会消失。他想不明白两件事，刘曼殊竟然不怀孕，素花生不出儿子。李国强难以想象，在战争时期，自己能摆弄任何武器，拆、装、修、射，如果那时候工厂完善，他甚至能造出武器。女人却让他感到力不从心，他摸不清楚女人的门道，他琢磨着能够掌控女人的神秘按钮究竟在哪里，一定有一个按钮，那个按钮控制着一切。他想到了王永平，这个表面憨厚的人，路数都在心里掖着，不慌不忙四个儿子生下来了，这让李国强想不明白。

李国强烟抽到一半的时候，王永平从屋里出来了，跟李国强打招呼："李处长早啊。"李国强回应："老王早啊，你们科里的总结进行得怎么样了，快完了吧?"王永平点头:"今天就完。"王永平拿扫帚准备扫院子，李国强道:"让她们干吧，你赶紧去单位，我桌上有封信昨天忘了交给收发室了，我一会儿要先去趟邮局，你代劳一下。"王永平点头，接着把扫帚扔下进屋了。

素花拿着锅要去打豆浆，被李国强拦下:"甭去了，做个鸡蛋汤，把馒头馏馏，吃完我要去趟邮局，给家里写封信，告诉他们春节回去。"素花听了转身去了厨房。

今天一早醒来，小莲心里就别扭着，她想不明白因为什么，直到小菊一语道破，小莲这才恍然大悟，再过几天，也就是元旦，岳家祥就要结婚了。她觉得无论如何都要见岳家祥一面，一篇作文怎么都要有个结尾。于是下了第一节数学课，小莲把葛小茹叫到学校假山石的背后，把自己的想法说了。葛小茹说:"我觉得已经没必要了。"葛小茹想了想又说:"当然，如果你想再见他一面你就去吧。"小莲低头想了想，低头的时候看见葛小茹的棉鞋大脚趾处破了一个洞，露出了里面的棉花。小莲说:"哎呀，你棉鞋破了，我让我妈给你做一双新鞋，你跟我穿一样大的鞋码。你弟呢，他穿多大的鞋?"葛小茹说:"你这思维也太跳跃了，以后可以当文学家。"葛小茹"哎呀"一声又说:"我给你带了两本小说，放书包里了，放学时跟我要啊。"小莲说:"我妈现在都能读报上简单的文章了，我妈够聪明吧。"葛小茹一点儿不吃惊:"你不知道啊，孩子聪明不聪明取决于母亲，反之也成立。"小莲说:"我妈说过几天去你家看看，她总觉得你和小弟太可怜了，又不能经常照顾你们，心里总是觉得愧疚。"葛小茹一阵心酸:"我妈我爸可能回不来了，昨天我还做了一个梦，梦见他们被人关在一个猪圈里，浑身都是屎尿，跟猪没什么区别，我妈那么爱干净的一个人，怎么受得了啊。"说完葛小茹哭起来，小莲劝道:"哎呀，梦你也相信啊，人都说了，梦都是反的，就算阿姨他们处境不好，也不至于像你说的这样，他们毕竟是高级知识分子啊，国家要发展需要像你父母这样的人才。"葛小茹听小莲这么说，觉得有道理，止住哭泣道："我相信你的话。"上课铃响起来，俩人一起往教室走去。

中午回家吃饭的时候，小莲把葛小茹棉鞋露脚指头的事跟妈说了，素花听了，二话不说赶紧拿出做活儿的筐笺，找出小莲的鞋样子，小莲说："您这不是瞎忙活，不是还要打袼褙吗，现在找出鞋样子有什么用啊。"正说着，惠芬推门进来了，接着小莲的话头说："要给小莲做鞋啊，我那儿还有去年剩下的袼褙呢。"素花笑道："看看，说什么来什么，不禁念叨。"素花跟着惠芬去她家拿袼褙，小菊跳进院子来，大声喊着饿，素花对惠芬说："这孩子整天就是饿，八成饿死鬼转生的。"又对小菊说："快去跟你大姐一块儿吃吧。"素花还没进惠芬家的门，听见小菊高声喊道："妈！我不想吃馒头，我要吃米饭，我就吃米饭，不吃馒头。"素花听见了，转头要回去，惠芬说："我这儿有米饭，我们家人都不怎么喜欢吃大米，昨天蒸了一盆，连一半都没吃完。"

素花端着一碗米饭进了屋门，胳肢窝下边夹着袼褙。素花要去馏米饭，小莲说："我去，您忙活吧。"小莲热好了米饭，放到小菊面前没好气道："吃吧，祖宗，就你毛病多。"小菊把菜汤倒进碗里，一边吃一边对小莲说："我就想吃米饭，怎么了，又没犯罪。"小莲懒得再搭理小菊，站起来对妈说："我上学去了，下午放学后有作文辅导，可能晚回，不用等我吃饭。"说完，小莲出了屋门。素花手里不停地忙活，听小莲这么说，便道："你跟小茹说，过几天鞋做好了就给他们姐弟俩送过去。"

小莲穿过道弯胡同的时候，拐过第三个弯，见墙角有个男人在低头吸烟，看见小莲，他把抽了一半的烟扔到地上，似乎想对小莲说点儿什么。小莲有些紧张，她加快脚步，这时候听那人说："上课快迟到了吧。"小莲点头，小跑着经过男人身旁，直到拐过三道弯后，才放慢脚步，刚踏进教室，铃声就响了。经过葛小茹课桌的时候，小莲快速对她说："我妈已经开始给你做鞋了。"小莲坐在椅子上，看见葛小茹回过头，朝自己笑着，小莲发现葛小茹左边脸上竟然有个酒窝，以前没注意。

小莲并没有上作文讲评课，她跟语文老师请了假，对葛小茹说她要早回家，而她却是去医院找岳家祥。她无法把岳家祥从脑子里抹去，他存在的时候是一种不经意的存在，小莲感觉不到他的喜怒哀乐，他仿佛是一缕青烟，随时可以飘散，却顽固地盘旋在胡同的空中。此刻他离开了，却给小莲留下了创痛，这种创痛如此清晰，宛若刀刻一般，让小莲在痛苦之余欲罢不能。她见岳家祥只想知道自己在他心里有没有位置，她想知道在他有了别的女人的时候想过自己没有。她知道这些毫无用处，其实只是想见他一面，并不想挽回什么，因为她并没得到过什么，很单纯的见面，就像在胡同里偶然碰到一样，然后站在电线杆子下边随便聊几句，他问她功课，她问他医院的事，或者她哪里不舒服请教他吃什么药。小莲总把岳家祥想象成一只猫，悠闲、优雅、漫无目的，懒得连天空都不想看一眼，夏天在知了的鼓噪声中睡眠，冬天在房顶的衰草中呆立。她不知道他心里想什么，更不知道他的期待、渴望、忧伤和沮丧。在一个瞬间，这个瞬间来得或早或迟，或在白天、夜晚，抑或一个不恰当的时刻，它总会来临，她对这个男人一无所知，他对于她来说如同那些根本不了解的事物，比如陌生的城市，其他的星球；但他冲破了一切她的想象让她思念他，想跟他见面，想感受他的呼吸，尽管那呼吸似有似无。

小莲在帅府园胡同找到一个公用电话，她给岳家祥科室里打电话，接电话的是一位护士，她让小莲等一下，看看岳大夫下手术台没有。小莲听见护士的脚步空洞地走远了，而后又走回来。她告诉小莲过五分钟打过来，岳大夫正在换衣服，刚下手术台。说完啪的一声挂了电话。小莲撂下话筒，付了电话费，在胡同里走了两个来回，看见医院门口进进出出的人像鱼似的顺潮而动，她仔细看其中穿白大褂的人，或许岳家祥出来了，她想起上次看见岳家祥站在医院的大门口跟那女人说话，那时候她没感觉到那女人对自己有什么威胁，事过境迁，现在轮到自己对他们的生活构不成任何威胁了。

　　小莲再次给岳家祥打电话，小莲说出找谁，接电话的人便喊道："岳大夫电话！"小莲听见四平八稳的脚步声过来了，当电话那头"喂"了一声后，小莲竟然说不出话来，嗓子眼儿里好像有东西堵着。岳家祥"喂"了好几声，将要放下听筒的时候，小莲低声道："是我……我在医院大门口呢。"岳家祥说："你等等，我马上下去。"

　　天擦黑了，小莲注视着从医院大门里出来的穿白衣的人，她终于看见岳家祥的身影，像一团白光一样，岳家祥照亮了已经变得黑暗的胡同，他下了台阶，站在显得空旷的门口四下张望着，小莲感觉到站在明亮处的岳家祥是那样高大，那样得意，而自己就是一团阴影。她挪动着脚步，有一刹那，她几乎没有勇气走到他面前，这时岳家祥看见小莲，像平时一样，笑着迎上来，两只手揣在白大褂的口袋里，对小莲说："你还没吃饭吧？走吧，去食堂吃饭。"说完转身往回走。小莲说："不了，我妈还等着我呢。"岳家祥听后站住问："来找我有什么急事吗？谁生病了？"

　　小莲把身子转向一边，这个角度岳家祥只能看到她半边脸，她知道岳家祥会转过去对着她，岳家祥只喜欢与人正面对着说话。当岳家祥转过来的时候，看到小莲正在流泪，着实吓了他一跳，惊问道："出什么事了？家里出事了，还是学校？"小莲一下子抱住了岳家祥，这让岳家祥措手不及，下意识往后躲了一下，小莲几乎摔倒，岳家祥又反过来接住她的身体。

　　小莲问道："你没拿我当回事是吧？从头到尾都是我自作多情？"

　　岳家祥有点儿发蒙，他不知道怎么回应小莲，幸好天黑得很快，一眨眼的工夫就看不清对方了。岳家祥轻声道："不要这么认真，你还不到谈婚论嫁的时候，你还要上大学，找工作，你那么聪明，以后可能还要出国深造。听我的吧，赶快回家，不然就跟我去食堂吃饭，你妈知道你饿着肚子从我这里回去会怪罪我的。"

小莲听着岳家祥的轻声细语，她似乎已经感觉不到这个男人了，狂风突起，强劲的风力裹着沙粒扫过胡同，小莲的一根辫子被吹散了，头发瞬间失去了捆束，自由地飞起来。岳家祥像变戏法似的从手腕上撸下一根猴皮筋递给小莲。小莲把头发胡乱扎起来，一边是辫子，一边像马尾巴一样散着，岳家祥不禁哑然："你可真是一匹无法驯服的小野马，把另一根辫子也散开吧，更好看。"

小莲并没有听从岳家祥的把另一根辫子也散开来，她就这样怪异地走回家，一路上黑暗掩护着她的任性，街上的人并没有注意到这个形象怪异的女孩儿，大家都忙着自己的生活，心事只为自己而生。离开岳家祥以后小莲便再没有流泪，她感觉到狂风快要把她身体里的水分吹干了。刚走进家门小莲便喊口渴，抓起桌上的大瓷缸子一通喝，一旁的素花问道："作文不就是做文章吗？还有那么多说道啊，这么晚才下学，老师不饿啊。"

小菊说："我们也作文啊，老师从来不点评我们的作文。"又加了一句："看你的头发，简直就是鬼。"

小莲一肚子别扭，戗道："你才是鬼。"这时候小菊从凳子上站起来，一转身，棉裤上竟然一片湿乎乎的，小莲仔细一看，竟然是经血，便道："还总嘲笑别人，看看自己的棉裤吧，赶紧进屋换裤子去，你们同学没笑话你啊。"

小菊用手摸了一下棉裤，哇的一声哭起来，嘴里喊着："妈，小莲欺负我……"小莲道："谁欺负你啊，你自己连裤子湿透了都不知道，跟个傻子有什么区别。"

素花赶紧给小菊找裤子，小菊的新棉裤还没缝好，素花只好让小菊先穿小莲的，裤腿卷起来，素花说："我给你洗了烤干，明天上学不耽误穿。"

小菊穿好裤子，傻愣愣地站在一旁，小菱和小萍都傻傻地看着，小萍说："二姐的裤子太长了。"素花说："你就别跟着捣乱了。"这时候李国强拉门进来了，除了小莲，几个人同时喊了声"爸"，李国强应了一声，见桌子上碗筷已经摆好了，便把大衣围巾挂在门口的衣帽架上去脸盆那儿洗手，一回头见小菊穿了一条又肥又长的裤子，问道："这是你的裤子？"

小菊摇头道："不是，是小莲的，我的脏了，一会儿我妈给我洗……"李国强不再问，洗完手，用一旁的毛巾擦干净，摸了一下小菊的头说："以后要喊大姐，不能叫名字，没礼貌。"

小菊瞪了一眼小莲说："谁让她总笑话我的，根本不像我姐。"小莲忙着盛饭，顾不上跟小菊斗嘴，到了爸的饭碗那儿，小莲盛好了饭，想了想又加上点儿，李国强笑道："你怕我不够吃啊。"小莲说："反正您就一碗饭，多给您盛点儿您就多吃点儿。"李国强没说话，心里一阵热乎，一旁的素花问丈夫："你是跟小菊进屋吃还是这儿吃？"

李国强说："在这儿一块儿吃吧。"小菱突然说："我要挨着大姐吃。"小莲把小菱抱上旁边的凳子说："小菱跟大姐好是吧，吃完跟大姐一起做作业去，大姐教你认字。"小菱点头。

第十一章

　　这天，素花做好了葛小茹和小弟的棉鞋，吃了晚饭素花让惠芬照看着小菱和小萍，李国强跟小菊在屋里做手工，素花和小莲一起去了葛小茹家。

　　绕过一幢又一幢的楼到了葛小茹家楼门前，素花对小莲说："我一进人家这院子心里就发虚。"小莲说："您虚什么啊，我看您挺喜欢这儿的。"素花说："喜欢是喜欢，就是觉得人家这院子里住的都是有文化的大知识分子，我这大字识不了一筐的人，心里能不虚吗？"小莲说："您学得够快了，现在都能读报纸了，打听打听咱们胡同里哪个家庭妇女能像您啊，就说惠芬阿姨，她连认字的愿望都没有，现在您和惠芬阿姨成了两种人了，她还是文盲，可您已经是能识字的文化人了。"素花听小莲这么说，以为她在开玩笑，可素花在小莲的脸上找不到一丝玩笑的迹象，楼门口的大灯把小莲的脸照得清清楚楚，这完全是一张大人的脸，上扬的嘴角显露着一种不屈从的品性，微微皱起的眉头像极了丈夫。素花这么想着，不禁哑然。小莲开楼门的时候瞥了一眼母亲，见她笑着，问她笑什么，素花道："我说了你可别生气，你太像你爸了。"小莲白了母亲一眼，走进去。

葛小茹正跟小弟吃饭，地上的小方桌上摆着一盘素炒大白菜，一人一碗米饭，俩人吃得正香。素花在衣服的大襟里掏了半天，竟然掏出一个油渍渍的草纸包，打开，是几个油炸饸饹。小弟惊叫起来，二话没说就拿起一块放到嘴里。葛小茹呵斥道："吐出来！先说谢谢再吃！"素花刚想打圆场，小莲在一旁捅了下她。小弟瞪着姐姐，最后乖乖吐出来，然后对素花说："谢谢阿姨。"素花的眼泪差点儿掉下来，嘴里一个劲儿念叨："阿姨太差劲儿了，回头请你们姐俩来家里，我给你们做红烧肉吃。"小弟一听，眼睛都亮了，问素花明天行不行。葛小茹气得又想教训小弟，小莲说："哎呀，行了，他还是个孩子呢。"

小莲打开布包，让葛小茹和小弟试试棉鞋合脚不合脚。葛小茹穿上新棉鞋，走了几步，说："阿姨您真是神了，就像量过我的脚似的。"小弟也试过鞋，说："稍微大了一点儿。"葛小茹说："到春节穿正好，他脚长得快着呢。"葛小茹要给素花和小莲泡茶，被素花拦住："坐不住，说会儿话就得回去。"

小莲说："再帮我拿几本书，省得让你带到学校去。"素花说："别让你爸看见你读这么多闲书，他让你心思都放在功课上呢。"

小莲突然对母亲说："您也选一本书读吧，我再给您买一本字典，我教您怎么查字典，您很快就能自己读书了。"

素花一愣，马上说道："我哪行啊，我认的那两个字大点儿的笸箩就能装下了。"

葛小茹笑道："阿姨您说话真逗，我听小莲说您都能读报了，您找一本简单的书读，读书就像您做鞋，您做鞋又快又好，就是因为您做得多，读书也是一个道理，读多了就好了。"素花觉得葛小茹说话很有道理，便对小莲和葛小茹说："那你们帮我选一本好读点儿的。"小莲和葛小茹相视一笑，进了里屋。

素花在外边跟小弟聊天，问小弟道："你大名叫葛小弟?"小弟说："不是，我有大名，我大名叫葛小天。我和我姐的名字都是我妈取的，我不怎么喜欢我这名，等我长大了我自己取一个名字。"素花笑道："人小心大，你喜欢什么名字呢？"小弟想了想说道："我喜欢叫……"小弟想了半天说不出来，最后说："我长大了就知道了。"

里屋，小莲和葛小茹商量让素花读什么书好，两人从书柜上一本又一本把书取下来，包括很多世界名著诸如托尔斯泰、巴尔扎克、狄更斯、托马斯·曼的作品，小莲看着那些名著突然笑起来，让葛小茹摸不着头脑，葛小茹问小莲道："你笑什么啊？我浑身都起鸡皮疙瘩了。"

小莲一边笑一边说："咱们这是要把我妈培养成文豪啊，真是用心良苦。"

葛小茹正把手搭在一本书上，小莲看了一眼是张恨水的《金粉世家》，旁边放着一本同样是张恨水写的《白蛇传》，小莲道："不如让我妈先读读《白蛇传》，一来她对这故事熟悉，二来张恨水的文字比较让女人喜欢。"葛小茹点头同意。

葛小茹把书递给素花："您试试这本，要是觉得太难再给您换。"

素花接过书，心里头一阵高兴，今生今世读书还是大姑娘上轿头一遭。她拿着书翻过来倒过去地摸着，对于书本的喜爱显而易见，一旁的小莲感慨着："我都想跟您换个儿了，您要是当学生一定是学习最好的。"

素花不无遗憾地说："你妈没那个命了，下辈子吧。"又问明天能不能买字典。葛小茹说："我们家有好几本字典呢，还买什么啊，拿一本用吧。"说着把桌上的一本《新华字典》递给素花。素花接了，连声道谢。小莲和葛小茹表情都很复杂，最后葛小茹对小弟说："你得跟阿姨学习。"小弟一头雾水。

素花和小莲临出门的时候对葛小茹说下周给小弟做红烧肉吃，葛小茹瞪着小弟，小弟说："你瞪我干吗，阿姨要炖肉，我又没要吃，岂有此理。"小莲和素花都笑了。

出了大院，天黑得吓人，小莲不禁攥紧了母亲的手，素花说：

"看你平常挺厉害，还怕天黑啊。"小莲说："我要是一个人就不害怕了，这不是您在我旁边嘛。"小莲搂着母亲的胳膊，母女俩裹在一起往前走着，穿过那条假马路进了剪子巷，三拐两拐到了黄土坑胡同口上，远远看见胡同口围了一圈儿人，旁边停着一辆130卡车。娘儿俩紧走几步到了人群边上，听见人悄悄议论着："可不是白皮儿吗，就是那个傻子，协作胡同的，大高台阶院里的。"

素花紧走几步，拨开人群，借着路灯微弱的光线，看见白皮儿半边脸朝地面趴着，素花想去扯他，同时嘴里说着："你怎么睡在这儿啊，快回家吧。"被旁边人拦住了，素花扭头见是老铜壶，有些疑惑地望着他。老铜壶悄声道："你没见满地的血啊，人早断气儿了。"素花这才发现白皮儿的身子下边一摊暗色的液体，天黑没注意，那竟然是血。素花的手脚一阵发冷，身子晃了一下，后边赶上来的小莲一把扶住她。

听胡同里一个看热闹的说，开130货车的女司机急着送完最后一批货回家喂孩子，恰好白皮儿在胡同里转悠，天黑，女司机心急顾不上多看路，白皮儿突然横穿胡同，刹车踩不及时，要了白皮儿的命。可怜白皮儿，临死只抽动了两下身子，一句话都没能撂下。

素花的身体像是坠着铅块，沉得挪不动脚。小莲使劲儿往回扯素花胳膊，素花用手扒拉开小莲的手说："你先回去吧，照看妹妹们，我得留下来，谁让他平时喊我姐呢，他家里又没别人，他姑姑还不知道来不来呢，我得陪他一会儿，等他姑姑来了我就回去。"

天黑得更厚实了，天空上一点儿光亮都没有，路灯光显得越发昏黄无力，刺破黑暗不是这么微弱的光亮能做到的事，相反，那团光亮几乎让黑暗压瘪了，一眨眼的工夫，路灯突然暗淡下去，只剩下几根灯丝亮着，有人唠叨一句："灯泡要烧坏了……"话音还没落干净，路灯灭了，人群里便有人挪动脚步，有人轻轻说了一声："赶紧撤吧，再让白皮儿勾上魂儿……"刚才已经有些松动的人群此刻像是被捅了的马蜂窝，一下便散开了，剩下四个人：街道居委会杨主任、老铜壶、货车女司机还有素花，女司机停止了哭泣，一瞬间，白皮儿身体周围的空气凝固起来，杨主任唠叨了一句："派出所怎么还不来人，八成都睡过去了。"正说着，派出所的小王和所长李志平来了，简单问了几句话，便把哭哭啼啼的女司机带走了，又回头对杨主任说："您受累收拾一下吧。"

小铜壶站在胡同里喊了声"爸"，老铜壶对杨主任和素花说："对不住二位，我得回去了。"剩下杨主任和素花。

杨主任说："你还真仁义，你家小菊病的时候白皮儿跟着一路，帮了你不少，如今他躺这儿你这么守着也算对得住他了。"

素花在黑暗中点了点头，她不敢看白皮儿的尸体，尽力想白皮儿活着的时候的模样，他的声音、笑容，他喊她姐的时候尾音会挑起来，像个孩子似的，更像是喊亲姐。白皮儿疯癫以后看上去换了个人，也许根本就是两个人，两个不一样又一样的人。现在躺在黑暗和寒冷中的已经不是白皮儿了，无论是正常的和疯癫的，都不是现在正趴伏在冰冷的地面上的这个人。趴在这里，或者说躺在这里的（素花不想看他，但余光让她看见白皮儿的身体扭曲着伏在地上，脸朝向一个想象不到的角度，素花觉得他的脖子已经断了，这才有了这个古怪的姿势），白皮儿正在空中看着胡同里发生的一切，素花感觉到白皮儿飘浮在空中，他那双有些狡黠的眼睛像两盏射灯，死死盯着胡同里的一切，在素花的身上来回划动着。这时候素花听见杨主任低声说了一句："这等到什么时候。"又对素花说："我去给隆福医院打个电话，先让他们来车送到太平间，等他姑姑来了再做打算吧。"杨主任说完抬脚去打电话了，剩下素花一个人。

素花的腿发软，她几乎站不住了，她想找个地方靠一靠，但身体僵硬，这时有个人影匆匆打她身边走过，素花只看出是个男人，路过那辆130货车的时候还低声说了句："谁的车停这儿啊。"他根本没看见地上躺着的白皮儿和站在黑暗中的素花。素花不敢吱声，怕吓着那人，但实际上此刻素花的喉咙里仿佛被什么东西堵住了，根本发不出声来，等那人走远了，素花往身后退了几步，靠在墙上。这面墙表面抹的石灰早就开裂了，被小孩儿扒墙皮玩儿，墙皮掉了一大半，这时候素花往上一靠，墙皮哗哗掉下来，黑暗中素花仿佛看见白皮儿的身子动了一下，这一惊让素花出了一身冷汗，身子发虚，两腿站立不稳，差点儿坐地上。恰好杨主任老远喊道："得，隆福医院一会儿就来人，素花你就甭熬着了，回家吧，我一个人盯一会儿。"素花往家走，回头问杨主任一个人行不行。杨主任说："不行也得行啊，谁让我当这主任呢。"素花心里很佩服杨主任。

第二天等上学的上班的都走干净了，素花对惠芬说："你说人这一辈子简直就跟做梦一样，白皮儿说没就没了，我心里头怪难受的。他平常总喊我姐，喊得我做梦都梦见我有个弟弟，长相跟白皮儿一样。"惠芬叹口气："人的命天注定，世界上的事老天爷早就安排好了，也不用想那么多，还是多想想活着的人。"说完这句话，惠芬突然压低了声音问素花："你家老李这些天下班就回家，那事就算完了？"素花看着惠芬神秘的表情，心里突然产生一种厌恶，虽然住在一个院子里，惠芬帮了她不少忙，但素花对惠芬的那种说不清的厌恶从没消失过。就像是与生俱来的，从第一天见到惠芬就有了，但她必须带着这种厌恶与惠芬共处，惠芬的好处并不能减弱素花对她的厌恶感，每一次与惠芬的交谈，无论真心还是假意，都是漂浮在水面的物件，早晚被水流冲走，消失殆尽。

素花有些神秘地笑了笑，她想起从葛小茹家拿回来的那本书，她认下了书皮上的三个字，"蛇"是小莲现教的，"传"念成了"传递"的"传"，小莲并没笑，而是认真纠正了素花的念法，并告诉妈说这个字是多音字，不同的地方发音不同，意思也不同。此刻素花看着惠芬的脸，她觉得惠芬当白蛇和青蛇都不合适，她想着里边的人物哪个适合惠芬，这时听惠芬说了一句话："抓紧生个儿子比什么都要紧！"声音很轻，对于素花却像打雷。惠芬的笑容比素花的更神秘，她的两只眼睛就像两潭水，波光闪闪，深不可测。惠芬接着说道："我和老王也准备再要个闺女，你要是生个儿子咱们攀亲家吧，我知道我们家四个儿子哪个都配不上你家的丫头。"素花打断惠芬的话问："你家大壮不娶养鸡场的闺女了？"惠芬听了，用手摆了两下道："别提那事了，那是我们家的一块疮，不能揭。"

白皮儿的姑姑在白皮儿死了三天后才来，听协作胡同的人说，白皮儿姑姑一来先用个封条把白皮儿的院门封了，然后去隆福医院太平间把白皮儿的尸首领出来，找了一辆大卡车直接运回河北老家了，想必要跟家族人埋在一块儿。素花在白皮儿头七的时候买了冥钱，给白皮儿烧了一回纸，心里头念叨着："上辈子没还上你的钱，我给你寄过去了，你要是认我这个姐，就宽待我一回。"素花是去宽街那边那条假马路上烧的纸，烧完了往回走，路过协作胡同的时候，素花往胡同里张望着，远远看见个人影走走停停的，以为是白皮儿，又一想，刚给他烧了纸，这就活了？素花心里并不害怕，等那人走近了一看，也是个叫花子，素花从兜里掏出一毛钱递给那叫花子，叫花子一阵高兴，拿着钱跑了。

过了阳历新年，家家户户就攒足了劲儿往春节奔了。刘曼殊感觉到李国强的冷漠，决定听从父母的话回上海工作生活了。临走的前一天晚上，单位的人都走了，她知道李国强这晚上有几个紧急文件要处理，一时回不了家，李国强点名让一个新来的秘书当班，刘曼殊特意跟那个新来的秘书换了岗。当李国强推开秘书处的门时发现新来的秘书已经换成了刘曼殊，脸上现出一丝惊讶，问道："怎么是你？我让小何当班，她跑哪儿去了？"刘曼殊说："是我让她走的，我替她当班，李处长有事情尽管吩咐我做。"

李国强意味深长地看了一眼刘曼殊，收起了处长的架势，他一屁股坐在一把椅子上，从兜里掏出烟盒，抽出一支，在桌子上磕了磕，又拿出火柴盒，熟练地划着一根火柴，点上烟。刘曼殊对李国强这一连串的动作再熟悉不过，但她注意到李国强在桌子上磕烟的时候，比平时少了两下，一般都是四下，而刚才只磕了两下，这说明李国强的心情不平静。刘曼殊心里涌上来一股柔情，让她觉得仿佛回到了以前，那些与李国强缠绵的日子，时间也许可以倒流，只要舍得遗忘一些东西，回到从前的某些时光，不光是梦能展现的。刘曼殊像一只猫一样，轻轻走到李国强身旁，刚好，一股烟雾从李国强的嘴里丝丝缕缕地吐出来，刘曼殊尽量用鼻子吸那些烟雾，有一分钟的时间，两人都沉默着，刘曼殊沉浸在往事的回想中，李国强琢磨着怎么才能跟刘曼殊彻底了断。他曾经试着想让人事部门把刘曼殊调走，甚至让他们在上海的工作站为刘曼殊找个职位，但想来想去，怕给一些知情人留下话柄，这样一来，岂不告诉别人自己真的跟刘曼殊有情况，最好的办法就是以不变应万变。就算刘曼殊愿意继续在秘书处干，也没什么，太阳每天都升起来，每天都是新的，新的总要战胜旧的东西的。

刘曼殊的柔软慢慢地被李国强的冷静吞噬了，在她并不复杂的大脑里，明白一个道理，那就是失去的东西再也回不来了。其实刘曼殊的父母已经催促她好多次，让她赶紧回上海，母亲甚至威胁她要来北京，找李国强的单位理论理论。刘曼殊知道母亲是不会花钱买车票、耗工夫，放下店里的生意来北京的，母亲的账目算得清楚，一家人才能过上体面的生活。刘曼殊回上海的心意已决，只是在等待一个合适的时候。她看着李国强慢慢吸着烟，不声不响地望着一个不确定的地方，自己仿佛是屋子里的一个物件，她终于对李国强说道："我过两天就回上海了，我母亲已经托人给我找好了工作，我就不会再回来了。"刘曼殊说到这儿，声音有些哽咽，她看见李国强停止抽烟，正惊讶地看着自己。这让刘曼殊心里好受了些，仿佛他的惊讶带着一种歉意。刘曼殊接着说："不管怎么样我都不会忘了那些事情……"李国强站起来，将抽剩下的烟往桌上的烟灰缸里一丢，烟没灭，红红的闪动了一下。李国强这才注意到屋子里没开灯，他赶紧走到门口把灯拉着，两人一下子暴露在明亮的灯光下，李国强说："到时候我找人开车送你去车站。"停了停又说："你回吧，我这儿没什么事了。"说完，李国强推开门走出去。

李国强的身体像是被倒空了，轻得要飞起来似的。他回到办公室，关上门，手里几份文件翻来覆去看了几遍，又接了一个财务科的电话，告知李国强春节的工资要提前发给职工。李国强放下电话，觉得好像还有什么事忘了，想了想，想不起来，这时刘曼殊把门推开一道缝朝李国强招了招手说："李处长，我走了，您要保重，来上海的时候找我，我带您去南京路转一转。"说完，轻轻把门关上。李国强支棱着耳朵，听见刘曼殊猫一样的脚步声朝楼道的东侧走去，李国强这才长出了一口气，然后站起身把公文包收拾利索，把里边没用的文件掏出来扔进垃圾桶，又抽了一支烟，然后穿上大衣，围上围脖，关灯，锁门，走出大楼，朝13路公共汽车站方向走去。

其实刘曼殊并没有走远，她躲在灌木丛里偷偷看着李国强，不是为了看他最后一眼，而是想看看李国强是不是跟新来的秘书小何有什么特殊来往，或者小何假装走了，在大楼的某个办公室等着李国强。刘曼殊进到灌木丛里的时候不小心一个树杈刮伤了她左侧的腮帮子，她感到一阵疼痛，但她忍着没叫喊出来，她试着找一个自己认为安全的地方，尽管天色已经暗下来，最终，刘曼殊决定就站在上次跟李国强一起站立的地方。这时肚子里一阵饥饿感升起来，这种感觉几乎把刘曼殊击倒，但她告诉自己，他就要出来了，一定要看到他是不是跟小何一起，或者其他女人。终于，李国强的身影出现了，刘曼殊完全看不出他还要等什么人，李国强的脚步甚至有点儿急匆匆的，与往日的悠闲不太一样，皮鞋踩在沙石路面的声音很快就接近了刘曼殊隐藏的灌木丛，尽管她知道李国强不会停下来，但她的心跳还是加速了，整个身体似乎只有心脏这一个器官，而这个器官也将冲出她的身体……

李国强的身影远了，在黑暗的夜色中，刘曼殊感到一种熟悉的东西、一种亲切的东西即将永远离开自己了，李国强大衣的下摆在他走动的时候时而张开，时而闭合，像两只隐形的翅膀。很多年以后刘曼殊还能想起这个画面，只是心不再狂跳，它安静地趴伏在她衰老的身体里，她知道这个画面会跟着她走进坟墓，去到另一个世界。

小莲要跟爸和小菊一起回老家看奶奶，刚买好了火车票就接到老家的电报，只有简单的四个字：病重速回。素花已经能认出电报上的字了，她反复读了几遍，拿着电报去了小莲屋里，问道："这是谁病重啊，老家那么多人。"小莲想都没想说道："您糊涂啦，给咱们来电报肯定是我奶奶病重啊。"素花点头，回到堂屋，一个人坐在凳子上发呆，听见小菱跟小萍说："三姐，我想折纸。"小萍说："行，我给你一张纸，你跟着我折，折坏了不许哭啊。"

小菊因为要跟着回老家，正在忙着赶寒假作业，听见小菱和小萍说话便大声呵斥道："瞧你们俩，别捣乱，我要做作业。"李国强叼着烟卷儿从里屋出来，站在堂屋喊小菊："小菊，你来爸这儿做作业吧。"小菊抱着作业跑到里屋，没等李国强进屋就砰的一声关了门。李国强站在堂屋里犹豫了一下对素花说："你明天买点儿点心，装盒，我们走时带，另外再买两包你和小菱、小萍吃。"说着便把十元钱放在桌上。素花把电报交给丈夫，李国强皱着眉头，看了好几遍电报。

素花拿起身旁的筥箩，里边有两副纳了半截的鞋底儿，一副是小菱的，另一副是自己的，别人的鞋都纳好了，就等着一上鞋帮儿就完事了。小菱的鞋做了两双，这是第二双，比第一双大，而且是单鞋，春天穿的。惠芬的鞋底子早纳好的，实际上惠芬手里总是在纳鞋底儿，纳完了一副就放在包袱皮儿里裹上，用的时候上个鞋帮儿就完事。素花好像永远有干不完的活儿，用惠芬的话说："你把认那些字的工夫省下来能做好多活儿。"麻绳穿过鞋底子发出噌噌的响声，素花每次听到这声音心里便有一种莫名的欢快，而惠芬纳鞋底儿的时候因为拽麻绳的速度比素花慢了许多，那声音听起来懒洋洋

288

的，不带劲儿。素花总是纳三下便把锥子在鬓角上抿两下，似乎鬓角是一块石头，能让锥子变得更锋利。事实上，锥子只是沾了素花额头上的油汗，变得寒光凛凛，素花就在针尖的跳动翻飞当中享受着一种绝无仅有的快感。如果小莲在身旁，素花会眉飞色舞地讲些老家的鬼怪事情，在小莲的惊叫声中，素花的笑容异常熨帖。

素花的思绪随着麻绳穿过鞋底子的噌噌的声响，随意地飘浮着，仿佛跟随着小莲父女三个回到了老家，村里的模样一点儿没变，只是该老的老了，该走的也走了，村头的池塘里不再有孩子游泳，塬上的窑洞一孔一孔地空下来。父母的坟上杂草丛生，远房的亲戚陌生又亲切，年纪大的不露面，那一定就是进了村头的坟地里。也有新生的娃们，那总是个盼头。杂面条配酸菜是素花最爱吃的，但那些黑乎乎的红茶汤再也没法入口了，有些东西总要忘记和舍弃的。

素花听见院子里惠芬和丈夫说话，素花知道惠芬一看见丈夫站在院子里，必然要找个借口去院子里干点儿什么，比如往院子里的下水道倒脏水，或者掀开盖大白菜的草帘子倒腾大白菜。素花往院子里瞄了一眼，见惠芬手里拿着脸盆，显见刚倒掉一盆脏水，这时候惠芬问李国强过春节回不回老家看老人，李国强应了一声，惠芬追问道："票买了？怎么没听素花说啊，什么时候走啊？"李国强不再应声，而是头微微扬起来，吐出一串烟圈儿，但很快成为一团烟雾，随即消散。惠芬觉得已经找不出话茬儿了，便一扭身进了屋。素花听见小菊突然对小萍嚷嚷："你怎么把我数学作业本撕了，讨厌！"接着便跑到素花这里来告状："妈，您看小萍把我数学作业本撕了折纸玩儿，我让她赔我。"素花拿过本子看了看，只是最后撕掉了两页白纸，便对小菊说："乖啊，妹妹小不懂事，这次原谅她吧。"小菊哼了一声，拿着本子转悠找李国强，李国强刚好推门进屋，见小菊手里拿着作业本便问："作业做多少了？"小菊刚想开口，小萍从里屋出来对李国强说："我不小心把二姐的本子撕了两页，我不是故意的。"李国强一看就明白怎么回事，笑着对小萍说："你做错了事能认错就是好孩子。"又扭头对小菊说："你要让着妹妹，你要学会怎么当姐姐。"小菊听父亲这样说，有些惊奇地看了看他，默不作声地回屋了。

父女三人回老家的第三天，也就是腊月二十三小年那天，岳家祥大婚。惠芬拉开素花家的门见素花正上鞋帮儿，惠芬撇了撇嘴说："岳家正忙活娶媳妇儿呢。"素花抬头看了看惠芬，脸上居然没一丝惊讶，素花顺手把针锥子在鬓角上蹭了蹭说："管人家的事呢，各家过各家的日子。"惠芬在素花的对面坐下来，有些惊讶地望着素花，听见素花将麻绳扯得嗖嗖的，说话的工夫，半边鞋帮儿已经上好了，惠芬不禁赞叹道："你的活儿还真是好呢，我就没你上得整齐，看看这针脚密的。"素花摇头："你没见过原来我们村里有个哑巴，她做活儿就像变戏法似的，一天做一双鞋，还不耽误喂猪喂羊喂鸡做饭，咱跟人家没法比。"惠芬悄声问素花："你家小莲是不是为了躲岳家少爷的婚礼才跟老李回去的?"素花指着惠芬说："你这张嘴啊，有时候真想帮你把它缝起来，你知道有的话能说，可有的话是不能说的。"惠芬笑道："那你就告诉我啊，哪些话不能说，哪些话能说。"素花想了想说："你刚才说小莲那话就是不该说的，人家小莲回老家是想她奶奶了，根本不是躲岳家少爷，再说，小莲跟岳家祥有没有那回事还另说呢，你刚才那些话原本是应该自己想想烂在肚子里，你倒真勤快，全倒出来了。"惠芬被素花最后的话逗乐了，这时候胡同里传来一阵爆竹声，惠芬说："八成新娘子进胡同了，咱看看去?"素花说："你想看就去看吧，我得把这几双鞋赶出来。"

惠芬出了院门，刚好看见新娘子的轿子进了胡同北口，几个孩子飞跑过来，嘴里喊着："新娘子来啦! 新娘子来啦!"惠芬顺着胡同把目光抛过去，只见一顶深蓝色的棉布轿子出现在胡同口，轿子让两个轿夫抬着，前边轿夫的左侧有一个岳家府上干杂活儿的工人，显见是领路。爆竹声一阵比一阵紧，惠芬看见岳家大门口已经被爆竹纸屑盖满了，红红的一地，福姨站在岳家的高台阶上朝胡同的北口张望，见轿子已经进了胡同，招呼放爆竹的加劲儿，又让一个女佣给胡同里的街坊邻居撒糖果，孩子们嚷嚷着捡拾掉在地上的糖果，福姨朝看热闹的街坊四邻喊："来吃酒席啊，都预备好了。"惠芬心里哼了一声，扭身想回院子，听见有人背后喊她，回头一看是剪子巷那个叫卷毛儿的女人，卷毛儿大声问惠芬素花在不在家。惠芬不喜欢卷毛儿，卷毛儿说话的声太高，每次惠芬去粮店路过卷毛儿家门口，都加快脚步，把头扭向别处赶紧走过去，生怕卷毛儿看见她拉住说话，卷毛儿又不傻，知道惠芬烦她，见了惠芬也不热乎，这会儿看见惠芬就想问问素花在家不在家，惠芬知道她跟素花说得来，要是告诉她素花在家，她就得去找素花，惠芬转念一想说："素花这会儿不在家，领着孩子出去了。"卷毛儿咳了一声，这时候只听有人喊："新娘子出来啦！"本来惠芬已经转身往回走了，听见喊声，好奇地往岳家大门口看去，刚好看见新娘子下了轿子，远远地，只见一团火红从轿子里翻滚出来，落在地上，头上也是一副红盖头，福姨下台阶去牵新娘子的手，慢慢地上了高台阶，鞭炮响得人耳朵要聋了，一群孩子拥上岳家大门口，被岳家仆人挡住，惠芬低声骂了一句："都是贱骨头！"转身回到院子里。

　　火车停在县城车站的时候，天还没亮，小菊迷迷瞪瞪地跟在爸和小莲的身后下了火车，村里接他们的马车连影都没有呢，李国强四处看了看，站南边路西一家饸饹面馆已经开张了，便背着行李，领着小莲和小菊往饸饹面馆走去。掀开那副油腻腻的厚重的棉门帘子，一股热气扑面而来，混杂着一股羊肉的腥膻味。李国强看到一共三张桌子已经坐满了人，正犹豫着，老板从后边进来了，招呼李国强道："外边没地方了，进来坐，里边有地方。"李国强前头走，小莲、小菊跟着进了后边。李国强见右边灶上正开着大锅压饸饹，木质的饸饹机架在浓浓水雾的大锅上，一位四十多岁的壮实的女人正在压饸饹面,随着女人的手不停地上下挤压,面条慢慢地进入开水锅里,面条进入锅里的一瞬间,水雾突然小了,甚至能清楚地看见面条静静地盘在锅里。过了一会儿,女人用手把饸饹机上的面弄断,用一双大筷子在锅里搅和着,小莲和小菊都看呆了,小菊刚才还犯迷瞪,这时候眼睛瞪得比核桃还要大。压饸饹面的女人对小莲和小菊说:"娃坐下吧,一会儿熟了就吃上了。"那边李国强已经落座跟店铺老板聊上了,小莲听见爸笑着对店铺老板说:"你们村离我们村八里地,一袋烟的工夫,我小时候总去你们村打枣吃,你们村王家的枣最好,他家有条大狗,大人偷枣它叫得邪乎,小孩儿偷枣它就睡觉。"店铺老板喝了一口茶,又给李国强茶碗里倒满,说道:"你说的王家是我家表亲,一会儿我给你拿一袋子干枣,秋天要是回来能吃上鲜枣。"李国强赶紧说不用。这时候三碗饸饹面端上桌,李国强朝碗里看去,净白均匀的饸饹面满满的,羊肉汤闪着亮亮的油星子,浮头散着绿绿的香菜叶儿。李国强刚想夸一句,小菊先问道:"为什么只有汤没有肉啊,我明明闻着肉味啊。"店铺老板和压饸饹的女人都笑了,店铺老板朝压饸饹的女人说:"去给娃盛几块肉,这可是北京来的,别委屈了娃。"

李国强吃着面,店铺老板一直坐在旁边抽旱烟,烟味呛得小莲和小菊一个劲儿咳嗽,女人一边忙着压饸饹面,一边恨声道:"你少抽一口能死啊,看把人家娃呛的。"男人停下抽烟,站起来,拿起茶壶准备换一壶茶,这时候外面有人喊:"李家村的在不在这儿啊?"李国强听闻,从凳子上站起身应着朝外走,只见一个车把式怀里抱着鞭子站在门口,头上扎的毛巾上落满了绵密的雪花。李国强道:"雪这么大。"车把式朝李国强喊了声"哥",二话没有转身就朝外面走。李国强掏钱要结账,被店铺老板捂住,说是乡里乡亲的大老远回来吃碗面就算接风了。李国强便不再客气,扛上行李,招呼着小莲小菊,朝屋外去了。店铺老板慌忙把一袋子干枣拎出来,扔到车上。

狂风卷着鹅毛一样的雪花朝人的身上脸上扑过来，噎得小菊几乎喘不过气来，她不由得拽紧了小莲的衣服，小莲把小菊朝自己身后推，用身子遮挡着狂风。车把式接过李国强手上的行李扔到车上，又帮着李国强把小莲和小菊推到马车上，小菊冻得龇牙咧嘴的，看了看灰暗的天空和漫天的大雪，带着哭腔道："爸，要坐多长时间马车才能到奶奶家啊。"李国强看了看小菊，把自己头上的棉帽子摘下来给小菊戴上，安慰她："一会儿就到。"又嘱咐小菊："跟你姐挨紧点儿，暖和。"小菊不得不靠近小莲，姐妹俩拥在一起，小莲明显感到小菊的无助和内心的恐惧，小莲侧眼看着小菊，见她的鼻头冻得通红，嘴唇好像在打哆嗦，小莲不由自主更紧地搂着小菊，却听小菊喃喃道："我想妈了……"小莲心里升起一股怜悯。小莲看着沟沟坎坎从眼前慢慢掠过，雪已经覆盖了大地上的黄色，到处都是白茫茫，越走，道路越狭窄，右侧是高冈，左侧是深深的沟壑。小菊吓得闭着眼睛，现在她不是靠着小莲，而是用两条胳膊像一个溺水者一样死死抱住小莲，小莲甚至感到几分窒息，她不住地轻声安慰小菊："不要紧，很快就到了。"

转过一道山梁，车把式扬了下鞭子，接着一个鞭花甩出来，啪的一声脆响在寂静的山路上炸开来，酸枣棵子上的积雪纷纷落下，几只乌鸦扑棱棱地从山梁上飞起来，吓了小菊一跳，小菊带着哭腔问小莲："大姐，我们不会死在这儿吧？"小莲笑道："你才几岁啊，就说死的事，好好活着吧。"这时小莲听见车把式对爸说道："我大娘这几天梦中都喊你名字哩。"小莲等了半天，爸竟然一个字都没说。却听见爸划火柴的声音，接着一股烟味飘过来，小菊低声道："爸抽烟了吧。"

马蹄子落在地上发出闷闷的声响，雪厚的地方，只有车轱辘的吱吱扭扭的声音，小莲听爸对车把式说："去年地里的收成还行吗？粮食够不够吃？"车把式说："马马虎虎吧，去年天旱，庄稼赶上往年的一半，政府倒也体谅着咱，公粮交得也少了，人口多的现在就闹开饥荒了，也有逃荒的，不多……"半天，小莲听见爸叹了口气："日子过得辛苦啊。"车把式却说："差不多，差不多，好歹还没听见饿死人的，这就不错了。"小菊惊道："人还能饿死吗？"爸和车把式都笑了，爸回过头对小菊说道："人能吃撑，就能饿死，一个人好几天不吃不喝就活不成了。"小菊将信将疑，又缩回到小莲身旁。

走到半路，大车后边的一个轱辘绊在路边的一块大石头上，大石头被厚厚的积雪覆盖着，车把式没能辨认出是块石头，前边的轮子勉强过去，后面的轮子没能幸免，一下卡在石头上，那匹棕色的大马使劲儿一蹬蹄子，只听咔嚓一声，车把式赶紧停了车查看，木制的车轱辘裂开一道宽宽的口子，车把式骂了一句："见了鬼啦！"小莲听爸喊着："我下去帮把手？"车把式又看了看道："不行了，车坏了。"爸一听有点儿着急地问道："这怎么办？"车把式说："把行李就放车上，我头前走回村另赶一辆车来，你们仨后边慢慢走着，可不敢在车上停着，会冻坏的。"说完，车把式迈着大步走了。爸下了车，把小莲小菊从车上扶下来，小菊又冷又害怕，瞪着俩眼问爸："咱们不会死吧？"爸听后一阵大笑，说道："你小小年纪知道什么是死啊，离死还早呢，赶紧跟着我走吧。"李国强在前边深一脚浅一脚地走着，小莲和小菊跟在后边，看不到路的尽头，四周包括天空都是灰白色的，显得人很小，分不出天际，天和地的连接变得可有可无，或者天和地原来就是一回事，天上的事情和地上的事情没有分别，人可以在天空飞翔也可以在地面行走，小莲感到一种从未有过的轻松，甚至有一种展翅飞翔的势头。雪大了，绵软的雪花夹杂着硬硬的雪粒子向地面堆积着，小菊头上的帽子落了厚厚一层积雪，小莲帮着她抹掉，小莲几乎将小菊的身体夹在自己的胳膊下，她看见爸像一头鹿一样在前面跳跃着，不一会儿就把姐俩落下了几十米远，小菊喊着："爸，你不管我们啦，你别走那么快啊。"

李国强在前面停下来，回头笑着朝小莲和小菊喊道："大步走，迈开腿，越胆小越走不快。"三个人在乡间路上冒着大雪艰难前行，也不知道走了多久，周围的景色没有太多变化，小莲甚至一度产生了一种错觉，像在原地踏步。突然爸在前边哼起歌来，小莲从没听爸唱过歌，没想到爸的嗓音如此富有磁性。严格地说，爸不是唱歌是在哼，没有歌词，小莲觉得这就是这里的曲调，跟周围十分契合，有些悠扬，有些散淡，甚至有些忧伤，爸把曲调的每一个拐弯都处理得十分细腻，虽然没有歌词，但似乎比有歌词更加美妙。小莲对小菊说："听见爸在唱歌吗？等回到北京别忘了让他再唱一遍。"小菊点头。

终于，从前边雪雾弥漫的路上传来一阵马铃铛的响声，爸说："马车来了。"只见一匹黑色的小矮马拉着车艰难地走来。小莲说："马这么小，能拉这么多人吗？"

车把式说："这马看着小，有劲儿着哩。"三人上了马车，吱吱扭扭又走了有一袋烟的工夫，便看见了一孔孔的窑洞，小菊问爸："那些跟眼睛似的是什么啊？"李国强笑道："那是窑洞，人就住在里边。"小菊又问："老师说动物才住在山洞里呢。"李国强想了想说："最早人也住在山洞里，以后你学历史就会学到了。"

进村的时候，一群孩子朝马车跑过来，嘴里喊着："城里来人啦……"有一个孩子甚至想爬到马车上来，吓得小菊往后躲着，车把式吼了一声："滚回家去！"孩子们一哄而散。

马车停下来，旁边的一孔窑洞的一扇木门开了，一位慈眉善目的中年女人走出来，朝李国强喊了声："哥，来啦。"不等李国强应答便朝小莲和小菊走过去，她一边把小菊从马车上抱下来，一边招呼小莲："慢着，别崴了脚。"小莲看见爸快步朝窑洞走去，便紧跟在爸身后。

窑洞里很暗，李国强掀开门帘子进去，一股呛人的旱烟味扑出来，他被那股强烈的烟味推着往回退了两步。他撩帘子的手没放下来，让里边的烟味尽量散开一些，他怕呛坏了小菊和小莲。有人已经迎出来了，是个红黑脸膛的中年汉子，他笑着对李国强招呼："嘉轩子回来了，快进到窑里，外头冷。"又招呼小莲和小菊："娃也进来，快，别冻着，看这雪下的。"李国强喊了声："哥。"直通通往里走去，小莲和小菊进到窑洞里便开始咳嗽，小菊咳嗽得很厉害，小莲一边拍着小菊的后背，一边把小菊往窑洞后面拽，等两个人都止住咳嗽，小莲看到爸正跪在一铺小炕旁边，炕上躺着奶奶。

小菊扑过去喊了声"奶奶"，眼泪哗哗地流下来。小莲更是伤心，分别不过一两个月，奶奶的形貌已经大变，看上去十分消瘦，两个腮帮子都已经抠进去了，眼睛也深陷着，头发远不像在北京居住时那么光鲜整洁。看到儿子跪在面前，又见两个孙女从天而降，一阵巨大的喜悦让老人的脸上闪现出一片红光，嘴上唠叨着："哎哟哟，这是怎么回事啊，怎么都回来了。"一旁红黑脸的中年人对奶奶说："要过节哩，都回来看你，嘉轩子给你跪着，你还不让他站起来。"奶奶这才在李国强的肩头拍了一下道："跪甚呢，起来，让娃们吃块馍。"小莲听见奶奶的话音也跟老家的人说话一模一样了。小菊一直在流泪，小莲猜不透小菊此刻流泪究竟为了什么，是因为冷、饿、陌生，或者真的只为了见到奶奶而伤心。小莲听见小菊哭着对奶奶说："奶奶，您怎么不回家啊，为什么在这儿待着啊，您跟我们回家吧，我们来接您了。"

小莲无意当中朝靠窗户的那铺炕上看了一眼，四五个男人的脸笑吟吟地朝这边看着，当他们听见小菊说接奶奶回家，男人们都笑起来，其中一个兜齿男人说："你想接你奶奶回哪里呢？这就是她家。"这时小菊朝着说话的人喊道："不是，这不是我奶奶家，我奶奶家在北京，她跟我们在一起住。"窑洞里除了小莲都笑起来，李国强坐在炕沿上，笑望着小菊："去喝点儿水，跟你姐一块儿休息休息。"小菊朝黑洞洞的窑后头看了看，又看了看前头那些坐着喝茶抽烟的人，问爸："我们在哪儿休息啊，这个洞里没地方啊。"小菊的话又惹了一顿大笑。

这时一个矮胖的女人从外面进来了，带来一股寒气，李国强让小莲和小菊喊这女人婶子，矮胖女人不等她们喊，便一只手拉着一个往窑洞外边走，一边走一边对那几个在炕上喝茶抽烟的男人高声道："也不怕呛着娃们。"临出窑洞门回头又道："一股黑水有啥可喝的，早晚把人都喝黑哩。"矮胖女人领着小莲小菊来到院子东面的一孔小窑洞里。

小莲看见临窗一铺小炕，灶火正旺，灶上的大锅里嘟嘟地冒着浓浓的水蒸气，窑后头都是一袋袋的粮食。小菊好奇地问："这么多粮食能吃得完吗？"矮胖女人笑道："我的好娃，人吃不了多少，还有给牲口吃的，牲口吃饱了好干活儿。"接着她招呼小莲姐妹俩上炕坐。"炕上暖和。"矮胖女人道，"这跟你们北京不一样，村里人一个冬天都在炕上，地里没活儿干了，炕烧暖和了，坐在炕上做活儿。"小菊问："那就不能站在地上吗？总坐着不累吗？"矮胖女人见小菊一副惹人怜爱的模样，一把揽过小菊："这娃可真是招人疼，给我做闺女吧，婶子三个儿子，就缺个闺女呢。"小菊吓得直往小莲身上靠，小莲成心不管她，让她害怕。这时候窑洞外头有人喊矮胖女人，女人应声出了门，小菊瞪了小莲一眼说："我可不想当她的闺女，你当吧。"小莲逗小菊："人家也没让我当啊，人家就看中你了，你长得好看啊。"

小菊急了："我才不当呢，就不当，我跟爸说去，我才不呢。"说着就要跳下炕，小莲说："说你小孩儿吧，她就那么一说，她也得养得起你啊，你得上学、穿衣服、吃饭，你在北京长得那么娇气，毛病那么多，谁能养得了你，你听不出来她是在说笑吗？"小菊想了想，坐回到炕当中，突然靠在小莲的肩膀上说："幸亏你来了，要是只我跟爸，就麻烦了，你看爸自从到了这儿就跟换了一个人，都快不要我们了。"说着小菊竟然哭起来，她趴在小莲的腿上，一边轻轻抽泣一边说："我知道你不喜欢我，我也不喜欢你，我知道妈喜欢你，妈不喜欢我……"小莲感觉到小菊的心脏跳得飞快，身体似乎在微微颤抖着，小莲朝小菊的脸上看去，太暗了，灶台上的油灯若有若无，像是有人用一根绳子抻着，掌控着那个亮亮的豆子，窗户很小，进来的光线很微弱，但小莲还是看到了小菊瘦弱的身体轮廓，明亮的眼睛，以及透过身体散发的一种无形的倔强。小莲的手无意中碰到了小菊的脸庞，吃了一惊："好烫，小菊你在发烧吗？"小菊说："我觉得很冷，你抱紧我吧，姐……"很久以来小莲极少听见小菊喊自己"姐"，心里涌起一阵酸楚，小莲双手捧着小菊的脸，她确定小菊在发烧，这让小莲感到有些慌乱，她知道在这里找到医生是件困难的事，更何况现在外面下着大雪，天已经黑下来了。小莲把小菊放到炕上，去邻近那孔窑洞里找爸。

原来那几个喝茶抽烟的汉子依然坐在原处喝茶抽烟，小莲甚至有一种错觉，仿佛自己又回到了刚才，回到下午刚走进这孔窑洞的时候。她觉得时间并没有往前走，尽管天已经黑了，但是它还停留在刚才，天黑只是一种假象，或者在这个近乎原始的村庄里时间是会网开一面的，会温和地跟这里的人和物慢慢地商榷，找到一个没有争议的方式，时间便会在这里放弃严酷，这是一种施舍？小莲看见父亲正坐在奶奶那铺小炕的边沿上，俯身跟奶奶说着什么，奶奶在点头，两个人的身影被放大了两三倍，投影在窑洞的东面墙上，因为窑洞上面是拱形的，父亲和奶奶的身影的上半边变了形，显得异常粗壮。小莲甚至不想打搅父亲和奶奶，她仿佛看到奶奶即将告别人世的那天，那天或许很近了。

李国强慌忙跟着小莲往旁边那孔小窑洞里走去，小莲感觉到父亲的脚步有些慌乱。快进窑洞的时候，李国强脚底下绊了一下，小莲上前想扶他一下，被父亲推开了手。

李国强看见小菊扭曲地躺在土炕上，见他进来，喊了声"爸"，便哭起来。李国强坐在炕沿上，伸手朝小菊的额头摸去，吓了一跳，"这么烫！"李国强叮嘱小莲给妹妹用凉水洗洗脸，便急匆匆转身出了窑洞。李国强回到大窑里，问里边的人："村里还有大夫吗？娃发烧了。"李国强的话音虽然低，却足以让几个汉子停下喝茶抽烟，其中一个从炕上溜下来说："村里早没大夫了，我去，邻村有个大夫，看得挺好。"说完穿上鞋出了窑洞。李国强刚要跟着出去，奶奶在后边说："嘉轩子，你来，过来，我刚梦见你爸了……"

李国强心里颤抖了一下，转回身朝黑暗中的母亲走过去，他感觉到喝茶的男人们像河里一块一块的石头，在黑暗的河流中慢慢地开始移动了，他们纷纷从炕上下来，穿上沾满了黄土的鞋子（刚进窑洞的时候，李国强先看到的就是很多散落在炕边上的沾满黄土的鞋子），他们告别的方式很特别，一边往窑洞外面走，一边头也不回地嗷嗷几声，便消失在窑洞外，好像窑洞的门就是一张大嘴，能吞下很多人。李国强朝着他们的背影说道："明天过来喝茶。"

窑洞里只剩下李国强和母亲，娘儿俩被突然到来的寂静弄得有些不知所措，李国强站在原地没动，他看到母亲也僵在那儿，他犹豫着是否坐回到母亲的炕上，但他最终坐在进门的那铺大炕上。他掏出烟盒，拿出一支烟，却找不到火柴，他忘了带新的火柴，旧火柴盒里是空的，李国强用手攥瘪了，随手放到炕沿上。他只得下了炕，从灶火里抽出一根木柴，点上烟，复又将燃烧着的木柴放回到灶火里，吸了一口烟，仰着头吐出来。他做这一切的时候，有意放慢速度，但他心里惦记着小菊，抽了两口便把烟捻灭了。母亲突然说："你这次送了我再走吧。"李国强听母亲这样说，一时有些错愕，但看到母亲的脸上一片安详，"人一辈子就是这样啊……"李国强似乎明白了什么，好像他再往前走几步，就会悟出些什么，但他不想往前走，他喜欢那种充满了烟火气的生活，甚至愿意把生活弄得模模糊糊，说不清道不明。他不想揣着明白装糊涂，也不想过真正明白的生活，他只想过每天都干净整洁的日子，有清洁的假领子码在床头，第二天就可以穿用，皮鞋亮亮的，即便生活本身没有意义，但他必须按照自己的方式打发那些单调的日日夜夜。

"您这是说啥呢，谁不盼着您多活些时日呢……"李国强又要点烟，但他想起又要从灶火里拿出火柴，相对于烟来说，火柴太大，火太大，刚刚点烟的时候差点儿烧着鼻头，他把烟重新揣回兜里，外边有人喊："大夫来啦！"

李国强慌忙走出窑洞，见两个人已经进了小菊和小莲待着的窑里，便三步两步跟进去。大夫是一位五十岁上下的消瘦的男人，留着长长的胡须，戴了一副金丝眼镜，看上去很儒雅，见李国强进来，点点头算打招呼。他从一个羊皮包里掏出一副老旧的听诊器，挂在脖子上让小菊靠近他。李国强看出小菊很害怕，他便揽过小菊说："就像在北京看病一样。"小莲帮着小菊解开棉袄纽扣，大夫将听诊器慢慢伸进去，小菊下意识往后躲，大夫便往前凑，好不容易听完了，大夫说："没大问题，肺好着呢，娃就是着凉了，吃一片阿司匹林发发汗就好了。"说完又打开羊皮包拿出几片阿司匹林递给李国强，李国强递给小莲，从兜里掏出两块钱给大夫，大夫开始不好意思，经不住李国强坚持，勉强拿了一块钱走了。

第二天小菊的烧果然退了，矮胖女人见了，笑着说："又是个好人了。"说完转身出了窑洞，不一会儿，矮胖女人抱进来一大抱柴火，上面还带着棉花，小菊摘下一个棉花果，看了看问矮胖女人："姊姊，棉花就长在这里边啊。"矮胖女人笑道："你们城里人没见过这个，一会儿吃完饭我带你看怎么织布的。"说完掀开一个大缸，用半拉葫芦往大锅里舀水，然后在灶坑下边点火，不一会儿，从灶坑里传出噼噼啪啪的声音。火越烧越旺，小莲和小菊站在胖女人身后看着，她们被眼前这矮胖女人迷住了，她们看见那个方形的灶坑里火旺起来，温暖的红色慢慢地从灶坑里边映射出来，站在矮胖女人左侧的小菊看到她的脸被映红了，矮胖女人的鼻头和额头油亮亮的，小菊往矮胖女人的正面移动了一下，这回小菊看到了她明亮的眼睛，小菊不知道她的眼睛是否因为灶火变得明亮的，但随着灶火越来越旺，小菊感觉到整个窑洞里的空气变得亲切起来，昨天刚来的时候那种不愉快的陌生感消失了。小菊刚想问点儿什么，却见矮胖女人站起身，往窑洞的后面走去，不一会儿，手里是另外半个葫芦，里面是半瓢小米，矮胖女人掀开锅盖，浓厚的水蒸气立即将三个人吞没了，小菊听见小米倒进锅里的哗哗声。这时，窑洞的门哐啷一声被推开了，爸掀开门帘站在门口问："小菊还烧不烧了?"矮胖女人的笑声从浓厚的水蒸气里散发出来，带着湿润。小莲应道："不烧了，我们正等着喝小米粥呢。"

李国强走进窑洞，随手把门关上说："奶奶喊你们呢，喝完粥过去跟奶奶说说话。"小莲觉得爸说话的时候有些异样，但他背对着门窗，加上水汽没散尽，看不清爸脸上的表情，但小莲明白爸此刻的心情，他一定为他的母亲伤心。从他们来到村里的那一刻，小莲便感到一种难以言说的凄凉，这种感觉来自奶奶，仿佛事情不言自明，他们就是来给奶奶送终的，但小莲隐隐约约感到一种时间的不确定性，她为此很惶惑，她想问爸，但又不知道问什么，一种很神秘的感觉渐渐靠近了她。

矮胖女人用两只粗笨的瓷碗盛好了两碗粥，放到炕上那张小桌上，她将油灯的芯子挑亮些，李国强在一旁说："别费油了，把灯灭了吧。"矮胖女人赶紧把油灯的罩子拿下来，用手捻灭了油灯芯子，窑洞里顿时暗下来。矮胖女人从一只摇摇欲坠的小柜子里拿出一只小碗，里面有半碗咸菜，咸菜浓郁的香味令人垂涎欲滴，小菊捧起粥碗大口大口喝起来。

小莲牵着小菊的手走进奶奶和父亲居住的窑洞，她们已经很长时间没有这样互相拉着手走路了，一种温热的感觉通过手指在两人的身体里传递着，两人都因为对方而感到温暖，并有一种力量在各自的身体里悄悄地生长。在走进窑洞之后，那一阵短暂的黑暗里，小菊轻声而胆怯地喊了一声："姐……"小莲把小菊揽在怀里，小莲感觉到小菊更加瘦弱了，母亲不在身边的时候，她就像一棵孤寂的小草，一股强烈的怜爱在小莲内心萌生了，她更紧地拥着小菊走进窑洞深处。

小莲听见父亲正跟奶奶低声说着什么，让小莲吃惊的是，父亲和奶奶说着一种她完全听不懂的语言。小莲轻轻放下小菊的手，两人愣愣地站在刚进窑洞的地方，后面的门洞开着，风夹杂着飞扬的尘土往窑洞里钻，门帘子被高高地卷起来。爸突然扭过头对小莲说："把门关上吧，风太大了。"说完这句话，回过头朝奶奶说了一句，奶奶便朝小莲和小菊招手道："过来，娃，坐过来。"小莲和小菊一起朝奶奶走过去，两人坐在磨得锃亮的炕沿上，炕沿是热的，原来大炕和奶奶睡的小炕是连着的，灶台不停地烧着，小炕也一样暖和。小莲借着油灯的光亮看着奶奶的脸，今天奶奶越发显得安详，仿佛脸上的每一条皱纹里都洋溢着喜悦。小莲突然听见小菊哭起来，小菊一边哭一边问奶奶什么时候回家，小菊抽泣着，这让她无法顺畅地表达自己想要说的话。奶奶在听小菊哭诉的时候，始终用一种怜惜的表情看着她，嘴里不停地发出一阵啧啧声，等小菊说完了，奶奶说："娃不哭哟，奶奶好着呢。过几天奶奶走了，你就跟你爸回北京好好上学，想奶奶了，就回来在奶奶坟上烧炷香，奶奶就知道娃想我了。"小菊停住抽泣，瞪大眼睛好奇地问道："奶奶要去哪儿? 跟我们回北京吗?"小莲似乎明白了奶奶的意思，她静静等着奶奶回答小菊，奶奶却只抿着嘴笑。小莲听见爸在一旁对奶奶说："您又说梦话了，别吓着孩子们。"小菊跑到爸身旁，扯着爸的手问奶奶要去哪儿。

这时只听奶奶说道："嘉轩子，跟娃说嘛。"见李国强缄口不言，奶奶便道："我要找你们爷爷去了……"小菊更疑惑了："您说我爷爷早死了啊，那还怎么找。"这时候听见窑洞外边有人扯着嗓子在喊："唱戏的来啦，去场上看戏去哟!"李国强对小莲说："带着小菊看戏去吧，多穿点儿衣服，戴上围巾。"李国强有些强迫地将小莲和小菊送出窑洞，看着她们进了旁边的小窑洞去穿衣服，这才又回到母亲身边。

李国强进到窑洞里，并不走近母亲，而是站在门口那铺大炕的旁边，呆呆地凝视着母亲，他想起小时候母亲从这孔窑的外面进来抹着眼泪对自己说："你爸没了，快去看他一眼。"那时候李国强正在偷吃挂在窑洞顶上篮子里的馍，听母亲这么说，心里一惊，脚底下踩空了，摔到地上。他从地上爬起来，一瘸一拐地跟着母亲跑到村头，他拼命地扒拉开围着的人，哭喊着："爸！爸！你别死啊，你不管我了啊，我妈你也不要了啊！"自己的哭声仿佛还在心里的一个地方隐藏着，永远不会消失。

李国强揉了一下眼睛，看到此时此刻年迈的母亲坐在炕上，她的眼睛里那种安详让他感到母亲真的得到了父亲的召唤，而母亲已经做好上路的准备。李国强埋怨母亲："您真是的，吓唬孩子们干吗。"李国强的声音很微弱，他仿佛不想打扰母亲即将开始的远行。这时母亲嘟哝了一句："我就是要走了嘛，你来了，俩懂事的娃也见着了，就是素花没来，她一个人在那个地方受苦。"停了停又对李国强说："嘉轩子，我说就别难为她了，生个男娃又能怎么样嘛，看村头李旺家俩男娃，一个坐牢，一个抽大烟，还不如没有的好，俩闺女倒都是本分的，该嫁人嫁人，该生娃生娃。回去跟素花好好过日子，没儿子又怎么样嘛。平时你回到家连句像样的话都没有，素花一个女人家，全靠你养活，可人家给你养孩子做饭，就算咱村里的地主对长工也好着呢，比你对素花强着呢。"老人说到这儿停住，大口喘了几下，接着说："我这几天就走了，那边你爹喊得紧，他一个人在那边待久了，要我过去陪他呢。"

李国强听到这儿，忍不住眼泪在眼眶里打转，但他没吱声，身体却突然像是泄了气，一点儿力气都没有了。李国强瘪着身体，感觉自己像是薄薄的一片，轻飘飘地靠近母亲的炕，他想坐下来，身体却无法弯曲，只得呆立着。他觉得母亲的脸异常明亮，在幽暗的窑洞中宛若一盏灯。他突然发现，母亲身后的黑暗中仿佛有物体在移动，一瞬间，李国强浑身的血液都凝固住了，甚至没有呼吸，丧失了知觉，李国强分明看到了父亲的身影，父亲的大部分身体是透明的，只有面孔很清晰，像一幅画一样，悬挂在空中，脸上毫无表情，但他试图想接近母亲，而母亲靠在被子垛上，全然不知。李国强保持着理智，他努力地与父亲划清界限，提醒自己，父亲不是真正的父亲，他只是那个世界偶尔映射到这个世界的影子，或者是想提醒人们居住的这个真实的世界，除此之外，还有一个精神的聚集地，人死后可以在那里继续存在，通过微妙的方式与这个世界的亲人保持联系。李国强不愿意相信母亲说的那些话，他更相信只有一个世界，那就是他与亲人们居住的这个世界。"人死后是什么都不会留下的，埋在地里会烂成一把骨头，最多活着的人有时能想起他们的往事，这已经很好了。"李国强没事的时候会晤琢磨。这会儿，李国强看到了父亲的影子，他却感到害怕，或者说一种厌恶，就像平时有人动了他桌上的东西，他对于改变充满不屑甚至憎恶，这时父亲突然消失了，就在他走神的一刹那，父亲像一束光一样倏忽间暗淡下去，仿佛父亲明白他的心思，而父亲的闪现就是为了召唤母亲的。

"爸……"李国强轻轻喊了一声，母亲并没感到惊奇，她的脸更加明亮，恍如明镜。李国强慢慢缓过神来，走到母亲身旁问："您想吃什么，我去城里买。"母亲道："嘴里没味，想吃个橘子……"

李国强从后头窑里的王家借了辆单车去了城里。县城里都是卖柿子核桃的，最多能看见几个苹果，橘子产自南方，北方罕见。李国强骑着单车在县城里转了一圈儿又一圈儿，街角卖豆腐的老汉见李国强转悠了好半天，他五屉豆腐都卖光了，又见他骑着单车过来了，忍不住问道："你这是寻甚呢，孩子丢了？"李国强停下回道："我妈想吃橘子，我寻了半天一个橘子都没寻到。"老汉见李国强穿着干净整洁，猜出他在外工作，心里想这男人也是孝顺，为了几个橘子冒着寒风在街上转，刚想让李国强进屋喝口茶歇歇，却见李国强突然眼睛发直，冲着一个提尼龙网兜的人过去了。李国强把单车随便支在路边，那个吸引李国强的尼龙网兜里有几个鲜艳的橘子，在这个灰暗的县城里，宛如网着一个太阳。

提着橘子的男人刚从四川回家过年，听李国强说出原委，二话没说，把一兜橘子递给李国强："我妈身体好着呢，我下次回来再给她带，你先拿回去孝敬老人吧。"

　　李国强拿了那兜橘子，骑着单车往回赶。风太大，有几次李国强只得推着车走，即便推车也很费力，尘土飞扬的路上，几乎看不到前边的路，李国强第一次感到这个自己出生的地方是如此的陌生，他感觉到童年时的恐惧突然回来了。小时候李国强害怕狼，总是听大人说哪个村的羊被狼吃了，谁家的孩子被狼叼跑了，甚至有个抱孩子回娘家的妇女，狼在她身后跟了一袋烟的工夫，吓得尿到裤子里。童年时，李国强虽然顽劣，但对狼却存着恐惧。早就听村干部说这几年狼没了，村子西头住着的二哼子砸死了一窝狼崽子以后，村民就再没见过狼的影子。李国强此刻的恐惧源于一种陌生，对过去熟悉的事物的陌生感，如果事物完全是陌生的，会有一种新奇感，但明明以前熟悉，现在却变得陌生了，改变带来的恐惧让李国强心里不安。

　　终于，李国强看到村头那棵大槐树了，枯干纷乱的树枝中间一个老鸹窝清晰可见，像是树生了瘤子。李国强像一只回笼的鸟一样，拼命地往回飞着，到村头的时候，见矮胖女人正在村口朝路上张望，见了李国强迎上去说："快点儿，婶子喊你呢。"李国强似乎预感到什么，骑着车飞快回到家。

　　窑洞里已经站满了人，李国强有些惊异，他早上离开的时候母亲还是好好儿的。他看见小莲和小菊站在她们的奶奶跟前抽泣着，李国强感到腿发软，他极力保持镇静，分开众人，走到母亲的身边，见母亲已经平躺在炕上了，母亲的身体看上去很薄，身上盖的被子几乎是平的，在李国强离开的短暂的时间里，母亲改变了形态，李国强有些后悔离开母亲。他用疑惑的目光望着母亲，他想问母亲在他买橘子的时间里父亲是不是又来过，但母亲的眼睛紧闭着，似乎已经厌倦了与这个世界的交流，无论人们怎么议论她，她紧闭着的眼睛都没有一丝松动。

李国强坐在炕沿上，剥开一个橘子，橘子的清香刺破了窑洞里污浊的空气，李国强听见小菊大喊了一声："奶奶！"李国强发现母亲睁开了眼睛，李国强赶紧掰了一瓣橘子送到母亲的嘴边说："您说想吃橘子，我给您买来了，您好歹吃一口。"李国强将那瓣橘子塞到母亲的嘴里。老人的眼睛虽然睁着，但嘴已经不知道怎样咀嚼了，李国强塞进去的橘子一半在老人的嘴里，一半露出来。李国强只得把橘子瓣抽出来，这次他用两个手指挤破了橘子瓣，更加浓郁的橘子香味飘散开来，李国强将橘子的汁水挤到母亲的嘴里，不幸的是，黄色的橘子水毫无遮拦地从老人的嘴角流了出来。一旁的小莲大哭起来，凄厉地喊着："奶奶！"李国强大声地有些气急败坏地对母亲说："就这么会儿你就要走啊，我就知道他又来了，你吃一瓣橘子再走！"

老人没有回应他，仿佛一个任性的孩子，一意孤行。李国强用两只手攥着母亲靠外边的那只胳膊，他似乎觉得如果摇晃着母亲，她就有可能被唤醒，哪怕留下一句话，但李国强的努力毫无效果，他突然明白眼前的一切就是一件事情——死亡。这个很多人重复了很多遍的词，此刻真实地来到这里，李国强意识到一切已成定局，谁也无法挽回了。他把挤破了的橘子瓣从母亲的嘴里掏出来，站起来喊着："都出去吧，等等再进来。"李国强等他们都出了窑洞，然后拉着小莲和小菊给母亲磕头，小莲和小菊傻乎乎地看着父亲，父亲低头她们便低头，父亲抬起头，她们也抬起头，不知道磕了几个头，小莲只觉得额头挨到地面时的冰冷，那种感觉让她很不舒服。这时只听父亲对她们说："好了，你们出去吧，奶奶走了，我跟奶奶再说几句话。"

第十二章

　　说好初二回来，可到了初五，李国强和俩孩子还没音信，素花有点儿坐不住了，去惠芬那儿讨主意，惠芬说："八成有事绊住了。"俩人心知肚明，都不愿意说破。直到正月十五的前一天，才接到李国强发来的电报，看了下日子是大年初一发出来的，大意是老人已过世，办完丧事即返京。素花拿着电报发呆，她竟然没有意识到电报的内容是她自己认下来的，没有让别人帮忙。

　　第二天就是正月十五，素花打算一大早起来摇元宵，惠芬走到窗根底下大声说："你就别摇元宵了，养鸡场昨天送了好多元宵过来，回头你过来拿就是了。"素花还没来得及应，就听大门哐啷一声推开了，小莲和小菊大声喊着"妈"进来了。素花赶紧迎出去，眼泪先行，看不清俩孩子的脸了，只觉得小莲和小菊跑到自己跟前，一边一个搂住胳膊哭起来。小菊说："妈，我奶奶死了……"素花搂紧两个孩子，小菱和小萍从屋里跑出来喊着"大姐二姐"。李国强没说话，提着行李从素花娘儿几个的身边绕过去，直接进了屋。素花抹干净眼眶里的泪水，看到小莲和小菊又黑又瘦的脸，禁不住眼泪又涌出来，说道："真受屈了，快进家，我给你们做饭吃。"惠芬在一旁说道："我去拿元宵，给孩子们煮元宵吃吧。"

李国强将一个手提箱和一个大包裹放在堂屋的地上，直接进了卧房，卧房收拾得很干净，小菱的床栏杆是放下来的，床铺也很整洁，甚至能看到用扫床的小笤帚扫过的痕迹。一种家的温暖让李国强由里到外感到熨帖，他在房间里踱着小步，当看到床上素花那一边的枕头外侧放着一本书时，李国强惊讶地睁大了眼睛。他绕过床尾，走到素花睡觉的一侧，拿起那本书，见是一本《白蛇传》，嘴角不禁往上扬了扬，记得在村里的时候素花就喜欢看这出戏，蒲剧《白蛇传》素花看了不知道多少遍，尤其里边断桥那段，第一句唱词素花能哼上好多天，"青儿妹莫动手你且退后"。小莲每次都说："妈您倒是往下接着唱啊。"此刻，李国强突然感到异样。

　　李国强走出卧房，刚好看到小莲站在脸盆架那儿洗脸，随口问道："你妈真能看书了？"小莲不解，李国强说："我见你妈那儿有一本《白蛇传》，想问问她是不是真的认字了。"小莲"哦"了一声道："前些日子我一直教我妈来着，她脑子好使着呢，看书也不奇怪。"李国强看到小莲轻描淡写的样子，心里着实吃惊。他转悠着想去问素花，刚好素花从厨房回来，手里端着一个铝盆，里面是煮好的元宵。李国强想问，却又止住了，他对小莲说："洗了脸赶紧吃点儿元宵，你和小菊也受苦了。"李国强说完又回了卧房。

　　李国强坐在桌前抽烟，他习惯性地拉开抽屉，一如走前的整洁，只是最外面多了一封信，信封上的收信人写的是李国强的妻子，信封已经被撕开过，李国强很好奇。这信显然是写给素花的，但标明是李国强的妻子，说明写信的人认识自己。李国强毫不犹豫地拆开信封，抽出里面的信纸，看到落款，李国强抽了一口冷气，信竟然是刘曼殊写来的！

　　那封信确实是刘曼殊写给素花的，但她不知道素花的名字，所以用"李国强的妻子"字样来代替。信很简短，先是道歉，说自己做错了事情，请求素花的原谅，还说了自己的近况，在上海找到了一份工作，很满意，又说自己还是更适应上海的生活，回到上海以后脸上几乎都不用搽雪花膏了。最后的祝福语让李国强心里一动："祝愿您能早日生个儿子，家庭美满幸福！"

李国强读罢信，心里五味杂陈，他小心翼翼地把信重新塞回到信封里，放到原处，关上抽屉，琢磨着素花是不是都认下了信里的字，看信的时候是什么样的心情，高兴还是气愤，或者丝毫不在意。他知道素花是个宽容大度的人，但在这件事上素花会不会像往常那样大大咧咧甩一下头，然后把那些不愉快统统忘掉。

这时小菊在外面喊："爸，吃元宵啦，今天元宵节。"小菊的声音里充满兴奋，又听见小菱喊着："二姐，我也要吃元宵。"小菊说："你坐好了就给你吃，你看小萍多乖。"李国强听见惠芬站在院子里喊："素花啊，不够来拿啊，还多着呢。"李国强走到堂屋里见桌上已经摆满了盛元宵的碗，问素花："惠芬家自己摇的元宵？"素花应道："说是老王郊区的养鸡场送来的。"李国强耳闻王永平有个养鸡场，他说过王永平，让他注意影响，搞得像个农民似的，单位里的人会有意见。王永平满口答应，一定把养鸡场关了，可事实是养鸡场还存在着，李国强心里有了几分不快。素花见丈夫不言语，知道他对王永平的养鸡场有意见，便说："别埋怨人家老王，平时咱们用人家的鸡蛋可不少。"李国强没说话。

中午的时候，葛小茹来找小莲，小莲问："你怎么知道我回来的？"葛小茹说："不知道你回来，就是来看看的。"小莲拿出从老家带回来的醉枣让葛小茹吃，葛小茹吃了几颗，说真好吃。素花又用一个小布口袋给葛小茹装了些醉枣，让葛小茹带给小弟。葛小茹谢过起身要走，对小莲说："你明天上学早点儿去，我好把笔记给你，你自己先补习一下新课。"小莲说："我今晚去你家，你等着我吧。"

下午，李国强去了单位，秘书处又新调来了两位秘书，一男一女。李国强第一眼看到那女秘书，心里一惊，女孩儿长得跟刘曼殊竟有几分相像，只是女孩儿是从河北冀县来的。

李国强进了办公室不到一分钟，有人敲门，李国强喊了声："请进!"是那个像刘曼殊的女孩儿，她笑着对李国强说："李副处长，王副部长的秘书来电话，让您去一趟，王副部长有事找您。"李国强应了一声，女孩儿转身要走，李国强在她身后问："你哪天来到部里的？你叫什么名字？"女孩儿听见李国强问，立即转身回答："李副处长，我是五天前来部里报到的，我叫张桂娟，河北冀县人，初中文化程度，以后工作当中还需要您指点帮助。"李国强心里松弛下来，因为那女孩儿除了眉眼与刘曼殊有几分相像以外，谈吐举止等，则完全风马牛不相及。李国强脸上露出一种淡然的微笑，他朝她点下头，意思是可以走了，女孩儿犹豫了片刻，拉开门走出去。

　　李国强走进王副部长的办公室，秘书小初从办公桌后面站起来道："王副部长让您等一会儿，他正在跟部长通电话。"李国强坐在沙发上随手拿了张报纸读着，突然想起忘了问素花认字的事，随口问一旁的秘书："你母亲多大了？她认字吗？"秘书小初愣愣地答道："我母亲生下我就去世了，我爸告诉我说是因为生我的时候大出血，她好像不认字，我母亲家很穷，具体什么情况我也不清楚。"正说着，王副部长办公室的门打开了。

　　王副部长一只手叉着腰，另一只手的食指和中指间夹着一支烟，烟雾像一根细而柔软的线绳，凭借着空气向上攀升着。李国强站起身，习惯性地朝王副部长行了个军礼，王副部长曾经是李国强所在部队的副师长，而那时候李国强在那个师做后勤。王副部长看到李国强的军礼笑着挥挥手道："你这习惯还不改啊，军礼可不是随便行的，以后要注意啊。"李国强答应："报告师长，记住了。"王副部长笑着让李国强进到自己的办公室，亲自泡了一杯茶递给李国强："听说你回老家刚把老人送走？部里领导对你关心不够，也怪你没及时把家里的情况向组织汇报。"王副部长停了停，意味深长地看了一眼李国强接着说道："不扯闲篇了，你也看到了，年初的时候国家经委拟订的今年的经济计划，钢产量要比去年增加百分之十九点多啊，这可不是个小数目。"突然，王副部长压低了声音："这个计划很有可能得到中央的认可，之后全国都会动起来，咱们虽然是搞国防的，可也得响应党的号召，积极行动，你这个物资处的大拿到时候要多献计献策啊。"王副部长点燃一支烟，但只是夹在指间，并没抽。李国强一直专心听着王副部长说话，也并没有碰一下茶杯，见王副部长点烟，勾起了烟瘾，便对王副部长说："您要是不抽，就把烟给我吧，省得干烧浪费。"王副部长瞪了一眼李国强，把手里的烟递给他，李国强说："我都听您的，您下什么命令，我就管执行，没半点怨言。"王副部长高兴道："嗯，还是部队的作风，雷厉风行，我喜欢。"王副部长又点燃一支烟，这次他先狠狠地吸了一口，然后突然转了话题问道："我还没骂你呢，你跟那个走了的秘书到底怎么回事，下边传得风言风语，我都懒得问你，你是日子过舒服了还想更舒服是吧？我警告你，以后不要再有这种事传到我耳朵里，不然的话你就给我扫厕所去。"王副部长越说越生气，就像对自己的孩子似的数落着李国强的不是，虽然是气话，可李国强听着从心里觉得舒服，他完全懂得王副部长的心思。王副部长欣赏自己的才干，总是怀着一种恨铁不成钢的心情，其实李国强早就成长了，工作上的事绝不含糊，可以说无可挑剔。

李国强不敢看王副部长，其实他不是不敢看，而是出于一种对家长一样的尊重，不直视王副部长，就在王副部长挥手的时候，他看到了王副部长左手手背上那道熟悉的伤疤——在一次执行特殊任务的途中，一个日本兵的刺刀原本是朝着王副部长的头去的，行动敏捷的李国强推开了刺刀，划伤了王副部长的手背。

王副部长意识到李国强的目光轻轻地从自己的手背划过，目光与手背上的伤疤似乎有一种化学反应，王副部长感到一种灼痛，他不喜欢这种感觉，对于过去的事情他总是轻描淡写，该做的他都做了，但他不喜欢别人提醒他什么。王副部长的脸拉下来了，他对李国强说："今天的谈话就到这儿吧，我主张对过去能忘记的就都忘掉，用毛主席的话说就是，放下包袱，轻装前进……"李国强忍不住了，回了一句道："可列宁还说过一句，忘记过去就意味着背叛。"王副部长脸上突然扭动了一下，接着便朝李国强吼道："还轮不着你来教训我！你给我滚出去，滚出去！"王副部长的那只带伤疤的手指着门，但李国强并不移动身体，没有丝毫要站起身的意思，他把手里快要烧到手的烟头捻灭在烟灰缸里，又从自己的上衣兜里掏出烟盒拿出一支烟，叼在嘴里点上。秘书小初探头进来，被王副部长挡回去了。

王副部长走回到自己宽大的办公桌后面，他没有立即坐下去，而是两只胳膊撑着办公桌的边沿，宽大的办公桌让王副部长的身体显得矮小，阳光从王副部长的右侧照射进来，李国强清晰地看见王副部长的白发在阳光中反射着光芒。李国强的心软下来，他仿佛看到了临终前的母亲。李国强突然站起来："王副部长，您还有什么指示吗？没有的话我就回去工作了。"停了停李国强又说："您放心吧，我不会让您失望的。"王副部长依然撑在桌子上，李国强甚至觉得他变成了一尊雕像。王副部长叹口气："你去吧，对你家里的好点儿，人家给你养着孩子不容易，儿子闺女的，不都一样？还不如我这脑筋活泛。"李国强点点头。

快下班的时候，办公室的门被人推开了，李国强抬头一看，竟然是王永平，李国强并没有站起身寒暄，甚至屁股都没有从椅子上抬一下，他直接问王永平："有要紧的事？"王永平不知道是站着还是坐着，原地挪动了一下脚步，想掏烟又忍住了，索性一屁股坐在旁边的沙发上，对李国强说道："也不是什么大事，我不想让我们老大考大学了，反正他也考不上，没法跟你们家小莲比，我打算等老大高中毕业就马上让他结婚，所以……李处长能不能去房产科给说说，再给我分一间房子好让老大结婚。"李国强想了想道："这么大的事你不跟惠芬商量行吗？"王永平说："她懂什么，见别人干什么自己就学，也不看看自己什么情况。"李国强笑着打断王永平："过两天我去问问，不过楼房恐怕不好搞吧。"王永平说："离咱们不远的礼士胡同13号院里有一间空房，也是咱们部里的宿舍。"李国强笑道："你这消息还真灵通，礼士胡同也有咱们部里的宿舍，我怎么不知道。"王永平说："您不关心这个，您现在还不需要，等小莲结婚的时候您就在乎了。"本来李国强想跟王永平说郊外养鸡场的事，想了想忍住没说。

　　下班了，李国强走出办公大楼，朝车站走去，路过那片灌木丛，李国强的心里有种异样，总觉得刘曼殊在里边等着自己，他使劲儿克制着不朝那边转头看，疾步朝公共汽车站走去。在公共汽车上，李国强看到一个抱孩子的妇女，大敞着怀奶孩子，一只硕大莹白的乳房在人们躲躲闪闪的目光中随着车子的晃动而跳跃着。李国强忍不住也看了两眼，他发现女人怀里的孩子竟然是个兔唇，孩子拼命地喂奶，但奶水顺着兔唇一个劲儿往下流，幸好女人的奶水充盈，即便浪费一半，也还是够孩子吃了。这样想着，李国强心里感到安慰，他不想再看孩子吃奶了，下意识地往车的前边走。脑子里出现了刘曼殊的两只乳房，李国强暗暗比较着，觉得刘曼殊的乳房更坚挺一些，又转念想到，当然，人家还没结婚啊。李国强又想起素花的乳房，这让他不禁一激灵。素花的乳房已经奶过几个孩子，就像两只倒空了的口袋，光是想一想都会觉得不舒服，李国强努力想着很久以前的素花的模样，让他懊恼的是以前的记忆非常模糊，即便有时能零星地想起一点儿，也立即被现在的生活覆盖住，好像过去的生活与现在的生活是一对仇人，而且是不共戴天的那种，不幸的是，现在的生活远比以前的生活有力量也更有理由存在着。"好吧……"李国强自言自语，似乎他已经妥协了。车到站的时候那个奶孩子的女人也下车了，李国强看见女人的衣襟并没掩上，大半个胸脯还露着，李国强打了一阵寒战，把大衣领子竖起来，飞快地朝剪子巷走去。

走进黄土坑胡同，李国强放慢了步子，他总感觉黄土坑胡同比紧邻的马大人胡同和魏眼胡同都要暖和，或许因为胡同是南北走向的吧，风从西北刮过来，而黄土坑起头的那幢高大的房子以及旁边那棵硕大的梨树遮挡了风头。李国强想起春天的时候梨树上的遮天蔽日的梨花，地上厚厚一层花瓣儿，梨树枝头拥挤着的花朵似乎都很眷恋短暂的生命。现在秃秃的树枝在半空中抖动着，它们的梦想就是那一瞬间花朵的开放。

李国强看到不远处有一个熟悉的身影，虽然在暗处，但李国强还是认出是小莲。李国强走近小莲的时候，小莲感觉到什么，猛然转身，看到父亲，在昏暗的胡同里笑了笑。自从跟父亲回过一次老家，以前与父亲的敌对情绪改变了，小莲似乎发现了父亲的一些陌生的东西，比如她没想到父亲对奶奶的情感那样深厚，还比如他在他出生的村子里的时候，像是一条自由的鱼，父亲自由自在地穿行于那些黄土坡之间，在北京时候的冷漠、执拗、不近人情，通通不见了，小莲很多次在寂静的村庄里，站在父亲的身旁，听见了他有力的心跳声。

李国强看到小莲的目光亮亮地一闪，他问道："怎么在这儿啊？你妈还没做好饭吗？"小莲说："等您呢。"说着，小莲又朝身后看了一眼，便对父亲说："回家吃饭吧，天太冷了。"父女俩往回走的时候，中间隔开半尺的距离，快到大门口的时候，小莲突然说："我奶奶让您好好待我妈……"李国强停了一下脚步，小莲看到父亲点了一下头，然后甩开小莲独自往大门口走去，皮鞋蹭过路面，发出刺刺啦啦的声响，小莲跟在后面，打开大门，门洞里铅块一样的黑暗让小莲屏住呼吸，父亲皮鞋的声音已经走出门洞了，小莲听见小菊在屋里喊道："妈，我爸回来了，吃饭吧。"

吃完饭，小菊嚷嚷着要小莲帮她听写，小莲说："我今天作业太多了，你让妈帮你听写吧。"小菊朝素花喊："妈，您真的能帮我听写吗？"素花正在厨房里刷碗，碗互相碰撞发出当当的声音，素花愉快地大声回应："我不行还有你姐啊。"

素花刷完了碗，特意到门口的脸盆架那儿洗干净手，摘下腰间脏兮兮的围裙，坐到小菊旁边。小菊拿出课本，翻到一页，递给母亲，指着课文的标题说："就不用念标题了，我已经写下来了，从第一行开始念吧。"停了停小菊又加了一句："您把书拿高点儿，别让我看见了。"素花笑道："你不会不看啊。"小菊说："我忍不住，所以您注意点儿。"素花又笑了一阵，严肃起来，接过小菊递过来的课本，看到课文的标题是《刘胡兰》，便道："刘胡兰的故事啊，这个我知道。"小菊有些惊讶，问道："您怎么知道啊？您又没读过这篇课文。"素花刚想说话，听见李国强的声音从堂屋传过来："好多事对我们大人来说早就知道了，课文都是后来人写的，你以后就懂了。"素花和小菊互相看着，沉默了一会儿，素花说："你预备好了，我就开始念。"

素花尽量克服着家乡话的音调念起课文来："1947年1月12号，天阴沉沉的，寒风吹到脸上像刀割一样……"小菊嚷道："妈您慢点儿，我哪能写那么快啊。"素花念到"割"的时候，犹豫了一下，在犹豫的那几秒钟里，她知道"刀"后面的字大概应该是什么。她见小菊并没有提出异议，便证明了那就是割。素花等着小菊写下来，在等待的时间里，素花心里充满着一种惬意，一种从未有过的明朗和辽阔。她的眼睛里充满慈爱和善意，同时伴随着能为孩子朗读的极大愉悦。她听小菊说："好了，接着念吧。"

"国民党反动派包围了云周西村。由于叛徒的出卖，年轻的共产党员刘胡兰被捕了，关在一座庙里。"素花念得有点儿磕磕巴巴，但每个字都十分清晰，小菊的手握着铅笔，飞快地在本子上写着，在短暂的间隙里，小菊用一种惊异的目光看着母亲，她从母亲明朗的声音里感到一种新奇。这时素花问道："写完了吗？我接着念？"小菊点头："嗯，您接着念吧。"素花又念了两段，小菊说："老师就让听写到这儿，我要做算术作业了。"

小莲趁上茅房的空又去了胡同里，她轻轻地拉开院门，让她惊讶的是，胡同里比往日要明亮，她甚至看见了岳家祥家大门口挂着的两个硕大的灯笼，灯笼下边长长的穗子随风飘动着，灯笼并没有动，小莲听母亲说过，灯笼是用纱做的，她好奇岳家祥家的灯笼为什么不动，她怀疑里边放了重东西，以便灯笼保持不动。小莲静静地站在靠西边的墙根下，冷风从她的棉袄袖口以及棉袄的下边钻进来，小莲缩起身子，抵御寒风。她听见岳家大门哐啷响了一声，这声响仿佛敲打在小莲的心上，让她一震，不再觉得冷，相反，一股心火悄悄烧起来。

　　从姿态就知道那人影是岳家祥，小莲的心狂跳起来，她站着不动，一是因为心跳太快，几乎无法迈步，再就是她知道岳家祥反正要经过她站的地方，小莲想到了"守株待兔"这个成语。"兔子"慢慢朝这边过来了，突然，岳家的大门又响了一声，一个女人的身影出来了，是福姨，小莲听见福姨朝岳家祥道："您慢走，天太冷，又黑，别摔着。"岳家祥应着，头也不回地朝前走。他竟然没有看到小莲，小莲轻轻喊了一声："家祥……"岳家祥像是被人绊了一下，突然停下来，疑惑地朝黑暗处望着。

　　"小莲，是你啊，这么晚站这儿干吗？"岳家祥的声音一如既往，里面透着一种轻快。小莲撒谎说："随便走走，晚上吃多了。"岳家祥笑道："你妈给你做什么好吃的了，也不喊我一起吃。"小莲没作声，只是借着黑暗的掩护尽情地看着模糊的岳家祥，岳家祥感觉到一种不安，他不喜欢那种不安，费解的东西让这个男人感到疲累。岳家祥很快说道："我加夜班，赶时间，你快回家吧，外面太冷了。"岳家祥走了几步，突然停下来，小莲看到他的身影变得淡下来，仿佛就要消失，小莲却惊讶地发现，岳家祥的身影已经朝自己靠近了，像一团黑色的烟雾遮盖过来，岳家祥的声音飘忽不定："小莲，我知道你的心思，可你太年轻了，你以后会有更好的生活，我就这样了……"小莲惊愕地问道："你这么想的？"小莲看到岳家祥在黑暗中点了一下头。岳家祥又接着说："你不懂我的家庭，没你们家那么好，我们家的人都很古怪……"小莲没言声，她觉得岳家祥有些可笑，宽街这一片住的人，谁不知道岳家啊，这样的人家不好，什么样的人家算好呢。小莲的困惑与寒冷和黑暗掺和在一起，慢慢地，小莲被它包裹起来，她不想再待下去了，对眼前的男人竟然产生了一丝厌倦。风大起来了，不远处的大槐树发出恐怖的呜呜声，小莲说："好吧……你上班去吧，我要回家了。"小莲转身的时候，听见岳家祥说："你会有更好的生活，找到一个适合你的人过日子。"小莲觉得岳家祥说的事情距离自己十分遥远，她现在只想感受这个世界，或者爱或者恨或者伤心，至于将要到来的日子是什么样，她从来没想过，人为什么要想将来呢，将来是靠不住的，而回忆也是一种虚幻，唯有现在是可信的。

临睡前，小菱突然对素花说要跟三姐一起睡，素花发愣的时候，小萍已经把小菱的被子从小菱的小床上抱到自己睡的床铺旁边了。小萍说："妈，就让小菱跟我睡吧，我二姐也能照顾她，我们仨儿在一起还暖和呢。"小菊没说话，只管铺好了自己的被子。小莲的屋里早黑了灯，素花走出小萍和小菱的屋子，顺手拉灭了灯。堂屋的灯也关了，只有睡房里桌上那盏台灯散发着葱茏的光，素花听见惠芬大声喊着什么，王永平低声说一句，然后又是惠芬的吼叫声，仿佛一架破旧的琴，只有高低两个音。素花站在门里边，静静地听着外面的动静。李国强从里屋走出来道："别听人家吵架了。"素花不由自主地跟着丈夫进了里屋，李国强说："今天王永平找我，要给他们老大弄一间房，准备结婚用，惠芬可能为这事跟他吵呢。""大壮要结婚？真是跟养鸡场那女孩儿啊，我以为王永平是瞎咧咧呢，那大壮就不准备考大学了？"李国强坐在椅子上手里摆弄着一小截木头，木头上有几道深深的凹痕，李国强准备用这截木头做一个木头小船，这是他答应小萍的。

李国强说："你管人家考不考大学呢，个人有个人的想法，大壮就不是个上学的料子，跟咱们小莲不一样。"素花听丈夫这样说，心里涌起一股暖暖的自豪感。"小菊也错不了……"素花低声附和了一句。李国强"嗯"了一声，接着说起小菊这次在老家的时候生病，都是小莲照顾的。"小莲就像个妈妈似的，照顾小菊照顾得好极了，真没想到小莲这么能干，你平时怎么教她的？"素花听丈夫这么问，反倒不好意思了，她琢磨着自己是怎么教小莲的。最后她确定自己确实不曾教过小莲做家务，或者照顾别人，都是小莲自己在旁边看着，自然就学会了的。素花嗫嚅道："她那么大孩子了，自己就会干了，不用人教。"李国强侧过半个脸看了一下素花，素花很奇怪，台灯绿色的光芒照射到丈夫的脸上，竟然是橙色的。她听小莲提起奶奶没能咽下橘子瓣，虽然从小莲的嘴里知道了老家的一切，包括一切的细节，奶奶临去世的情形，小莲都仔细地叙说了一遍，不止一遍，素花甚至能背下来了，但她还是很想让丈夫亲自讲述老太太临去世的情况，但她很胆怯，始终不开口提出这个要求，在她与丈夫的生活中几乎没有交流，比如共同回忆一件事，或者共同讨论一个问题，她只能将疑问放在心里，让岁月去磨砺它。

素花去堂屋把炉子封上，又去孩子们的屋里封炉子。素花刚要从小莲屋里出来的时候，听见小莲轻轻喊了声"妈"，素花想确认小莲是不是在梦里喊的，她站在黑暗中等待着，等着小莲再喊一声。小莲又喊："妈……"这一次的声音变得更加微弱，但素花听出来那不是梦里发出的声音，声音被一种悲泣的情绪裹着。素花轻轻走回到小莲的屋里，摸黑坐到床沿上，她感觉到小莲的抽泣，素花惊讶地问："你怎么了？落下的课太多了？"小莲抑制着抽泣道："不是，是岳家祥，他真的一点儿都不喜欢我，他喜欢他们家……"素花轻轻笑起来，她用一只手像拍一个婴儿一样拍着小莲，月光透过窗户纸照射进来，靠近墙边的窗户纸破了一个洞，冷风往屋里吹着，月光凝成强烈的一束，打在地上。素花对隐匿在黑暗中的小莲的脸看了一眼道："谁不喜欢自己的家，你在这儿住着，你喜欢惠芬阿姨家?"小莲不再吱声，翻了个身，素花看见小莲像婆婆一样脸朝墙了，姿势也无二，心里默默惊叹了一声。素花又加了一句话："明天记得提醒我打点儿糨糊把这窗窟窿糊一下，这风吹的。"说完，素花走出小莲的房间。走到堂屋的时候，听见院子里一阵猫叫，素花心里念叨："这么早就叫春，早点儿了。"

当素花回到卧房的时候，灯已经熄了，丈夫躺在床上，似乎等着素花的到来。素花感到诧异，站在门口，竟然有几分不知所措，她搓了一下手，她想弄明白丈夫躺在那里的意义，他是特意等着自己，还是今天累了想早点儿睡呢。就在这时，素花听见丈夫低声道："你还愣着干吗，还不赶紧睡觉。"素花赶紧向床的另一面走去，她知道自己还没洗脸洗脚，但好像来不及做那些事了，她朝床边走，接着，像个木偶一样脱掉衣裤，最后把棉鞋随意甩出去。素花听见棉鞋落地声，好像碰到了不远处的柜子，然后掉落在地上……

素花的头向上仰起来，以这种姿势抵御丈夫李国强的凶猛，素花的目光从自己的额头转移到墙上，墙上丈夫的身影如同一只怪兽，强大而野性十足，怪兽低声咆哮着，声音让素花感到陌生和恐惧。素花的身体感到一阵灼烧般的疼痛，她下意识地将身体向上移动着，以躲避怪兽的攻击。素花宛若一只无处可逃的麋鹿，在一张结实的网中做着无用的挣扎。李国强仿佛初谙世事，只想用他强壮的身体征服世界，他仿佛天生是女人的仇敌，让女人仇恨他，记住他的凶猛，而后，经过时间勾兑，义无反顾地迷恋他。

在洪水般的欲望当中，李国强的意识是清醒的，他诧异自己的眼前竟然出现了母亲安详的面孔，母亲的目光依然平静，面色鲜艳，犹如少女。李国强使劲儿甩了一下头，母亲的脸倏然消失了，他在朦胧的月光中，看到素花的脸，像刘曼殊一样娇羞地将脸侧向一边，嘴里发出的呻吟声让李国强感到亢奋，蓬勃的欲望在他的身体里激荡着，他感觉到自己正像一只鼓胀的风筝随风而飞。

李国强暂时停下来，侧耳细听着屋里以及院子里的动静，死寂一片，连鼾声都没有。让李国强感到惊奇的是，自从小菱跟小萍一起睡以后，小菱夜里没有再哭一声，就像是一棵孤单的小树终于回到森林里，她就那么自然而然地与姐姐们融合在一起了。李国强想知道惠芬两口子此刻是不是也做着同样的事情，但那种死寂带来了耳膜的压抑感，李国强判断他们都在深沉的梦乡里。

"妈说了，生男生女由着你吧，你是咱家的功臣。"停了停李国强又说，"要是儿子自己愿意来的话……"素花在心里笑起来。

"好吧，这次一定是个儿子了，老天爷会保佑的……"素花的声音里充满力量，但她不知道那种力量是由绝望构成的，绝望饱含着力量，它带着一种邪恶，潜伏进人的身体里，素花的力量正是源于此。同时欲望也左右着这个善良的女人，她似乎感觉到丈夫与此前不同，这是丈夫跟那个女人断绝来往后的热情，尽管让她有些难以招架，但她还是从心里感到满足。

当一切都平息下来，素花听到院子里传来惠芬上茅房的声音，她故意把脚跺了几下，从茅房出来的时候还小跑着，关门的声音过于夸张了，素花暗自笑了笑，带着极大的满足感睡过去。

第二天，等上学的上班的都走干净了，惠芬拿着一副纳了一半的鞋底子来找素花，见了素花，先"哎哟"了一声道："真是人说的，人逢喜事精神爽啊，看看你这脸就知道了，比我这经常绞脸的看着都光溜。"说着用针往鬓角处抹了一下，纳进鞋底子。素花不言声，忙着填炉子，填完了煤球，素花抱怨道："看看这煤球，没一个囫囵个儿的，摇煤球的都黑了良心。"

惠芬见素花不接茬儿，便转了话头："你说我们老王胆子大不大，自己做主跑部里要一间房子，准备给老大结婚用，他打定主意让大壮娶那个养鸡场的丫头了，真是气死我了。"惠芬使劲儿用针锥子朝鞋底子扎，"哎哟"一声，素花看去，见惠芬的左手中指已经出现了一个绿豆大的血珠子。素花笑道："跟自己生哪门子气啊，他要房子找媳妇儿，都是好事，你是怎么想的，我真弄不明白。"惠芬听素花这么说，便不再吭声，用嘴把那颗血珠子吞到肚子里，堆上一脸笑，问素花："昨晚上不错吧，八成年底儿子就来了。我就不明白，你这么好一个人怎么总是养闺女，我倒想跟你换换，彻彻底底地换都行。"素花苦笑了一下："自己的路还要自己走的，别人帮不上。"

晚上小莲放学回家，放下书包对素花说："妈，那本书您看完了吧，正好今晚我要去葛小茹家还书，您也再去选一本吧。"素花高兴道："哎呀，我把人家的书看坏了，还想重新买一本还给人家呢。"小莲说："不要紧，葛小茹最喜欢修理图书了，不过您以后看书的时候小心点儿，别看着看着就睡着了，书肯定会弄坏啊。"素花点头："我以后一定小心。"

吃完晚饭，素花跟着小莲去了葛小茹家。素花还从厨房里拿了三个刚蒸好的大馒头，馒头用一个小笸箩盛了，上面蒙着一张草纸，小莲把盛馒头的小笸箩放在自己的书包里，书包里的课本都掏出来放桌上。到了葛小茹家，姐俩刚吃饭，素花往小桌上看去，只有一个素炒大白菜，还炒煳了，一人面前一碗稠糊糊的粥，看样子是用剩米饭做的。素花心里一阵疼，爹妈看见了得多伤心啊，赶紧让小莲把馒头拿出来。小弟看见雪白的大馒头，高兴得蹦起来喊："我要吃馒头！"葛小茹赶紧拿了一个馒头递给小弟，谢过素花，请二人屋里坐。葛小茹还要给素花沏茶，素花拦住不让，葛小茹这才又坐下吃饭。

小莲掏出那本被素花看得像一棵卷心菜一样的《白蛇传》放到一旁的桌上，葛小茹看了一眼，没说什么。小莲说："对不住啊，我妈头一回看书，还得麻烦你修一修。"葛小茹没来得及回答，素花脸一下红了，想说点儿道歉的话，又找不到合适的词，便站起身去看屋子当中的炉子，提起水壶一看，火已经没一点儿热乎气了，赶紧问葛小茹劈柴和煤球在哪儿，接着就忙活着生起炉子来。

生好了炉子，素花问葛小茹父母有信来没有，什么时候能回来。葛小茹一听问这个，流着泪摇头说道："去过几次学校，问他们我父母的消息，什么时候能回家，那些人不是不理我，就是高声呵斥，说我父亲的问题很大，上面有话，要严肃处理。我爸回不来，我妈就跟着他，他们也不告诉我父母关在哪里了，想去看他们都不行……"葛小茹抽抽搭搭哭得很伤心，素花和小莲两人白白瞪着眼看着，一句安慰的话都说不出来。葛小茹哭的时候，小弟就像一个木偶似的呆坐在小板凳上，葛小茹停止哭泣，小弟就开始狼吞虎咽吃东西，素花的心被这两个孩子弄得七上八下的。

　　"隔壁楼里的王伯伯，是物理系的教授，下个月也要去劳改了，我让他给我父母捎口信去，要是不关在一起就没辙了……"葛小茹叹了口气，素花感觉葛小茹说话的语气，尤其刚刚那声叹息，完全不像她这个年龄的人，素花看了看一旁站着的小莲，相比之下，小莲的脸上开朗明媚，除了恋爱那点儿挫折，还不知道什么叫愁。小莲走到葛小茹身旁，揽着她的肩膀安慰她，素花问葛小茹父母的工资还照常发吗，葛小茹想了想说："说是下月会扣掉一些……"素花说："有难处就让小莲捎个话，阿姨尽可能帮助你们。"葛小茹点头应道："谢谢您，我要是当您的女儿就好了……"这句话让素花忍不住流泪了，她走过去把葛小茹抱在胸前，轻轻地抚摸着葛小茹细柔的乱发，喃喃道："我多一个你这样的女儿是我的福分……"

　　葛小茹听小莲说母亲还要借本书回家看，高兴地说："刚好，我昨天买了一本《林海雪原》，打仗的事，您喜欢就先拿回去看吧。"素花一听打仗的书，来了精神，又听说是新书，便犹豫着。葛小茹说："您尽管拿去看吧，我不着急的，您看坏了我也不让您赔，这种书容易弄到，大不了再买一本。"小莲说："我也借几本书，我自己选去了。"说完进了里屋。

　　过了半个钟头，小莲拿了几本书出来了，葛小茹看去，竟然是车尔尼雪夫斯基的《怎么办》和屠格涅夫的《父与子》，还有托尔斯泰的《安娜·卡列尼娜》。葛小茹皱眉道:"原来我一拿起这些书,我妈就让我放下,她反对我看俄国的小说。"小莲问为什么,葛小茹说:"可能原来在苏联留学的时候吃了不少苦吧,谁知道。"

回到家里,素花拿了那本崭新的《林海雪原》爱不释手地左右看着,李国强围着素花绕了三圈儿,忍不住问道:"你真能认字了?"素花点头。李国强回到里屋,过了一会儿,拿着一个小本子出来了,随便翻到一页,递给素花:"那你看看这上边的字你能不能认出来。"素花接过本子,见上面密密麻麻用钢笔写满了小字。这样的字迹,别说素花,就是小莲他们也要仔细辨认后才能认出一部分,再说潦草的字体原本就是写给自己看的,一来保密,二来省劲儿,跟书上的印刷体简直可以说不是一个文字体系了。素花憋了半天,只认出几个字来。李国强拿回本子说:"行了,不跟你开玩笑了。你能认字当然是好事啊,你读书,至少给孩子们做了榜样,也能辅导她们了。"李国强停了停,用一种异样的目光看了看素花,像是自言自语:"村里人都说你聪明,我以前没理会,看来你真是不傻。"

到了五月份,各单位都开始大炼钢铁,街道上更是热闹,杨主任的嗓子都吆喝哑了:"各家各户都把不用的破锅烂铁贡献出来啊,有一寸铁就别省半寸啊,党号召咱们大炼钢铁,咱们都得听党的招呼啊,党员尤其要带头,群众积极分子也别落后啊!"胡同里终日都像个集市一样,除了上班上学的,大人孩子都忙得不可开交,幼儿园都动起来了,小菱和大云上着幼儿园,半截被老师哄回家,素花问他们老师干吗去了,怎么回家这么早。大云和小菱两人哼哧了半天素花才明白,老师让回家找铁锅。素花对惠芬说:"要是这么下去,咱得想办法了,小莲小菊学校里都让拿铁锅铁铲什么的,街道上杨主任也天天来问,谁家能有那么多铁锅铁铲的,就是把家里用的都交上去也不够。"惠芬说:"谁出的主意。"素花不让惠芬说下去，小声告诉惠芬这是上面发的命令，不执行怎么行啊。

李国强叮嘱小莲和小菊："炼钢的事，有一搭没一搭地做，别上心，什么时候都别把学习耽误了，学习是最要紧的，记住爸说的，以后遇到什么事都要先想着把学习弄好了。"李国强想了想又说："当然也别太消极，让人家觉得不随大流，跟在别人后边喊两声就行了，别用太大劲儿，学习要紧……"小莲和小菊都不说话，仔细听着爸说，她们都很惊讶爸说出这番话来，同时她们又觉得爸就应该说出这样的话，她们相信爸一定是为自己好才这样说的，父母不会伤害自己的孩子，相反他们会拼尽全力保护孩子的。小莲朝小菊望去，小菊却正用一双黑得发蓝的眼睛看着小莲，小莲说："你看我干吗，还不做作业去。"小菊说："你不看我，怎么知道我看你，神经病，还不复习你的功课去，考不上好大学别哭啊。"

素花已经显怀了，棉袄捂到了五月中旬，再也捂不住了，素花脱下棉袄，直接换了单褂。惠芬惊喜道："哎呀，你这嘴真严实，也怪我太拙，都这么大了愣没看出来，你一点儿反应都没有，照常吃喝睡的，你们老李知道不？"

素花低着头一个劲儿忙着手里的活儿，她正在打袼褙，准备秋天的时候做鞋用，还要多预备一些，葛小茹和小弟的也要打出来。还有肚子里的，这次一定是儿子了！素花暗暗给自己加劲。自从丈夫送走了老人回来以后，她明显感到丈夫的变化，他不再把生儿子挂在嘴边，相反，有时竟以一种宽慰的口气对素花说："生男生女又不是咱能做主的……"她猜出来一定是老人临走的时候叮嘱过他了，但这次是素花心有不甘，仿佛丈夫越是对她宽容，她就偏要生个男孩儿来报答那种宽容。素花听人说过，只要心里特别想要的东西，老天爷就一定会给你的。她暗暗地把心里的念想一天跟自己唠叨不知道多少回，有时候会不由自主地出声。小莲一脸嘲讽："您别费劲儿了，男孩儿女孩儿不是您可劲儿念叨就能来的，听天由命

324

吧。再说，我爸都不在乎了，您还琢磨这事干吗？"

大壮不考大学，所以很自在，他只等着拿了高中毕业文凭就找工作，然后按照爸的愿望结婚。有的同学为他可惜，大壮不以为然，他觉得听父亲的安排没什么不好，父母不会害自己的孩子，而且大壮天性就是个不争不抢的人，随遇而安顺其自然，何乐不为。

这天小莲下学的时候在门洞里碰上了大壮，大壮正往外走，小莲吃惊地问："你没上自习课啊？"大壮说："我不考大学，不用上自习了。我爸给我从部里要了一间房子，过些日子我就搬过去了。"小莲羡慕不已："你都能自己住了，真好。"大壮想了想说："也没什么好的，什么都要自己干，还是你好，上了大学还能当学生，永远长不大多好。"小莲不再说什么，背着书包进了院子。

素花在厨房里做饭，听见大壮在门洞里跟小莲说话，见小莲进了门，便从厨房出来跟着小莲进了屋，问："大壮说什么了？真不考大学了？"小莲回答："他考不考跟咱有什么关系？倒是他能自己有间房子住，我挺羡慕他。"素花道："你是想自己住啊！你奶奶那间屋子还不够你折腾啊？"然后挓挲着两只手回了厨房。

现在李国强每天都按时回家，每次都不忘从宽街熟食铺子带回些熟肉，最多的是烧羊肉，他知道素花爱吃，其实素花爱吃猪尾巴，可素花听说怀孩子的时候吃猪尾巴生下的孩子会不停地摇头，素花便改弦更张了。说是给素花买的，素花却把肉都捡到丈夫和孩子的碗里了，给自己的要不就是一口，要不就连一口都没有。李国强有些气恼："你这人，这个时候你就别让了，你以为是给你吃的，那是给孩子吃的。"

刚把面放到面板上，惠芬像个鬼魂儿似的转悠进来，见素花在厨房里蒸馒头，压低声音道："这回肯定是儿子了，我托人给你算过了，不但这个是儿子，下一个还是个儿子，你就放宽心吧。"素花对惠芬说："你别瞎操心了，人家现在对生儿子没那么上心了，想必是老太太临走的时候有交代，不让他那么逼我吧。"说完一个劲儿地笑，屋里的水蒸气越来越浓了，惠芬听素花这么说，便接道："早这么想就好了，我是看不出儿子比闺女好在哪儿，看看我们家大壮，赶不上你们小莲一个脚指头。"这回素花不再说什么，只是微笑着。惠芬说："闻着馒头碱好像大了。"素花疑惑着："是吗？我刚先试了个小馒头，碱不大啊。"惠芬不屑地说："你蒸馒头向来碱大，我是一直碱小，咱俩匀和一下就好了。"素花回屋看了下表，再回到厨房直接掀锅盖，果不其然，一锅黄腾腾的大馒头蒸好了，碱的香气很快在屋里漫延开。惠芬和素花都笑起来，惠芬赶紧停住笑，对素花说："别笑了，留神动了胎气。"素花说："哪那么娇气了。"又问大壮找到工作没有，惠芬眉头皱起来，掰了一块馒头放在嘴里嚼着，说道："我不管他，爱怎么着就怎么着，老王说了，不行就去养鸡场去，当农民更踏实，以前我们不都是农民来着。"素花把蒸好的馒头放到一个篮子里，上面盖了一块布，让惠芬进屋坐会儿，惠芬推辞了，说还要把打袼褙的旧衣服找出来。素花说："不够来这儿拿，我们家旧衣服用不完。"惠芬应了声走了。

半夜，素花被一个奇怪的梦惊醒了，梦见白皮儿站在胡同口朝她招手，素花不想过去，白皮儿喊了声"姐"，声音里透着凄凉，素花问他在那边过得好不好，白皮儿叹口气埋怨素花不去看他，素花听着白皮儿的声音慢慢变成杨主任的声音了，吓得素花一激灵醒过来。素花再没能睡着，琢磨着买点儿纸给白皮儿烧烧。

整个一个夏天，素花的心情都好得不得了，小莲考了试就天天在葛小茹家腻歪着，发榜的那天两人一起去了学校，天都黑了也不见小莲的影子。素花对李国强说："八成没考上，没脸回来见人了。"李国强瞪了素花一眼，小菊在一旁说："我姐肯定考上了，不然她早回来关门哭了。"

桌上碗筷都拾掇利索了，小莲才回来。李国强和素花都在堂屋里坐着，有一搭没一搭地说话。小莲进屋，先到门口的脸盆那儿洗了手，然后就喊饿，要吃饭。素花赶紧去厨房拿吃的，耳朵却竖得跟驴似的，听丈夫问："哪个大学录取你了？"小莲说："我就报了北大啊，当然是北大录取啊。"素花听见这句话，身上一阵舒坦，盛了满满一碗米饭，上面浇了菜汤，素花想煎个鸡蛋放在上头，小莲却又是一声喊："妈，我都快饿死了，您倒是快点儿啊。"素花赶紧端了碗拿了双筷子走进屋里。小莲又说："葛小茹也考上了北大，就不是一个系的，她物理系，我是中文系。"素花说："真好，这下又能一起上学了。"小菊从屋里走出来："大姐，你真了不起，我以后也要像你这样。"然后掐着手指头算了算说："可惜我进大学的时候你已经毕业了。"李国强在一旁笑着，点了一支烟道："说不定你姐留校当老师呢。"小莲说："我才不想当老师，我要当学者。"

素花睡不着了，琢磨着一开学要给小莲带铺盖的事，还得给小莲再做两身新衣服，还有肚子里的也要穿，明天去商店扯布，要最好的洋布，软和的……

九月开学，小莲和葛小茹一起扛着行李走了，李国强要送，被小莲拦住了。两人背着行李，穿着新衣服，葛小茹的新衣服也是素花帮着做的，两人高兴得跟小孩儿似的，恨不能半条胡同的人都出来送。胡同里还有俩孩子考上大学的，真比过年还热闹。

又过了俩月，素花住院生孩子去了，头一天晚上就觉得下边湿乎乎的，总觉得羊水要破，等第二天一醒来，床上湿了一大片，李国强赶紧去胡同找了一辆平板车，直接拉到妇产医院。李国强从妇产医院去部里请假，等再回到妇产医院，素花就生了，李国强在医院的走廊里碰到了素花的接生大夫，她朝李国强笑着，然后说："恭喜啊，你家又添了位千金。"

李国强走进病房，见素花一脸苦相，便开玩笑道："凑齐了五朵金花你还不高兴啊？这孩子就叫花，李小花，将来开成一朵大红花，比她大姐还有出息。"素花把头埋在枕头里，她并没有流泪，只是很愧疚。听丈夫这么说，便将心里的苦涩收起来，感激地看着丈夫。这时襁褓里传来一阵清亮的啼哭声，素花坐起来，抱着孩子，轻轻摇晃着。窗外是一片初冬的萧瑟，素花想着，回家就该生炉子了，不知道这个冬天会不会像去年冬天那样冷。